# धर्मपुर लॉज

*उपन्यास*

**प्रज्ञा**

**जन्म :** दिल्ली

**शिक्षा :** दिल्ली विश्वविद्यालय से हिंदी साहित्य में पी-एच.डी. ।

**साहित्य-सेवा :** ***कहानी संग्रह :*** तक़्सीम, मन्नत टेलर्स।

***उपन्यास :*** गूदड़ बस्ती

***नाट्यालोचना से संबंधित किताबें :*** नुक्कड़ नाटक : रचना और प्रस्तुति, जनता के बीच : जनता की बात, नाटक से संवाद, नाटक : पाठ और मंचन, ***बाल-साहित्य :*** तारा की अलवर यात्रा

***सामाजिक सरोकारों पर आधारित किताब :*** 'आईने के सामने'।

**पुरस्कार :** सूचना और प्रसारण मंत्रालय, भारत सरकार की ओर से 'तारा की अलवर यात्रा' को प्रथम पुरस्कार, वर्ष 2008। प्रतिलिपि डॉट कॉम, कथा-सम्मान 2015। 'तक्सीम' कहानी को, उपन्यास 'गूदड़ बस्ती' को मीरा स्मृति पुरस्कार 2016, स्टोरी मिरर डॉट कॉम कांटेस्ट-3, 2017, कहानी 'पाप, तर्क और प्रायश्चित' को प्रथम पुरस्कार। कहानी-संग्रह 'तक्सीम' को प्रथम पुरस्कार। महेंद्र प्रताप स्मृति कथा पुरस्कार-2019

**सम्प्रति :** किरोड़ीमल कॉलेज, दिल्ली विश्वविद्यालय के हिंदी विभाग में एसोसिएट प्रोफेसर।

**सम्पर्क :** ई-112, आस्था कुंज, सैक्टर-18, रोहिणी, दिल्ली-110089

**ई-मेल :** pragya3k@gmail.com

प्रज्ञा

# धर्मपुर लॉज

लोकभारती पेपरबैक्स

पहला पेपरबैक संस्करण : 2020



**लोकभारती पेपरबैक्स** : उत्कृष्ट साहित्य के लोकप्रिय संस्करण

**लोकभारती प्रकाशन**
पहली मंजिल, दरबारी बिल्डिंग, महात्मा गाँधी मार्ग
प्रयागराज-211 001

वेबसाइट : www.lokbhartiprakashan.com
ईमेल : info@lokbhartiprakashan.com

**शाखाएँ** : 1-बी, नेताजी सुभाष मार्ग, दरियागंज नई दिल्ली-110 002
अशोक राजपथ, साइंस कॉलेज के सामने पटना-800 006 (बिहार)
36-ए, शेक्सपियर सरणी, कोलकाता-700 017 (प. बंगाल)

**सिटी ऑफसेट**
प्रयागराज द्वारा मुद्रित

**मूल्य** : ₹ 200

DHARMPUR LODGE
by Pragya

ISBN : 978-93-89742-09-1

मज़दूर नेता गुरु राधाकृष्ण
दिल्ली की उजड़ी हुई
कपड़ा मिलों के मज़दूरों
और
मुकीमपुरा के नाम

# ज़िंदगी के भीतर, ज़िंदगी से बाहर

धर्मपुर लॉज, हाँ यही पता है। काफी समय बाद यहाँ फिर लौटी हूँ। रिक्शे, बस, साईकिल-दुपहिया वाहनों, लोगों की भीड़ और सड़क के मुहाने तक बढ़ आई दुकानों के पीछे यह जगह अक्सर छिप जाती है। हाँ यही तो है। संकरे से जीने की कुछ टूटी और कुछ साबुत सीढ़ियों को चढ़ कर ऊपर पहुँची तो मन अजीब-सी उदासी से भर गया। कभी परिवर्तनकामी छात्रों, मिलों की चिमनियों को अपने पसीने से ज़िन्दा रखने वाले मज़दूरों और मोहल्ले के आम लोगों से यह जगह गुलज़ार रहती थी। हाँ, यही जगह तो केंद्र थी उस समय की अनेक गतिविधियों की पर आज यह जगह चुप है। क्या यहाँ कोई नहीं? मैं हिचकते हुए मटमैले से दरवाज़े के पास पहुँचती हूँ...मुझे महसूस होता है कि जैसे कोई मीटिंग चल रही है। एक मज़बूत आवाज़ गूंज रही है...साथियो! मैनेजमेंट की चालाकियों को समझो, वे नहीं चाहते कि हमारी एकता बनी रहे। कल सुबह नौ बजे गेट मीटिंग में सभी पहुँचें। बंदी मज़दूर एकता ज़िंदाबाद...अरे! यह तो मज़दूर नेता गुरु राधाकृष्ण की आवाज़ है। भीतर झाँका तो वहाँ कोई नहीं था।

बदरंग दीवारों पर कुछ चित्र लगे हैं पर गुरु जी का चित्र कहाँ है? यह कहा जाता है कि इंसान का काम उसे अमर कर देता है नहीं तो अक्सर इंसान समय की मिट्टी में खाद की तरह मिल जाता है जिसका नामोनिशान तक कुछ समय के बाद नहीं मिलता है। पर सच तो यह है कि इतिहास, सत्ताओं और उनके विचारों का लिखा जाता है। जो जनता का है वह बस जनता के बीच ही ज़िंदा रहता है। कुछ ऐसा ही हुआ उन हज़ारों मज़दूरों के संघर्ष का जो किसी समय में देश के लिए कपड़ा बनाते थे। उनका इतिहास शायद कहीं दर्ज हुआ हो। ऐसा ही हुआ स्वतंत्रता सेनानी, मज़दूर जन नेता गुरु राधाकृष्ण के साथ जिनकी एक आवाज़ पर मिलों की धड़कनें बंद हो जाती थीं। जो ढाई दशक तक जन प्रतिनिधि रहे। जिनके चुनाव के लिए जनता स्वयं चंदा इकट्ठा करती थी। जिन्हें प्यार और आदर से जनता गुरु जी कहती थी। जीवन भर किराए के एक कमरे में रहे गुरु जी ने अपने लिए कुछ भी नहीं बचाया पर आज उनका कोई इतिहास नहीं है।

वहाँ भी नहीं जहाँ होना चाहिए। उस दफ्तर में जहाँ उनसे मिलने आने वालों का तांता लगा रहता था। कम से कम एक तस्वीर तो...

मैं वहाँ से निकल कर गुंजलकों की तरह आपस में उलझी गलियों की ओर बढ़ गई। कितनी ही बार यहाँ से गुज़री हूँ। यहाँ समय कुछ आगे बढ़ता है तो कहीं बिलकुल ठहरा हुआ लगता है। वही सब कुछ, कुछ नहीं बदला हो जैसे। मुकीमपुरा के तिलक चौक पर मैंने जैसे ही गुरु जी का नाम लिया वैसे ही भीड़-सी लग गई उनके बारे में बताने वालों की। लगा गुरु जी आज भी लोगों की स्मृति में ज़िंदा हैं। बातों का सिलसिला चल निकला। कितने सारे किस्से, कितनी सारी कहानियाँ। बहुत कुछ जानने-सुनने के बाद यह भी लगा कि यह सब दर्ज होना चाहिए। बहुत सारी सामग्री के साथ लौट आई, बहुत कुछ मिला पर लिखित में कुछ भी नहीं। कम्युनिस्ट पार्टी के दफ्तर से एक किताब मिली जिसमें लगभग पौने-एक पृष्ठ में सब कुछ समेट दिया गया था। इण्टरनेट पर भी वही। इसलिए यह तय था कि कुछ हिस्से छोड़ने होंगे। जैसे गुरु जी के पुत्र का क्या हुआ? कोई नहीं जानता। फिर उसके बाद अनगिनत बार मुकीमपुरा जाना हुआ। मैं बैठ जाती थी मुकीमपुरा के घरों के आगे चबूतरों पर, लोग घेर लेते थे। लोग मुझे पहचानने लगे थे और मैं पहचान रही थी उस धर्मपुर लॉज को जो मुझे धर्मपुर लॉज के पार्टी दफ्तर में पूरा नहीं मिला, मुकीमपुरा में मिला। मैं देखना चाहती थी कि लोगों के दिल में धड़कने वाला वह इंसान कैसा दिखता था? जिसका अंदाज़ा बेहद धुंधली-सी तस्वीर से पूरा न लगा था। पता चला  गुरु जी के एक पुरानी साथी के घर में उनकी सबसे अच्छी तस्वीर है। मैं चल पड़ी। घिच्ची-पिच्ची गलियों से गुजरते। एक गली, उसके आगे खुलती कुछ गलियां, उनमें बिखरे पड़े कटरे और उन्हीं कटरों में से एक में थी वह तस्वीर। मेरे पहुँचते ही ढुंढाई मच गई। कमरे में शादी-बारात का पूरा सामान बिखरा था और मैं एक सोफे पर सिमटकर बैठ गई। मैं देख रही हूँ दरो-दीवार, मैं सुन रही हूं आवाज़ें, महसूस कर रही हूँ इस जगह से अपना नाता। घर में उठापटक जारी है। कुछ देर बाद फ्रेम जड़ी गुरु जी और उनके दोस्त लक्ष्मण दास की ज़िंदादिल तस्वीर सामने थी।

इस कथा को लिखते हुए मेरे मन में साफ था कि मैं इस जगह की ज़िंदगी को लिखना चाहती हूँ। यहां के लोगों की कहानी। यहां के स्वाद और यहाँ की कडवाहट की। यहाँ नफरतों की और यहां के भाईचारे की। यहां के लोगों के सपनों की और यहाँ के ठहाकों और रुदन की। इन पुरानी गलियों में बसने वाले अनेक सच दौड़े चले आ रहे थे मेरे पास। मुझे उन्हें शक्ल देनी थी। मैंने तीन दोस्तों की

कहानी लिखी। उनकी किशोर उम्र से युवा होने के बीच उम्र के अनेक धड़कते अनुभवों की कहानी। उनके हंसी-ठट्ठे, जवान उमंगों और तनावों की कहानी। जाति, धर्म, साम्प्रदायिकता के दमघोंटू धुँए में भी जी भरकर सांस लेने की कहानी। दिल्ली की कपड़ा मिलों के बन्द होने और मज़दूरों के बर्बाद होने की कहानी। ज़िंदगी के वास्तविक सच को, ज़िंदगी की कल्पना से थामकर मैं आगे बढ़ी और उन दोस्तों की कहानी का दरवाज़ा खोल दिया मुकीमपुरा से धर्मपुर लॉज की ओर। उनकी नज़रों से गुरु जी को देखने लगी। मुझे उन्हीं गुरु राधाकृष्ण के बारे में लिखना था जो मुकीमपुरा के मज़दूरों के बीच बसते थे। जिन्हें इन तीन दोस्तों की तरह कई नौजवान लड़के-लड़कियाँ देख रहे थे। जो नेता होकर भी मज़दूर की तरह जिए और मज़दूर की तरह मरे। जिनके बारे में बताने वाले उनके चंद साथी अपनी उम्र की आखिरी पायदान पर हैं। कल वे नहीं रहेंगे तो गुरु जी भी फिज़ाओं में कहीं खो जाएंगे। गुरु जी और मिल बन्दी का इतिहास लिखने का मेरा कोई दावा नहीं है पर इतिहास के एक खण्ड को सुरक्षित करने की अदम्य इच्छा तो लिखने के पीछे हमेशा हिलोर मारती रही।

दिल्ली की बिड़ला मिल के साथ गुरु जी और इन दोस्तों का जुड़ाव कैसे जान पाती यदि इस कठिन डगर पर कुछ लोग मदद न देते। कुछ कदम चलकर मैं पस्तहिम्मत सोचती अब एक डग न भरा जाएगा। मैं हारकर बैठ जाती तो मुझमें उत्साह भरते। कोई भी शब्द मेरी भावनाओं के अनुरूप उपयुक्त ही कहां है जो इनका शुक्रिया अदा कर सकता है। बड़े भाई नंदकिशोर, राजकुमार, कॉमरेड अमरजीत कौर, कॉमरेड धीरेंद्र शर्मा, अमरसिंह, कैलाश प्रधान, दौलतराम, प्रेम उर्फ बाऊजी, महेंद्र, सतीश, संजीव कुमार राणा, अंगूरी देवी, बृजमोहन, लक्ष्मीनारायण गुप्ता, शांति देवी, उमेश शर्मा, प्रगति कौशिक जैसे कितने ही लोग इस सफर के साथी रहे। वह अनाम पांत भी जो आँखों का भरोसा देकर हौसला बढ़ाती रही। इस उपन्यास को आपके सामने लाने के लिए लोकभारती प्रकाशन का आभार।

उपन्यास के पाठक ज़िंदगी के भीतर अनेक ज़िंदगियों से मिलेंगे, उनके दिलचस्प किस्सों में डूबेंगे, उन्हें धीरे-धीरे परवान चढ़ते देखेंगे। उनकी परवाज़ का अंदाज़ा लगाएंगे और अतीत के उस दरवाज़े से निकलकर जब वर्तमान में लौटेंगे तो अपने साथ कुछ सिरे, कुछ कड़ियां ज़रूर लाएंगे जो ज़िंदगी का सरमाया रहेंगी।

**-प्रज्ञा**

1 जनवरी, 2020
दिल्ली

# धर्मपुर लॉज

## चकमों के पहाड़ों पर चुगली की पटखनी

जवानी की दहलीज पर उन तीनों की उम्र अँगड़ाइयाँ ले रही थी। दिल के न जाने कितने डर काफूर हो चले थे। बचपन से हौवा बने उन डरों को कूट-पीटकर हंकालने में तीनों माहिर होते जा रहे थे। नयी-नयी कारस्तानियों को पूरा करने का जज़्बा पूरे जोश और जुनून के रंग में ढल चुका था। किस्मत मेहरबान हो तो गधा पहलवान हो जाता है—इसी लकीर के फकीर तीनों, पहलवान बनने की राह पर बेखौफ बढ़े जा रहे थे। सोच बैठे थे कि अब वही अपने मुकद्दर के सिकन्दर हैं पर जवानी अभी पूरी तरह आयी नहीं थी और किशोर उम्र के बीतने में कुछ समय बाकी था। मोहल्ले के सभी लड़कों को इस उम्र में अपने जवान होने के प्रमाण जुटाकर उम्र को साबित करना पड़ता था। तीनों इस राह का हर वजनी पत्थर हटाकर प्रमाण जुटाने की हड़बड़ी में थे।

रावलपिण्डी स्कूल की ग्यारहवीं क्लास में पढ़नेवाले- संजय सोनकर, नन्दन मण्डोरिया और द्विजेन्द्रनाथ त्रिपाठी की उम्र को उनका तेज दिमाग पटखनी देने में उस्ताद होता जा रहा था। नयी क्लास की शुरुआत में ही स्कूल में हाजिरी के बाद अक्सर गायब हो जाना उनका शगल बन गया। पढ़ाई में फिसड्डी नहीं थे पर हवाबाजी उनके खून में मिलकर अब बहनी शुरू होने लगी । उस पर उनके पहले के अच्छे रिकार्ड का असर ये था कि अब तक घरवाले और स्कूल के टीचर खबरदार नहीं हुए थे। रावलपिण्डी, केदारबिल्डिंग, शोराकोठी, सोहनगंज जैसे सभी स्कूलों का एक ही मुहावरा था कि ग्याहरवीं अच्छे-अच्छों का जीवन बदल देती है। तीनों इसी मुहावरे पर अपने जीवन को धार देने लगे। सुबह स्कूल के अहाते में पीपल के चबूतरे पर ही सारे दिन की सुनहरी योजनाएँ बनायी जातीं और फिर एक-एक करके उन्हें अमलीजामा पहनाया जाता। अक्सर दो क्लास के बाद कभी स्कूल के अहाते में बने शिवमन्दिर में मूर्तियों

के पीछे वाली ठण्डी और खाली जगह उनके आराम का अड्डा होती तो कभी खेल के मैदान के साथ न जाने कब से बन्द पड़े कमरे के पिछवाड़े में गुल खिलते। घण्टे भर के आराम के बाद नये फितूर को बाँधे तीनों कबूतर मनचाही दिशा में उड़ने लगते। साथ में पढ़नेवाला शमीम भी चाहता था कि उनकी संगत में कुछ सुख भोगे पर सुख के आड़े आ जाता उसके अब्बा का खौफनाक चेहरा, मास्टर का जानलेवा डण्डा और उसकी पस्त हिम्मत। शमीम के दिल और दिमाग की बढ़ती खाई में ईर्ष्या के पुल से चलता शिकायतों का परवाना तीनों के घर तक पहुँचने का मंसूबा बनाता जरूर पर तीनों की संगत में कुछ पल का सुख उस मंसूबे में जल्द ही सेंध मार देता ।

"यार! छोटे-मोटे खेल बहुत हुए आज कुछ जिगरवाली बात हो।"

द्विजेन्द्रनाथ त्रिपाठी के ये कहते ही संजय और नन्दन के कान खड़े हो गये। उत्तेजना में संजय की आँखें चमकीं और दाँत भिंच गये। बगल में खड़े नन्दन की त्रिपाठी के कन्धे पर पकड़ कुछ और मजबूत हो चली। त्रिपाठी ने बस्ते से तीन सिगरेट निकाली ही थीं कि सामने से आ रहे प्रभात सर को देखकर बड़ी चतुराई से उन्हें बस्ते की उधड़ी सीवन से बनी सुरंग में छिपा दिया।

"यहाँ...स्कूल में?"

"अबे! नहीं...नये शौक के लिए अड्डा भी तो कायदे का होना चाहिए। वो क्या है न..."

"यादगार और शानदार।"

नन्दन ने त्रिपाठी का घिसा-पिटा जुमला शान से दोहराया और तीनों हँस दिये। त्रिपाठी की जुबान ने हौले से जगह का नाम फुसफुसाया और दोनों की आँखें पहले सिकुड़ीं और फिर मुस्कराने लगीं।

स्कूल से निकलकर मल्कागंज की लम्बी सड़क की खाक छानते तीनों, चौक पर अनारकोठी स्कूल के आगे दो घड़ी रुके। लड़कियों के स्कूल से गर्मी में एक ठण्डा झोंका बटोरकर घण्टाघर की तरफ निकल चले। आज का अड्डा थी जयपुरिया मिल। हालाँकि संजय थोड़ा घबराया पर त्रिपाठी ने जो ठान लिया वह पत्थर की लकीर। घण्टाघर से ही मिल के खँडहर साफ दिखायी देते हैं। उसकी चिमनी और लाल ईंटों पर जमाने की कालिख चढ़ी इबारतें तफसील से उसका फसाना बयान करतीं जिसे सुनने का इत्मीनान वहाँ किसी के पास था ही नहीं। मिल में घुसने का रास्ता घण्टाघर से आगे घूमकर निकलता है। इलाके की शान अम्बा सिनेमा पर मॉर्निंग शो के न होने के

चलते आज मुर्दनी छायी थी। उससे जरा आगे परली सड़क पर जयपुरिया मिल किसी ऐतिहासिक इमारत-सी खड़ी है। ऐसी इमारत जिसकी आँख में बरसों से किसी ख्वाब ने करवट नहीं ली। कोई राही रास्ता भूलकर, दिशा भटककर यहाँ भले आ जाये वरना इसके अपने जाने-पहचाने चेहरों के अलावा यहाँ कानी चिड़िया भी पर नहीं मारती। ब्रिटिश भारत की शान यह मिल 1950 के बाद अपने नाम के अलावा सारी पहचानें खो चुकी है। हर रखरखाव से परे इसकी जर्जर इमारत के कुछ सुरक्षित कोनों में छोटे-मोटे उद्योगों के नाम पर सोफे का काम या सूटकेस बनाने का काम चलता है। कुछ हिस्सों में बनी इमारतें दिहाड़ी और असंगठित क्षेत्र के मजदूरों ने आज तलक आबाद की हुई हैं।

तीनों मेन दरवाजे से भीतर घुसे तो चीकट कपड़ों और धूल सने बालों में भिखारीनुमा लोगों से सामना हुआ। सर्दी-गरमी-आँधी-तूफान इनकी बला से कुछ हो ये पूरी फुर्सत में यहाँ सुबह से बैठे दिखते हैं। पक्के नशेड़ियों की रूह भिखारी ही हो जाती है जो आस के दामन पर जीती है। इनके यहाँ बैठने का राज भी कुछ कदम आगे बढ़ने पर पता चल जाता है। मिल के अहाते में न जाने कब की बनी एक दरगाह है। पीरमुर्शद सैयद बाबा की दरगाह का इतिहास तो कोई नहीं जानता पर यहाँ दफनाए दरवेश की प्रसिद्धि से ज्यादा दुःखी और जरूरतमन्द लोगों की मन्नतों ने जगह को आबाद कर रखा है। कुछ मन्नतों के पूरा होने पर दरगाह पर भरोसा बढ़ा और चांदी हुई इन नशेड़ियों की। किसी फरियादी की मन्नत पूरी होने की खुशी में बंटती खैरात से इनके भोजन और नशे दोनों का इन्तजाम हो जाता।

नशेड़ियों की सवालिया निगाहों से बचते हुए तीनों दरगाह से आगे अर्द्धगोलाकार शक्ल में घूमते रास्तों और बिड़ला मिल के दिहाड़ी मजदूरों के कच्चे-पक्के से मकानों के सामने से निकल रहे थे। कायदे के घर वहाँ थे ही कहाँ? कुछ सिर्फ एक गद्दे की गुंजाइश भर जगह की तस्दीक कर रहे थे। किसी-किसी घर में औरतें दिन के काम निबटाने में लगी थी। लुंगी-कच्छे में कहीं-कहीं कुछ आदमी जरूर दिखे पर वे अपनी जिन्दगी की रस्सी पर नट की तरह इस संजीदगी से झूल रहे थे कि उन तीनों को देखते ही उनका रस्सी से गिरना तय था। एक बूढ़ा आदमी जिससे जिन्दगी सारे करतब कराकर हार चुकी थी तीनों अजनबी लड़कों को देखकर भड़का। कड़कदार आवाज में उसका सवालिया हण्टर लहराया—"कहाँ हाँड रहे हो सालो?"

नन्दन ने मुसीबत सूँघकर भागना शुरू किया तो संजय और त्रिपाठी भी सरपट दौड़े। मिल की विशाल चिमनी भी उनके साथ दौड़ती महसूस होने लगी। ईंट की ये विशालकाय चिमनी जो दशकों से बेहरकत खड़ी है, मजाल है कि एक ईंट टस-से-मस हुई हो।

भागते हुए कई एकमंजिला इमारतों को पीछे छोड़ ज्यों ही तीनों, एक जर्जर तिमंजिला इमारत के सामने आये त्रिपाठी ने तेज भागने से हो रहे पेट दर्द को अपनी मुट्ठी में दबाते हुए रुकने का इशारा किया। तीनों बुरी तरह हाँफ रहे थे। आज के दिन का अड्डा तीनों के सामने था। यहाँ हवा, धूप, आग, पानी, इन्सान कोई भी बे-रोकटोक आ सकता था। न कोई जँगला, न दरवाजा, न कोई साँकल बस ऊपर को जाती सीढ़ियाँ थीं। निचली मंजिल के कोने से किसी औरत की आवाज दरवाजे की गैरहाजिरी में कपड़े की आड़ के पार से आयी तो सावधान कदमों से तीनों ऊपर की ओर चढ़े। नीचे कुछ और कमरे थे। तिमंजिले पर सूटकेस बनाने का छोटा-सा कारखाना आज बन्द पड़ा था। बाहर कुछ सूटकेस अपने पूरा होने की उम्मीद में एक के ऊपर एक जमे थे। तीनों दोस्त जीने पर बैठे तो गर्मी से भीग चुकी शर्ट को दोनों ओर से आ रही हवा रूहानी ठण्डक पहुँचाने लगी। जीने के सामने से दिखती आगेवाली इमारत अपनी छत पर वजनदार लोहे के सरियों का बोझ लिये दम तोड़ चुकी थी। लोहा-लक्कड़ और ईंटों के ढहे हुए ढेर को धता बताते कुछ पौधे अपनी जिद में मलबे को मुँह चिढ़ा रहे थे।

"ला निकाल तो...।" संजय अचानक उतावला हो गया।

भीड़ भरी दुनिया में मनमाफिक एकान्त खोजते इन तीनों के हाथ आज खजाना लगा। बड़ी शान से त्रिपाठी ने सिगरेट निकाली और माचिस बेसब्रे संजय की ओर उछाल दी। संजय का कैच कभी मिस हुआ ही नहीं था। त्रिपाठी के हाथ से एक सिगरेट लेकर उसने पल्ला उखड़ी खिड़की की चौखट में सिगरेट को रखकर माचिस जलायी।

"अबे! अगरबत्ती समझ लिया है क्या? मुँह से लगा, माचिस जला और साँस भरकर कश लगा।"

त्रिपाठी का अनुभव हर बार मण्डली में जीत का सेहरा सर लिये डोलता है। आज देखे हुए अनुभव को भोगने का दिन था। तीनों को सिगरेट का स्वाद तो कुछ खास नहीं लगा पर जवानी का एक बड़ा प्रमाण हाथ लगा जो बहुत नशीला था। संजय को कसैले स्वाद के साथ एक तेज धसका लगा। खाँसी थमी

तो फिर से कश लगाया। नन्दन ने संजय का हाल देखकर थीमे से साँस खींची फिर भी खाँसी आये बिना नहीं रही। न तो फिल्मी अन्दाज़ में सिगरेट का धुआँ रोमानी हुआ और न ही बिना रोमान के हवा में उसके छल्ले आकार ले पाये पर आज एक नया स्वाद उनके जीवन को लगा।

"यार! मजा आ गया जिन्दगी का। कुछ साल बाद देखियो जब क्लर्क बनूँगा तो जेब में सिगरेट की पूरी डिब्बी लेकर चलूँगा।" संजय ने कहा।

"क्लर्क? अबे! किसने तेरे दिमाग में गोबर भर दिया है। जब देखो क्लर्क बनूँगा। किसी को सुना है तूने ऐसा कहते?" त्रिपाठी ने संजय की पीठ पर एक धौल जमायी।

"बचपन से इसके बाप ने कान में क्लर्क बनने का मन्त्र फूँका है। जब देखो किसी-न-किसी से इस बारे में छानबीन करता फिरता है, अबे दुनिया में इतनी सारी बातें हैं जानने की..." नन्दन अभी संजय की खिंचाई कर ही रहा था कि संजय ने बात काट दी–"अच्छा! तू बड़ा विद्वान् है, तो बता आर्य कहाँ से आये थे?"

एक पल को नन्दन, संजय का मुँह देखता रह गया तो संजय मसखरे अन्दाज में बोला–"अबे! औंधी खोपड़ी के, तू बचपन से जहाँ रह रहा है–आर्यपुरा। आर्य यहीं से आये थे, घण्टाघर से निकले और भारत भर में फैल गये। तू है असली आर्य, नन्दन मण्डोरिया।"

घण्टों इत्मीनान से वहाँ हँसी-ठठ्ठा करने के बाद जैसे ही सामने से दिख रहे घण्टाघर में सुइयों ने साढ़े बारह का समय दिखाया सब मुस्तैद हो गये। शर्ट को तमीज से पैण्ट में सरकाया, बिखरे बालों को सँवारा और अड्डे की शान में सलाम ठोकते तीनों सीढ़ियाँ उतरते बाहर निकल आये।

मुख्य द्वार से जयपुरिया कार्पोरेशन के ऑफिस पर खड़ा गार्ड हरकत में आने पाता तब तक तीनों निकल भागे। जयपुरिया मिल की चिमनी और खँडहर होती इमारतें अपनी सलीबों को न जाने कब तक ढोती जायेंगी पर तीन दोस्तों का आज का दिन खँडहर में रौनकदार साबित हुआ।

"कल भी?" संजय ने आज के कच्चे अनुभव को करत-करत अभ्यास से पक्का करने की धुन में दोनों दोस्तों की तरफ सवाल उछाला।

"नोट की टकसाल खोल रखी है क्या बे?" त्रिपाठी ने सवाल के बदले सवाल दागा।

"अबे! भूल गया उस बुढ्डे को? साले ने कल देख लिया तो जिन्दा गाड़ देगा।"

नन्दन ने सवाल और जवाब दोनों एक साँस में दे डाले। सारे सवालों-जवाबों से परे तीनों को अचानक कुछ साल पहले अम्बा सिनेमा पर देखी अपनी पहली फिल्म 'मुकद्दर का सिकन्दर' याद आयी। संजय ने अमिताभ बच्चन के अन्दाज में दोनों हाथों की मुट्ठियों से काल्पनिक मोटरसाइकिल को रेस देकर गाना गाया—"वो मुकद्दर का सिकन्दर जानेमन कहलायेगा।" सड़क पर तीनों सिकन्दरों का संयुक्त ठहाका गूँज गया।

चौक पर आकर त्रिपाठी घण्टाघर से मेन बाजार होते हुए शोराकोठी के लिए अपने घर की तरफ बढ़ चला। नन्दन को दायीं तरफ निकलकर खारिया मोहल्ले से अपने ताऊ जी के पुराने जाननेवाले स्वरूपचन्द के यहाँ से ड्राईक्लीनिंग के कपड़े उठाने थे और वहाँ से सीधा अपने घर आर्यपुरा पहुँचना था। संजय चल पड़ा मल्कागंज, कबीर बस्ती मोहल्ले की ओर। कुछ दूर तक त्रिपाठी और संजय साथ चले। घर पहुँचकर तीनों ने ऐसा दिखाया जैसे आज स्कूल में कितना बड़ा पहाड़ खोदकर आ रहे हों। आज के अनुभव की खुमारी में दो-तीन घण्टे ही बीते थे कि नन्दन को सोते में कोई चीख सुनायी दी—

"उठ हरामखोर! साले। बड़ी जवानी फूट रही है। तुझे पाल रहा हूँ कि कमा-खायेगा तो विधवा माँ का सहारा बनेगा। रहने-सहने, फीस-किताबें और ठूँसने को रोज तर माल...टाँगें तोड़कर हमेशा के लिए इसी चारपायी पर लिटवा दूँगा तुझको।"

चन्दरभान उर्फ भाई जी ने अपने भतीजे नन्दन की चारपाई में कसकर लात जमायी तो चारपाई कमरे की दीवार से जा लगी। नन्दन का समूचा बदन झनझना गया। दोपहर के खाने के बाद जो गहरी नींद लगी थी उसमें बने आलीशान महल को भाई जी की लात ने नेस्तनाबूद कर दिया। नींद को लगे तेज झटके के बावजूद शरीर हरकत में नहीं आया। हैरत से देखती निगाहों के पलटवार में भाई जी उल्टे हाथ का लप्पड़ लगाने को हुए तो कान्ता बीच में आ गयी। अक्सर यही होता है। भाई जी का पारा जिस दिन चढ़ता किसी-न-किसी की दुर्गति लिखवाकर चलता। ताऊ जी की बेटी कान्ता अपने सगे भाइयों से बहुत छोटी थी पर नन्दन से जरा छोटी होने के कारण वह उस पर पूरा अधिकार रखती और खूब प्यार करती थी। नन्दन के खाने-पीने से लेकर सारे ध्यान वही रखा करती। चाची, नन्दन को उसे ही सौंप गयी थी। नन्दन को

बचाने के लिए कान्ता, नन्दन और भाई जी के बीच बुरी तरह फँस गयी। बदन भले ही मरियल था पर मन कड़ा करके नन्दन को बचाने वह भाई जी जैसे अजेय योद्धा से जूझने अक्सर समर में कूद पड़ती। भाई जी के गुस्से की आँच में तपे थप्पड़ कान्ता से गुजरकर नन्दन को पड़ने लगे। थप्पड़ से बचने के लिए नन्दन ने हाथों की ओट में जैसे ही चेहरे को छिपाया मजेदार नींद की निशानी होंठो के आसपास फैली लार हथेलियों में जा लगी। सुबह की सारी मस्ती भाई जी की आक्रामक मुद्रा देखकर रफूचक्कर हो गयी। नन्दन के मन में एक ही सवाल हलचल मचा रहा था कि भाई जी को आखिर क्या पता चला है? और किससे पता चला है?

"अब उल्लू की तरह क्या देख रहा है, चारपाई उठा और चलकर दुकान पर हाथ बँटा। उस बामन की औलाद के भरोसे न रहियो बच्चू! उसे भी देख लूँगा और उस डेढ़ पसली खटीक को भी। मसें भींगी नहीं, धेले भर की कमाई की नहीं और चले हैं स्कूल छोड़कर आवारागर्दी करने।"

थोड़ी देर बाद कमरे की दीवारों को थोड़ी राहत पहुँचाता भाई जी का खुर्राट स्वर गूँजा तो अपने दोस्तों के नाम सुनकर नन्दन डर गया। नन्दन चादर घरी करके चारपाई लिये बाहर आया तो कटरे में प्रेमी चाचा दिखायी दिये। वे बिड़ला मिल में फिटर का काम करते थे। ऊपर से खाँड़ और भीतर से कुनैन। एक नम्बरी घाघ। उनकी रहस्यमयी हँसी और शरीर पर चोट के निशान गिननेवाली जासूस निगाहों की झलक से ही नन्दन ने मामले की हकीकत का अन्दाजा लगा लिया। हो-न-हो आग प्रेमी चाचा की लगायी हुई है। आर्यपुरा में रहने के बावजूद प्रेमी चाचा का जयपुरिया मिल अपने दोस्तों के यहाँ आना-जाना लगा रहता था। ये बात नन्दन जानता था पर बिड़ला मिल की उनकी पारी अक्सर सुबह की होने के चलते वह बेखौफ था। दुकान की तरफ बढ़ रहे नन्दन ने साफ सुना–

"बच्चू! हमसे न बच सकोगे। बन्द पड़ी उस मिल में अपना आना-जाना लगा ही रहता है। कुछ यार हैं अपने।"

कातर निगाहों से नन्दन उन्हें देखता कटरे से बाहर निकलकर चौक की ओर खुलनेवाली भाई जी की इकलौती दुकान की ओर बढ़ा। वैसे तो भाई जी रिश्ते में नन्दन के ताऊ लगते थे पर चूँकि संयुक्त परिवारों में बच्चे अधिकतर वही सम्बोधन आसानी से स्वीकार कर लेते हैं जिनका प्रयोग माँ-पिता करते हैं तो नन्दन के साथ भी कुछ ऐसा ही हुआ। नन्दन के पिता जी अपने बड़े

भाई को भाई जी बुलाया करते थे। भाई जी के दोनों बेटे यानी नन्दन के बड़े भाइयों—मनसुख और चरण ने भी यही सम्बोधन अपना लिया और नन्दन ने एक फर्माबरदार बेटे और भाई की तरह इस विरासत का दामन थाम लिया। कान्ता को भी यही विरासत मिली थी। भाई जी को कोई आपत्ति भी नहीं थी। होती भी कैसे? आखिर ये सब उन्हें एक नयी पीढ़ी से जोड़े हुए थे। असली बात थी भाई जी की ठसक अगर उसे ठेस लगती तो भाई जी का पारा चढ़ जाता और फिर किसी की खैर नहीं। केवल घर में ही नहीं पूरे कटरे और उसके विस्तार में जायें तो पूरे आर्यपुरा मोहल्ले में भाई जी की धाक जमी हुई थी। शरीर भले ही नाटा था पर एकदम गठा हुआ। छोटी उम्र से ही उन्होंने पुरानी दिल्ली में बरसों ताँगा चलाया। अपने नाटेपन को वो अपनी ठसक अपने तेवर, पहनने-ओढ़ने के ढंग, रुआब और मजबूत आवाज से सन्तुलित किया करते थे। अक्सर अपने दोस्तों टिल्लू और प्रेमी के संग उनकी अड्डेबाजी पीने के शौक के चलते रंगीन रहती। उनकी ठसक के चलते उन्हें ठाकुर जी-जैसे सम्बोधन से नवाजा जाता। उन्होंने रुपया-पैसा भी ठीक जोड़ा था और आय के साधन स्वरूप ड्राइक्लीनिंग की काफी चलती दुकान थी ही जिसे उनके दो नकारा बेटे सँभालते। भाई जी छोटी-मोटी साहूकारी भी करते। नन्दन जब-तब भाई जी और दुकान की खिदमत में हाजिर रहता। भारती ड्राइक्लीनर्स के नाम से उनकी दुकान की समृद्धि के जरिये जात के धोबी होते हुए भी उनका रौब-दाब कम न था। यों दुकान पर आधी हिस्सेदारी नन्दन के पिता की भी थी पर उनके गुजरने और नन्दन की माँ के भाई के पास अलीगढ़ चले जाने के बाद नन्दन और उसकी माँ का हक भाई जी के हक में बिला गया। भाई जी के केस की सुनवाई के लिए बस एक ही अदालत थी-खुद भाई जी की अदालत। दान का मन आया तो सब-कुछ न्यौछावर कर दें और लूटने की तबीयत हुई तो कंगाल बनाकर छोड़ें। नन्दन चूंकि बचपन से उनके पास रहा, आज्ञाकारी था सो जरा लाडला भी इसलिए उसकी माँ से लड़-झगड़कर दिल्ली में पढ़ने का और कुछ बनने का लालच जगाकर भाई जी ने उसे अपने पास रख लिया था। वैसे भी मामा के घर नन्दन का मन कहाँ लगता था? वहाँ न यहाँ-सी रौनकें, न मजमे फिर यहाँ दो बड़े भाई और कान्ता भी तो थे। बचपन उनके संग बीता था। नन्दन को माँ की याद जरूर आती सो छुट्टियों में कई बार मामा के घर चला जाता।

जीवन की मुट्ठी से समय रेत की तरह फिसलता जा रहा था।

### शोराकोठी में फिर से हलचल

घण्टाघर से आगे मेन बाजार की सूरत न जाने कब से एक ही जैसी है। दायें-बायें को मुड़ती सड़कों के मुकाबले ये सड़क अधिक चौड़ी है। एक लम्बी और चौड़ी सड़क के बाहरी हिस्से में दूर तक फैला बाजार । नीचे दुकानें और ऊपर घर। सड़क से भीतर खुलती गलियाँ घरों से आबाद हैं। पूरी सड़क के दोनों ओर दुकानें-ही-दुकानें। यही नहीं दाहिनी और बायीं तरफ पक्की दुकानों और उनके आगे की पटरी के बाद सड़क को घेरती अनेक अस्थायी दुकानें भी अनेक वर्षों से स्थायी रूप से यहाँ मौजूद हैं। रेहड़ी पर बिकते कप-गिलास, आदमी-औरतों के कच्छे-बनियान, फल-सब्जी के ठेले से लेकर चाय-नाश्ते के कई-कई तरह के इन्तजाम। पत्तल-दोनो की पक्की और तिरपाल डालकर बनायी अस्थायी दुकानें यहाँ कई हैं। सुबह से रात तक व्यस्त रहता इलाका। बीच की सड़क वाहन लदी सवारियों का बोझ उठाती रोज भागती-हाँफती दिखायी देती। यूँ समझ लीजिये सड़क अपने काँधों पर दुनिया भर का बोझ लादे है। मेन सड़क के बायीं ओर बद्रीमल अखाड़े से आगे घी-तेल की दुकानों के बाद मिठाई की खूब चलती हुई दुकान डेरावाला से आगे शेरसिंह लाइब्रेरी पड़ती है। 1934 में बनी ये लाइब्रेरी इलाके में बहुत पुरानी है। लोहे के गेट से ही ऊपर की मंजिल पर जानेवाली सीढ़ियाँ दिखायीं दे जायेंगी। बस यही लाइब्रेरी का ठिकाना बता देंगी। लाइब्रेरी से आगे अन्दर जाता रास्ता केदार बिल्डिंग स्कूल का पता बतायेगा। केदार बिल्डिंग से आगे बर्तनों और सुनारों की दुकानों के ठीक बाद एक अर्द्धगोलाकार द्वार जिसके बाहर जयसिंह मार्ग लिखा हुआ है वहीं से अन्दर शोराकोठी का इलाका है। हालाँकि सड़क का यह अन्त नहीं है इसके बाद सड़क अपने बाजार और वाहनों को थामे काफी आगे तक जाती है। शोराकोठी की पहचान के लिए मुख्य द्वार पर टूटा-फूटा फर्नीचर और लोहे का दो ताले जड़ा एक ट्रंक न जाने कब से यहाँ पड़ा है। ट्रंक जरूर पुराना है पर ताले नये जान पड़ते हैं। यहीं से अन्दर बेहद संकरी-सी गली में छोटी-छोटी दुकानें और घर बने हैं। गली क्या है घरों का रेला है। ज्यादातर घरों में निचली मंजिल पर सिर्फ एकदम सीधी सीढ़ियाँ हैं घर पहली मंजिल से शुरू होते हैं। निचली मंजिल पर बने खुशनसीब घर भी बाहर से देखने में छोटे से दरवाजे को दिखाकर भ्रम में डाल सकते हैं पर अन्दर चौड़े आकार में फैले कटरे हैं। इस सुरंगदार लम्बी गली के पहले चौराहे पर लिफाफेवाली दुकान से दायीं तरफ कोने के

सरदार जी के घर से दो घर छोड़ने के बाद जगदीश टेण्ट हाउस के ठीक सामने पण्डित बृजेन्द्रनाथ त्रिपाठी का घर है। लम्बा कद और गठी हुई काया। चौड़े माथे पर सुर्ख लाल बड़ा—गोलाकार टीका। पीछे की ओर जाते घुँघराले बाल अक्सर चोटी में बँधे रहते। पीला कुर्ता, सफेद धोती पर काली किनारी और गले में गमछा। चाल एकदम इत्मीनान से भरी। जजमानी पण्डित जी का खानदानी पेशा है। तन्त्र-मन्त्र भी जानते हैं। इसी से उनका लम्बा-चौड़ा परिवार पलता है। पहली पत्नी अब रही नहीं पर उनसे हुए दो बेटे हैं और दूसरी पत्नी गौरा के भी दो लड़के। सभी लड़के अभी पढ़ रहे हैं। द्विजेन्द्रनाथ त्रिपाठी दूसरी पत्नी से पण्डित जी की पहली और कुल मिलाकर तीसरी औलाद है। अपने सारे भाइयों में एकदम अलग। कदकाठी पण्डित जी की पायी है पर सीरत न जाने किसकी है? पण्डित जी खुद हैरान होते हैं कि इसके जैसा बेटा उनकी सात पुश्तों में भी कोई पैदा नहीं हुआ। छह लोगों का ये कुनबा पण्डित जी की खूब चलती जजमानी पर आश्रित है।

आज पूरी शोराकोठी एक नयी हलचल में नहाकर जागी है। जगदीश टेण्टवाला रात की शादी निबटाकर टेम्पू में लदा सामान उतरवा ही रहा था कि सामने बैठे सुक्खा सिंह भी अपना वक्त काटने को कटरे से बाहर चले आये। आज यों भी इतवार था पर उनके लिए तो रिटायरमेण्ट के बाद हर दिन ही इतवार था।

"सुना है पण्डित जी फिर से अगला चुनाव भी लड़ने का मन बना रहे हैं।"

जगदीश टेण्टवाले को न जाने कैसे सारे मोहल्ले की खबर सबसे पहले हो जाया करती और फिर वह भोंपू की तरह उसका जगह-जगह प्रचार किया करता। उसके जीवन का एक ही सिद्धान्त था खबरों का प्रसाद जितना बाँट सको बाँटते चलो।

"ओए! मन तो कई बार बनाया पण्डत ने पर नतीजा?" सुक्खा सिंह ने कोई दिलचस्पी नहीं दिखायी।

"तो इसमें हर्ज ही क्या है? अच्छा है मोहल्ले का एक आदमी तो हिम्मत दिखाता है।"

जगदीश से रहा न गया।

"ओजी! हर्ज तो क्या है पर जित्तें तो कुछ बात हो न वर्ना पिछली बार की तरह नतीजा जीरो।" सुक्खा सिंह ने बात में से बात निकाली।

"अगले चुनाव में अभी साल भर बाकी है। देखें ऊँट किस करवट बैठता है?" जगदीश ने हार न मानी।

शोराकोठी के लगभग हर आदमी को खबर हो चुकी थी कि पण्डित जी लगातार दो बार हारकर अगली बार फिर से दिल्ली म्युनिसिपल कमेटी के चुनाव में पर्चा भरनेवाले हैं। देर से ही सही खबर पण्डित जी के तीसरे सुपुत्र द्विजेन्द्रनाथ जिसे उजले रूप के विपरीत घर में काले और दोस्तों में त्रिपाठी नाम से पुकारा जाता था ,उसके कानों में भी पड़ी। इतवार की छुट्टी के लिए बनाये इन्द्रधनुषी प्रोग्राम पर जैसे पानी पड़ गया। उसके भीतर गुस्से की चिंगारियाँ फूटने लगीं। बाहर से भले ही संयत था पर माँ उसका चेहरा देखकर ही दिल का हाल समझ गयी। पास आयी और सर सहलाया। बोली कुछ नहीं। कहती क्या वह न तीन में न तेरह में। उसके लिए पण्डित जी की बात ईश्वर का आदेश जो थी। शादी से पहले सब कहा करते थे दूसरी बीवी आदमी की जान होती है और उस जान पर आदमी सौ जानें न्योछावर करने को तैयार रहता है। पर गौरा जब से घर आयी जल्दी ही जमाने की बातों पर मिट्टी पड़ गयी। नाज-नखरा उठाना तो दूर पण्डित जी ने उससे कभी सीधे मुँह बात तक नहीं की। घर भर में पण्डित जी की हुकूमत चलती और बाकी सब उनके गुलाम।

त्रिपाठी कमरे से निकलकर बाहर आया। सामने ही पण्डित जी को पूजा-पाठ करते देखकर उसका पारा चढ़ गया। पण्डित जी का गला बहुत सुरीला था पर सुर त्रिपाठी के कानों में लावे-से उतर रहे थे। जब उसका गुस्सा फटने की सीमा तक हुआ तो उसने घर से निकल जाने में ही अपनी बेहतरी समझी। किसी सजायाफ्ता कैदी की तरह सजा खत्म होने के बाद तीर की तरह उसने शोराकोठी से बाहर निकलकर ही दम लिया। त्रिपाठी के कदम तेजी से आर्यपुरा की ओर बढ़ रहे थे कि टिल्लू भैया ने रास्ता रोक लिया। वह अपने मटर के खोमचे के लिए अक्सर सुबह-सुबह यहाँ दोने खरीदने आया करते।

"किधर चली सवारी?"

"भैया! नन्दन के...।"

"आज वहाँ जाने में तेरी भलाई नहीं बेटा! तू वहाँ गया नहीं कि भाई जी ने तुझे धुना नहीं।"

त्रिपाठी हैरान-सा टिल्लू भैया को देखने लगा।

''बेटा! कल की सारी खबर हो गयी है उनको। प्रेमी ने तुम तीनों को जयपुरिया में देख लिया। अब भाई जी का गुस्सा शान्त होने तक कदम न रखियो वहाँ।''

उसके सर पर हाथ फेरते टिल्लू भैया रुखसत हुए।

टिल्लू भैया, भाई जी के खासमखास आदमी थे पर बच्चों पर उनका प्यार उमड़ता था। समय से शादी हो जाती तो आज त्रिपाठी जितना बड़ा उनका लड़का होता। वे नन्दन से काफी बड़े थे पर उनके साथ क्रिकेट खेला करते और अक्सर मटर-मौंठ खिलाया करते तो बच्चे उन्हें भैया ही कहते और मानते थे। उनकी न शादी हुई, न घर बना। आर्यपुरा के एक कटरे में जीवन गुजर रहा था। त्रिपाठी के कदम रुक गये पर मन के सैलाब को कहाँ पटके यह समझ नहीं आ रहा था। पिता जी से जुड़ी जो खबर मोहल्ले में नयी जान डाल रही थी उसे सुनकर त्रिपाठी के होश उड़ गये। न जाने पण्डित जी को ये खब्त कैसे सवार हुई और हुई तो हुई लड़कों की जान आफत में डालने की उन्हें क्या सूझी? त्रिपाठी को याद आया पिछला चुनाव। पहले जोश-जोश में वह भी लग गया अपने बड़े भाइयों के संग पिता जी को जिताने पर फिर इस काम ने उसकी आजादी पूरी तौर पर छीन ली। सुबह-शाम चुनाव के अलावा जीवन में कुछ नहीं रहा। पण्डित जी ने सारे लड़कों को प्रचार के काम में झोंक दिया। लड़कों को जन्म देकर अब मौका आया था पकी फसल काटने का। त्रिपाठी को एक-एक करके सब याद आने लगा। दिनोंदिन गलियों के चक्कर काटना। पिता जी का प्रचार करना। दीवारों पर पेंट से उनका नाम पोतना और अन्ततः चुनाव परिणाम में उनके नाम से पुती दीवारों का उन सब पर जोर-जोर से हँसना। दो बार में चैन नहीं पड़ा था पण्डित जी को कि अब फिर से जगहँसाई कराने को तैयार हो गये। त्रिपाठी इस सवाल से जूझ रहा था।

सुबह-सुबह हुए इस प्रहार से अकेले जूझते त्रिपाठी को भूख लग आयी। नाश्ते का समय था। मन घर जाने को न हुआ। शोराकोठी से आगे चलते हुए रॉबिन सिनेमा के परली तरफ की सड़क पर कचौड़ी की दुकान पर उसने खाने के लिए दो कचौड़ियों का आर्डर दिया। यहाँ की कचौड़ियों पर उसका मन आशिक था। इतवार का नाश्ता यहाँ बरसों से उसका पक्का था। दोने को आलू की सब्जी से भरकर उस पर कटी हरी मिर्च और धनिया बुरककर, प्याज-पोदीने की चटनी डालकर दो बड़ी कचौड़ियाँ उसमें तैरा दी जातीं तो सुबह से ही मोहल्ले के लोगों की भूख खुल जाती। मोहल्ला में नाश्ता न भी बनता तो कोई

फर्क नहीं पड़ना था। जगह-जगह इतने कचौड़ी-पूरीवाले हलवाई जमे हैं बस पास में दमड़ी होनी चाहिए। दिमाग के घोड़ों को थामते त्रिपाठी ने कचौड़ियों को पेट में उतारा तो पाया भूख थी पर आज स्वाद नदारद था। स्वाद पिता जी की महत्त्वाकांक्षा की बलि चढ़ गया था।

ऊँची छलांगों का रास्ता अदृश्य चट्टानें रोक लेती हैं।

## बच्चों के नये खिलौने

सब्जीमण्डी के मुकीमपुरा इलाके में रात घिर रही थी । गोविन्द, रामभज और नारायण मुकीमपुरा के अपने कटरे के घिच्चे-पिच्चे आँगन में बैठे थे। आर्यपुरा का चन्दरभान यानी भाई जी अपने मोहल्ले में छोटी-मोटी साहूकारी भी करता था। मुकीमपुरा के लोगों से साहूकारी का वास्ता वो नहीं रखता था फिर भी टिल्लू की सिफारिश पर गोविन्द को न नहीं कर पाया था। आज गोविन्द ने चन्दरभान को पैसे लौटाने का वादा किया था। चन्दरभान किसी कारण से अब तक नहीं आ पाया था। कटरा नम्बर दो सौ चार में हल्की-सी रोशनी थी। खाने के इन्तजार में जमी बैठक कटरे की दीवार के आले में जलाये दीपक की नामालूम-सी रोशनी में अँधेरे से लड़ने की कोशिश कर रही थी।

ये अँधेरा उनके जीवन के अँधेरे के आगे कुछ भी न था। गोविन्द को रामभज और नारायण बड़ी ही मुश्किल से ढाढ़स बँधा पा रहे थे। गाँव से कमाने की खातिर दिल्ली आये गोविन्द की बहुत बड़ी उम्मीद थी राजधानी। यहाँ आया तो भरे-पूरे कटरे में एक कोठरी लायक जगह मिली तब भी भरोसा था कमाकर घर की माली हालत सुधार देगा। उत्तर प्रदेश के छोटे से गाँव माधोपुर में रहनेवाले गोविन्द पर भारी कर्जा था। किसानी हर दिन भारी परीक्षा ले रही थी। सूद पर पैसा उठाया और इस उम्मीद में दिल्ली चला आया कि कमा-बचाकर पैसा सधा देगा और जमीन बचा लेगा पर यहाँ किसी दिन ठेकेदार की कृपा से बिड़ला मिल में काम मिल जाता तो किसी-किसी दिन मिल के बाहर लगी लाइन में लम्बे-चौड़े लोहे के फाटक का छोटा-सा गेट मजदूरों के लिए बन्द कर दिया जाता। मिल की जरूरत के मुताबिक मजदूर अन्दर बुला लिए जाते। हर दिन की लड़ाई लाइन में नम्बर आने से शुरू होती फिर इस नम्बर के लगने पर पूरे आठ घण्टे कड़ी मेहनत की मामूली-सी मजदूरी मिलती। फिर भी इस दिहाड़ी पर हर घर के सपने टँगे थे। छोटे-मोटे काम, बड़ा कर्जा कैसे पूरा होता? सपना

ही तो था, टूटना उसके नसीब में बदा था। जमीन की कुर्की हो गयी। आज उसका जीवन अँधेरा था। जमीन की कुर्की के साथ घर की रोटी, बच्चों की पढ़ाई, दवा-दारू के सारे भरोसे आज जमीन पर चित पड़े थे।

"ऐसे घबड़ायेगा तो जियेगा कैसे?" रामभज ने गोविन्द के कन्धे पर हाथ रखा तो गोविन्द को लगा जैसे बहते जख्म पर किसी ने फाया धर दिया हो। वह फूट-फूटकर रोने लगा।

"भैया! यहाँ तो हर दूसरे आदमी की यही कहानी है। सुख का ठिकाना नहीं दुःखों की कमी नहीं। तू हार मान लेगा तो जिन्हें भरोसा देकर छोड़ आया है वो जीते जी मर जायेंगे।"

नारायण ने डर दिखाते हुए हौसला बढ़ाया तो गोविन्द के आँसू कुछ थमे। यहाँ लोगों की कहानियों में जगह और नाम ही बदलते थे, जिन्दगियों की सूरतें सबकी एक ही जैसी थीं।

अचानक कटरे के दरवाजे पर हलचल-सी हुई। रोशनी का घेरा दरवाजे पर खड़ी आकृतियों की शिनाख्त के लिए अपर्याप्त था।

"क्या हो रहा है? रामभज है क्या?"

"हाँ...कौन...? अरे! गुरु जी आप..."

अँधेरे को चीरकर दो सवालों की शक्ल में गुरु जी का स्वर पहचानकर तीनों एकदम उठकर बाहर आये। गुरु जी बीस बरस से अधिक समय से इलाके के पार्षद थे जो मुकीमपुरा की मन्दिरवाली गली में रहते थे और इस समय अपने दोस्त लक्ष्मणदास के घर से लौट रहे थे। लक्ष्मणदास गली के आखिरी कोने पर रहता था। अक्सर ही लक्ष्मणदास के घर पार्टी के कामकाज से उनका आना-जाना लगा ही रहता था। आज तो दोनों किसी शादी में गये थे। लौटने में देर हुई। चाय पीने के बाद गली के मोड़ तक लक्ष्मणदास उन्हें छोड़ने आये थे। सुनील के कटरे के बाहर अँधेरे को चीरती तीनों की आवाज से गुरु जी रुक गये। सबकी खोज-खबर लेने लगे। नारायण की पत्नी पार्वती ने गुरु जी की आवाज सुनते ही चाय चढ़ा दी और झटपट बनाकर गिलासों में भरकर ले आयी। वह जानती थी कि गुरु जी चाय को कभी मना नहीं करेंगे। चाय पीकर उठते हुए गुरु जी ने कहा–

"भाई! रामभज यहाँ बड़ा अँधेरा रहता है। सभी कटरों में बत्ती लगवाने का फैसला करवा लिया है। कल ही यहाँ भी बल्ब लगवाता हूँ।"

"ये तो बहुत अच्छा हो जायेगा, गुरु जी।" रामभज ने खुश होकर कहा।

अगले दिन दोपहर तक लम्बा तार लगाकर एक होल्डर छत के हुक से बब्बू बिजलीवाले ने लटकाया और आज की रात कटरे में एक नया उजाला था। इस उजाले को गुरु जी की आभा मिल गयी थी। उजाला सिर्फ बल्ब का नहीं गुरु जी के शब्दों का भी था। न जाने क्यों गोविन्द को कटरे में लगवाया गुरु जी का यह बल्ब कठिन दिनों में एक आस से भरा लगा।

मल्कागंज चौक की चौड़ी सड़क से आते हुए मोती पहलवान के अखाड़े और कटरा अनारकोठी के बाद अगला सँकरा-सा रास्ता जो दाहिनी ओर अन्दर जाता घूमता है वही मुकीमपुरा है। मुकीमपुरा के तिलक चौक पर यों तो रोज ही गुरु जी का दफ्तर लगा करता। सुबह मुकीमपुरा में बैठना और शाम तक घण्टाघर चौक पर धर्मपुर लॉज पार्टी के दफ्तर में। 7704, धर्मपुर लॉज यही दफ्तर का पता था। दफ्तर और मुकीमपुरा के बीच मल्कागंज, सब्जी मण्डी, आर्यपुरा और सोहनगंज इलाके में जरूरत के मुताबिक उनकी आवाजाही बनी रहती नहीं तो इलाका खुद अपनी समस्याएँ लिए उनके पास पहुँच जाता। एक शाम को धर्मपुर लॉज से गुरु जी साइकिल पर लौट रहे थे। घर के सामने एक पल को साइकिल की रफ्तार धीमी हुई ही थी कि उन्होंने पैडल मारकर उसे गति दी और लक्ष्मीनारायण मन्दिर को पार करते हुए गली के अन्त में तिलक चौक के ऑफिस के सामने साइकिल रोकी। ऑफिस खाली था। लक्ष्मणदास शायद किसी काम से घर गया था। पचास-साठ कदम की दूरी पर ही तिलक चौक और वहीं पार्टी का ऑफिस है। तिलक चौक से सामने की तरफ दो रास्ते कटते हैं। एक में गुरु जी का घर है और दूसरी तरफ उनके साथी अमरसिंह और दौलतराम का। दोनों लाल झण्डा पार्टी के कार्यकर्त्ता। अमरसिंह की दुकान पर कुछ देर बैठकर गुरु जी आगे बढ़े ही थे कि बच्चों का एक रेला पुराने टायर को किसी टहनी से ठेलता हुआ उनके करीब से गुजरा।

"ध्यान से, सँभलकर जरा।"

गुरु जी ने कहा ही था कि बेध्यानी में एक बच्चा दूसरे से टकराया और गिर पड़ा। यह अमरसिंह का छोटा लड़का विजय था। पूरे वजन से गिरने के कारण उसके दोनों घुटने और हाथ बुरी तरह छिल गये। टायर के खेल में मगन रेले के उसे छोड़कर आगे भाग जाने या फिर चोट के दर्द के कारण विजय तेज-तेज रोने लगा।

"रोता क्यों है? जरा-सी चोट में गला फाड़े दे रहा है।" गुरु जी ने उसे गोद में बिठाकर सहलाया।

"मेरा खेल बिगड़ गया।" चोट से बड़ी विजय की पीड़ा खेल छूटने की थी।

"बेटा! और नये खेल मिल जायेंगे।"

बचपन के खेलों का सिरा किस्से-कहानियों-कविताओं की किताबों से जोड़ देने का ख्याल उनके मन में अचानक कौंधा। बचपन कुम्हार की चाक पर गीली मिट्टी का लौंदा ही तो है जिसे गढ़नेवाले के मन की आँखों और सोच की उँगलियों ने जैसा गढ़ दिया वह आकार पा जाता है। नये विचार के कौंधते ही गुरु जी के मस्तिष्क में एक दीपक ने शक्ल अख्तियार की। वे मुस्कराये। गोद में बिठाये विजय के कपड़ों से धूल झाड़ी और उसके छिले हाथ और फूटे घुटने सहलाये।

"अभी खेल बेटा! अब तुम सबके लिये नये खिलौने लायेंगे।"

विजय, गुरु जी की गोद से उतरकर झट खड़ा हुआ और दर्द भुलाकर अपने दोस्तों की दिशा में भागा। पैरों में गति थी पर दिमाग नये खिलौने की कल्पना को साकार करने लगा। आगे भागते हुए उसने पीछे मुड़कर गुरु जी को देखा तो एक मजबूत इरादे से लिपटकर बचपन मुस्कराया। वैसे भी बचपन की धरती पर भरोसे के बीज छिड़कने की देर है पकी फसल आकार लेने लगती है और गुरु जी किसान के बेटे थे धरती से उम्मीद के रिश्ते को बखूबी जानते थे।

उसी शाम को धर्मपुर लॉज के पार्टी दफ्तर में अपने साथी कार्यकर्त्ताओं के बीच जैसे ही गुरु जी ने नया प्रस्ताव रखा, वह पास हो गया। प्रस्ताव था जनता लाइब्रेरी का। दफ्तर में बैठे कुछ नौजवान साथी बहुत उत्साहित हुए और जो वरिष्ठ थे उन्हें भी यह नया विचार जँच गया। ऑफिस रोज की तरह ही कार्यकर्त्ताओं और काम-काज से मिलने-जुलनेवालों से भरा था। जिन्हें कुर्सियाँ मिल गयीं वे उन पर जमे थे। कुछ को बेंच नसीब हुआ तो कुछ खड़े होने भर की जगह पाकर ही सन्तुष्ट थे।

"वैसे मेन बाजार सब्जी मण्डी में शेरसिंह लाइब्रेरी और रेलवे स्टेशन के पास दिल्ली पब्लिक लाइब्रेरी भी है एक और हो जायेगी तो अच्छा ही रहेगा।"

नौजवान कॉमरेड कैलाश जो अभी बिड़ला मिल के नये कार्यकर्त्ताओं की पर्ची काटकर अपने पहले मोर्चे की सफलता पर खुश लौटा था इस निर्णय पर अपनी दोहरी खुशी जाहिर करते हुए बोला।

"पर ये दोनों मुकीमपुरा से खासी दूर हैं। इस लिहाज से ये अच्छा प्रस्ताव है।"

लक्ष्मणदास की संयत आवाज और चश्मे से झाँकती आँखों ने अपने अनुभवी होने का परिचय दिया। चन्दरभान यों ही किसी काम से ऑफिस आया था बात सुनकर उसकी आँखों की चमक भी बढ़ गयी। लगे हाथ आर्यपुरा में भी एक ऐसी ही लाइब्रेरी बनवाने की माँग उसने कर डाली। आदत से मजबूर चन्दरभान हर अच्छे काम की दिशा को अपने मोहल्ले से जोड़ने का कोई मौका नहीं चूकता था जबकि ये पूरा इलाका गुरु जी के चुनावी क्षेत्र में ही आता था।

1958 से 1981 पूरे तेईस साल बीतने के बाद भी मुकीमपुरा, आर्यपुरा, शोराकोठी, मल्कागंज, सोहनगंज यानी सब्जी मण्डी का ये पूरा इलाका गुरु जी के इलाके के नाम से जाना जाता। दिल्ली म्युनिसिपल कमेटी के अब तक के चुनावों में उत्तरी दिल्ली के सोहनगंज वार्ड के गुरु जी अजेय उम्मीदवार थे। चुनावों की आहट मिलते ही गुरु जी बाद में सक्रिय होते उनसे पहले तमाम मिल मजदूर, दिहाड़ी मजदूर, दुकानदार, सरकारी कर्मचारी, वर्ग और जाति के सारे भेद-भाव भुलाकर गुरु जी का लाल झण्डा खुशी-खुशी उठा लेते। मिलकर चन्दा करते। बड़ी पूँजी किसी के पास नहीं थी पर दिल सबका बड़ा था। सब मिलकर गुरु जी को चुनाव लड़वाते। गुरु जी के इलाके में चाहे जनसंघ का कोई नेता आ जाये या कांग्रेस का, लोग उन्हें जरा तवज्जो न देते। जहाँ दिल्ली की तमाम राजनीतिक पार्टियों के नेता एक तरफ रहते उनमें गुरु जी का पलड़ा सबसे भारी रहता। दिल्ली भर के सौ वार्ड में अन्य पार्टियों के नेता चुनाव लड़ते और गुरु जी का चुनाव जनता लड़ती। बाल-दरान्ती का लाल झण्डा गली-गली लहराता। हालाँकि दिल्ली गुरु जी की जन्मभूमि नहीं थी। 1925 में इन्दौर के हरदा में गुरु जी का जन्म हुआ था। मात्र आठ साल की उम्र में हरदा जिले में आये गाँधी जी को देखा तो उनकी सूरत पूरे विचारों के साथ दिल में ऐसी बसी कि स्वतन्त्रता के लिए उनका जज्बा जाग उठा और देश के स्वतन्त्रता आन्दोलन में शामिल हो गये। आजादी के बाद भी इन्सान की जड़ताओं के मुक्तिकामी आन्दोलन को दिशा देते रहे। जवानी से ही वे पार्टी की अनेक गतिविधियों से जुड़े तो कभी अलग न हुए और आजादी के बाद से ही पार्टी के वरिष्ठ कार्यकर्त्ता रामचन्द्र शर्मा और बी. डी. जोशी की सरपरस्ती में भारत भर की कपड़ा मिलों और मजदूर हितों के लिए गुरु जी एक वजनदार आवाज़ बन गये।

दिल्ली की चार कपड़ा मिलों से गुरु जी सीधे तौर पर जुड़े थे। अयोध्या मिल, डी.सी.एम, स्वतन्त्र भारत मिल के साथ बिड़ला मिल। इनमें भी बिड़ला मिल से उनका सीधा नाता था। वहाँ की कपड़ा यूनियन के गुरु जी नेता थे। धर्मपुर लॉज से सीधे शक्तिनगर की दिशा में आगे बढ़ने पर बायीं हाथ की तरफ पड़ती बिड़ला मिल काफी बड़े क्षेत्र में फैली थी। जिसके मजदूरों की मिल और जीवन सम्बन्धी समस्याओं के गुरु जी पूरे समर्पण के साथ हल खोजा करते। इलाके की शान अम्बा सिनेमा से ठीक पहले एक वनस्पति तेल की चलती मिल भी थी। एक तरह से पूरा इलाका औद्योगिक केन्द्र था और मजदूरों से पटा था।

ऐसा नहीं है कि चन्दरभान ये सब नहीं जानता था पर मन के अनेक स्वार्थी कोने हमेशा इच्छाओं की पुर्जियाँ उसकी जुबान पर धर दिया करते। पूरे इलाके के विकास के बदले उसका ध्यान केवल आर्यपुरा पर ही लगा रहता। चन्दरभान के लिए गुरु जी से मेल-मिलाप रखना रसूखवाले आदमी से रिश्ता बनाने के लिहाज से बेहद जरूरी था। लोगों पर इसका खासा रुआब डालकर वह मगन रहा करता। भरे ऑफिस में सारी जरूरी बातों के बीच गुरु जी की निगाहों की सिलाई कहीं दूर अपनी योजना बुन रही थी।

अगले दिन ही पार्टी हेडक्वार्टर जाकर गुरु जी ने सारी बात पक्की कर ली। कुछ दिन बाद मुकीमपुरा के तिलक चौक के कोने पर पार्टी ने दफ्तर में ही लाइब्रेरी का बन्दोबस्त कर दिया गया। बच्चों की किताबों की व्यवस्था करने के लिए गुरु जी खुद ही कनॉट प्लेस की ओर निकल गये। पीपुल्स पब्लिशिंग हाउस में रूसी बाल साहित्य की अनेक किताबें मौजूद थीं। उत्साह में इनर सर्किल में दुकान के विपरीत दिशा में बढ़ते हुए अचानक गुरु जी रास्ते में कॉमरेड आनन्द गुप्ता से टकरा गये।

"गुरु जी! यहाँ कहाँ?"

अचानक हुई भेंट ने गुरु जी को चौंकाया और फिर जोश से भर दिया। गर्मजोशी से हाथ मिलाकर हाल बताया तो आनन्द गुप्ता ने सही दिशा का रास्ता दिखाया।

दुकान के अलग-अलग हिस्सों में रूसी लोककथाएँ, जहाँ चाह वहाँ राह, हीरा-मोती, तीन मोटे जैसी कहानियों की मोटे जिल्द की बड़ी आकार की किताबों के अतिरिक्त सुर्ख लाल फूल, शेर और कुत्ता, चूक और गेक जैसी पतले जिल्द की एक कहानी की किताबें भी कई थीं। दोनों तरह की

किताबों में बेहद सुन्दर चित्र थे। कुछ किताबें तो ऐसी थीं कि उनमें केवल चित्र कथाएँ ही सँजोयी हुई थीं। मोटे चिकने कवर को खोलते ही कभी कोई महल सामने सज जाता तो कभी कोई नाव हाजिर हो जाती। पेज के कोने में बाहर की ओर निकली एक तीरनुमा आकृति के कागज को खींचते ही नाव पानी में हिचकोले खाने लगती। गुरु जी सोचने लगे कि बच्चे इन्हें देखकर कितने खुश होंगे। वहाँ अंग्रेजी की किताबें भी थीं पर गुरु जी ने मुकीमपुरा के बच्चों के लिए हिन्दी की अनेक किताबें खरीदीं। पीपीएच की किताबें अपनी सज्जा और सोवियत रूस के एक-से-एक बड़े लेखक की, सुन्दर छपायी और अच्छे अनुवाद में होने के बावजूद बेहद सस्ते दामों में थीं।

मुकीमपुरा में आज जश्न का माहौल था। आज एक नयी सुबह की बाट जोहनेवाले गुरु जी और उनके साथी सुबह से ही तिलक चौक पर जमा थे। मुकीमपुरा से ही नहीं आर्यपुरा, सोहनगंज, मल्कागंज, खारिया मोहल्ले से भी कुछ जाने-माने लोग यहाँ मौजूद थे। बच्चे सुबह से ही अपने नये खिलौने के इन्तजार में थे। पूरा मोहल्ला एक अजूबे के लिए पलकों को झपकाने से कतरा रहा था और ये क्या मुकीमपुरा में आज गुरु जी और अन्य कॉमरेडों के साथ एक बेहद जाना पहचाना चेहरा जैसे ही दिखायी दिया बुर्जुर्गों और नये लोगों में शोर-सा मच गया। फिल्मों के जाने-माने अभिनेता बलराज साहनी सामने थे। खुद मुकीमपुरा को अपनी आँखों पर विश्वास न था। अरुणा आसफ अली, चर्चित लेखिका अमृता प्रीतम, लेखक भीष्म साहनी और गीतकार सन्तोष आनन्द की मौजूदगी में गुरु जी के क्षेत्र में जनता लाइब्रेरी का सपना साकार हुआ। गुरु जी के साथी लक्ष्मणदास और रामचन्द्र शर्मा भी इस मौके पर साथ थे। मुकीमपुरा में बच्चों के संग बड़ों के लिए भी किताबों की व्यवस्था की बात उठी।

मोती, पप्पू, अजहर, रानी, बिन्नी, मनप्रीत, राजा, टिन्नी, सकीना, नजमा जैसे कितने ही बच्चे आज लाइब्रेरी में अपने नये खिलौनों से मिल रहे थे। स्कूली किताबों के अलावा आज शायद पहली मर्तबा इतनी सुन्दर किताबें उनके जीवन का हिस्सा हुई थीं। बचपन की कई जोड़ी निगाहें उन सुन्दर चित्रों में डूब जाना चाहती थीं, कितने जोड़ी हाथ किताबों को अचक से उठाये थे। उनके चित्रों को छू-छूकर आज बच्चे किसी जादुईलोक में होने-सा महसूस कर रहे थे।

"ये सच में हमारे लिये हैं न?" टिन्नी की शंका नजमा से मुखातिब हुई तो गुरु जी ने बड़े प्यार से उसके सिर पर हाथ फेरकर कहा—"सब-की-सब तुम्हारी। खूब पढ़ो। हम और लेकर आयेंगे नयी-नयी किताबें।"

आकाश में उम्मीदें तारे बनकर चमकने लगीं।

## तितलियों के दिन जुगनुओं-सी रातें

जवानी के किल्ले पूरे फूटे नहीं थे पर शरीर में हर दिन एक नयी किरण उमंगों के जवान होने की निशानी दे रही थी। तीनों दोस्त नन्दन, त्रिपाठी और संजय अपनी-अपनी चिन्ताओं-मुसीबतों में घिरे हुए भी जब साथ होते तो बात निराली होती। सारी दुनिया इन दिनों उनके आगे लिलीपुट नगरी थी जिसमें अचानक गुलीवर की तरह उनकी चकित करनेवाली लम्बाई निकल आयी थी। यों रावलपिण्डी स्कूल में तीनों के दाखिले की एक ही वजह थी कि वो तीनों आसपास के सरकारी स्कूलों से अलग इस एडिड स्कूल में रहकर कुछ सलीके की जिन्दगी जियें। होनहार बनें और अपनी सुनहरी किस्मत लिखें। इसीलिए इस स्कूल की फीस भी अन्य स्कूलों के मुकाबले कुछ रुपये अधिक थी पर सूरत-सीरत में वह पूरी तौर पर सरकारी स्कूल ही था। हालाँकि साथ सटा मल्कागंज और उससे आगे चन्द्रावल शुरू से ही नामी बदमाशों के इलाके रहे थे। चन्दरभान, पण्डित जी और सुभाष तीनों सोचते उन्होंने रावलपिण्डी में लड़कों का दाखिला कराकर उन्हें अच्छी दिशा में आगे बढ़ा दिया है। अपनी जिम्मेदारी को सही खूँटे पर बाँधकर तीनों निश्चिन्त थे। उनके बच्चे भी मोहल्ले के तमाम लड़कों से अलग दसवीं तक अच्छे ही माने जाते रहे चाहे मामला नम्बरों का हो, मेहनत का या फिर उनके स्वभाव का पर पुरानी दिल्ली के इस इलाके में स्कूल चाहे सरकारी हों या फण्डिड-एडिड ग्यारहवीं-बारहवीं में आकर सारे भेद-भाव मिट जाते। यों कहें कि पूरे इलाके में एक छूत का रोग था जिसकी चपेट से बच पाना नामुमकिन था। हर लड़का इस चपेट का बेसब्री से इन्तजार किया करता । इस तरह तीनों दोस्तों ने नया कुछ भी नहीं किया वे तो स्कूल की चली आ रही रवायतों को पूरी ईमानदारी से निभा रहे थे। न जाने दुनिया क्यों उनसे नाराज थी?

रावलपिण्डी स्कूल, मल्कागंज से चली आ रही सड़क के आखिरी हिस्से में खड़ा था। यहीं से आगे यू टर्न में घूमता रास्ता सब्जी मण्डी मेन बाजार में निकल आता और अन्त में घण्टाघर से मिल जाता। संजय का घर मल्कागंज चौक से

आगे कबीर बस्ती में था और नन्दन का यू टर्न में घूमकर पंजाबी बस्ती से पहले अन्दर निकलते आर्यपुरा में । पंजाबी बस्ती से घण्टाघर की ओर निकलनेवाले रास्ते में ही आगे की तरफ शोराकोठी थी। त्रिपाठी यहीं रहता था। मन से ही नहीं तीनों घर से भी काफी करीब रहते। इन दिनों पूरा इलाका उनकी मस्ती की भेंट चढ़ा हुआ था। स्कूल आ जाने के बाद जैसे हर चिन्ता-परेशानी से छुटकारा था। सुबह की शिफ्ट के इस स्कूल में होने के असली सुख की चाबी उनके हाथ अब जाकर लगी थी। सुबह और दोपहर दो बार इस सुख का दरवाजा उन पर खुलता। तीनों को किसी ने नहीं बताया पर फिर भी एक खास समय पर स्कूल की सब चिन्ताओं से मुक्त वे भी शमीम, पत्तू, मंगल सोनकर, शिव प्रजापति और अनेक लड़कों के साथ जन्नत के महल के बाहर की पटरी पर खड़े हो जाते। सुबह और दोपहर जन्नत की हसीन परियाँ यहीं से गुजरा करतीं। सबकी आँखें रास्ते पर बिछी रहतीं कि कब जन्नत का रथ उन परियों की सवारी लिये आयेगा जिसमें बैठी सुन्दर, दिलकश, शोख परियाँ हँसती-मुस्कराती हुई दिखायी देंगी। उनके दिलों की धड़कनें रथ को दूर से देखकर ही बढ़ जातीं। सुन्दर-हसीन परियाँ अपने शाही अन्दाज़ में रोज वहाँ से निकलतीं और तमाम लड़के रंगबिरंगी तितलियों के एक बड़े झुण्ड में अपनी पसन्दीदा तितली को पाने की आस में दौड़ने का सुख भोगते।

"हाय! कमबख्त ने एक झलक देखा भी नहीं।" संजय ने दिल पर हाथ फेरते हुए कहा।

"यार! ये ऐसी दूध की तरह उजली हैं कि हम छुयेंगे तो मैली हो जायेंगी।" त्रिपाठी से रहा न गया।

"साले! थोबड़ा देखा है अपना? छूने की बात तो दूर तुझसे पट भी जाये तो लगा ले शर्त। ये इन्द्र के दरबार की तितलियाँ हैं और हग देवता हो नहीं सकते।" नन्दन की स्पष्टवादिता ने तितलियों के बाग को तहस-नहस कर दिया।

"मेरीवाली तो रोज मुस्कराती है यार! आते और जाते हुए। लगता है जल्दी ही चिट्ठी गिरेगी।" पत्तू ने शर्माते हुए कहा तो पूरी पटरी के सीने में आग लग गयी।

"वो मुस्कराती नहीं तरस खाती है तुझपे। अबे! तेरे जैसे झाड़ू भी नहीं लगाते उसके घर में।" पत्तू के शर्मीले चेहरे को देख शमीम झुलस गया।

“तो तेरे जैसे उसका सण्डास भी साफ नहीं करते साले।” पत्तू के हवाई किले में आग लग गयी थी और अब वह चाहता था कि आग बढ़े और शमीम का किला जलाकर राख कर दे।

तितलियों के चटख रंगों, फूलों की खुशबुओं के बीच उनके भागने-दौड़ने-इतराने और उनके पीछे भाग रहे मनचलों की पूरी दुनिया को लीलनेवाले सण्डास के भभके ने मंगल और शिव को बुरी तरह आहत कर दिया। त्रिपाठी और शमीम के जादू भरे संसार को भी नजर लग गयी। सभी ने मिलकर वहीं पत्तू को धो डाला। पत्तू ने भी बचाव में जी भरकर गालियों के वार किये तो बाकियों ने भी बदले में लात-घूँसों की बौछार कर दी। पत्तू को बस एक ही इत्मीनान था उसकी परी का रथ तब तक गुजर चुका था और आशिक की बेइज्जती परी ने नहीं देखी। पटरी पर बिखरी पत्तू की बेइज्जती परी की आँखों से ओझल थी इसलिए पिटने के बाद भी चोट उसे कुछ खास तकलीफ नहीं दे पा रही थी।

रोज सुबह सात बजे और दोपहर एक बजे के आसपास क्वीनमेरीज़ पब्लिक स्कूल की बस कमलानगर, शक्तिनगर, मॉडल टाउन की रौनकदार परियों को लिए रावलपिण्डी स्कूल के आगे से निकला करती । कितनी ही परियाँ मल्कागंज चौक से शुरू होते कूड़े के ढेर, सड़ांध से बजबजाते गटर, अधनंगे पुरुषों की आवाजाही, ठेले-रिक्शों की आड़ी-टेढ़ी सड़क पर कब्जादारी, जगह-जगह पड़े मलबे को देखते ही अपनी सारी इन्द्रियों को बन्द कर लेने की पीढ़ियों से आदि थीं। इस इलाके की पहचान थी दिमाग कुन्द कर देनेवाली बदबू जिससे बचने को परियाँ छटपटातीं। वे तड़पतीं काश कोई देवता उनकी सुन ले तो मल्कागंज से रावलपिण्डीवाला सारा इलाका अपने जीवन से मिटा दें। कुछ परियों का दिल तितलियों-सा था जो जुगनुँओं के लिए धड़कता था। तितलियों के दिल जुगनुओं से मिले न मिलें नैन-मटक्का रोज़ का था। कोई दिल हवा में उछलता तो कोई उसे लपकता। तितलियों और जुगनुँओं की उम्र का असर पूरे माहौल में घुला था।

आधा दिन परियों की दो पालियों में न जाने कब तितलियों-सा फुर्र हो जाता। दिल में कुछ आहें, होठों पर कुछ नगमें, आँखों में ढेर-सारे सपने लिए लड़के जादू की नगरी से वापस लौटते। कायदे से लड़कों का दिन शुरू होता स्कूल खत्म होने के बाद, जब निगाह तितलियों-फूलों से इतर सीधी कठोर सड़क पर लौटती। सब्जबाग हवा होते और सामने होता सब्जी मण्डी का वही पुराना इलाका। घर आकर, कुछ खा-पीकर लड़कों के हिस्से के काम शुरू हो

जाते। पूरा परिवार शायद उनके आने की ही बाट जोहता। कौन टूटे दिल का बोझ लिए लौटा है– घर में किसको परवाह?

"भाग के जाइयो! जरा आटा पिसवा ला, या बिल्ली की चाल से जा और कुत्ते की चाल से घर का फलां-फलां सामान ले आ।"

किसी को आते ही बाप की दुकान संभालनी है तो किसी को बाजार-हाट के काम निबटाने हैं। कुछ और नहीं तो दोपहर में बड़े भाई छोटी बहन की फरमाइश पर बुद्धा के पकौड़े, ओम के समोसे, रॉबिन की कचौड़ियाँ, सुशीला की हरी चटनी के साथ मंगोड़ियाँ, टिल्लू के मटर-कुलचे और रतन की जलेबी लाने जैसी अनन्त फरमाइशें पीछा न छोड़तीं। कभी-कभी गली में नया उत्पात घण्टों लील लेता। उत्पात के लिए किसी बड़े कारण की जरूरत ही क्या थी? गली में धूप लग रहे अचार के मर्तबान पर अनजाने या जान-बूझकर लात मारने से ही पूरी गली ताण्डव नाचने लगती। स्त्रियाँ दुर्वासा का अवतार लेकर सबको शापित करतीं- फलाने का कभी बीज न फले से लेकर पूरे खानदान की तबाही के शाप झरने लगते। पुरुष भी पीछे न रहते। बात बढ़ती तो गड़े मुर्दे भी जिन्दा हो जाते फिर तो बात हाथ-लात पर आकर थमती। बच्चे, बूढ़े और जवान सबके लिए आये दिन का यही आलम रहता पर मजा रोज का नया था। कहीं-कहीं अचार की एक बरनी खानदानी दुश्मनी ढोने लगती तो कहीं कुछ दिन बाद ऐसा बहनापा और भाईचारा उमड़ता कि शाप किसी कब्र में औंधे मुँह पड़ जाते।

हर रात लड़कों की कल्पनाओं को साकार करती। सारे लड़के जुगनूँ हो जाते और अँधेरे कोनों में अपनी महबूबा संग चमक उठते। पूरे दिन की हलचल में शान्त रात ही लड़कों के लिए बेचैनी का सबब थी। जुगनूँ बने लड़के अपनी ख्वाबों की दुनिया में जी भर टिमटिमाते। रात के गहराते हुए उनकी कल्पना सातवें आसमान पर जा बैठती। आजादी का ऐसा जश्न कभी आजादी के बाद देश गें न मना होगा जो नींद से पहले हर रात ये लड़के मनाते। नींद लगते-लगते महबूबा की गलियों से गुजरते, हँसी, छेड़छाड़ के बाद महबूबा उनकी बाहों में होती। सिरहाने का तकिया कब सीने से आ लगता और कब दोनों घुटने दिल के दरवाजे से चिपटकर पनाह माँगने लगते।

जवान होते लड़के वाकई जुगनूँ हो जाते हैं और रात में खूब चमकते हैं।

### चन्दरभान उर्फ भाई जी उर्फ ठाकुर जी

आर्यपुरा के बिन्दास हीरो थे—चंदरमान उर्फ भाई जी। उनके निकट जो भी होता उसकी तकदीर और इज्ज़त भाई जी रूपी पारस का स्पर्श पाकर

जगमगाने लगती। यों उनकी नज़दीकी पाना कोई हँसी-खेल नहीं था। भाई जी बड़ी पारखी नज़र रखते थे। ऐरों-गैरों को पास फटकने भी नहीं देते और ज़्यादा बोलने वाले तो उन्हें सख्त नापसन्द थे। तेजी दिखानेवाले का पत्ता तो पहली दफा में ही कटा समझो। रुपये-धेले से तो कोई उनकी बराबरी कर ही नहीं सकता था क्योंकि भाई जी भारती ड्राइक्लीनिंग की चलती दुकान से साहूकारी का साइडबिजनेस भी चलाते थे। आर्यपुरा में लोगों की जरूरतें कभी खत्म न होती थीं। जरूरतें आसमान पर चढ़ी जाती थीं और सीमित आमदनी धरती पर महीने से पहले ही दम तोड़ देती। इसीलिए आर्यपुरा के लोगों की जरूरतें भाई जी की चौखट पर आराम पातीं। बरसों से उनकी हाथ फैलाने की आदत बन गयी थी और बरसों से भाई जी ने भी फैले हाथ को जरूरत भर रुपयों की मुट्ठी बनाकर खूब नाम-दाम बनाया था। मोहल्ले की रिरियाती फरियादों ने ही उन्हें चन्दरभान से भाई जी की आदरणीय उपाधि से नवाज़ा ।

आर्यपुरा में भाई जी की नजदीकी सब चाहते थे पर बरसों की आज़माइश के बाद ये मौका दो ही लोगों को मिला--टिल्लू और प्रेमी को, जो केवल नाम का ही प्रेमी था। भारती ड्राइक्लीनर्स की दुकान के सहारे इमली का छतनार ऊँचा पेड़ भी भाई जी की तारीफ में झुका रहता। यहीं दिन भर में न जाने कितनी महफिलें सजतीं। नन्दन यहीं दुकान का काम करता और भाई जी के चाहनेवालों की सेवाटहल करते-करते न जाने कब उनका चहेता बन गया । नन्दन उम्र में छोटा, दिखने में आकर्षक, पढ़ने-लिखने में तेज और सेवा-टहल का पक्का था। उसका विनीत और आज्ञाकारी होना ही वो असली पैमाना था जिसके कारण वो भाई जी के नजदीक था और उनका दुलारा भी। वैसे तो उनके दो बेटे भी दुकान पर काम किया करते थे पर निकम्मे और आलसी होने के कारण कभी उन्होंने भाई जी का प्यार न पाया जबकि नन्दन को भाई जी रूपी पारस का स्पर्श मिल गया था। नन्दन का पिता रामकुमार ही पहले दुकान संभाला करता था पर उनकी असमय मृत्यु के बाद नन्दन के लिए दुकान ही उसका पिता हो गयी। उसके पास रहते हुए नन्दन को पिता की कमी कम ही महसूस हुआ करती।

अपने भरे-पूरे परिवार में भाई जी का डंका पिटता था। कोई न भी समझे पर भाई जी खुद को उनका खुदा ही समझते और जो उनकी राय के विरुद्ध गया वो समझो गया। भाई जी का उससे छत्तीस का आँकड़ा हो जाता। इस मामले में वे बड़े ही समाजवादी थे। सबको एक ही निगाह से तोलते चाहे आदमी घर

का हो या बाहर का। भाई जी का दाहिना हाथ था टिल्लू, जिसे घर के बच्चे टिल्लू भैया कहते। टिल्लू भैया एकदम शरीफ और गजब के मेहनती। उनमें वे सारी खूबियाँ शामिल थीं जिनके चलते उन्होंने भाई जी के दिल में जगह बनायी थी। वे प्यार और अधिकार से भाई जी को ठाकुर जी कहा करते। सब उन्हें भाई जी का डिप्टी कहते। दूसरा, प्रेमी, टिल्लू की तरह तो नहीं था पर उसका-सा स्वाँग रचने में माहिर था। बतरस उसे खूब था और लगाने-बुझाने की आदत भी कम न थी। यों भाई जी भी खरे-खोटे का फर्क बखूबी जानते थे पर प्रेमी सभी खोटों में सबसे कम खोटा था और फिर भाई जी को भी अपनी ठसक दिखाने के लिए अपने दो-एक खास लोगों की जरूरत थी। इस तरह ये तिकड़ी निर्मित हुई जरूर पर समानता के सिद्धान्त पर नहीं भाई जी के मालिकाना हक के मातहत। तिकड़ी के बावजूद वो दोनों भाई जी के चाकर-प्रशंसक अधिक थे। इस तिकड़ी मे सेंध लगाने की भरसक कोशिश करनेवाला एक और शख्स था ननकू। ननकू को भाई जी का परमानेण्ट प्रशंसक कहना गलत न होगा पर शायद भाई जी को शेर याद था—"हुए तुम दोस्त जिनके दुश्मन उनका जमाना क्यों हो।" तो वो ननकू को जरा दूर ही रखा करते।

भाई जी के रोब-दाब की मुख्य वजह उनकी दुकान थी। दुकान बहुत मौके की जगह पर थी। आठ-दस घरों के कटरे के बाहर गली से एकदम सटी हुई और मोहल्ले के नुक्कड़ पर। तीन तरफ का पूरा नज़ारा वहाँ बैठकर लिया जा सकता था और गली में आने-जानेवालों सबपर नज़र रहती थी। दुकान के साथ लगे पेड़ के नीचे चबूतरा था। इस तरह अड्डेबाजी का पूरा प्रबन्ध रहता। सुबह का अखबार बाँचने से लेकर देर रात दुकान की ओट में नशा करने तक के बीच दोस्तियाँ, दुश्मनियाँ निभाना, पारिवारिक समस्याओं से लेकर समाज और देश-विदेश की समस्याओं पर बेबाक टिप्पणियों, हँसी-ठठ्ठे से लेकर मार-कुटाई, गाली-गलौज की उपयुक्त जगह। बेटों और एक पुराने वफादार सेवक को आदेश देकर दुकान के बाहर बैठे भाई जी एक तरफ दुकान की निगरानी करते और दूसरी तरफ पूरे दिन बतरस का आनन्द भी लेते। टिल्लू अपना खोमचा वहीं दुकान के आगे लगा लिया करता। चटपटी मटर और मौंठ बनाने में उसकी मास्टरी थी। अक्सर दोपहर में अपने पसन्द की सब्जी न बनने पर लोग कहा करते—"जा भाग के टिल्लू से एक दोना मटर ले आ। खाने का मजा तो आये।"

प्रेमी जो बच्चों को डरा-धमकाकार उनके बीच प्रेमी चाचा के नाम से मशहूर हो गया था वह बिड़ला मिल में फिटर था। सुबह काम पर जाता सो उसकी पूरी शाम भाई जी की दुकान पर ही बीतती। उसका परिवार राजस्थान में अलवर के पास बहरोड़ में रहता था।

भाई जी खुराफाती आदमी थे। नयी-नयी योजनाओं के फितूर उनके दिमाग में छाये रहते। आज सुबह से भाई जी की उत्पाती योजना टिल्लू की राह तक रही थी। दूर से उसे आते देख भाई जी की बांछें खिल गईं। आने की देर थी कि भाई जी ने कहा—

"देख भाई टिल्लू! मौंठ-मटर बनाने का तर्जुबा तुझे है ही और सबको पसन्द भी आता है तो ऐसा कर ले दुकान के एक कोने में छोले-भठूरे की दुकान कर लेते हैं। अरे! जब वो मोटे हलवाई का छोकरा चला रा है तो क्या हम उससे भी गये-गुजरे हैं? फिर दुकान मौके की जगह है। बिजनिस अच्छा चलेगा।"

टिल्लू समझकर भी चुप रहा।

"अरे! गधे की तरह चुप क्यों है? बोल न।"

दरअसल टिल्लू कोई रिस्क लेना नहीं चाहता था। अपने खोमचे और आमदनी से वह पूरी तरह सन्तुष्ट था पर भाई जी का स्वभाव वह जानता था। भाई जी बड़े ही उद्यमशील इन्सान थे। एक मर्तबा जो ठान लिया तो फिर टस-से-मस न होते। टिल्लू ने अनमने अन्दाज में कह ही दिया—"देख लो ठाकुर जी! कोई ऊँच-नीच न हो जाये। तुम भी नाहक परेशान होओ और मैं भी पुराने धन्धे से हाथ धोंऊ।" टिल्लू के बेमन से कही हाँ को भाई जी ने सहर्ष भाव की तरह लिया और लगे योजना बनाने।

"यार टिल्लू छोले तरीवाले बनने हैं। मसाला जरा जमकर गेरिओ। छोले तेल में तैरें और मिर्च का छौंक ऊपर से छोड़ियो। अदरक, आलू सजा दीजो कि सूरत देखते ही मन ललचाये। रंगत जबरदस्त हो।"

भाई जी को खाने में रोनी सूरतवाली कोई भी चीज पसन्द नहीं थी। स्वाद चटपटा और रंगत आला , खाने को लेकर ये दो कसौटियाँ उनकी तय थीं। उस शाम प्रेमी ने भी छोलों के सन्दर्भ में अपना सारा ज्ञान उँडेलकर रख दिया। छोले कितनी आँच पर उबलेंगे, काबुली या कौन-सी किस्म बेहतर रहेगी। छोले बनाने की विधि को लेकर भी खासी रिसर्च की गयी। सब-कुछ तय करने के बाद भाई जी की चलती दुकान के दो शटर के साथ कब से बन्द पड़े एक छोटे-से शटर को खोला गया। बरसों से न बरतने के कारण वह स्टोर बन गया था। तुरन्त

मल्कागंज से भाई जी का एक पुराना जाननेवाला कबाड़ी बुलाया गया। लोहा-लक्कड़ सब बिना तुले हाथों-हाथ बिक गया। बचा हुआ जरूरी सामान सरकाकर पीछे धकेल दिया गया। दो-एक दिन में आगे एक लोहे का एक स्टैंड फिट कराया गया जिस पर एक तरफ अँगीठी और दूसरी तरफ छोलों का पतीला रखा गया। बीच में आटे की परात और बेलने की जगह थी। वहीं बीच में अचार की छोटी-सी बरनी भी रख दी गयी। दुकान शुरू करने से पहले एक और निर्णय भी भाई जी ने किया—"देख टिल्लू! छोले-भठूरे का काम तो दो-तीन बजे तक चलता है। क्यों न शाम को यहाँ गरमागरम समोसे भी बनें? काम खूब चलेगा। अरे! फुर्सत नहीं मिलेगी कमाई से।"

भाई जी को अपने निर्णय पर अगाध विश्वास था। नये प्रयोगों के धुनी भी थे तो काम शुरू हो गया। टिल्लू को छोले उबालने का खासा अनुभव था पर तरीवाले छोले उसने कभी बनाये नहीं थे। राम-राम करके छोले तो बना डाले पर रंगत के चक्कर में ढेर-सी मिर्च झोंक दी। इधर छोले के जोड़ीदार भठूरे की हालत भी बुरी थी। जो भी भठूरा बेलकर तले वही पलटते ही सिकुड़ जाता और कढ़ाई का तेल न जाने किस रास्ते उसके पेट में समा जाता। हर भठूरा तलते हुए आस जगती "अब फूला तब फूला" पर सबका एक-सा अंजाम। नन्दन को ग्राहकों की प्लेट सजाने का जिम्मा मिला था। कितने चाव से कपड़े से रगड़कर उसने थाल चमकाये पर टिल्लू भैया के छोले-भठूरे को थाली में रखकर ग्राहक को परोसते हुए उसका सारा उत्साह मन्द पड़ गया। पहला दिन था तो शर्मा-शर्मी में लोगों ने पैसा दे दिया और बेस्वाद छोले और तेल पिये भठूरे खा लिये। जैसे-तैसे दिन गुजरा शाम का समय निकट था और टिल्लू अपने जीवन के पहले समोसे बनाने को तैयार था। भाई जी निरन्तर उत्साह बढ़ा रहे थे—"देखियो टिल्लू! आज से तू टिल्लू समोसेवाले के नाम से मशहूर होनेवाला है। लोग समोसों के साथ उँगलियाँ खा जायेंगे बस चटनी ऐसी बना दे कि स्वाद रह जाये जबान पर।" न जाने उस घड़ी सरस्वती विराजमान थीं भाई जी की जबान पर। टिल्लू ने अपना सारा ध्यान वाक्य के दूसरे अंश पर लगाकर चटनी में प्राण फूँक दिये। चटनी लाजवाब थी पर समोसे जो उसे ऑन द जॉब सीखने थे, उनका हाल भठूरों से भी बुरा हो गया। सारे समोसे न केवल तेल पी गये बल्कि फट भी गये। आलू ज्यादा मसलने के कारण समोसा फटते ही भागने लगा और थोड़ी देर बाद काला होकर बाकी समोसों पर चिपक गया। भाई जी की भविष्यवाणी सच हुई । टिल्लू , टिल्लू समोसेवाले के रूप में ख्यात हो गया

अन्तर केवल यही था कि नकारात्मक अर्थ में। ख्यात का तो कुछ नहीं बिगड़ा पर उसके आगे 'कु' लग गया।

भाई जी के भीतर किसी नये काम को करने की कुलबुलाती योजनाओं का एकमात्र कारण अपनी उपस्थिति को लगातार दर्ज कराना था। विफलताएँ उनकी पहचान को मायूस जरूर करतीं पर उनके वश में होकर घुटने टेकना भाई जी ने नहीं सीखा था।

जीवन की प्रयोगशालाओं में विफलताएँ, सफलता से कहीं अधिक सिखा-बना जाती हैं।

## मल्कागंज की कबीर बस्ती में हंगामा

आज सुबह से ही गली होटलवाली के मुहाने पर मेन रोड से लगे रफीक के ढाबे के पास एक तेज हंगामा उठा। मल्कागंज की कबीर बस्ती में हंगामा मचने की देर थी कि शोर बढ़ता गया और गली अम्बेडकरवाली, गली नेहरू कुटिया, गौतम गली, गली मन्दिरवाली, लड्डूवाली गली, चक्कीवाली गली के साथ अखाड़ेवाली गली के कई लोग इकट्ठे हो गये। झगड़े की चिंगारी कटरा मालीवाड़ा तक पहुँच गयी। कामधन्धों को भूलभालकर लोग तमाशा घुसकर देखने आ पहुँचे। कुछ लोग मोहल्ले में ऐसी वारदात घटने के कारण वाकई चिन्तित थे। आज चोरी पड़ोसी के हुई है तो अगला घर उनका भी हो सकता है। सुबह की सूरत देखकर संजय ने समझ लिया कि आज का दिन इस हंगामे की भेंट चढ़ने वाला है। सुभाष अपने लड़के संजय को लेकर तुरन्त दुकान पहुँचा। यों तो दोनों आसानी से इस हंगामे से अलग हो सकते थे पर बात आज मोहल्ले के खटीकों की थी इस नाते पल्ला छुड़ाना आसान नहीं था। होटलवाली गली के बाहर रामू सोनकर आज सुबह जब दुकान पर पहुँचा तो उसकी आँखें फटी-की-फटी रह गयीं। रात को ही वह बीस मुर्गे दुकान के भीतर दड़बे में बन्द करके घर गया था। आज सुबह लौटा तो दुकान का ताला टूटा हुआ मिला और मुर्गे गायब। छोटे बक्से जैसी दीवार में लगी खिड़की तोड़कर चोरी को अंजाम दिया गया था। गल्ले में कुछ नगद था वह भी नदारद।

"अबे! हराम के जने...ईंट से ईंट बजा दूँगा तेरी। एक बाप का है तो सामने आ। सब जानता हूँ किसने काण्ड किया है? एक को भी नहीं छोड़ूँगा कमीनों। ईमानदारी का पैसा है ऐसे कैसे हजम होगा? कीड़े पड़ेंगे, कीड़े। मुझे

पता है जबसे धन्धा जमाया है सबकी सुलगी रहती है।" रामू मिनट-मिनट में दहाड़ रहा था।

मल्कागंज चौक से जरा आगे से शुरू हुई कबीर बस्ती के भीतर सुई-सी गलियाँ अन्दर की तरफ अनेक शाखाओं-उपशाखाओंवाले किसी बरगद-सी फैली-बिखरी थीं। उनमें कटरे-ही-कटरे भीतर खुलते जाते। तीन मुख्य जातियों का मोहल्ले में दबदबा था। कुम्हार, खटीक और जाटव। वैसे तो और भी जातियों के लोग थे पर मोहल्ले की प्रधान जातिया यही थीं। प्रजापति-कुम्हारों की एकता, सोनकर-खटीकों की शक्ति-समृद्धि और जाटवों की अगली पीढ़ी का शिक्षा की ओर जाना मुख्य कारण था इन जातियों के दबदबे का। वैसे यहाँ कोरी, धोबी, माली, वाल्मीकि, राजपूत अनेक जातियों के लोग भी कुछ कम नहीं थे पर मोहल्ले के शक्तिशाली धड़े यही तीन थे। वाल्मीकि भी सरकारी नौकरियों में होने के कारण समृद्ध तो थे पर उनका संगठन कुम्हारों के संगठन से कमतर, शक्ति खटीकों से हीन और विकास जाटवों के बराबर न था।

"हो-न-हो ये काण्ड चरसी गैंग का है। हरामखोरों को नशा और कैसे नसीब होगा?"

रामू के शक को एक ठोस दिशा की ओर धकेलता संजय का बाप सुभाष सोनकर बोला। पास ही उसकी भी मछली-मटन की दुकान थी। इन दिनों चरसी -नशेड़ी मोहल्ले में किसी पटरी-सड़क पर बेसुध पड़े मिल जाते। दोपहर की धूप हो या कड़क ठण्ड, नशे की हालत में न उन्हें तपिश महसूस होती न जाड़ा। गली की औरतें और बच्चे भी उनके इस तरह पड़े रहने के इतने अभ्यस्त हो चुके थे कि अब ऐसे दृश्य उन्हें अचरज से नहीं भरते थे। चोरी बड़ी थी हंगामा उससे भी बड़ा । जिस तरह से सारे खटीक गोलबन्द हो रहे थे मोहल्ले पर आज कोई भारी आफत आनेवाली थी। खबर सब्जी मण्डी थाने को भी कर दी गयी। दुकानों सहित सारा मोहल्ला स्लम एरिया में आता था। वहाँ सही समय पर नब्ज न पकड़ने से थाने के आसपास हंगामा पहुँचने का पूरा अन्देशा था। जिस समय पुलिस पहुँची अखाड़ेवाली गली के आगे सोनकर समाज धर्मशाला और अखाड़े के लोग भी आ पहुँचे। पुलिस को देखकर रामू, सुभाष, संजय सहित बहुत सारे खटीकों के साथ मोहल्ले को भी चैन पड़ा। पुलिस ने अपने ढंग से तफ्तीश शुरू कर दी। मोहल्ले में पूछताछ होने लगी।

कबीर बस्ती में नशा करनेवाले पहले भी कम नहीं थे पर लूट-पाट और चोरी की घटनाएँ इन दिनों बहुत बढ़ चुकी थीं। शादी-ब्याह के घरों को निशाना

बनाना, दुकानों से सामान उड़ाना आम बात हो चली थी। यही नहीं चोरी का माल भी मोहल्ले में धड़ल्ले से बिकने लगा। नशे की लत के शिकार लड़के हों या अधेड़ सब किसी-न-किसी तरह अपने दिन का जुगाड़ कर ही लेते। इधर बस्ती में कुछ दिन से एक आदमी बच्चों के कपड़े और औरतों के सूट बहुत ही सस्ते दामों में बेचने लगा था। बड़ी संख्या में तो नहीं पर दो-एक सूट, फ्रॉक लाता और बहुत कम दाम में उसका माल बिक जाता। फैक्ट्री में काम के दौरान बड़ी चालाकी से कमीज के नीचे पैण्ट में कपड़ा दबाकर वो काम को अंजाम देता और उसका माल बिना किसी पूछ-ताछ के लोग फौरन खरीद लेते। दोनों ही जरूरतमन्द थे। तफ्तीश में जब ये पहलू सामने आया तो मोहल्ले की वो औरतें भी डर गयीं जो उस नशेड़ी की बँधी हुई ग्राहक थीं।

"साब! मजाक नहीं है। बीस मुर्गे कहीं तो छिपाये होंगे? फिर मामला तीन-चार बजे का लगता है जब बस्ती की सारी गलियाँ पक्की नींद में होती हैं। कहीं नहीं गये होंगे सब साले यहीं दुबके होंगे। घरों की तलाशी लो सब पकड़े जायेंगे यहीं।"

सोनकर समाज के पदाधिकारी ने अपना रुआब पुलिस पर जताया। आज उस फैक्ट्रीवाले चोर की भी खैर नहीं थी। वो अक्सर मुकीमपुरा के रास्ते से आता-जाता देखा गया था। संजय और उसकी गली के भोलू और पप्पी ने ठान लिया कि आज मुकीमपुरा पर नजर रखेंगे और उसे धर दबोचेंगे। सुबह से मचा हंगामा अपने सारे रंग दिखा चुका था। गाली से लेकर खून पीने की धमकियाँ हवा में खूब ऊँची उड़ान भर चुकीं। आदमियों-औरतों की भीड़ को सुबह से मुल्तवी पड़े अपने काम याद आने लगे। पुलिस के लिए ये रूटीनी कार्यवाही थी। उसने मौके पर पहुँचकर अपना कर्त्तव्य यों भी निभा दिया था। भीड़ छँटने लगी पर सोनकर समाज किसी योजना को बनाता एक कोने में सरक गया। कुछ लोग रामू के साथ थाने में आज की रपट लिखवाने चल दिये।

सारे मामले में सिर्फ वो बीस मुर्गे निश्चिन्त थे उन्हें क्या फर्क पड़ना था दोनों ही जगह उन्हें तो कसाई के हत्थे चढ़ना था।

## और फिर कुछ भी पहले जैसा न रहा

दो महीने की छुट्टियों के दौरान नन्दन कुछ दिन अपने मामा के घर अलीगढ़ चला गया। कई सालों से उसकी माँ अपने भाई के साथ ही रहती थी। इधर संजय को अपनी मछली-मीट की दुकान में समय देना पड़ता। छुट्टियों

ने त्रिपाठी को बेतरह अकेला कर दिया। मजबूरी में उसे शमीम की याद आयी और उसके कदम फँसी बिल्डिंग की ओर मुड़ गये। शमीम के अब्बा ने त्रिपाठी को अजीब नजरों से घूरा। उसके घर में दो घड़ी गुजारना जी का जंजाल हो रहा था। शमीम को सख्त हिदायत थी बिना वजह लड़कों के साथ आवारागर्दी न करने की। अब्बा उसे जितना मना करते उसका मन और मचलता और आज तो खुदा के करम से मौका खुद-ब-खुद चलकर उसके घर आया था पर उसे बाग भी जाना था। रोशनआरा बाग में जगतपाल गुप्ता जी की टीम में शमीम शामिल हो गया था। वे लड़कों को फुटबॉल खिलाते थे। खुद भी अच्छे खिलाड़ी थे और बढ़िया कोच भी। शमीम के अब्बा ने बेटे के मरियल शरीर को चुस्त-दुरुस्त करने और गठी देह बनाने के लिए उसे रोज शाम बाग में जाने की इजाजत दे दी । बीच-बीच में वे खुद भी कभी शमीम को खेलते देख आते या फिर किसी को नजर रखने के काम पर लगा देते।

"यार! तेरे अब्बा का बड़ा रोब है घर में?" शमीम के घर की सीढ़ियाँ उतरते त्रिपाठी ने गहरी साँस लेते हुए कहा।

"तो तेरे पण्डित जी क्या कुछ कम हैं?" शमीम के पलटवार से त्रिपाठी हक्का-बक्का रह गया। उसने शमीम की आँखों में घूरकर देखा तो उसे शमीम कुछ बदला-सा महसूस हुआ। एक क्षण गवाये बिना उसने बात बदल दी।

"यार! ये बता तेरी इस बिल्डिंग का नाम फँसी बिल्डिंग क्यों है? मुझे तो ये कहीं से भी किसी के बीच फँसी नहीं लगती। मजे से इतराती खड़ी है।"

"अबे घोंचू! फँसी नहीं फसीह है...फसीह। होंगे कोई फसीहुद्दीन। पीर, फकीर उनके नाम पर ही रखा होगा ये नाम। जबान के इत्मीनान ने फसीह को फँसी बना दिया।"

शमीम के अन्दाज में एक अनुभवी बुज़ुर्ग उतरकर खड़े-खड़े त्रिपाठी को नंगा कर गया। त्रिपाठी के शब्द हलक में अटक गये। आज वह शमीम से मात पर मात खा रहा था। नन्दन और संजय उसे बहुत याद आने लगे। जल्दी ही शमीम ने बातों का सिरा जगतपाल गुप्ता और फुटबॉल की ओर मोड़ दिया और कदम बढ़ चले बाग की ओर।

रोशनआरा बाग यों तो शाहजहाँ-मुमताज महल की छोटी बेटी और औरंगजेब की लाडली बहन रोशनआरा के मकबरे के कारण उसी के नाम पर मशहूर है। उसकी कब्र के चारों ओर मुगल शैली में बनी बेहद कलात्मक बारहदरी है। ढलती शाम में नहाकर इसके लाल पत्थर कुछ और सुर्ख हो जाते

हैं। कहते हैं बाग रोशनआरा ने अपने जीते-जी बड़े चाव से बनवाया था। हौज और फव्वारे जो कभी बाग की शान का परचम लहराते होंगे अपनी बर्बादी का तमाशा देखकर कबसे खामोश पड़े हैं। बाग को कई दिन बाद देखकर त्रिपाठी को लगा कि रोशनआरा ने जिस बाग को सँवारा आज उसकी कब्र पर एक आदमी आँसू बहानेवाला नहीं। कई किलोमीटर फैले इस बाग में कहीं बड़े-बुजुर्गों के कथा-प्रवचन के समूह बैठे मिल जायेंगे तो कहीं जवानी में खासे आवारगर्द रहे बूढ़े तो कहीं जवान-बूढ़ों की ताश खेलती मण्डलियाँ। कुछ ठीक-ठाक आदमी बकायदा नेट लगाकर बेडमिण्टन खेलते दिखेंगे तो कुछ सैर करते, बहुत से लड़के क्रिकेट खेलते और नये जवान लड़के मटरगश्ती करते। लड़कों के लिए तो दो महीनों की छुट्टियों में ये बाग किसी जन्नत से कम नहीं था। आर्यपुरा, खारिया मोहल्ला, सब्जी मण्डी के तमाम लड़के यहाँ सुबह-शाम आसानी से अड्डे जमाये मिल जाते। जगतपाल गुप्ता ने शमीम के साथ त्रिपाठी का स्वागत किया। उसकी कदकाठी और शक्ल देखकर उन्होंने पण्डित जी के बेटे होने का सही अनुमान भी लगा लिया। त्रिपाठी बहुत दिनों बाद आज फुटबॉल खेला। लगातार भागने के इस खेल में पसीना तो बहा ही पैरों में जूते न होने के कारण चोट भी लगी। पूरे बाइस प्लेयर न होने के कारण टीम आठ-आठ में बँट गयी। विरोधी टीम के कप्तान ने त्रिपाठी के नौसिखियापन पर कई फिकरे कसे तो त्रिपाठी की भवें तन गयीं। उसकी खामोशी का नाजायज फायदा उठाते हुए कप्तान ने माँ-बहन की गाली शुरू कर दी।

"साले! ऐरा-गैरा न समझ लियो। एक हाथ पड़ेगा तो सारी बत्तीसी झाड़ देगा।" लड़कों के लिए गाली-गलौज आम बात थी पर त्रिपाठी बिफर गया।

"दम है तो कर ले दो-दो हाथ।" बस फिर क्या था। फुटबॉल की जगह नया मैच शुरू हो गया। कप्तान और त्रिपाठी गुत्थमगुत्था हो गये। बड़ी मुश्किल से जगतपाल ने उन्हें छुड़ाया।

मैच वहीं खत्म हो गया।

नन्दन का मन माँ से मिलकर जितना खुश था मामा से मिलकर हर बार उसकी विरक्ति का पारा बढ़ता ही चला जाता। यों तो भाई जी कम कड़ियल नहीं थे पर वे हँसी-मजाक से सन्तुलन बना लिया करते। इधर मामा का मुँह खुलता तो आदेशों की बारिश शुरू हो जाती। न जाने क्यों हर बार आदेश के पालन में हुई चूक से मामा मुँह फुला लेते। नन्दन जल्दी ही दिल्ली लौट आया। शाम को घण्टाघर पर तीनों दोस्त टूटकर गले मिले और इस मौके पर आज फिर

से सिगरेट की महफिल जमाने का विचार बना। संजय ने दुकान पर बैठकर पापा की नजर बचाकर कुछ माल उड़ा लिया। पहले भी जब कभी माल उड़ाता दोस्तों को जलेबी खिलाता। आज जलेबी के साथ सिगरेट का हिसाब भी बैठ गया। तीनों फिर चल दिये जयपुरिया मिल की ओर। आज सूटकेस के कारखाने के खुले होने के कारण जीने के बजाय छत पर जाती टूटी सीढ़ियों पर महफिल सजी। पहला सुट्टा मारा ही था कि नीचे की मंजिल पर एक हलचल सुनायी दी और पलक झपकते कुछ लड़के ऊपर की ओर आये।

"क्यों आज कर लें पुराना हिसाब बराबर?"

त्रिपाठी ने कप्तान को झट पहचान लिया। इससे पहले कि खुद सँभलता और संजय और नन्दन को कुछ बता पाता कप्तान ने एक छुरा निकाला और त्रिपाठी पर झपट पड़ा। औचक हमले से त्रिपाठी सीढ़ियों पर गिर पड़ा। संजय और नन्दन, त्रिपाठी को बचाने कप्तान पर झपटे तो कप्तान के बाकी दोस्त नन्दन और संजय पर टूट पड़े। दुश्मन का दोस्त भी दुश्मन ही था उनके लिए। संजय और नन्दन उनके शिकंजे से छूटने को कसमसाने लगे। इतने में कप्तान ने एक छुरे से त्रिपाठी पर वार किया। त्रिपाठी ने हवा में उसका हाथ पकड़ तो लिया पर कप्तान की ताकत के आगे लाचार त्रिपाठी का हाथ बुरी तरह घायल हो गया। त्रिपाठी के हाथ से बहते खून के फव्वारे को देखकर नन्दन और संजय चिल्लाने लगे। शोर सुनकर सूटकेस की फैक्ट्री के लोग दौड़े आये और कप्तान और उसके लड़कों को हड़काकर भगाया।

"अगली बार दिखा तो हिसाब बराबर करूंगा।" कप्तान पूरी अकड़ में बोला।

त्रिपाठी की चोट पर पानी डालकर किसी ने दवा लगा दी पर खून रुकने का नाम नहीं ले रहा था। संजय और नन्दन उसे भगाकर शोराकोठी से आगे डॉक्टर पवन जैन की ओर ले जाने लगे।

"नहीं यार! जैन के यहाँ तो बिल्कुल नहीं।" त्रिपाठी ने साफ मना कर दिया।

"सही है यार! जैन का तो पण्डित जी से रोज का मिलना है। भेद खुलने पर शामत आ जायेगी फिर जैन, भाई जी को भी जानता है बात उन तक पहुँच गयी तो मेरी धुनाई पक्की है।" नन्दन एक साँस में बोल गया। डॉक्टर पवन वैसे तो जान-पहचान से मुफ्त इलाज कर देता पर सौ सवाल पूछता और पण्डित जी के आगे सब उगल देता।

“चल भाई! सतीजा के ही चल।” संजय ने सुझाया तो तीनों चौक पर डॉक्टर सतीजा के त्रिपाठी को ले गये। हाथ में तीन टाँके आये और इंजेक्शन लगा। जीवन में खून-खराबे की इस पहली वारदात का सामना होने से तीनों के होश फाख्ता हो गये। चेहरे ऐसे थे कि काटो तो खून नहीं। सफेद पड़ गये थे। त्रिपाठी के घर में जाकर झूठ अलग बोलना पड़ा। इस पर भी कप्तान की धमकी लगातार रातों की नींद उड़ाने लगी। तीनों दोस्त उम्र को आजमा रहे थे पर वे कोई गुण्डे-बदमाश नहीं थे। पिछले कुछ महीनों से जारी उनकी बेपरवाह उड़ान को अचानक ब्रेक लग गया।

स्कूल खुलने पर बाकी लड़के फिर से परियों के रथ के इन्तजार में पटरी पर आहें भरने लगे पर नन्दन, संजय और त्रिपाठी क्लास में ही बैठे रहते। उनकी उमंगें भी पटरी पर बिछ जाने को बेताब रहतीं पर चाकू का वार बीच में आकर अपना खौफ रच जाता। इसका एक अच्छा परिणाम ये जरूर हुआ कि अब किताबों में उनका दीदा लगने लगा।

“यूथ पार्लियामेण्ट के लिए कौन-कौन अपना नाम देना चाहता है?” बंसीलाल सर ने क्लास में घोषणा की।

“सर ये क्या है?” नन्दन की जिज्ञासा जागी।

“दिल्ली भर के स्कूलों की एक प्रतियोगिता है। एक तरह का राजनीतिक नाटक ही समझ लो। आप सबको पक्ष-विपक्ष बनकर मुद्दों पर वाद-विवाद करना होता है।” सर ने बताया।

“तो सर इसके लिए करना क्या होगा?” इस बार सवाल त्रिपाठी की ओर से आया।

“फिलहाल तो नाम लिखवाओ फिर बतायेंगे क्या करना है।” सर ने तीनों का नाम बिना हाँ किये लिख लिया।

तीनों ने अपने बोरियत भरे दिनों और पराजित योद्धा-सी रातों का एक बेहतर विकल्प इस यूथ पार्लियामेण्ट को पाया।

सर ने अगला दिन विषय पर चर्चा करने के लिए तय किया और चुने हुए लड़कों को सफेद कुर्ते-पजामे का इन्तजाम करने के लिए कहा। तीनों दोस्तों में नन्दन सबसे अधिक खुश था।

“भाई! क्या सोचा है? कल सर से क्या बात करेंगे?” नन्दन के स्वर में खुशी बह रही थी।

“यार! जैसे ही मुझे पता चलेगा सबसे पहले तुझे ही बताऊँगा।”

संजय ने यह कहते हुए एक आँख दबायी और सीधे हाथ को त्रिपाठी की ओर बढ़ाया। त्रिपाठी ने उल्टे हाथ की जोरदार ताली ठहाके के साथ मारी। दोनों ने नन्दन की खुशी का मजाक बना डाला। नन्दन का मन जरूर खराब हुआ पर घर आते ही छोटी बहन कान्ता को उसने कुर्ते-पजामे के इन्तजाम में लगा दिया। भाई की लाडली खिड़की के पल्ले का सहारा लेकर कमरे में बनी टाँड पर चढ़ गयी। वहाँ पुराने ट्रंक और बक्सों के साथ कपड़ों की कुछ पोटलियाँ बँधी रखी थीं। एक पोटली में कुर्ता-पजामा मिला भी पर वह अपने जीवन के सारे वसन्त देख चुका था।

"अब क्या होगा?" नन्दन ने खुद से पूछा तो कान्ता बोल पड़ी–

"किसी दोस्त से माँग ले भाई।"

दोस्तों के नाम पर संजय और त्रिपाठी का चेहरा ही पहले याद आया पर जल्दी ही ध्यान उनसे हटाया तो क्लास के लड़के रवीन्दर शर्मा का ख्याल आया। उससे नन्दन की अच्छी दोस्ती थी। सोहनगंज की ब्राह्मणवाली गली में रवीन्दर रहता था। हुनमान मन्दिरवाली लेन में बने कटरे में ही उसका घर था। नन्दन आर्यपुरा से निकला तो उसने सोहनगंज जाकर ही दम लिया। आदत से मजबूर उसके मुँह से रवीन्दर के लिए मुरारी के निकला। जबान को दाँत की किवाड़ में उसने बड़ी मुश्किल से बन्द किया। गली-मोहल्ले के लड़के दोस्तों को उनके बाप का नाम लेकर ऐसे ही छेड़ा-पुकारा करते थे। रवीन्दर एक कमरे के छोटे से मकान में अपने बड़े भाई, छोटी बहन और माता-पिता के साथ रहता था। अक्सर बीमार रहने के चलते स्कूल भी कम आता था। इस कमरे में एक टाँड़ था जिसके कोने में चढ़ने-उतरने की एक रस्सी लटकी हुई थी। नन्दन जानता था दोनों भाई इसी टाँड़ पर सोया करते हैं। सोहनगंज का यह कटरा आर्यपुरा के उसके कटरे से अधिक दमघोंटू था। सात परिवारों को सँभालते कटरे के दरवाजे पर ही दो पक्के शौचालय बने हुए थे पर दोनों रोज अपनी कुव्वत से अधिक बोझ उठाते। नहाने की जगह तो लोगों के घरों में ही निकल आती थी। नन्दन का यहाँ आना बेकार नहीं गया। किस्मत से रवीन्दर के पास कुर्ता-पजामा निकल आया।

"क्या जरूरत आन पड़ी कुर्ते की?" रवीन्दर के पिता मुरारीलाल शर्मा जो बिड़ला मिल के वीविंग डिपार्टमेण्ट में हैल्पर थे, उन्होंने सवाल किया।

"चाचा जी! स्कूल में यूथ पार्लियामेण्ट है।" नन्दन बोला।

यूथ पार्लियामेण्ट की बात छिड़ी तो मुरारीलाल को पता चला कि लड़कों को पक्ष-विपक्ष का नेता बनकर जिरह करनी है।

"किसी नेता से मिले हो तुम कभी?"

"नहीं चाचा जी"

एक तो तुम्हारे एरिया के ही नेता हैं, हमारे लीडर गुरु राधाकृष्ण। जानते हो?" मुरारीलाल ने कहा।

"हाँ, चाचा जी! नाम तो सुना है पर मिला कभी नहीं।" नन्दन ने जवाब दिया।

नन्दन ने उनका नाम तो कई बार सुना था। भाई जी अक्सर उनकी चर्चा छेड़ ही देते थे। उन्हें देखा भी था पर राजनीति में बहुत अधिक रुचि उसकी कभी नहीं रही थी।

"चलो मैं लिए चलता हूँ। इस समय गुरु जी घण्टाघर की धर्मपुर लॉज में मिल जायेंगे। मैं भी वहीं जा रहा हूँ।"

मुरारीलाल शर्मा की शिफ्ट आज शाम को थी। रास्ते भर वह नन्दन को गुरु जी की अनेक गतिविधियों के बारे में बताते चले। दोनों घण्टाघर चौक पहुँच गये। नीचे की अनेक दुकानों से भरे बाजार में ऊपर देखने पर दुकानों के अनगिनत बोर्ड के बीच में नन्दन को सी.पी.आई. कार्यालय और मजदूर संघ के ऑफिस के दो बोर्ड दिखायी दिये। चौक से सीधे हाथ की तरफ से चली आ रही पाँच दुकानों के बाद नजर से ओझल एक छोटा-सा दरवाजा ही भारतीय कम्युनिस्ट पार्टी, उत्तरी दिल्ली के दफ्तर की ओर ले गया। नन्दन पहली बार यहाँ आया था जबकि फसीह बिल्डिंग के शमीम का घर इससे दो कदम की दूरी पर ही था। दरवाजे से सीधा ऊपर की ओर जानेवाली डबल आकार की सीढ़ियाँ एक आँगन में खुलीं। बड़ा-सा आँगन दो हिस्सों में बँटा था। बायीं तरफ एक कमरा था और सीढ़ी के दायीं तरफ एक छोटे से बरामदे में एक और कमरा था। पूरी मंजिल को एकबारगी देखकर ही यकीन हो गया कि यहाँ बरसों से कोई छेड़छाड़ नहीं की गयी है। दरवाजे, अल्मारी, बिजली के स्विच, फोल्डिंग और लकड़ी की कुछ कुर्सियाँ और एक पुरानी मेज कमरे में रखी थी। दीवारें आसमानी रंग की पुताई में नहायी हुई थीं और खिड़की-दरवाजों पर फिरोजी रंग था कमरे के दरवाजे को मजबूत लकड़ी और ढंग के बढ़ई ने संवारा था। लोहे की कड़ियाँ दरवाजे के पल्लों में लटक रही थीं। नन्दन ने छोटे से कमरे में ज्यों ही सर उठाया छत ने लोहे के पाँच एंगल पर धरी सिल का भेद खोल दिया।

कमरे में बैठे लोग गुरु जी का इन्तजार कर रहे थे। नन्दन भी बैठ गया उसने देखा कमरे की एक दीवार पर लेनिन और दूसरी पर भगतसिंह की तस्वीर लगी थी। कमरे की एक खिड़की न जाने कब से बन्द पड़ी थी और दूसरी खुली खिड़की से नीचे की भीड़ भाड़ भरी सडक और घण्टाघर साफ दिखायी दे रहा था। कमरे के हर कोने में अल्मारियों का साम्राज्य था। दरवाजे से घुसते ही दीवार में लगी दो अल्मारियाँ एक तरफ तो दूसरी तरफ मात्र एक अल्मारी। एक कोने में लकड़ी की अल्मारी थी तो दूसरी तरफ स्टील की छोटी-सी अल्मारी। कमरे में दो खिड़कियों के अलावा एक रोशनदान भी था। जिस पर कोई बेकार पंखा शायद रोज अपने सुधरने की उम्मीद बाँधता हुआ अब निराश पड़ा था। कमरे के भीतर एक और कमरे का निशान फिरोजी रंग के पेण्टवाला दरवाजा करा रहा था। नन्दन ने अनुमान लगाया वह बेकार पंखा शायद हसी कमरे का होगा। एक टेबिल पर अखबार रखे थे तो एक कोने में जुलूस आदि में इस्तेमाल होनेवाले झण्डों के लिए बाँस का झुण्ड खड़ा था।

"और भई! मुरारीलाल तेरी तो शाम की शिफ्ट है। यहाँ कैसे?"

कमरे में एक आदमी के घुसने के साथ गूंजती एक भारी आवाज ने नन्दन का ध्यान खींचा। यह गुरु राधाकृष्ण की आवाज थी। छह फुट की एक मजबूत काया, चौड़े कन्धोंवाला एक आदमी सफेद कुर्ते-पायजामे और पैरों में चमड़े की चप्पल में नन्दन की आँखों के सामने था। एक आकर्षक व्यक्तित्व। कोई एक बार मिल ले तो कभी भुला न पाये। ऊपर से नाम और काम के वजन ने उनकी गरिमा में चार चाँद लगा रखा था। नन्दन ने इतने वर्षों में पहली बार आज मुरारीलाल के जरिये उन्हें जाना। भारी शरीर और करीने से दाढ़ी बना हुआ सफाचट चेहरा जिस पर गजब का तेज था। आँखों पर चश्मा। निर्भय और निशंक मुद्रा। गुरु राधाकृष्ण रेहड़ी-ठेलेवालों की समस्याओं को सुनते समाज की गैरबराबरी और बराबरी के हक की बात कर रहे थे। स्थानीय लोगों से भरे उस दफ्तर में नन्दन ही सबसे कम उम्र का था पर वहाँ की सारी बातें उसने ध्यान से सुनीं।

"ये लड़का नन्दन है, आर्यपुरे में रहता है। आपसे मिलवाने लाया हूँ।"

मुरारीलाल की आवाज सुनकर नन्दन ने अपनी सम्मोहित निगाहों को दूसरी ओर फेरा।

"किसके लड़के हो?"

"भाई जी...चन्दरभान मण्डोरिया के घर से हूँ, वो मेरे ताऊ जी हैं।" नन्दन ने गुरु जी के सवाल का जवाब दिया।

"अच्छा चन्दरभान के घर से पर पहले तो कभी नहीं देखा तुमको। अच्छा किया कि चले आये। कॉमरेड रामपाल सबको चाय पिलवाओ भाई। नन्दन चाय तो पीते हो न?"

गुरु जी ने कहते हुए नन्दन के कन्धे पर हाथ रखा। स्पर्श की मुलायमियत के साथ कॉमरेड शब्द का वजन भी नन्दन को अन्दर तक महसूस हुआ। मुरारीलाल ने नन्दन की समस्या जैसे ही गुरु जी को बतायी गुरु जी ने उत्साह में भरकर कहा—

"बेटा! सरकार के लिए मजबूत विपक्ष ही चुनौती और जिम्मेदारी की आवाज है। अगर उसकी नीयत खरी और चरित्र ईमानदार है तभी निडर होकर वह सरकार की आँख-में-आँख डाल सकता है। तुम सरकार से जमकर सवाल पूछना। डर को भूल जाना और हाँ खामखाँ की बहस नहीं तर्क से बात करना और ये तभी होगा जब तुम्हें मुद्दों की सही जानकारी होगी।"

"कैसे मुद्दे...?"

"लोगों की जमीनी समस्याओं से जुड़े मुद्दे। रोजी-रोजगार के, जीवन के, समाज के मुद्दे। देख तो रहे ही हो बैठे हैं ये लोग यहाँ अपनी समस्याओं को लेकर। मुद्दे हैं मजदूर के, बच्चों की पढ़ाई के, हरेक के जीवन की सहूलियत के, जाति-धर्म की बेड़ियों को तोड़ने के, समानता के और आजादी के मुद्दे और हाँ एक बात गाँठ बाँध लो सरकार के अच्छे काम की तारीफ भी करो पर शंका बनाये रखो। यही रास्ता तुम्हें सरकार की असलियत तक ले जायेगा और तभी सवालों की धार भी पैनी होगी। रोज अखबार पढ़ो, ध्यान से।"

गुरु जी विस्तार से नन्दन को समझाते रहे। नन्दन के जीवन में राजनीतिक माहौल में बैठने का यह पहला मौका था। सारी बातों के बीच शंका बनाये रखने की बात नन्दन के दिल पर छप गयी। मीठी पर दृढ़ जबान में गुरु जी बेहद सहज रूप में नन्दन को देर तक समझाते रहे। नन्दन को महसूस ही नहीं हुआ ये उसकी गुरु जी से पहली मुलाकात है। गुरु जी से मिलकर लौटते समय वह तुरन्त दोस्तों से मिलना चाहता था। आज के अपने अनुभव और खुशी को उसे दोस्तों को सुनाने की जल्दी थी। मन में आज कुछ खास पा लेने का गर्व भी कम न था।

सादगी से फूटती कर्म और विचार की सुन्दरता का नाम थे गुरु राधाकृष्ण।

## महत्त्वाकांक्षाओं के बादल और एक तेज आँधी

"लड़के को समझाती क्यों नहीं घर में घड़ी भर को नहीं टिकता। मुझसे तो ऐसे दूर भागता है जैसे मैं बर्र का छत्ता हूँ। पैसे-धेले की जरूरत तुमसे पूरी हो ही जाती है फिर बाप का क्या काम? और नहीं तो अपने बड़े भाइयों की तरह शान्त तो रहे कम-से-कम। जब देखो अनकटौण्टे कामों में जान खपाया करता है। दोस्त भी ऐसे बनाये हैं कि शर्म आती है। ये नहीं कि अपने लोगों में उठे-बैठे।"

पण्डित बृजेन्द्रनाथ त्रिपाठी का प्रवचन बिना विधि-विधान आज सुबह से चालू था। रसोई के सामने आसन पर जमे पण्डित जी थाली की राह तक रहे थे। बरसों से यही नियम था उनका। नहाकर अर्चन और भोजन-विश्राम।

"मैं क्या कहूँ। तुम जानो, तुम्हारा बेटा जाने।" पण्डितानी ने बाप-बेटे की अनबन से तुरन्त पीछा छुड़ाया। बरसों के अनुभव से जान चुकी थीं यही घर में शान्ति का दृढ़ आधार है।

"मेरा बेटा? तुम्हारा था और तुम्हारा ही है। मेरी चिता को अग्नि देगा ये भी भरोसा नहीं।"

"सुबह-सुबह ऐसे अपशकुन क्यों निकालते हो? कभी प्यार से समझाओ उसे। धीरज से उसको समझो कभी। तुम बाप हो पर बच्चे से बच्चा बनकर लड़ने पर उतारू हो जाते हो। सच कहती हूँ तुम दोनों में छत्तीस का आँकड़ा है पर काले सूरत-सीरत में पूरा तुम्हीं पर गया है। दोनों एकदम जिद्दी।" बात करते-करते पण्डितानी ने दाल में छौंक लगा दिया। अरहर की दाल में जीरे-मिर्च-हींग की खुशबू सारे घर में फैल गयी। पण्डित जी के पेट की ज्वाला और भड़क गयी। पत्नी की बात सुनकर उनके कलेजे को ठण्डक जरूर पड़ी। चार लड़कों का पिता होना यों भी उनके जीवन की सबसे बड़ी सिद्धि थी। गौरा ने रसदार आलू-टमाटर की सब्जी और दाल के संग दो रोटी घी में तरकर पण्डित जी को थाली परोस दी। बड़े-से कौर को दोना बनाकर पण्डित जी ने दाल से भरा और भरपूर तृप्ति से मुँह के हवाले किया। उनके चारों लड़के पढ़ रहे थे और पहली पत्नी से हुए बड़े दो लड़के मोहल्ले में ही बिजली का काम भी सीख रहे थे। सरकारी नौकरी का न पण्डित जी को कोई चाव था न उनके बड़े लड़कों को। खाना खाकर पण्डित जी तृप्त हुए और प्यार-आभार की एक नजर पत्नी पर डाले बिना हाथ धोकर आराम के लिए लेट गये। खाने के बाद सोना उनके जीवन का पक्का नियम था पर आज नींद कोसों दूर थी। उन्हें चुनाव अगले साल लड़ना था पर तैयारी तो पहले से करनी जरूरी थी।

लेटकर जैसे ही आँखें बन्द कीं पिछला चुनाव आँखों के आगे घूम गया। दाल-सब्जी का स्वाद कसैला हो गया और एक खट्टी-सी डकार आयी। बुरी यादें आसानी से पीछा कहाँ छोड़ती हैं, प्रेत की तरह पीठ पर सवार रहती हैं। शोराकोठी और उसके आसपास पण्डित जी का काफी सम्मान था। वजह साफ थी जजमानी का उनका खानदानी पेशा और अपनी सीखी तान्त्रिक विद्या जिसके चलते लोग सम्मान के साथ उनसे खौफ भी खाते थे। वर्चस्व की बलवती इच्छा ने उन्हें पिछले कुछ बरसों से दिल्ली म्युनिसिपल कमेटी के चुनाव लड़ने के लिए प्रेरित किया हुआ था। एक पन्थ कई काज पूरे होने की उम्मीद में उन्होंने पर्चा भर दिया। उन्हें याद आया पर्चा भरने के दिन ही पड़ोस में सुक्खा सिंह की दुकान के आगे रोज की तरह जुटे लोग मोहल्ले भर की चर्चाओं में लीन थे। सुक्खा ने बधाई देते हुए कहा था—''मुबारकां पंडत जी महाराज!...''

पण्डित जी, सुक्खा सिंह की आदत जानते थे। वह खरी बात बोलता था। इसीलिए वह जगदीश टेण्टवाले की दुकान में घुस गये पर उनके कान सुक्खा सिंह की तरफ लगे रहे। वह कह रहा था—

''मानकर चलो कि मुकाबला आसान नहीं। इस इलाके से गुरु राधाकृष्ण को हराना कोई मामूली खेल है क्या? सन् '58 से अब तक कितने आये-गये पर गुरु जी तब भी अपनी जगह थे और आज भी हैं और आगे भी बने रहेंगे। त्यागी भाव से इस वार्ड के लिए जितना खून-पसीना उस अकेले आदमी ने एक किया कोई सात जनम लेकर नहीं कर सकता।''

इस मजमे में सुक्खा सिंह के समर्थक अधिक थे पर पण्डित जी के प्रकोप के चलते उस समय उनमें से कई खामोश रहे। बिड़ला मिल में स्पिनिंग असिस्टेण्ट सुन्दरपाल ने बेहिचक सुक्खा सिंह का साथ दिया—

''गुरु जी अपनी तरह के अकेले आदमी हैं। रास्ता दिखाते हैं तभी तो लोगों ने गुरु जी का खिताब दिया है। नेता क्या है कलियुग का सन्त है, सन्त। कितने सालों से देख रहा हूँ दूसरों के लिए जी रहे हैं। रात-बिरात कोई समय हो गुरु जी सबके लिए हाजिर। गुरु घण्टालों की भीड़ में गुरु अकेले वही हैं।'' सुन्दरपाल ने घण्टाल कहते हुए एक नजर पण्डित जी पर मारी।

''सच कहा भाई! धर्मपुर लॉज, उनका घर और मुकीमपुरा पार्टी ऑफिस-हर जगह गुरु जी हम लोगों के लिए हर वक्त मौजूद हैं। मजदूरों के लिए जान हाजिर है उनकी।'' सुक्खा सिंह की आवाज की खनक पण्डित जी के कानों में टीस पैदा कर रही थी।

"पर माहौल तो पहले से बदल गया है। अब वो बात तो है नहीं। अब कांग्रेस का जमाना तो गया। इमरजेन्सी के कारनामों के बाद कौन देगा कांग्रेस को वोट?" गुलाटी ने अपना राजनीतिक ज्ञान बघारा।

"अजी हाँ। मजाक समझ रखा है? क्यों न मिलेगा वोट? इमरजेन्सी का असर ही तो है कि लोगों ने मुस्तैदी से काम पर जाना शुरू कर दिया। सालों ने रेड मार रखी थी ऑफिसों की। सब दुरुस्त हो गये और-तो-और ट्रेनें टाइम पर आ रही हैं। लोग सही ढंग से काम करने लगे। भ्रष्टाचार कितना कम हुआ है। देश को अब ऐसा ही सख्त प्रधानमन्त्री चाहिए।" खाँटी कांग्रेसी प्यारे जाँघों पर हाथ मारकर सीना चौड़ा करके बोला।

गली के अधिकांश मर्द राजनीतिज्ञ विशेषज्ञ की भूमिका में उतर आये । अपने घर में राशन-पानी की चिन्ता से ज्यादा उन्हें देश की फ्रिक खाए जा रही थी। प्यारे की बात पर सुक्खा सिंह उखड़ गया—

"ओहो! तू तो रहने ही दे...तू नहीं कहेगा तो और कौन कहेगा—अबे! क्या कहते हैं—इन्दिरा इज इण्डिया, इण्डिया इज इन्दिरा पर तेरी सारी बातों की काट है मेरे पास। इन्दिरा की सारी मनमर्जी चलाने के लिए जनता-नेता दोनों की धरपकड़ हुई कि नहीं? बता न? कितने लोग बन्दी बनाये गये नहीं जानता क्या तू? देश भर में लोगों के सच बोलने पर पहरा लग गया। कानून अपनी मर्जी से तोड़-मरोड़ लो, कोई बात है भला? और कुछ नहीं मिला तो नसबन्दी? जुल्म किया है, जुल्म। मेरी नहीं मानते तो मिल के सामने पीपल के पेड़वाले लक्ष्मीनारायण गुप्ता से पूछ लो। उसकी दुकान के आगे ही तो मीटिंगें होती थीं। इमरजेन्सी लाइट उसकी दुकान से जाती थी। जयप्रकाश नारायण जैसे नेता ने भी इन्दिरा सरकार के विरोध में यहाँ भाषण दिया था।"

सुक्खा सिंह की सुलगती जुबान ने पण्डित जी को राहत पहुँचाई। उन्हें लगा कि आनेवाले चुनाव में कांग्रेस के हो सकनेवाले अपने एक तगड़े प्रतिद्वन्द्वी को तो उन्होंने चुनाव से पहले ही पटखनी दे दी पर दूसरा उम्मीदवार अधिक तगड़ा था। गुरु राधाकृष्ण एक ऐसा प्रतिद्वन्द्वी जिसने 1958 से पार्षद के चुनाव में कभी हार का मुँह नहीं देखा था।

"सुक्खा सिंह! यदि तुम्हारी नजर में कांग्रेस बेकार है तो गुरु जी की पार्टी कैसे अच्छी है? कौन नहीं जानता दोनों का करार रहा और फिर इमरजेन्सी में तो गुरु जी की पार्टी ने कांग्रेस का साथ भी दिया था।" केदार बिल्डिंग स्कूल में पढ़ाने वाले रतनलाल चौबे ने सुन्दरपाल की बात काट दी। अबकी बार तो

पण्डित जी बिना पिये झूम गये। इससे पहले कि सुक्खा सिंह बात का जवाब दे पाता टेण्टवाले की दुकान से निकलकर पण्डित जी ने कमान सँभाल ली।

"देखो भाई! मेरा तो मानना है कि लोकतन्त्र में सबको बराबर का मौका मिलना चाहिए। फिर कम्युनिस्ट पार्टी, यानी गुरु राधाकृष्ण की पार्टी के विचार यहाँ के हैं ही नहीं। सारे विचार विदेशी, आदेश विदेशी। उसके विदेशी विचार का हमारे देश से क्या लेना देना?"

पण्डित जी के ये कहते ही गली में बम फूट गया। जोगी, राणा, नवाब जो अब तक मुँह में दही जमाये थे और तेल की धार देख रहे थे अखाड़े में उतर आये।

"अब चण्डूखाने की तो न उड़ाओ पण्डित जी। गुरु जी हमारे बीच के आदमी हैं। बरसों से हम देख रहे हैं, मैंने तो कभी उन्हें विदेशी नहीं पाया। है कोई नेता जो इतने बरसों से जनता के बीच जनता का नेता बनकर रहे? ये विदेशीवाली बात गलत कही तुमने एकदम।" जोगी तुरन्त बोला तो राणा से भी रहा नहीं गया-

"मेरे लिए तो गुरु जी हर पार्टी से ऊपर हैं। मोहल्ले भर की मुसीबतों के निबटारे के लिए एक भरोसेवाला नाम हैं गुरु जी।"

"सही कह रहा है राणा तू। हमारे इलाके में पार्टी गुरु जी से है गुरु जी पार्टी से नहीं।" सुक्खा सिंह ने नहले पर दहला मारा।

"भई! गुरु जी को पूरे मोहल्ले के लोग चन्दा देकर खड़ा करते हैं। बच्चा-बच्चा चन्दा इकट्ठा करता है। जिसे जनता खुद खड़ा करती है उसे जिताने की जिम्मेदारी भला किसकी हुई? असली बात तो ये है कि यहाँ से जनता गुरु जी के नाम पर चुनाव लड़ती है।" मिल में काम करनेवाले सुन्दरपाल ने सबकी बोलती बन्द करते हुए डंके की चोट पर कहा। अपनी उम्मीदवारी का पर्चा भर के आये पण्डित जी चुप रह जाते तो यहीं गली में ही उनका पत्ता कट जाता। बात को सँभालते हुए बोले—"गुरु जी ने खूब काम किया है पर उनका जोर तो मिल वर्करों पर ही रहा है। माना सब्जी मण्डी इलाके के तमाम वर्करों के लिए गुरु जी लगे रहे पर यहाँ सब वर्कर ही तो नहीं हैं? दूसरी जाति, दूसरे काम-धन्धेवाले लोगों का नेता कौन होगा? हम तो शास्त्रों में देखकर लोगों की जिन्दगी का सारा कच्चा-चिट्ठा बता दें...पर सरकार ने चुनाव का सिस्टम चला दिया है तो क्या करें? भई अपने लोगों का भी तो सोचो।" अबकी पण्डित जी ने जाति का इक्का हवा में उछाला जिसे तुरन्त जगदीश ने लपक लिया।

"सही कह रहे हैं पण्डित जी। गुरु जी की पार्टी तो धर्मविरोधी है और हर बार ऐसा ही आदमी क्यों जीते हमारा अपना आदमी भी तो आये कभी?"

"अपना? अरे गुरु जी तो जन्म के ब्राह्मण ठहरे। कोई शक ही नहीं।" सुक्खा सिंह ने ठहाका लगाया।

"कहाँ का ब्राह्मण? जन्म और कर्म दोनों से ब्राह्मण होना पड़ता है। धर्म का सत्यानाश कर रखा है गुरु जी ने। सबके यहाँ खा-पी लेते हैं। न आचार न विचार। न वर्ण का ध्यान न धर्म का...वेदों की बात तो मानोगे न? अन्तिम सत्य है वेद। साफ लिखा है वेद में—"ब्राह्मणोस्य मुखमासीद बाहु राजन्यः क्रतः/ उरू तदस्य यद्वैश्य पदाभ्यां शूद्रो अजायत।" पण्डित जी ने बहस में ब्रह्मास्त्र फेंका। वेद के श्लोक से अपना ज्ञान बघारा तो अधिकांश लोग अर्थ न समझ पाने के कारण आँखें फाड़े देखने लगे। उनकी नासमझी को कुछ देर त्रिशंकु लटकाकर पण्डित जी मुद्दे पर आये—"भगवान के श्रीमुख से सबसे पहले उत्पन्न होकर वेद धारण करने के कारण ही ब्राह्मण धर्म का स्वामी है। बाहू से क्षत्रिय, उरू से वैश्य और चरणों से शूद्रों की उत्पत्ति हुई है। अब देख लो कौन सही कौन गलत? चरण की धूल को सहारा जरूर दो पर सिर पर तो न बिठाओ।" पण्डित जी ने जाति की बिसात पर अपने काइयाँ पासे फेंके।

"अब चुनाव में वेद को भी घुसाओगे पण्डतजी तब तो सारी बात ही खत्म हुई।" सुक्खा सिंह ने मुँह बनाकर बहस से किनारा कर लिया। बाकी लोग कुछ देर रुके और फिर अपनी-अपनी राह हो गये।

कुछ साल पहले घटी इस घटना और सुक्खा सिंह की बात याद आते ही पण्डित जी ने एक बेचैन करवट ली। शरीर पसीने से नहा गया। उठकर पंखा तेज किया। एक गिलास पानी पिया और फिर लेट गये। चुनाव के भाग्य के फैसले का दिन याद आया जब लक्ष्मणदास, अमरसिंह, दौलतराम जैसे गुरु जी के साथी, कई समर्थकों के साथ जुटे थे। विरोधी पार्टी के लोगों के यहाँ नाश्ते में खीर-पूरी उड़ायी जा रही थी जबकि गुरु जी के लोगों ने चने-खील का नाश्ता किया। थोड़ी देर में खबर आयी थी कि गुरु जी हार रहे हैं। इलाके को अपने कानों पर भरोसा नहीं हुआ था। जिसने सुना दौड़ा चला आया। कोई मानने को तैयार नहीं था गुरु जी हार जायेंगे। पण्डित जी की अपनी हालत बेहद खस्ता थी पर इस अफवाह से उनका रोम-रोम सुख के सागर में लोट गया। और फिर गिनती में आखिरी डिब्बा मुकीमपुरा का खुला और गुरु जी एक बार फिर सबको पछाड़कर आगे आये। खीर-पूरी का स्वाद कसैला हो गया और चने-खील की

मिठास फैल गयी। सुक्खा सिंह की जुबान पण्डित जी के लिए काली साबित हुई और वो बड़ी मुश्किल से सत्तर वोट बटोर पाये। इमरजेन्सी के खिलाफ चली लहर में पहली बार पार्षद चुनावों में कांग्रेस का सूपड़ा दिल्ली भर में साफ हुआ और जनता पार्टी दिल्ली भर में भारी बहुमत से जीत गयी। पर हर बार की तरह गुरु जी इस बार भी अजातशत्रु रहे।

दुःखदायी स्मृतियों के पहाड़ टेढ़ी भौंहों से सुख में भी झकझोर देते हैं। पण्डित जी आखिर कितनी बार करवट बदलते? आँधियों में डर की हथेली पर उम्मीद का दीपक जलाये वे चौकस मुद्रा में बिस्तर पर बैठ गये। मोहल्ला, लोग, बहसों से उपजी अतीत की आकृतियों ने विराम लिया तब उनका ध्यान वर्तमान में लौटा। बाहर छोटे भाई राजू संग मस्ती कर रहे काले की हँसी उनके कानों से टकरायी। राजू की हँसी से हमेशा ही पण्डित जी प्रसन्न होते। उनकी गणना के अनुसार राजू की कुण्डली में राजयोग लिखा था जिसे दीर्घ आयु तक भोगकर वह परिवार को सम्पन्न बनानेवाला था। एक क्षण की मुस्कान के बाद पण्डित जी ने त्रिपाठी को पुकारकर अन्दर बुलाया।

"और काले! क्या चल रहा है आजकल?"

पण्डित जी का सवाल सुनकर त्रिपाठी हतप्रभ रह गया। अनजाने हुए इस प्रश्न का वह क्या जवाब देता? क्या चल रहा है आजकल के मायने तो काफी बड़े थे। विश्व, देश और स्थानीय दुनिया—आखिर सवाल का सन्दर्भ क्या है? किस जगह क्या हो रहा है? त्रिपाठी समझ तो गया था पण्डित जी ने अकारण उसे याद नहीं किया है। सवाल भी छाँटकर पूछा है। उनके सवाल का उत्तर देना भी जरूरी था। एक खुले सवाल का उसने भी तुरन्त खुला जवाब पण्डित जी की ओर चलता किया—

"सब ठीक चल रहा है।"

"स्कूल कैसा चल रहा है?" पण्डित जी ने अब जाकर अपने रेडियो की सुई को सही मीटर पर सेट किया।

"वहाँ भी सब अच्छा है।"

"अब भी उन आवारा दोस्तों के संग रहता है क्या? सँभल जा याद करेगा एक दिन मेरी बात। लिखवा के रख ले ये नीच-कमीन किसी के सगे नहीं होते। देख लियो कभी कोई मुसीबत आयी तो किनारा करके एक हो जायेंगे साले।"

उत्तेजना में बार-बार पण्डित जी जनेऊ पर हाथ फेर रहे थे। उन्होंने बड़े दिन बाद पत्नी की समझाइश पर बेटे की ओर एक कदम उठाया ही था पर अगले ही पल उनका पुराना घिसा-पिटा रिकार्ड बजना शुरू हो गया जिससे त्रिपाठी का मन उखड़ गया। इससे पहले कि वह वहाँ से निकलता पण्डित जी ने बात बदल दी—"अपने बारे में सोच ले बेटा! जीवन में दोस्त ही काम नहीं आयेंगे। बाप को हर सुख-दुःख में साथ ही पायेगा। माँ-पिता तो धरती पर दया-दान के पुतले हैं।" कहते हुए उन्होंने त्रिपाठी की कमजोर नस उसकी माँ को चालाकी से अपनी बात में शामिल कर लिया और अपनी आवाज में दुःख की भाप भी उँडेल दी। कुछ समय तक कमरे की दीवारें चुप्पी में डूब गयीं।

"आजकल यूथ पार्लियामेण्ट की तैयारी चल रही है स्कूल में। दिल्ली भर के स्कूलों का कम्पीटीशन होना है।" पण्डित जी की भाप ने आखिर त्रिपाठी को पिघला दिया।

"ये तो बहुत अच्छा है। खूब मन लगाओ। राजनीति तो बड़े काम की चीज है। वो सध जाये तो सारे काम सध जायेंगे फिर तुम तो बड़े हिम्मती, जोशीले और अच्छा बोलनेवाले हो। सफलता निश्चित मिलेगी।" कहते-कहते पण्डित जी अगले चुनाव के सुनहरी ख्वाब बेटे के कन्धे पर चढ़कर देखने लगे।

औलादें कुण्ठित महत्त्वाकांक्षाओं की सूली पर बेधड़क चढ़ा दी जाती हैं।

## आगबबूला धरती पर बारिश की बूँदें

संजय को आज बाप से बेभाव की पड़ी थी। वैसे तो सुभाष उसे बहुत प्यार करता था पर उसकी छोटी-मोटी चोरियों से परेशान था। संजय जब-तब हेरा-फेरी कर ही लेता। बहुत बार तो पकड़ा भी नहीं जाता था पर जिस दिन बाप के हत्थे चढ़ता आसानी से नहीं छूटता। थप्पड़, लात-घूँसे ही नहीं लक्कड़-फक्कड़ जो भी मिलता सुभाष सब आजमाता। पिटाई के सुर को गालियों की ताल लगातार मिलती। संजय पिटाई से जितना बिलबिलाता सुभाष का गला दोगुनी आवाज में रेंकता—"सुअर के बच्चे! सौ दफा कई है तेरे को ढंग से बैठा करे दुकान पर। न जाने तुझ हरामी को पाँच पैसे की अक्ल नहीं है। गधे की औलाद! बाप हूँ तेरा। नस-नस पहचानता हूँ, तू है किस हवा में? जान देकर पेट पाल रहा हूँ तुम सबका और तू अपनी मौज के लिए उड़ाये दे रहा है सब।" गालियों संग मार-पिटाई का प्रोग्राम लम्बा चलता। खबर आसपास फैल जाती।

सुभाष का सपना था कि संजय ढंग से पढ़-लिख जाये इसीलिए सामान्य फीस से कुछ ज्यादा पैसा देकर उसे रावलपिण्डी स्कूल में पढ़ा रहा था। हालाँकि जितनी फीस देता था वह नाममात्र को बढ़ी हुई थी पर उस नाममात्र से सुभाष ने कहीं ज्यादा की उम्मीद लगा ली थी। इच्छा थी कि संजय क्लर्क की सरकारी नौकरी में लगकर उसके खानदान का नाम रोशन करे। सुभाष नहीं चाहता था कि संजय उसकी मीट की दुकान सँभाले। एकाध महीने में संजय, सुभाष को इस ताण्डव का मौका दे ही देता। अपने मन की पूरी करने के बाद सुबह रुद्र का अवतार बना सुभाष अगले दिन पार्वती बन जाता। संजय को पीटनेवाला उसके भीतर का जल्लाद पछताता और मरहम लेकर संजय के हर नील और हर चोट पर दवा का फाया रखता। संजय की देह पर पड़ा हर नील उसके मन में टीसता हुआ आँखों से बहता। उस दिन संजय की मौज होती। न स्कूल जाना, न दुकान संभालना ऊपर से पिता के हाथ का बना मसालेदार मीट बिस्तर पर बैठे-बैठे मिल जाता। बार-बार की चोरी-पिटाई-मीट ने संजय को ढीठ बना दिया था।

"क्यों करता है बे तू ऐसी हरकत?" पिटाईवाली शाम त्रिपाठी के साथ आये नन्दन ने संजय से पूछा।

"सालो! फिर तुम्हारी सिगरेट-जलेबी कहाँ से आयेगी?" सवाल के बदले में एक जोरदार सवाल संजय ने ठोक दिया। त्रिपाठी की जीभ तब तक मीट के स्वाद में डूब चुकी थी। तेल में तर मसाले कटोरे में तैर रहे थे और उसमें सराबोर थीं बोटियाँ और आलू। संजय के घर से ही उसे मीट खाने का ये चस्का लगा था।

"अपने पास रख ऐसी सिगरेट-जलेबी। इतना अच्छा बाप है तेरा, क्यों सताता है उसे? मुझसे पूछ बिना बाप के जीना किसे कहते हैं?" कहते-कहते नन्दन उदास हो गया तो संजय ने दोस्ती के हाथ से उसे सहलाया।

कुछ दिन बाद संजय के स्कूल आने पर यूथ पार्लियामेण्ट की रिहर्सल जोरों-शोरों से चलने लगी। प्रभात सर के निर्देशन में तीनों दोस्तों सहित अन्य लड़के भी अच्छी तैयारी करने लगे। त्रिपाठी प्रधानमन्त्री बना तो नन्दन विपक्ष का नेता। दोनों का साफ उच्चारण, ऊँचा कद और तेज आवाज-संवाद भंगिमा में जान डाल देते। मुद्दों पर दोनों की जिरह से खूब रंग जमने लगा। प्रतियोगिता का दिन भी नजदीक था। अचानक एक दिन नन्दन शाम को भाई जी का मँगाया घड़ा लाने के लिए मल्कागंज, कुम्हारों की गली की तरफ

निकला। घर से निकलते समय नन्दन ने सोचा भी नहीं था कि उसके कदम मुकीमपुरा की ओर मुड़ जायेंगे। भाई जी ने पिछली बार यहाँ से गुजरते हुए उसे गुरु जी का घर दिखा दिया था। आर्यपुरा से मेन सड़क के पार भीतर को जाती छोटी-छोटी गलियों में से निकलते रास्ते अन्दर मकानों-दुकानों की ओर ले जाते और ये गलियाँ अपने अन्त में जाकर मल्कागंज मोहल्ले से जुड़ जातीं। एक तरह से पूरा मोहल्ला शरीर की रक्तनलिकाओं की तरह है। जैसे छोटी-बड़ी नलिकाएँ एक-दूसरे से किसी भी मोड़ पर मिलने के लिए स्वतन्त्र हों। सामने सड़क से नन्दन को नूर बिल्डिंग दिखायी दे गयी। बस वही तो निशानी थी गुरु जी के घर की। उससे सटी हुई गली में घुसते ही कुछ कदम आगे दाहिनीं तरफ गुरु जी का मकान था। नन्दन भयमिश्रित जिज्ञासा से आगे बढ़ा जा रहा था। उसने सोचा गुरु जी मिल गये तो क्या कहेगा और नहीं मिले तो क्या आज मायूस लौटना होगा? गली में पाँच सौ ग्यारह नम्बर का बड़ा-सा मकान था। उसे पता था गुरु जी नीचे के हिस्से में किस तरफ रहते हैं। भूरे रंग के लकड़ी के दरवाजे के ठीक ऊपर पत्थर का काम था जिस पर बेलबूटों के साथ दो परियाँ पंख फैलाये उड़ रही थीं। नन्दन को अचानक सब्जी मण्डी की रामरूप धर्मशाला का ध्यान आया। उस तिमंजिली धर्मशाला का दरवाजा बहुत ही बुलन्द है। उसके पांच महराबी दरवाजों में दो झरोखे लगे हैं और वहीं मेन दरवाजे पर ऊपर रोशनदान के पास ऐसे ही पत्थर से बने दो नजरबट्टू वहाँ हरेक आनेजानेवाले पर नजर रखते। पत्थर दोनों जगह एक-सा इस्तेमाल हुआ था पर गुरु जी के घर के मुकाबले धर्मशाला के द्वार का काम कहीं ज्यादा बारीक था। दोनों के दरवाजों में मिलान के बाद नन्दन ने देखा निचली मंजिल पर मेन दरवाजे के साथ ही लकड़ी के दो बड़े किवाड़ बन्द पड़े थे। बाहर से दरवाजे पर पड़ी कुण्डी दिखायी दे रही थी। इन किवाड़ों के पीछे ही गुरु जी और उनका परिवार एक कमरे एक रसोई के घर में रहा करता। नन्दन ने पहली बार मकान को गौर से देखा। मकान काफी बड़ा था। ऊपर की मंजिल पर आगे को खुलता लम्बा छज्जा, लकड़ी की छत, खम्भे और जाली की शक्ल में दूर से ही दिखायी दे जाता। लकड़ी पर हरे रंग का पेंट जगह-जगह से छूट चुका था पर मजबूत लकड़ी शान से खड़ी थी। नीचे आधे खुले मेन दरवाजे के भीतर उसने झाँका तो दो औरतें छोटे से रास्ते की चौखट के आगे खुलते बरामदे में दिखायी दीं। बरामदे में कुछ कमरों के बाहर दरवाजे दिखायी दिये। इससे पहले कि वह कुछ और देख पाता एक आवाज ने उसकी तल्लीनता को भंग कर दिया।

"क्या है बे! क्या ताक-झांक कर रहा है?" व्यस्त गली में एक आदमी ने रोबदार आवाज में पूछा। नन्दन की घबराहट तो बढ़ी पर ऊपर से शान्त बना रहा।

"नहीं, कुछ भी तो नहीं।"

कहते हुए नन्दन दो कदम आगे बढ़ा ही था कि उसे गली में ही मकान से सटे एक कोने में टुंइयाँ बैठा दिखा। नाटे कद के इस सरदार को उसके असली नाम हरविन्दर से न जाने कबसे, किसी ने नहीं पुकारा था। छेड़ का नाम 'टुंइयाँ' ही उसका असली नाम बन गया था। टुंइयाँ अक्सर आर्यपुरा में पीतल के बर्तन कलई करने हर मंगलवार को आया करता। शाम तक पार्क के पास ही उसका ठिकाना रहता। आर्यपुरा के कितने ही बर्तन उस दिन रसोई में नयी चमक के साथ पहुँचकर इतराते। कढ़ाई, गिलास, कटोरी, थाली, परात, भगोना सबकी किस्मत टुंइयाँ को प्रसाद चढ़ाकर हर मंगल चमकती। नन्दन को गली में रुकने का अच्छा बहाना मिल गया। नन्दन पर एक पहचान की नजर डाल टुंइयाँ काम में मगन हो गया। गली के घरों से आये बर्तनों का ढेर उसके आगे लगा था। धौंकनी को चलाकर लगातार आँच तेज करते हुए वह बारी-बारी से एक बर्तन उठाकर आंच पर रख देता। संडासी से बर्तन को उलटता-पलटता। जब तक बर्तन तपता वह रूई को फैलाकर उस पर नौसादर का सफेद पाउडर डाल देता। बगल में ठण्डे पानी के एक बड़े बर्तन का पहले से ही इन्तजाम रखता। आँच से बर्तन को उतारकर टुंइयाँ ने जैसे ही उसे नौसादर से भरी रूई के हवाले किया तो बर्तन पर फैलकर वह तेज धुंआ छोड़ने लगा। उसके बाद टुंइयाँ ने रांगे के टुकड़े को बर्तन पर लगाया और फिर से नौसादर छिड़का। कढ़ाई की सूरत चाँदी-सी निखर आयी। एकदम नयी जैसी। इसके बाद उसने बर्तन को पानी में डुबो दिया। छन्न की तेज आवाज के साथ पानी में छोटे-छोटे बुलबुले दिखायी देने लगे। थोड़ी देर बाद उसने बर्तन को निकाला और उजले बर्तनों की पाँत में रख दिया। टुंइयाँ हमेशा की तरह काम में डूबा था और नन्दन हमेशा की तरह टुंइयाँ के काम को अपलक देख रहा था। पहली बार जब नन्दन को घर के बर्तन कलई के लिए भेजा गया था तबसे लेकर आज तलक उसका मन करता टुंइयाँ से बस एक बार एक बर्तन कलई करने का मौका माँग ले। उसे हमेशा लगता वह यह काम अच्छी तरह कर सकता है। टुंइयाँ को देख-देखकर उसने सब काम सीख लिया था।

"हो गये मेरे बर्तन?" अचानक एक औरत गुरु जी के घर से निकलकर बोली।

नन्दन की साँसें बेचैन हो गयीं। क्यों न इससे ही पूछ ले गुरु जी के बारे में?

"गुरु जी नहीं हैं क्या?" टुंइयाँ की बात सुनकर नन्दन के कान खड़े हो गये।

"नहीं, इस समय यहाँ कहाँ? आज मिल के काम से सुबह ही निकल गये धर्मपुर लॉज। अब तो शाम को ही लौटेंगे।" औरत ने जवाब दिया।

नन्दन समझ गया हो-न-हो यही गुरु जी की पत्नी हैं। क्या नाम बताया था भाई जी ने इनका? उसने दिमाग चलाया तो याद आया- सुनीता शर्मा। उन्हें देखकर नन्दन को खुशी मिली पर जल्दी ही वह निराश हो चला। यहाँ आने का मकसद अधूरा रह गया था।

"ले भाई अपने पैसे।" गुरु जी की पत्नी ने कुछ पैसे टुंइयाँ की ओर बढ़ाए।

"न-जी-न पैसे वो भी गुरु जी से। माफ करो जी। आप लोग दिन-रात समाज का इतना काम करते हो। थोड़ा-सा पुण्य हमें भी कमाने दो।" टुंइयाँ ने पैसे लेने से साफ मना किया।

"न भैया! बिल्कुल नहीं। जायज हक किसी का मारा नहीं और नाजायज पर जीवन में कभी आँख न दी।" कहते हुए गुरु जी की पत्नी ने टुंइयाँ के हाथ में कलई के पैसे रख दिये और बर्तन लेकर अन्दर चली गयीं।

नन्दन ने हैरान निगाहों से उन्हें देखा। किसी का कहा हुआ जुम्ला उसे याद आया-

नेक नीयत, मंजिल आसान।

## ज्ञान का दीप मेहनत की बाती

रावलपिण्डी स्कूल में हर साल मिलनेवाले वजीफे के रुपये कई लड़कों और उनके परिवार के लिए अकाल में मामूली दानों का भरोसा लिए आते । यह वजीफा हर साल संजय और नन्दन को मिलता पर इस बार प्रिन्सिपल ने कुछ लड़कों से साफ कहा कि शिक्षा विभाग से आदेश आया है कि उन्हें तभी ये वजीफा मिलेगा जब वे बड़े सरकारी अधिकारी या पार्षद से प्रमाण-पत्र लाएंगे। अचानक आये इस शाही फरमान ने लड़कों को हैरत में डाल दिया।

अनुसूचित जाति का न होने के कारण वैसे भी त्रिपाठी को ये वजीफा नहीं मिलना था पर संजय और नन्दन का नाम लिस्ट में था। नन्दन का मन बल्लियों उछलने लगा। गुरु जी से मिलने का एक सुनहरी मौका हाथ लग गया। वैसे तो आसानी से उनसे मिला जा सकता था पर आज उनसे अर्जी पर साइन लेने की ठोस वजह भी पास थी। संजय से उसने साथ चलने को कहा तो अनिच्छा से वह बोला–

"यार! फारम साइन ही तो कराना है। पापा को दे दूँगा वो अटेस्ट करा लेंगे।"

"हर बार उनको क्यों परेशान करता है? चल दोनों भाई साथ चलकर करा लाते हैं।" नन्दन ने संजय को डपटा।

"जा बे! रैन दे तू, कौन करेगा हमारे फारम पर दस्तखत? वो भी बिना जानपहचान?"

संजय पर डांट-मनुहार का कोई असर नहीं पड़ा।

"तू चल तो मेरे साथ। अपनी आँखों से देख लेना, गुरु जी सब पर भरोसा करते हैं।" नन्दन बोला तो शान्त बैठे त्रिपाठी की आँखें अविश्वास से उसकी ओर उठीं।

नन्दन ने बिना कहे सिर हिलाकर इशारा किया-तू भी चल संग। अनिच्छा से ही सही दोनों नन्दन के साथ चल दिये।

"यार! ये घर है उनका?" मन्दिरवाली गली में गुरु जी के घर के पास पहुँचकर त्रिपाठी की आँखें फटी रह गयीं।

घर उनका नहीं है बे! गुरु जी इस नीचेवाले हिस्से में रहते हैं, किराये पर।"

अन्तिम दो शब्दों पर नन्दन ने अतिरिक्त जोर डाला। इससे पहले कि नन्दन कुछ कहता त्रिपाठी फिर बोल उठा-

"मैंने तो सोचा था नेता का घर है तो...यार! बरसों से यही कमाया? एक घर भी नहीं बनवा पाये?" उसे हैरत हुई।

गुरु जी के घर पहुँचकर पता चला कि गुरु जी धर्मपुर लॉज में मिलेंगे। मस्ती करते तीनों घण्टाघर तक आये और ऑफिस की सीढ़ियाँ चढ़ीं। नन्दन आज दोनों का गाइड बना हुआ था। वह पहले भी यहाँ आ चुका था। त्रिपाठी को भरोसा नहीं था कि संजय और नन्दन की अर्जी पर घर के किसी बड़े आदमी के आये बिना दस्तखत हो जायेंगे। हिचक तो संजय को भी थी

पर नन्दन की आशा पंख पर सवार थी। धर्मपुर लॉज स्थित लालझण्डा पार्टी का दफ्तर आज पूरी तरह भरा हुआ था। सीढ़ियों के पास दर्जनों जोड़ी चप्पलें बिखरी हुई थीं। उनसे आगे जमीन पर दरी बिछाकर बैठे लोग बाहर छत तक निकल आये थे। नन्दन, संजय और त्रिपाठी को आगे बढ़कर गुरु जी के पास पहुँचना मुश्किल लग रहा था। असमंजस में तीनों छत के एक कोने में खड़े हो गये। गुरु जी भीड़ के आगे खड़े थे। उनका भाषण चल रहा था–

"भाई! इतिहास गवाह है कि बिना लड़े तो आज तक मजदूरों को कुछ नहीं मिला है। हमने इसीलिए ये मीटिंग यहाँ पार्टी के दफ्तर में बुलाई है। अब बिड़ला मिल यूनियन के संघर्ष को हमें और तेज करना होगा। मिल-मालिक तो अड़ा हुआ है। वह मजदूरों की माँगें मानने के पक्ष में नहीं है। दूसरे, हम मिल मजदूरों के ओवरटाइम का हिसाब लगाकर बिल भी जल्दी ही मैनेजमेण्ट को सौंपनेवाले हैं। यूनियन ने अपनी माँगों को मालिक तक पहुँचाया है पर साथियो! देश भर में किसान-मजदूरों पर हमला तेज हो रहा है। जरूरत साथ मिलकर चलने और लड़ने की है। यूनियन की बात नहीं मानी गयी तो हम बड़ा जुलूस निकालेंगे। एटक के साथ सीटू, इण्टक जैसे और दलों को भी शामिल करेंगे। हमारा आन्दोलन तेज होगा तो हमें दबाने की उनकी कोशिशें भी तेज होंगी पर साथियों हमारा आज चाहे जितनी परेशानियों में घिरा हो , हम लड़ेंगे तो कल इससे बेहतर होगा।"

गुरु जी की बिना लाग-लपेट सीधी-सच्ची बातों का असर लोगों में साफ दिखायी दे रहा था। उन्होंने 'मजदूर एकता जिन्दाबाद' के नारे लगाये। धर्मपुर लॉज गूँज उठा। तीनों लड़कों के आगे आज एक नया संसार खुल रहा था। उन्होंने लाल झण्डा जरूर देखा था पर वे कहाँ जानते थे यूनियन के काम-काज के बारे में? कहाँ जानते थे एटक, सीटू के बारे में। आज भाषण से इतना जरूर समझ लिया कि ये कोई दल या संगठन हैं। कुछ देर बाद भीड़ छँटी तो दफ्तर में जगह निकली। अब भी गुरु जी अन्दर कमरे में कुछ लोगों के साथ सलाह-मशविरा कर रहे थे। उनके माथे पर पसीने की बूंदें चमक रही थीं। अचानक उनकी नजर लड़कों पर पड़ी।

"क्या बात है? कैसे आये तुम लोग?" गुरु जी ने उन्हें चौंककर देखते हुए कहा।

"वजीफे के कागज पर आपसे साइन कराना है।" कहते हुए नन्दन ने दोनों अर्जियाँ आगे बढ़ायीं। गुरु जी सामने लोगों से बात करते रहे और एक

क्षण में दस्तखत करके अपनी मोहर लगायी और कागज नन्दन की ओर बढ़ा दिये। त्रिपाठी और संजय दोनों देखते रह गये। उन्हें लगा था कि आज तो ये काम होने से रहा।

''पिता जी क्या करते हैं बेटा?'' गुरु जी ने संजय से पूछा।

''कबीर बस्ती में मीट की दुकान करते हैं। सुभाष सोनकर नाम है।'' संजय ने तुरन्त जवाब दिया।

''अच्छे से पढ़ना-लिखना...और बेटा! कैसी चल रही है तुम्हारी यूथ पार्लियामेण्ट?'' गुरु जी ने नन्दन को पहचानकर उससे पूछा तो अचानक उसका कद दोनों दोस्तों से ऊँचा हो गया। उसने सोचा भी नहीं था कि उससे एक छोटी-सी मुलाकात गुरु जी को याद रहेगी।

नन्दन से कुछ बोलते न बना पर उसने पूरे अदब से सिर हिलाकर ''जी अच्छी चल रही है'' कहा।

''खूब मेहनत से पढ़ो तीनों। एक ही जीवन मिलता है मेहनत से ज्ञान हासिल करने को, इसे व्यर्थ न गंवाना।''

काम कराकर धर्मपुर लॉज से निकलते समय तीनों शान्त थे। गुरु जी की शख्सियत के कितने पक्ष आज उनके आगे एक साथ खुले। जनसंगठन की उनकी क्षमता, लोगों से उनका जुड़ाव , मजदूरों के लिए काम करने का जज्बा और समाज को बदलने की चिन्ता—सारे पक्ष तीनों को सम्मोहित कर रहे थे। घण्टाघर चौक पार करने के बाद त्रिपाठी ही सबसे पहले अचरज से बोला—''यार! कितना साधारण आदमी है ये। आम लोगों के बीच से निकला। उनका अपना. ..नेता ऐसे भी होते हैं भला?''

''गुरु जी सबसे अलग हैं, देख लिया न। मैं पहले भी यहाँ आया था तब वो समाज में फैली गैरबराबरी का विरोध कर रहे थे।'' नन्दन ने सुर्खरू बनते हुए कहा।

''गैरबराबरी? कहाँ है गैरबराबरी?'' त्रिपाठी की बड़ी-बड़ी आँखें चौड़ी हो गयीं।

''क्यों भाई! कहाँ नहीं है? किसी के पास सब-कुछ है किसी के पास कुछ भी नहीं। तू सब्जी मण्डी इलाके के परली तरफ देख और इधर हमारी तरफ, दो दुनियाएँ अलग-अलग नहीं दिखती क्या तुझे?'' नन्दन ने सामने की जमीन पर नजर रखते हुए एक बार आसमान को निहारा।

चमकती दुनिया से परे हसरतों की एक दुनिया न जाने कब से धड़कती है।

## आसमानी पतंग और खुशबू की डोर

यूथ पार्लियामेण्ट का दिन भी आ गया। प्रतियोगिता का पहला चरण शक्तिनगर नम्बर दो की सेकेण्ड शिफ्टवाले लड़कों के स्कूल में होना था। बलदेव चौधरी और जागेश्वरप्रसाद—रावलपिण्डी के दोनों टीचर, लड़कों के साथ जानेवाले थे। लड़कों ने उन्हें बालू और जग्गा जैसा प्यारा सम्बोधन दिया हुआ था जो पीढ़ी-दर-पीढ़ी आगे बढ़ता जाता। प्रतियोगिता के लिए आये दस स्कूलों में रावलपिण्डी का प्रदर्शन बहुत अच्छा रहा। एक बड़े हॉल में कुर्सी-मेज लगाकर सेट भी अच्छा बनाया गया। लोकसभा स्पीकर का विशिष्ट स्थान थोड़ी ऊँचाई पर बनाया गया। उसके ठीक सामने दो तरफ को बँटी कुर्सियों में पक्ष और विपक्ष के लोग बिठाये गये। बारी-बारी से स्कूल आते और अपना प्रदर्शन करते। रावलपिण्डी के प्रदर्शन को देखकर टीचर सहित बच्चे भी भौंचक रह गये। हर बार फिसड्डी परफार्मेंस वाले स्कूल से आज तीन-चार हीरो निकलकर सामने आये। मजमा लूटा त्रिपाठी और नन्दन की बहस ने। अन्य स्कूल के नेता जहाँ रटी-रटाई स्क्रिप्ट को पेश करने में हकला-से रहे थे वहाँ इन दोनों की स्पीच पानी-सी बह रही थी। अठखेलियाँ करती और हाथ की गति पर नाचती-कूदती। सरकार से जूझते विपक्ष के नेता के रूप में नन्दन ने जैसे ही कहा—"इतिहास गवाह है आज तक जनता को लड़े बिना उसके अधिकार नहीं मिले हैं।" हॉल में तालियाँ बज उठीं। किसी को नहीं पता था पर तीनों दोस्त जान रहे थे कि धर्मपुर लॉज में उस दिन का अनुभव ही उनके काम आ रहा था। नन्दन और त्रिपाठी के अभिनय और संवादों ने आज मैदान मार लिया। बहुत अच्छी तरह दोनों गुरु जी को कॉपी कर रहे थे। प्रतियोगिता अभी कुछ राउण्ड में और चलनी थी पर सबने भाँप लिया इस बार रावलपिण्डी स्कूल परिणाम में बहुत ऊपर रहनेवाला है। परिणाम में स्कूल ने पहला स्थान पाया और नन्दन और त्रिपाठी को वक्ता के तौर पर अलग से पुरस्कार मिला।

अगले दिन स्कूल की असेम्बली में यूथ पार्लियामेण्ट के लड़कों को प्रिन्सिपल ने खूब बधाई दी। लड़कों के साथ प्रभात सर के लिए भी तालियाँ बजीं। पूरे स्कूल में खुशी की लहर दौड़ गयी पर असेम्बली में आज एक महिला की उपस्थिति सबको जिज्ञासा में डाल रही थी। वह महिला स्कूल के शिक्षकों

के साथ खड़ी थी। ग्राउण्ड में अपनी-अपनी क्लास की पंक्ति में बैठे लड़के एक-दूसरे को कोहनी मारकर मामले की टोह ले रहे थे तो उन्हें उचके कन्धों का जवाब—मैं क्या जानूँ के मौन उत्तर में मिल रहा था। बच्चों को बधाई देने के बाद प्रिन्सिपल सर जरूरी सूचनाएँ देने लगे। सबसे पहली सूचना उस अनजानी महिला के विषय में ही थी। दरअसल वे स्कूल की नयी योगा टीचर थीं—अर्चना बतरा। जैसे ही उनका नाम लिया गया वह नमस्कार की मुद्रा में आगे आयीं। लम्बा कद, झक्क गोरा रंग, आँखों पर सनग्लासिस, करीने से लगी बिन्दी-लिपस्टिक। भारी बालों को बाँधे जूड़े में पीला गुलाब लगाये अर्चना मैडम लू के थपेड़ों में शीतल छाया लग रही थीं। लड़के दीदे फाड़े उन्हें देख रहे थे। प्रिन्सिपल सर ने बताया अब से असेम्बली में योगा शुरू होने के साथ जल्दी ही हर क्लास का एक योगा पीरियड अब टाइम टेबिल में लगनेवाला है। पूरे मैदान में एक ठण्डा झोंका चहक गया। बड़ी क्लास के लड़कों ने एक-दूसरे को आँख मारकर खुशी जतायी तो किसी ने बेआवाज सीटी का अभिनय करके खुशी को दोगुना किया।

"भागकर जा और सारे दिन में लगाये मेरे एब्सेण्टी पीरियड नोट करके ला।"

क्लास टीचर बंसीलाल सर ने किताब खुलवाने से पहले संजय को स्टाफ रूम भेज दिया। स्कूल के स्टाफ-रूम के नोटिस बोर्ड पर सुबह से ही एब्सेण्टी पीरियड का टाइम टेबिल लगा दिया जाता। इसकी जरूरत लड़कों और टीचर दोनों को अपने-अपने मुताबिक रहती। संजय फौरन से पेश्तर क्लास में लपककर लौटा। सर को पीरियड नोट करवाने के बाद जैसे ही पल्टा त्रिपाठी को उसने एक इशारा किया। वह कुछ भी नहीं समझा।

"डैमफूल! आज रिसेस के बाद पाँचवां पीरियड योगावाली मैडम का एब्सेण्टी है।"

उसकी तेज साँसों की आवाज इस वाक्य के साथ साफ सुनायी दे रही थी। अब तक के स्कूली जीवन में ये पहला मौका था किसी महिला टीचर के क्लास में आने का। लड़कों ने इस अवसर का भरपूर स्वागत किया। पाँच-पाँच पैसे इकट्ठे करके लाई गयी झाड़ू को आज ढूँढकर बिना किसी के कहे क्लास चमकायी गयी। कुछ ने रूमाल के अभाव में पैण्ट से कमीज निकाल उसके निचले हिस्से से अपना मुँह चमका डाला। शमीम की पैण्ट की पिछली पॉकेट में हमेशा रहनेवाले छोटे-से कंघे की डिमाण्ड आज अचानक बढ़ गयी। हर कोई

मैडम की आँखों में बस जाना चाहता था। चार पीरियड बड़ी मुश्किल से कटे तो आधी छुट्टी का समय काटे नहीं कटा। एक-एक पल काटना मुश्किल था। कई लड़के आज रोज की तरह चार-चार ओवर का क्रिकेट मैच खेलने भी नहीं गये।

"आपमें से योगाभ्यास कौन-कौन करता है?"

मीठी आवाज के साथ क्लास में भीनी-सी खुशबू फैल गयी। मैडम ने टेल्कम पाउडर या कोई इत्र लगा रखा था। आसमानी रंग के चुस्त सूट में उनकी छरहरी काया साफ दिख रही थी। सुबह से मैडम का नाम रटनेवाले लड़के उनके क्लास में आते ही सभ्य बन गये। हो-न-हो ये उनके आत्मविश्वासी व्यक्तित्व का ही असर था।

"योगा कौन-कौन सीखना चाहता है?"

मैडम को जब सवाल का जवाब न मिला तो उन्होंने सवाल बदल डाला। सारी क्लास के हाथ खड़े हो गये। मैडम थोड़ी दुविधा में पड़ गयीं। कारण यह था कि कुछ लड़कों को पी.टी. और कुछ को योगा चुनना था। पूरी क्लास का पीटी को छोड़ना, सही नहीं था। जब कोई भी हल नहीं निकला तो मैडम ने चिट से काम निकाला। खुशनसीब, बदनसीबों पर हँसने लगे। त्रिपाठी भी बदनसीबों में शामिल था। नन्दन और संजय की लॉटरी निकल आयी। वैसे असेम्बली में नन्दन और त्रिपाठी के लिए बजी तालियों के कारण मैडम ने दोनों को खास नजर से देखा। नन्दन का मन पतंग-सा उड़ रहा था। कभी ऊँचे आसमान में ओझल होता तो कहीं आसमान से परे।

"कान्ता! आज नयी मैडम के आने से स्कूल का हर रंग नया हो गया। कितनी सुन्दर, कितनी अच्छी मैडम आयी हैं काश! तू भी देख पाती उनको।" घर आते ही आज नन्दन ने पूरे इत्मीनान से दिन की एक-एक बात कान्ता को बतायी।

"मेरी किस्मत में ये सब कहाँ..."

कुछ कहते-कहते कान्ता रुक गयी पर नन्दन समझ गया। अक्सर यही तो होता था नन्दन का बढ़ता उत्साह न कान्ता के आगे थम पाता और न कान्ता उसी क्षण अपनी किस्मत को कोसने से खुद को रोक पाती। उसके बाद एक अपने उत्साह को कोसता तो दूसरा अपने कोसने को। भाई जी ने इकलौती लड़की को नवीं के बाद घर बिठा दिया था। हँसती-हँसाती रहनेवाली कान्ता का जीवन दुःखों से अछूता न था। छोटी उम्र में माँ का साया उठ जाने के बाद दो

अविवाहित भाइयों और पिता के खाने-पीने और घर की व्यवस्था का दायित्व उसके जिम्मे आ गया। प्यार करनेवाली चाची भी घर छोड़कर चली गयी। भाई जी के लिए बेटी की पढ़ाई व्यर्थ का बोझ थी। समय की बर्बादी। इसीलिए कान्ता की नवीं की परीक्षा पास करते ही स्कूल छुड़वा दिया। उनके मुताबिक अब कान्ता को विवाह के बाद की जिम्मेदारियों के लिए तैयार होना है। वह सिलाई-कढ़ाई और बुनाई में पारंगत होने लगी। दोनों सगे भाइयों को भी उसकी कुछ खास परवाह नहीं थी पर कान्ता, नन्दन की प्यारी थी। दोनों की माँ साथ नहीं थी। दोनों अपने-अपने हिस्से की माँ एक-दूसरे में खोजते बड़े हुए थे।

"अच्छा! बता न अपनी मैडम के बारे में..." पछतावे से भरी आवाज में नन्दन की चिरौरी करती कान्ता ने कहा।

"तू दुःखी मत हो कान्ता। चाहे तो थोड़ा-बहुत मुझसे पढ़ लिया कर।" नन्दन के लिए सुबह के सारे रंग धूमिल होने लगे। कान्ता का दुःख कितना सच्चा था और उसके आगे नन्दन की खुशियाँ कितनी बौनी।

"लड़की हूँ न इसलिए मुझे पढ़ाना फिजूलखर्ची है। दोनों भाई पढ़ना नहीं चाहते थे तब भी मार-पीटकर उन्हें स्कूल भेजा जाता पर कहाँ पढ़े दोनों? अब तू है तो सारे अरमान तुझसे पूरे करने की साध है। मैं तो कहीं थी ही नहीं भैया।" कहते हुए कान्ता की आँखें बरस पड़ीं। नन्दन ने बेचारगी से भरे मन के बावजूद बड़े प्यार से उसका सर सहलाया।

दो बच्चे अपने-अपने जीवन के अभावों में एक-दूसरे के साथी थे।

## राहतों का आसमान ऊँचा था जमीन दुश्वारियों का हिस्सा थी

मुकीमपुरा हैजे की चपेट में था। कितने ही मजदूरों के घर तबाही की दास्तान कह रहे थे। केशव, पूरन, सोहन किस-किस का नाम लें सबकी हालत एक ही थी। गन्दे पानी के चलते बीमारी एक से दो, दो से तीन फिर न जाने कितनों को अपना शिकार बना गयी। दिहाड़ी मजदूर के घर हैजा तबाही बनकर आया। अकेला कमानेवाला आदमी या तो खुद हैजे का शिकार था या उसका परिवार हैजे से जूझ रहा था। हारी-बीमारी में चिन्दी भर बचत कितना आसरा देती ? फिर अनेक घरों में तो इस चिन्दी भर बचत की राहत भी नहीं थी। वो रोज कुआँ खोदते और प्यास बुझाते। घर-घर में बीमार पड़े लोग उल्टी-दस्त से जूझ रहे थे। कटरे में शौचालय न होने से गन्दगी फैल रही थी और छूत का रोग हर घर को शिकार बना रहा था। इलाके में सीवर की कितनी समस्या थी

जिससे गुरु जी लगातार अनेक वर्षों से लड़ रहे थे। पूरन के छोटे बेटे की उल्टियाँ थमने का नाम नहीं ले रही थीं। उसकी पत्नी हल्कान हो रहे बच्चे को गोद में लिए बैठी एक तरफ अपनी किस्मत को कोस रही थी तो दूसरी ओर भगवान से बच्चे की जान की भीख माँग रही थी। घर-घर का यही आलम था।

बाड़ा हिन्दूराव सरकारी अस्पताल में बिस्तर हमेशा की तरह कम पड़ गये। इलाके का बड़ा सरकारी अस्पताल होने के कारण उस पर ऐसे दिनों में बोझ चौगुना रहता। मरीजों को लाये परिवार जमीन पर चादर डालकर उन्हें लिटाने के लिए गिड़गिड़ा रहे थे। वैसे भी डॉक्टर, कमरे, दवा अपने निश्चित अनुपात में थीं और इलाके की बीमारियाँ अस्पताल के अनुपात से आये दिन लोहा लेतीं। अस्पताल की सुविधाएँ आदमी के साथ दम तोड़ देतीं। मजदूरों की जिन्दगी एक दिन में हजार मौतें मरती। मुकीमपुरा में राहत, बचाव और साफ-सफाई के काम के लिए गुरु जी ने मुहिम छेड़ दी। मोहल्ले में फैली गन्दगी के लिए लोगों को एकजुट किया। हिन्दूराव के न जाने कितने ही चक्कर काटे पर मोहल्ले को किसी करवट आराम न था। गुरु जी के बार-बार अस्पताल पहुँचने और दबाव बनाने से इतना जरूर हुआ कि एक बिस्तर पर दो लोगों और जमीन पर मरीजों के लेटने का हल निकल आया। इधर सरकार की ओर से अब तक कोई बचाव दल मदद को नहीं पहुँचा। सरकार के कान इस तरफ की शिकायतों के लिए जैसे हमेशा से बन्द थे।

गुरु जी ने निगम की मीटिंग में मुकीमपुरा में फैली महामारी का मुद्दा उठाया। वहाँ देर से दिल्ली के दूसरे इलाकों की समस्याओं पर बात चलती रही। पार्षद, अधिकारियों पर अपने-अपने वार्डों में काम न होने के कारण खासे गुस्से में थे। गुरु जी मुकीमपुरा के हर बीमार की आवाज बनकर सामने आये—"साहेबान! आजादी से आज तलक दिल्ली में हूँ पर इसका ऐसा हाल पहले कभी नहीं देखा। दिल्ली दो तरह की हो गयी है एक अमीरों की दिल्ली दूसरी गरीबों की। मुझे तो साफ लगता है सरकार को जैसे इस बात की कोई चिन्ता नहीं कि गरीब दिल्ली में कोई इन्सान भी रहता है। वहाँ कितनी ही सुविधाएँ लोगों से दामन छुड़ाकर निकल जाती हैं। लोग हैं कि नरक में रहने को मजबूर हैं। जायें तो जायें कहाँ? कटरों में दो-एक शौचालय बना दिये सब उसमें ही जाते हैं। छोटे-छोटे बच्चे खुली नालियों पर बैठे रहते हैं। मैं तो यही कहूँगा अमीर दिल्ली का कुत्ता भी गरीब दिल्ली के इन्सान से बेहतर जिन्दगी जी रहा है। बहते हुए नाले, कूड़े से भरी गलियाँ ये हिन्दुस्तान बनाया है हमने आजादी के बाद? इसी के

लिए लड़ाई लड़ी थी अंग्रेजों से? मेरे क्षेत्र के लोग मर रहे हैं इस बात की जवाबदेही आखिर किसी की बनेगी या नहीं?''

''गुरु जी! लोग ही गन्दे रहते हैं, हम क्या करें?'' अधिकारियों के लिए ऐसी मुसीबतें और पार्षदों की शिकायतें रोज की बात थी फिर आज के ऐजेण्डे में दिल्ली का सौन्दर्यीकरण मुख्य मुद्दा था। मुकीमपुरा की समस्याओं पर गौर करने की बजाय उदासीनता का ठण्डा भाव देखकर गुरु जी तिलमिलाये-

''एक बार अपने दिल पर हाथ रखकर देखो, है हिम्मत वहाँ एक दिन भी गुजारने की?''

अधिकारियों सहित और लोग भी बगलें झाँकने लगे। मीटिंग के अन्त तक गुरु जी अपनी बात पर अड़े रहे और लड़कर अपने हिस्से की थोड़ी-बहुत राहत लेकर ही लौटे।

कुछ सुन्दरताएँ भी अपने आचरण में विद्रूप होती हैं।

**और अफवाह सच साबित हुई**

देखते-ही-देखते पाँच साल पूरे हुए और एक बार फिर निगम चुनाव सामने थे। निगम चुनावों में उम्मीदवारी के पर्चे भरे जा चुके थे। दिल्ली फिर से हरकत में आने लगी। सोहनगंज वार्ड से जनता ने अपने प्रिय और अजेय नेता गुरु राधाकृष्ण को फिर से निगम चुनाव में खड़ा किया। मिल-मजदूर, युवा छात्र और सी.पी.आई. के कार्यकर्त्ताओं ने गुरु जी के चुनाव के लिए कमर कस ली। शोराकोठी से हर बार की तरह बृजेन्द्रनाथ त्रिपाठी ने पहले ही दिन बतौर निर्दलीय उम्मीदवार पर्चा भर दिया पर इस बार स्थिति सामान्य नहीं थी। उनका अपना खून उनके विरोधी खेमे का प्रचारक बना हुआ था। बाप-बेटे में ठन गयी। न बेटे ने सिर झुकाया न बाप ने अपनी टेक छोड़ी। त्रिपाठी, संजय और नन्दन की उम्र अभी वोट देने की नहीं थी पर राजनीति की समझ उन्हें होने लगी थी। जीवन में पहली बार नन्दन और त्रिपाठी किसी राजनीतिक चुनाव में सक्रिय भागीदारी करने उतरे। दोनों गुरु जी के चुनाव के लिए चन्दा इकट्ठा कर रहे थे और हैरान थे किसी दरवाजे से खाली हाथ न लौटते। हर घर से चन्दे के साथ जी खोलकर दुआएँ और वोट का पक्का भरोसा जब मिलता तो जवान लड़के जोश से भर जाते। इन दिनों संजय की कमी दोनों को अखर रही थी। एक दिन स्कूल में दोनों ने उसे पकड़ ही लिया।

"संजय! तू क्यों नहीं आता गुरु जी के जत्थे में? क्या कर रहा है यार? गुरु जी को अब हमारी जरूरत है।"

"डैमफूल! वो गुरु जी हैं। गुरु राधाकृष्ण। अपने दम पर जीतते हैं चुनाव। उन्हें तुम्हारी क्या जरूरत?" संजय ने कहा।

"पर हमें तो उनकी जरूरत है न संजय?" त्रिपाठी ने संजय की आँखों में आँखें डालकर पूछा तो संजय झेंप गया।

"सही के हक में खड़े होना और गलत का विरोध करना-यही तो सीखा है हमने गुरु जी से। हमारे मोहल्ले से सच की आवाज ही जीतनी चाहिए कि नहीं?"

संजय आज कुछ बोलते-बोलते रुक गया। नन्दन सोच रहा था इस सवाल के जवाब में संजय के दृढ़ता भरे शब्द–'जीतने ही चाहिए' उसके कानों में पड़ेंगे पर कुछ सेकेण्ड का समय जानलेवा होने लगा। उसकी खामोशी नन्दन को बेतरह अखर रही थी। जिस सच को संजय जानता था उससे नन्दन और त्रिपाठी अनजान थे। कबीर बस्ती इस बार के चुनाव में नये तरह से गोलबन्द हो रही थी। गौतमवाली, मन्दिरवाली, चक्कीवाली, ढाबेवाली, अखाड़ेवाली, लड्डू वाली तमाम गलियों में फैली कबीर बस्ती इस बार के चुनाव में कुछ और ही मंसूबा बना रही थी। यों कबीर बस्ती, मल्कागंज गुरु जी के वार्ड का पुराना और मुख्य हिस्सा रही थी। बस्ती की कितनी ही लड़ाईयाँ गुरु जी और उनके साथियों ने लड़ीं लेकिन इस बार बस्ती, आर्यपुरा, मुकीमपुरा, सब्जी मण्डी के कई इलाकों और सोहनगंज से कुछ अलग-थलग पड़ी थी। संजय असलियत जानता था पर उसने त्रिपाठी और नन्दन के आगे मुँह नहीं खोला। कबीर बस्ती में पहली बार एक नयी हलचल चुनाव के समय साफ दिखायी देने लगी।

"इस बार के चुनाव में हमारे आदमी का भी होना जरूरी है। जो हमारी बात करे। हमारी बीच से हो।" बस्ती का माँगेराम जाटव इन दिनों लोगों को झकझोर रहा था और आज तो कटरा अखाड़ेवाली गली में बुलाई गयी जरूरी एरिया मीटिंग में उसने खुलकर कहा।

"बिल्कुल सही बात। हम जाटवों की हिस्सेदारी होनी भी जरूरी है।" विनोद ने उसकी बात पर मोहर लगायी।

"बात सिर्फ जाटवों की नहीं है। बरसों से कबीर बस्ती में सोनकर, प्रजापति, जाटव मिलकर रहे हैं। हमने कितने सुख-दुःख देखे हैं। हमारी संख्या

भी कम नहीं है तो फिर नेता हमारा क्यों न हो?'' सुभाष सोनकर ने आगे बढ़कर कहा तो उसके संग खड़े समर्थकों ने हाँ-में-हाँ मिलायी। कबीर बस्ती के कान खड़े हो गये। इससे पहले कि वह कुछ और सोचते माँगेराम और विनोद सहित कुछ लोगों ने टीकाराम को आगे लाते हुए इस बार बस्ती से उसे लड़वाने की घोषणा कर दी। मल्कागंज इलाके में कई दिन से उड़ रही अफवाह आज सच साबित हुई। आदमियों और औरतों सबकी हैरानी बढ़ गयी। गुरु जी यहाँ के एकमात्र विजयी नेता रहे थे। छलहीन, शंकारहित निस्वार्थी व्यक्तित्व के धनी गुरु जी अपने स्वभाव से लोगों को एक चुम्बक की तरह खींचते। जिस गली से गुजरें, जिस मोहल्ले में कदम रखें, जिस चौक पर खड़े हो जायें आदमियों का तांता लग जाये। कोई अपनी समस्या सुनाता आ जाता तो कितने उनकी कृतज्ञता के कायल उपकृत मुद्रा में गुरु जी की सेवा में तत्पर। हमेशा जब भी किसी मोहल्ले का दौरा करते अक्सर एक बिजलीवाला, सफाईवाला और एक प्लम्बर उनके साथ रहता। कहीं कोई दिक्कत आयी वहीं गुरु जी सब ठीक करवाते पर आज हवा कुछ और ही थी। मल्कागंज के कितने ही लोग गुरु जी के एहसानों को भूले नहीं थे। उनके लिए गुरु जी के अलावा कोई उम्मीदवार खड़ा किया जाना ही अनहोनी नहीं थी उसका जीत पाना भी एक बड़ा सवाल था। माँगेराम, टीकाराम, विनोद ये जानते थे इसीलिए उन्होंने कई लोगों को अपने साथ तैयार कर लिया। हैरान भीड़ के बीच में खड़े वे टीकाराम की आवाज थे। सुभाष सोनकर भी उनके साथ था और संजय, त्रिपाठी की तरह विभीषण नहीं था। भीड़ से निकलकर सुभाष आगे आया।

''भाई लोगो! गुरु जी कौन-से दिल्ली की पैदाइश हैं? बाहर से आये हैं जबकि टीकाराम के दादा भी यहीं जन्में। सब-कुछ टीकाराम का देखा-भाला है।''

सुभाष ने तर्क तो दिया पर लोगों के गले नहीं उतरा। कितने ही लोगों ने गुरु जी को कभी बाहरी आदमी की तरह न देखा, न पाया था। सुभाष का ये दाँव गलत पड़ा टीकाराम ने भीड़ के चेहरे से भाँपकर तुरन्त दूसरा पासा फेंका—''भाई! उम्मीदवार अपनी जात-बिरादरी से होगा तो तुम्हारी तकलीफ को समझ पायेगा। एक बार अपने आदमी पर भरोसा तो जताओ।'' बड़ी ही चालाकी से टीकाराम ने गुरु जी के ब्राह्मण होने को बाहरी आदमी जताकर जाति का कार्ड खेल लिया।

संजय जानता था गुरु जी ने कभी भेद-भाव नहीं माना। कभी किसी की जाति देखकर न उसका काम कराया न उसे मान दिया। उनके लिए तो इन्सान के दुःख-तकलीफ ही सबसे पहले रहे जिनके लिए न उन्होंने अपना घर देखा, न कोई समय, न हारी-बीमारी। मीटिंग में भी उसने लोगों के चेहरे देखकर जान लिया कि गुरु जी के ब्राह्मण होने की बात कई लोगों को रास नहीं आयी। संजय की दिक्कत थी उसके पापा की जुबान जो टीकाराम को हाँ कह बैठी थी। सच जानते हुए भी नन्दन और त्रिपाठी के आगे वह कुछ नहीं बोला।

बाल-दरान्ती के निशानवाली लाल झण्डा पार्टी के नेता गुरु जी के लिए चुनाव कभी किसी प्रतिष्ठा का मुद्दा नहीं रहा। चुनाव का मतलब उनके लिए लोकतन्त्र में सीधी भागीदारी के साथ जनमत हासिल करके इलाके की सूरत बदलना और पार्टी के मूल्यों को जमीन पर रच देना था। पहले चुनाव से अब तक जीवन के इसी संकल्प को लेकर आगे बढ़े और जनता उनके साथ कन्धे -से-कन्धा मिलाकर चली।

धर्मपुर लॉज में आज की शाम माहौल गर्म था। मुद्दा आगामी चुनाव का था। अमरसिंह, लक्ष्मणदास के साथ चुनावी योजनाएँ बना रहे थे। उन्होंने शोराकोठी से सुक्खा सिंह, आर्यपुरा से चन्दरभान उर्फ भाई जी और सोहनगंज से मुरारीलाल को भी बुलवा लिया।

"गुरु जी इस बार भी जीतेंगे कोई शक ही नहीं चाहे कोई सौ चालें चल ले। हमारे आर्यपुरा में तो एक-एक घर गुरु जी के एहसान में डूबा है फिर इस बार तो जवान लड़के भी शामिल हो गये हैं।" चन्दरभान ने डंके की चोट पर कहा। वह जानता था नन्दन इस बार चुनाव प्रचार में जोर-शोर से लगा है।

"अच्छी बात है भाई जी! पर यहाँ एहसानफरामोश कम नहीं हैं। हमारे पण्डत जी को ही ले लो।" सुक्खा सिंह ने बृजेन्द्रनाथ त्रिपाठी पर निशाना साधा।

"अजी हां! वो किस गिनती में हैं? चुनाव उसके बस की बात नहीं। लिखवाकर रख लो जो कभी उसकी दाल गले। बरसों से लगे हैं पण्डित जी महाराज पर कुछ हासिल तो हुआ नहीं बेइज्जती अलग हुई।" चन्दरभान ने पण्डित जी का मजाक उड़ाया तो लक्ष्मणदास ने बात काटी—"पर चुनाव में किसी को भी हल्का उम्मीदवार समझने की भूल नहीं करनी चाहिए।"

"भूल कैसी? ठीक कह रहा है सुक्खा सिंह। कभी घोड़े पंजीरी खाते थे आज गधे खाने लगे।" भाई जी ने जांघ पर हाथ मारकर कहा। कहते हुए उनके चेहरे

पर हिकारत का भाव सभी ने पढ़ा। भाई जी पल में किसी भी इन्सान को जानवर बना देने के हुनर में माहिर थे।

"लो भई! कांग्रेस से अनिल शर्मा के पर्चा भरने की खबर आ गयी।" गुरु जी दफ्तर में एक घोषणा के साथ घुसे।

"आप तो बेफिक्र रहो गुरु जी, शर्मा-फर्मा कोई न टिक सकेगा।" चन्दरभान बोला तो बाकियों ने भी सिर हिलाये।

"त्रिपाठी और अनिल शर्मा जैसे तो हर बार आते ही हैं पर असली बात है कबीर बस्ती से जाटव उम्मीदवार के खड़ा होने की। वहाँ गुरु जी के कितने ही वोटर हैं। उन लोगों के लिए रात-दिन एक किया है गुरु जी ने।" इस बार लक्ष्मणदास ने चिन्तित स्वर में कहा।

"भाई! चुनाव लड़ने का हक सबको है। किसे काम के लिए चुनना है किसे नहीं ये तो जनता तय करेगी। फिर अब तक हमारा काम ही हमें आगे लाता रहा है।" गुरु जी ने कहा।

"कबीर बस्ती के लोग इतनी जल्दी भूल गये सब? मुझे तो आज भी याद है वो दिन जब गुरु जी और हम सब मिलकर बुलडोजर के आगे जान देने लेट गये थे। वहाँ का बच्चा-बच्चा जानता है।"

इस बार शान्त रहनेवाले अमरसिंह ने इतिहास का पन्ना खोला।

"कोई भूल सकता है क्या? सारा इलाका जहाँगीर पुरी में धकेलकर यहाँ से झुग्गियाँ हटायी जा रही थीं। कबीर बस्ती के आस-पास बरसों-बरस पुराने लोगों के जमे-जमाये काम-धन्धे। जहाँगीर पुरी में भले ही लोगों को घर मिल जाता पर घर चलाने को पैसा कहाँ से आता?"

मुरारीलाल ने अपनी बात रखी। उसके लिए वो दिन आज भी कल की तरह ताजा था। निकाले जाने का डर कबीर बस्ती के एक-एक चेहरे पर आसानी से पढ़ा जा सकता था। लोगों की रातों की नींद और दिन का चैन उड़ गया। मुकीमपुर से धर्मपुर लॉज तक कबीर बस्ती के हर घर की फरियाद बिछी पड़ी थी। हर घर को गुरु जी का ही भरोसा था। गुरु जी ने हर बार की तरह उन्हें निराश नहीं किया सच के साथ सही के लिए आखिरी दम तक लड़ना यही उन्होंने सीखा था और यही लोगों को सिखाया। और फिर वो दिन भी आया जब पूरे वार्ड के लोग जमा हो गये। गुरु जी के बुलावे पर लोगों की भीड़ सरकारी बुल्डोजर को चुनौती देती आगे खड़ी हो गयी। कोई नहीं जानता था क्या होगा पर गुरु जी का हौसला जीत गया। कोई कबीर बस्ती का पत्ता भी नहीं हिला सका।

“चिन्ता मत करो। पहले भी सरकारें हमें हराने के लिए क्या कुछ नहीं करती रही हैं।” गुरु जी ने दफ्तर की खामोशी को अपनी अडिग उम्मीद से तोड़ा।

“कुछ भी नहीं भूला है गुरु जी। हमारे वार्ड पर तो हमेशा से नजर लगी रही है। किस तरह एक बार आपके वोटरों से भरे कटरे काट नहीं दिये थे? पर हुआ क्या? साले अपना-सा मुँह लेकर रह गये।” चन्दरभान पूरी रौ में आ गया।

“और अगली बार डर के मारे वार्ड से रॉबिनवाले कटरे ही काट दिये पर हुआ क्या? उस बार भी गुरु जी ही जीते। सच की लौ कितनी अकेली हो अँधेरे को चुनौती देती है” चन्दरभान की बात से लक्ष्मणदास को भी जोश आ गया।

“और तीसरी बार तो पंजाबी बस्ती का हमारा पूरा हिस्सा काटकर मल्कागंजवाला जोड़ दिया। हर बार चुनाव में गुरु जी के कटरों और हिस्सों से लगातार छेड़छाड़ नहीं की गयी क्या? कोई कुछ भी कर ले पहाड़ हिलाना सबके बस की बात नहीं। इस दुनिया में जहाँ लोग अच्छाई को मिटाने पर तुले है वहाँ गुरु जी न सिर्फ उसे जिलाये रखते हैं बल्कि अच्छाई के बीच लोगों में रोप देते हैं।” सुक्खा सिंह ने अपनी बात जोड़ी।

उम्मीदवारी के पर्चे भरे जा चुके थे। इस बार सोहनगंज वार्ड से तिकोना मुकाबला था। कांग्रेस से अनिल शर्मा, भाकपा से गुरु जी और निर्दलीय उम्मीदवार के रूप में तीर-कमान के चिह्नवाला टीकाराम ही प्रमुख प्रतिद्वन्द्वी माने जा रहे थे। पण्डित जी जैसी मनचली तबीयत के कुछ गुलाम भी हर बार की तरह खड़े थे पर उन पर लोग ध्यान ही कहाँ देते हैं। कांग्रेस ने इस बार झण्डों के साथ-साथ टिन के बिल्ले भी घर-घर बाँटे। नयी चीज के चलते बच्चों को खेल मिल गया। वे बिल्ले जोड़ने की होड़ में लग गये। गली-गली बाल-दरान्ती का झण्डा भी अपनी मजबूत दावेदारी दिखा रहा था तो टीकाराम के समर्थक भी कम नहीं थे। उनका जोर पूरे वार्ड की पिछड़ी जातियों को एक करने की ओर था जो पूरे इलाके में फैली थीं। इसके लिए हर तरीका अपनाकर गुरु जी का कद कम करने की चालें चली जा रही थीं।

जाति की गोलबन्दी के अलावा भी कुछ ऐसा था जो दबे-छिपे रूप में काम कर रहा था। जिसका मंसूबा गुरु जी की हार रचने लगा। पुराने कांग्रेसियों की एक गुप्त बैठक से मुकीमपुरा अनजान था। कमाल की बात

तो ये थी कि इसमें मल्कागंज और खासतौर पर कबीर बस्ती के खांटी कांग्रेसी भी शामिल हुए।

"भाई! जब तक गुरु राधाकृष्ण का वोट नहीं बँटेगा तब तक हमारा आदमी हारता रहेगा।" एक दमदार आवाज सामने आयी तो दूसरी आवाज ने सवाल उठाया—"पर पिछली दफा तो हमें उनकी जरूरत थी।" कुछ और आवाजें, कुछ और फुसफुसाहटें बढ़ीं तो किसी ने स्थिति को और स्पष्ट किया—"सन् 75 में तो उनकी जरूरत थी। हालात काबू से बाहर होते चले गये थे। बहुत सारे लोग हमारे साथ नहीं थे पर अबकी बार ऐसा नहीं। इस बार इस आदमी को हराना जरूरी है। चाहे किसी भी तरह।"

"जब तक वोट बँटेंगे नहीं तब तक हमारा उम्मीदवार जीतेगा नहीं। पहले भी तो हमने गुरु जी के एरिया काटकर बहुत कोशिशें कीं पर नतीजा?" एक दमदार स्वर ने हस्तक्षेप किया।

"इस बार कोई कसर नहीं छोड़नी है। बात गुरु राधाकृष्ण को हर हाल में हरवाने की रहे बस।" कहते हुए मल्कागंज और उसकी बस्ती में बिखरे कांग्रेसी संगठित हुए और टीकाराम को भी अपने साथ मिलाने की जुगत लगाने लगे।

जातिवाद और स्वार्थी धड़ों ने हाथ मिलाकर नया राजनीतिक समीकरण रच लिया।

## घर का भेदी लंका ढाये

"गौरा! ये लड़का मेरा ही है या किसी और का ले आयी है तू?"

पण्डित जी का गुस्सा आज सातवें आसमान पर पहुँचकर सारी मर्यादाएँ भंग कर बैठा। सुबह से घर में जो क्लेश उठा थमने का नाम नहीं ले रहा था।

"कमीना! जीते जी मार डाला बाप को इसने। मत खड़ा होता मेरे साथ मैं सह लेता पर बैठ गया उस राधाकृष्ण की गोद में, ये कैसे सहूँ?"

"प्यार से समझाओ तो...।" बिना कारण इल्जामों की सूली पर चढ़ाई पत्नी ने सुबकते हुए कुछ कहना चाहा तो पंडित जी ने आधे में ही बात की पतंग काट दी और चीखने लगे—

"लातों का भूत बातों से क्या मानेगा? आज वो आरती उतारूंगा इसकी कि जनम-जिन्दगी किसी और घाट का पानी पीना भूल जायेगा, नासपीटा।"

पण्डित जी के तीनों बेटे आज्ञाकारी सपूत बने घर की दीवारों पर फेंके जा रहे जहरबुझे तीरों के वार चुपचाप देख रहे थे। सबसे छोटा राजू खैर मना रहा था कि काले भैया घर में नहीं हैं। घर किसी ज्वालाकुण्ड-सा दहक रहा था और पण्डित जी अपनी गालियों-बद्दुआओं की आहुति उसमें लगातार डाले जा रहे थे। गुरु जी की जनसभाओं में बेटे की नियमित मौजूदगी, पोस्टर-बैनर लेकर उसका गली-गली घूमना, बुलन्द नारे लगाना, रात को देर-देर से घर आना किसी भी सूरत में पण्डित जी को असहनीय लगने लगा। ऊपर से सुक्खा सिंह, जोगी, सुन्दरपाल, राणा और नवाब गिरोहबन्दी करके पण्डित जी का वो मजाक उड़ाते कि गली-मोहल्ले के कितने ही ठलुए ताली बजा-बजाकर बतरस में खूब मजा लेते। पण्डित जी के सीढ़ियों से उतरने की देर होती कि हवा में चुटकुले भर जाते। कई बार इन सबसे बदला लेने को जगदीश भी तबस्सुम-ही-तबस्सुम नाम की कोने फटी किताब से सरदारों पर बने चुटकुले जवाबी कार्यवाही में उछालता पर उसके बम हमेशा सुक्खा सिंह के सुतली बमों के आगे फुस्स हो जाते। आखिर किताबी चुटकुले जिन्दगी से धड़कते चुटकुलों की क्या खाकर बराबरी करते?

इधर त्रिपाठी और नन्दन के आगे भी कबीर बस्ती का सच जाहिर हो गया। यही नहीं संजय की इन दिनों दोनों से बनायी गयी खास दूरी का कारण भी छिप न सका।

"यार! अपना संजय भी?" त्रिपाठी ने गहरी साँस लेकर नन्दन से दुःख साझा किया।

"अकल घास चरने गयी है खच्चर की। देख लियो पछतायेगा एक दिन। काम कराने को गुरु जी और बोट के लिए टीकाराम? साला सच्चाई की अनदेखी कर जात का समीकरण बिठाने चला है।" नन्दन का रोष भी पाँव पटकने लगा।

"यार! कौन कहेगा कि कल को ये कॉलेज जाने लायक हो जायेगा? धेले भर की अकल नहीं।" त्रिपाठी ने सीधा हाथ माथे पर मारा।

"कॉलेज की बात जाने दे। जिन्दगी से ही सीख लेता। जिन्दगी की पाठशाला के दो-चार सही शब्द पढ़कर भी रीता ही रहा।" नन्दन ने दुःखी स्वर में कहा।

"बाप ने लक्ष्मणरेखा खींच दी है तो बेटा आगे कैसे बढ़े? राजा राम के बाद ये संजय ही पैदा हुआ है कलियुग में। साले ने हमसे मिलना भी छोड़ दिया।" त्रिपाठी का गुस्सा और खौला।

"नहीं भाई! कुछ तेरे जैसे भी डोल रहे हैं विभीषण बनके।" नन्दन जोर से हँसा तो त्रिपाठी ने आँखमार उसकी हँसी में अपनी हँसी मिला दी।

समय अपनी चाल से बीता और चुनाव का दिन आ गया। तीनों उम्मीदवारों के संग उनके समर्थकों की भीड़ मौजूद थी। बूथ पर सुबह से ही लाइन लग गयी। माहौल की नब्ज पकड़नेवाले हर सूरत पर घात लगाये चौकस हो गये। एक्स-रे मशीन-सी उनकी आँखें वोटर के दिल का ठिकाना टटोलकर अपने वोटों की गिनती करने लगीं। वोट डालकर उनके उम्मीदवार के साथ आ खड़े होनेवाला उनकी नजर में उनका अपना पक्का वोटर था और आँखों का इशारा करके लौट जानेवाला अन्दर घालमेल करके धोखा देनेवाला। ऐसे में जनसंघ का कट्टर समर्थक रहा मुकेश गुप्ता वोट डालकर बाहर आया। बरसों से लोग उसे जानते थे पर आज की उसकी सार्वजनिक घोषणा चौंकाने वाली रही—"मेरा वोट गुरु जी के साथ।"

उसकी बातों पर लोगों को सहज भरोसा नहीं हुआ पर सच्चाई अमरसिंह जानता था। कुछ समय पहले मुकेश की लड़की को नर्सिंग की परीक्षा के बाद हिन्दूराव में एक प्रशिक्षण कार्यक्रम में जाना था। प्रशिक्षण से पहले उसके लिए किसी नामी आदमी की पहचान का औपचारिक पत्र मँगवाया गया। मुकेश ने अपने जनसंघी नेता का दरवाजा खटखटाया तो कुछ देर बाद निराश कदमों से वापस लौटते समय डाकखानेवाली गली में अमरसिंह से टकरा गया। अमरसिंह से सारा हाल कह सुनाया तो अमरसिंह उसे गुरु जी के पास ले गये। उस समय गुरु जी आर्यपुरा में बन रही सड़कों का मुआयना कर रहे थे। मुकेश की बात सुनते ही कुर्ते की जेब से स्टैम्प और पैड निकाला। पैड से स्टैम्प छुआयी, कागज जांघ पर रखा और एक ठप्पा कागज पर जड़कर साइन किया कागज मुकेश के हवाले कर दिया। एक पल बाद जब मुकेश को भरोसा हुआ तो उसने जबान पर धार लाकर कहा—"गुरु जी! अब से किसी जनसंघी को घुसने नहीं दूँगा इलाके में।"

आज मुकेश की खुशी उसके चेहरे से साफ पढ़ी जा सकती थी। अनिल शर्मा और टीकाराम के समर्थकों ने भद्दा-सा मुँह बनाया। आज के चुनाव में सुबह से ही खासी गहमागहमी दिख रही थी। बीच-बीच में तीनों दलों में छिड़ी बहस, छींटाकशी का नजारा आम था। शिकायतों के चिट्ठे और प्रशंसा के पुलिन्दे चारों तरफ बिखरे थे। टीका-टिप्पणी कई-कई दौरों में थमने का नाम नहीं ले रही थी। नन्दन और त्रिपाठी को आज बड़ा अफसोस हुआ काश वो दोनों वोट डाल पाते।

"और भई! पहचान लिया तूने हमको? मिल गयी फुर्सत?"

चुनाव के बाद संजय, नन्दन और त्रिपाठी से बाग में मिला। चेहरे पर झेंपने के निशान थे तो दोस्ती का भरोसा भी था।

"अबे! अपने बाप टीकाराम से पूछकर तो आया है न? कहीं तुझे जिन्दा गाड़ न दे?"

त्रिपाठी ने टाँग खींची तो संजय ने प्यार भरा घूँसा उसकी पीठ पर जड़ दिया। दोस्तियों में नाराजगी की बहुत गुंजाइश रहती ही कहाँ है?

"तुम दोनों का हाल तो भगवान ही जाने। एक की बाप से जरा नहीं पटती तो दूसरा बाप से पूछे बिना मूतता तक नहीं। बलिहारी है मेरे दोस्तों की।"

तीनों बहुत दिनों बाद एक साथ हँसे। त्रिपाठी और नन्दन के मन में कसक तो बहुत थी कि संजय को दुरुस्त करें पर राजनीति में अपने चयन के अधिकार की गुरु जी की सिखायी बात उन्हें समझ आने लगी थी।

बस अड्डे के पास ही वोटों की गिनती का काम चला। हवा दम साधे बहना भूल गयी। तीनों उम्मीदवारों के अपने-अपने प्रतिनिधि वोटों की गिनती में बैठ गये। गुरु जी के प्रतिनिधि लक्ष्मणदास, चन्दरभान और अमरसिंह थे। थोड़ी ही देर में सूचना आयी कि गुरु जी आगे चल रहे हैं। माहौल आश्वस्त हुआ पर टीकाराम के अधिकांश वोटरों की त्योरियाँ चढ़ गयीं। परिणाम की घोषणा से पहले ही अनिल शर्मा अपने घर की ओर चला गया। वह जानता था कि गुरु राधाकृष्ण जैसे पर्वत को काट पाना उसके बूते की बात नहीं। अगली सूचना में कांग्रेस के अनिल शर्मा के आगे होने की खबर ने सबको हिला दिया। गुरु जी के सारे समर्थक हिले तो जरूर पर उनका विश्वास नहीं डिगा। पण्डित जी भी अपने लग्गू-भग्गुओं के साथ एक कोने में धँसे थे। हर बार की तरह इस बार भी पण्डित जी का नाम ऊपर चल रहे उम्मीदवारों के आसपास फटकने भी न पाया। टीकाराम और गुरु जी का मुकाबला बराबर का चल रहा था। परिणाम ने सबको हिलाकर रख दिया। 1958 से लगातार निगम चुनाव जीतने वाले गुरु राधाकृष्ण 1980 के बाद का पहला चुनाव इस बार हार गये। टीकाराम को उन्होंने अड़सठ वोटों से हराया पर अनिल शर्मा को नहीं हरा पाये। अनिल शर्मा की जीत के ढोल बजने लगे। कुछ उत्साही समर्थक लपककर उसके घर पहुँच गये। उसे सोते से जगाकर खबर दी तो भरोसा नहीं हुआ। उसने सवाल किया–

"गुरु राधाकृष्ण है वो? मैं उसे हराऊँगा भला?"

एक लम्बी चुनावी पारी के बाद गुरु जी ने एक अजीब-सा खालीपन महसूस किया। ये खालीपन हार से नहीं उपजा था बल्कि जातिवाद की इस्पाती दीवारों से इन्सानी समानता की लड़ाई के हार जाने से उपजा। बरसों से गुरु जी हर तरह के भेद-भाव के खिलाफ आवाज उठाते रहे थे। भेद-भाव से लड़ते रहे और आज उसी भेद-भाव ने अपना सिर ऊँचा करके भाईचारे के मुँह पर एक झन्नाटेदार तमाचा जड़ दिया। सोचते-सोचते उन्हें याद आया हरदा में पहली बार जब गाँधी जी आये थे तो उन्हें देख-सुनकर उन्होंने अपने जीवन की दिशा तय कर ली। उनकी सूरत और विचार दिल में ऐसे बस गये कि स्वन्तत्रता के लिए उनका जज्बा इन्सानी बेड़ियों को तोड़ने के लिए उठ खड़ा हुआ जो बाद में पार्टी के मेम्बर होने के बाद अलग रूप में और मजबूत हुआ। गुरु जी को लगा सारी जिन्दगी असमानता की जिस बेड़ी को काटकर वह इन्सानी एकता को बुलन्द किये रहे आज वही बेड़ियां बड़ी ही मजबूती से अपनी जीत का ढोल बजा रही हैं। इस शोर में गुरु जी खामोश थे। चुप्पी इन्सान की सबसे बड़ी चीख होती है दुनिया उस पर कान दे तो उसके कान फट जायें। अमरसिंह, चन्दरभान, लक्ष्मणदास तीनों लाचार से देख रहे थे कि जिस आदमी ने हमेशा जातिवाद की काट की, आज उसी जातिवाद ने उसे हरा दिया।

कई दिनों की थकान को भूले बैठे नन्दन के शरीर में एक तेज झुरझुरी उठी और उसके पैर बुरी तरह लड़खड़ाने लगे। गुरु जी की हार उसकी आँखों से आंसू बनकर बह चली।

विभाजनकारी राजनीति सच्चे मूल्यों की हत्या खुलेआम करके जश्न मनाती है।

## रँगीली तबीयत का बादशाह पिट गया

त्रिपाठी के घर में उठा बम्वडर कई दिनों बाद शान्त हुआ। पिछले चुनाव से पाँच-सात वोट पण्डित जी को ज्यादा मिले थे पर उन्हें अपने हारने की परवाह इस बार कम लगी। गुरु जी की हार उनकी असली जीत थी। एक तरफ टीकाराम और दूसरी तरफ पण्डित जी दोनों ही हार गये पर दोनों ने दोनों तरफ की जातिवादी जड़ें मजबूत करके मोहल्ले में विष का बीज बो दिया। चुनाव के बाद नन्दन और त्रिपाठी दोनों ही पढ़ाई में जुट गये हालाँकि उनका धर्मपुर लॉज जाना रुका नहीं। गुरु जी चुनाव हारे पर उनके हिस्से के काम कहाँ खत्म हुए? बिड़ला मिल की गतिविधियाँ सर उठाये खड़ी ही रहतीं। वे यूनियन के

नेता और इस इलाके में पार्टी के सचिव पद पर थे। गुरु जी को आम लोगों के बीच काम करना था उनके लिए पार्षद होना ही कोई अन्तिम शर्त नहीं थी।

इस साल लड़कों को बारहवीं का इम्तिहान देना था। मोहल्ले के बच्चों के दाखिले तो उनके माँ-बाप स्कूलों में करा देते पर कितने ही लड़के बीच में ही पढ़ाई छोड़ बैठते। जो किसी तरह बारहवीं तक पहुँचते उनके लिए वही जीवन की सबसे बड़ी डिग्री होती। उसके बाद जीवन उनकी कक्षाएँ कमाने-खाने का रास्ते दिखानेवाले अनगिनत स्कूलों में लगाता।

रॉबिन सिनेमा के आगे मंगलसेन की तेल की पुरानी दुकान के एकदम बगल में बरसों से नवजागरण उत्थान समिति गरीब बच्चों को कॉपी, किताब, पैन आदि सामान मुफ्त दिया करती थी। संजय और नन्दन हर साल यहाँ आते और उनके हिस्से की कॉपी-किताब उन्हें मिलती। गुरु जी के साथ और राजनीति की ओर चलनेवाले नन्दन के दिमाग ने नवजागरण उत्थान समिति की कार्यवाहियों की ओर ध्यान दिया तो मामला कुछ और ही निकलकर आया। नवजागरण उत्थान समिति के अध्यक्ष कमलनयन कुकरेजा ठीक-ठाक आदमी थे लेकिन इस बार मदद के बदले उन्होंने संजय और नन्दन पर समिति की बाल गतिविधियों से जुड़ने का दबाव बनाया। दबाव अक्सर स्कूल की तरफ से भी आया करता था क्योंकि रावलपिण्डी स्कूल के ट्रस्ट से भी समिति के लोग जुड़े थे। ये संस्था रिफ्यूजियों की बनायी थी। स्कूल ही बच्चों को कॉपी-किताब की मदद के लिए उत्थान समिति से जोड़ता और समिति उन्हें अपने काम से। समिति की ओर से कई साल पहले नन्दन एक संस्कृत सम्भाषणम प्रतियोगिता में भेजा गया था। उसे याद आया प्रतियोगिता का वह दिन जब आसपास के स्कूलों के कई बच्चे भाषण घोंटकर आये और कुछ मंच पर अटक भी गये। नन्दन जीता तो नहीं पर उपहारस्वरूप 'भगवतगीता' उसे मिली जो कई दिनों तक कमरे के आले की शोभा बढ़ाती रही फिर जरूरी सामान के रूप में टाँड पर पहुँच गयी थी। उस दिन समिति के कई लोगों के लम्बे भाषण भी उसे याद आने लगे जिसमें बार-बार हिन्दू धर्म की रक्षा की बातें कही जा रही थीं। बाद में नन्दन चुनाव के बाद किसी प्रतियोगिता में नहीं गया पर स्कूल के और लड़के वहाँ जाते ही रहते।

"बेटा! अब तो बड़े हो गये हो। समिति की बाल-इकाई से जुड़कर धर्म का काज करो। मुझे याद है तुम तो बचपन में एक प्रतियोगिता का हिस्सा भी रहे हो।" इस बार अध्यक्ष ने नन्दन से बहुत साफ शब्दों में कहा।

"इस बार बारहवीं है तो..." नन्दन सीधे न कहने की हिम्मत नहीं जुटा पाया।

"और तुम तो पण्डित बृजेन्द्रनाथ के सुपुत्र हो। तुम्हें तो आगे बढ़कर समिति का काम करना चाहिए।" अध्यक्ष ने अगले ही क्षण नन्दन को त्रिपाठी उपनाम के नीचे आसानी से पटक दिया।

"कौन से काम?" त्रिपाठी ने सवाल किया।

"अरे! कोई खास नहीं बस यहाँ हफ्ते में एक बार होनेवाली बाल-सभाओं में धर्म से जुड़ी उपदेश की कथाएँ सुनाओ, सती नारियों पर नाटक कराओ, संस्कृत के श्लोक वगैरह बच्चों को याद कराओ बाकी मैं समिति के लोगों से तय करके वक्त-वक्त पर तुम्हें बताता रहूँगा। राष्ट्र के उत्थान में तुम्हारा योगदान भी तो हो।"

"सर! हम तो गुरु जी के साथ जुड़े हैं और वहाँ से समाज के काम को आगे बढ़ाने में मदद दे रहे हैं।"

त्रिपाठी ने बेबाक होकर कहा। कमलनयन अपने चेहरे के अचानक उठे विकृत भावों को समय पर नहीं सँभाल पाया। तुर्श आवाज में उसने कहा—"गलत विचारों की संगत कभी भला नहीं करती। शाखा से जुड़कर अपने विचारों की शुद्धि करो, उसे सही राह पर लाओ।"

समिति के दफ्तर से नन्दन और त्रिपाठी, कमलनयन कुकरेजा को बिना कोई जवाब दिये चले आये।

"अरे! हमने अपने बाप की नहीं मानी जो तेरी समिति की धर्म-पताका लेकर चलेंगे?"

कुछ देर बाद चुप्पी को तोड़कर जब त्रिपाठी ने कहा तो दोनों इस पर खूब हँसे।

स्कूल जैसे-जैसे आखिरी पायदान की ओर कदम बढ़ाने लगा वहाँ के किस्से नये रंग में खिलने लगे। इन दिनों अर्चना मैडम को लेकर स्कूल में खासी गहमागहमी थी। दो पुराने दोस्तों जग्गा और बालू में आजकल ठनी हुई थी। मामला काफी दिन से चल रहा था पर अब पानी सिर से गुजर गया। हुआ ये कि अर्चना जी के अकेली महिला टीचर होने से अधिक उनका अविवाहित होना और उस पर सुन्दर होना जग्गा और बालू के लिए पहले ही दिन से तनातनी का कारण बना। अर्चना मैडम के आगे-पीछे दोनों भँवरे की तरह मँडराने लगे। विवाहित होते हुए भी उनके आगे नैतिकता का कोई बन्धन नहीं था। अर्चना

मैडम के आगे मँडराने की होड़ कब दोस्ती पर हावी हुई और कब दोनों दोस्ती को लात मारकर दुश्मन हुए पता ही नहीं चला। जबरदस्ती अर्चना मैडम से उनका बतियाना, अकारण हँसना, उनका छोटा-मोटा काम कर देने को उतावला रहना- मैडम को बेतरह खटकने लगा। वो स्कूल में अकेली महिला जरूर थीं पर कमजोर नहीं। बचपन से होस्टल में रहकर पढ़ीं और जीवन को जीने का सलीका जाना। जग्गा और बालू का छिछोरापन उनकी आँख ने जल्द ही पकड़ लिया। अंग्रेजी पढ़ानेवाले मिस्टर दिनकर से वह खूब बातें करतीं। अंग्रेजी जैसे विषय को पूरी अंग्रेजियत के साथ पढ़ाने, नफासत में डूबे अन्दाज, सबसे अलग कपड़े पहनकर आने के चलते बच्चों ने कभी दिनकर सर से पंगा तो नहीं लिया पर उन्हें औरों की तरह दिनकर सर भी कभी नहीं कहा। पूरे स्कूल में वो मिस्टर दिनकर के नाम से मशहूर थे। उन्हीं से संजय ने डैमफूल शब्द सीखा था।

जागेश्वर प्रसाद उर्फ जग्गा और बलदेव चौधरी उर्फ बालू की हरकतें सुबह असेम्बली से ही जगजाहिर होने लगतीं। अर्चना मैडम की नजदीकी पाने को दोनों लालायित रहते। सबसे नजदीक जाने की होड़ में दोनों अन्धे हो चले थे। उन्हें न साथ खड़ा स्टाफ दिखायी देता न सामने खड़े लड़के। पर लड़कों को उनकी बढ़ती बेहयाई साफ दिखती। प्रार्थना के दौरान एक आँख खोलकर वे जैसे 'एक हसीना दो दीवाने' फिल्म देखा करते। यही नहीं स्कूल के दौरान कभी जग्गा छोटे लड़कों से मैडम के आने-जाने से लेकर हर छोटी बात की जासूसी कराता तो कभी बालू बड़े लड़कों को छुट्टी के बाद उनके पीछे लगा देता। उनका पता खोज आये लड़के को उसने दो रुपये का ईनाम दिया। सारा स्कूल एक भद्दे आनन्द में लोटने लगा। मैडम के शालीन व्यक्तित्व को ये हरकतें नागवार गुजरीं। औरत के भीतर पुरुषों से अधिक एक अतिरिक्त इन्द्री ने आसपास की खुसर-पुसर सूँघकर अर्चना मैडम को सचेत कर दिया। अपमान की ज्वाला उनके भीतर धधकी तो एक दिन उन्होंने मामले को टाले बिना दोनों को खरी-खरी सुना दी। हुआ ये कि मैडम छठी क्लास के बच्चों को योगा के लिए लाइन बनवाकर छाँव की दिशा में जा रही थीं। भेदिये से जग्गा को खबर लगी तो वो भी मौका देखकर चला आया। नहीं जानता था कि आज शामत उसकी राह तक रही है। मैदान के पास ही बड़ी क्लास में बच्चे पढ़ रहे थे। कुछ देर बाद बाहर से तेज शोर उठा तो टीचर समेत सब खिड़कियों की तरफ लपके। मैडम ने जग्गा का सारा बुखार एक बार में उतार दिया—

"जरा तो शर्म कीजिये आप । शिक्षक का पद पाना ही काफी नहीं उसकी गरिमा को भीतर उतारिये तब कहीं जाकर शिक्षक बन पायेंगे। एक लेडी को सम्मान की नजर से देखना तो दूर आपने तो उसकी रजामन्दी के बिना उस पर हक जता लिया। सभी औरतों के साथ आपका ऐसा ही सुलूक है तो माफ कीजियेगा मुझे कहना ही पड़ेगा आपके घर की बहन-बेटियाँ भी सुरक्षित नहीं न ही आपके पड़ोस की औरतें, जिन्हें आप मोहल्लेदारी निभाने के चक्कर में बहन जी या भाभी जी पुकारा करते होंगे। मेरे साथ ये चोंचले फिर किये तो थाना यहाँ से दूर नहीं है, समझ लें आप।"

"मैडम! मैं तो...आप तो गलत समझ...।"

थाने का नाम सुनकर जग्गा हकलाया। स्कूल में प्रिन्सिपल और घर में बीवी उसे हाथ में डण्डा लिए थानेदार के साथ बैठे दिखायी दिये। उसकी हालत पर कुछ टीचर और लड़के तरस खाकर मैडम को ही दोष दे रहे थे कि वो क्यों रोज ऐसी पटाखा बनकर आती हैं? बम तो फूटेगा ही और आवाज भी होगी।

बात उसी दिन की है। बालू को जग्गा पर पड़ी फटकार की खबर हो गयी। वह विजेता के अन्दाज में अपना नम्बर लगने की खुशी में सीना फुलाये घूमने लगा। छुट्टी के समय रिक्शे के लिए खड़ी अर्चना मैडम के ठीक आगे उसने अपना नया, चमचमाता वैस्पा स्कूटर खड़ा कर दिया।

"चलिये! कहाँ चलेंगी? मैं छोड़ देता हूँ।" उसने दिलफेंक अन्दाज में कहा।

"जी शुक्रिया।" अर्चना बतरा दूसरी दिशा में देखकर कुछ कदम आगे बढ़ीं। बालू का हौसला बुलंद था उसने स्कूटर को घुमाया और फिर से मैडम के आगे लगा दिया।

"अजी! चलिये। बन्दे को सेवा का मौका दीजिये।"

बालू ने बड़ी अदा से कहा। आसपास खड़े लड़के तमाशबीन बने खूब मजा ले रहे थे।

"चलिये मैडम! लंफगे लड़के हैं स्कूल के। कोई ऐसी-वैसी हरकत आपके...।" जागेश्वर से आजिज आयी मैडम का खून खौल गया—"आप जाते हैं कि शोर मचाऊँ? लड़कों को लफँगा कह रहे हैं आप कम हैं किसी से?" अर्चना बतरा ने बालू को सरेआम लताड़ा। लड़के दिल खोलकर हँसे। मैडम का दिन आज खराब था।

अगले दिन जग्गा और बालू दोनों पूरी तैयारी के साथ स्कूल आये। इससे पहले कि मैडम मुँह खोलें दोनों ने अपने-अपने समूहों में उसकी बदनामी शुरू कर दी। दोनों ने ही उसके चरित्र पर उँगली उठायी और खुद को बचाते हुए भोले बनकर उसे दिलों पर डाका डालनेवाली डायन घोषित कर दिया।

"हम तो मदद करने गये थे वो हम पर ही चढ़ने लगी। कल को किसी को जिन्दा नहीं छोड़ेगी स्कूल में। बचकर रहो ये ठीक औरत नहीं लगती।"—अपने-अपने समूहों में दोनों ने उस पर समान रूप से कीचड़ उछाला। मैडम के साथ की बदसलूकी का उन्हें राई बराबर मलाल न था। दोनों के समूह मैडम के आने के बाद ही सक्रिय हुए थे। इससे पहले कहाँ था कोई समूह? दोनों में दोस्ती थी पर एक अनार दो बीमार होने के चलते मनमुटाव हुआ और तनातनी की नौबत आ गयी। आज मामला तूल पकड़ गया। दोनों इस बात पर लड़ने लगे कि एक ने शायद दूसरे के खिलाफ मैडम के कान भर दिये हैं। एक बेशर्म लड़ाई कुत्तेखानी में तब्दील हो गयी—

"अबे! देख लूँगा तुझे, कान भरता है केंचुआ कहीं का। दोस्त बना फिरता था साला। क्या पता था एक हरामखोर को पाल रहा हूँ।" जग्गा चिंघाड़ा।

"आक्थू! कैसा दोस्त ? कहाँ की दोस्ती? भूल गया तुझे कितनी चाय पिलायीं मैंने?" बालू ने जमीन पर थूकते हुए जग्गे पर थूकने जैसा सुख लिया।

"चाय का हिसाब तो बड़ा याद है कितने ब्रेड पकौड़े ठुँसाए हैं तुझे? वो भूल गया?" जग्गा ने अब तक के सारे पकौड़ों का हिसाब लगाकर उनका दाम भी बालू के मुँह पर दे मारा।

ये तमाशा कई दिन चला जब तक कि प्रिन्सिपल ने दोनों को मेमो इश्यू करने की धमकी न दे दी पर मैडम का कद स्कूल में बढ़ गया। एक बात तो उन्होंने लड़कों के दिमाग में भर ही दी कि हर औरत सिर्फ एक देह नहीं होती और उसकी इच्छा के खिलाफ कोई पुरुष उस पर अपनी मालिकाना आँख नहीं रख सकता।

बात उन्हीं दिनों की है जब त्रिपाठी, नन्दन, संजय तीनों शमीम और राधे के ग्रूप से जा जुड़े। अक्सर शमीम उन्हें फँसी बिल्डिंग बुला लेता। राधे वहीं आ जाता और सब अक्सर शाम को रोशनआरा बाग घूमते-फिरते। राधे दिखने में ठीक-ठाक ही था पर कपड़े कमाल के पहनता। कई लड़कों को हैरत होती उसकी शर्ट-पैण्ट देखकर। जीन्स भी न जाने कहाँ से बनवाता था, पूरे बाजार में ढूंढे से न मिले। स्कूल के गरीब घरों के लड़कों के बीच उसके ठाठ-बाट सर

चढ़कर बोलते। तिस पर सुनने में आया स्कूल की उम्र में उसकी एक गर्लफ्रेण्ड भी थी-रीना नाम की। गर्लफ्रेण्ड जैसा शब्द ही शरीर में एक झुरझुरी पैदा कर देता उस पर गर्लफ्रेण्ड होना तो ऐसा था कि किसी को बैठे-बिठाये जन्नत मिल गयी हो। शान मारने के लिए कई लड़के काल्पनिक गर्लफ्रेण्ड की ऐसी-ऐसी कहानियाँ सुनाते कि सुननेवाला गश खाकर गिर पड़े और सुनकर या तो ईर्ष्या में भस्म हो जाये या फिर किसी भी कीमत पर गर्लफ्रेण्ड पाने को कुछ भी कर बैठे। संजय को लगा फैशनेबल राधे ने उल्लू बनाने की चाल चली है इसलिए शमीम के सामने ही उसे खुली चुनौती दे डाली–

"यार! लम्बी-लम्बी न छोड़ तू। ये बता भाभी से हमें कब मिलवा रहा है?"

"बोल कब? कितने बजे? चल आज शाम...मिलेगा?" राधे के सवालों ने संजय को झटका दिया पर संजय भी डिगा नहीं और बोला–

"चल बेटा! आज शाम को ही मिलवा।"

उसी शाम रोशनआरा बाग में संजय, नन्दन, त्रिपाठी, शमीम टाइम से पहुँच गये। राधे एकदम टिपटॉप था। कुछ देर बाद अचानक दो लड़कियाँ उनके पास से गुजरीं और आगे जाकर एक सुनसान कोने में खड़ी हो गयीं। उनमें से एक बार-बार पीछे पलटकर राधे को देखती और दूसरी के कान में कुछ फुसफुसाती। साथ के लड़कों को नीचा दिखाता राधे कुछ देर बाद बड़े स्टाइल से उठा, उँगलियों के कन्धे से बालों को सँवारा और मस्तानी चाल में आगे चल दिया। सबके मुँह खुले-के-खुले रह गये। बिना पलकें झपकाये सभी उनके हँसी-मजाक के गवाह बने। कुछ देर बाद लड़कियाँ बाय-बाय करती विदा हुईं। एक ने राधे से हाथ मिलाया तो लड़कों की हाय निकल गयी।

"क्यों अब तो मान गये?" आते ही राधे ने अपने सवाल के नीचे सबको ढेर कर दिया। चरागों में तेल नदारद था और लौ थरथराकर अब बुझी कि तब बुझी कि जैसी सूरत में थी। बस उसके बाद संजय तो राधे के पीछे ही पड़ गया–"बड़ी लैट चमक री है तेरी तो, भाई! मेरी भी फ्रेण्डशिप करा दे भाई।"

राधे ने पक्का वादा करते हुए उसे गले से लगाया।

अभी कुछ ही दिन बीते थे कि राधे ने स्कूल में आते ही धमाका किया–

"यार! रीना की सहेली नहीं आयी थी उस दिन। पिंकी नाम है उसका। तुझसे मिलना चाहती है। मिलेगा?"

"वो क्या जानती है मुझे?" संजय ने लगभग काँपते हुए जिज्ञासा से भरा सवाल दागा।

"हाँ यार! देखा नहीं था उस दिन। पूछ रही थी मेरे से वो लम्बे बालवाला कौन है?" राधे ने संजय की जिज्ञासा को शान्त किया।

"कब ले चलेगा भाई? ले चल न।" संजय को लग गया कि अब उसकी मुराद पूरी होने ही वाली है।

"कल ही ले। पर मिलेगा कहाँ? मोहल्ले में मिलना ठीक नहीं तो बाग में. ..पर वहाँ कहाँ ढंग से बात हो सकेगी? पहली मुलाकात कुछ कायदे की जगह होनी चाहिए।" राधे ने अपना ज्ञान बघारा। "वो शक्तिनगर चौक पर भिच्छामल बिल्डिंग के नीचे जो नया रेस्टोरेण्ट खुला है न विशाल, वो कैसा रहेगा?" संजय का दिमाग दोगुनी रफ्तार से काम करने लगा।

"मस्त एकदम। बस तू आजा कल शाम टिपटॉप बनकर, मामला जमा ही समझ।" राधे ने कहा तो संजय चहक गया।

अगले दिन सही समय पर सारे दोस्त विशाल पहुँचे। संजय ग्रूप में दूल्हे की तरह चमक रहा था। मोहल्ले से दूर लड़की को बुलाना संजय को सही लगा फिर वहाँ कहाँ था एक भी रेस्टोरेण्ट विशाल जैसा? जहाँ देखो भीड़ का रेला दौड़ा चला आ रहा है। संजय के साथ दोस्तों ने छेड़छाड़ शुरू कर दी। तय हुआ कि लड़की के आते ही बाकी सब दोनों को छोड़कर दूसरी टेबिल पर चले जायेंगे। इन्तजार की घड़ियाँ लम्बी होती चली जा रही थीं। संजय की बेकरारी बढ़ने लगी। निगाह बार-बार पलटकर दरवाजे की हर आहट पकड़ रही थी।

"यार! कब आयेगी?" संजय ने आखिर पूछ ही लिया।

"जरूर आयेगी। ऐसा कर तब तक तू कुछ मँगवा ले। वेटर कई चक्कर लगा गया है। बड़ी जगह बैठे हैं, अच्छा नहीं लगता। कहीं हमें फोकटिया समझकर भगा न दे।"

राधे ने कहा तो संजय ने तुरन्त ऑर्डर किया। विशाल का मसाला डोसा दूर-दूर तक अपना जलवा बिखेरे था। पाँच दोस्तों के लिए चार डोसे आर्डर किये गये और साथ में कोल्डड्रिंक्स भी। संजय, पिंकी के साथ ही खाना चाहता था। डोसे और बातों का दौर लम्बा चला। संजय के इन्तजार की आँख झपक नहीं रही थी और एक ही सवाल कर रही थीं-कब आओगे? इधर वेटर की आँखें 'कब जाओगे?'–जैसा सवाल लिए इर्द-गिर्द मँडरा रही थीं। त्रिपाठी ने नन्दन और राधे को चलने का इशारा किया।

"भाई! लगता है उसका बाप आ गया होगा टाइम से। उसने निकलने नहीं दिया होगा।"

राधे ने आस की आखिरी उम्मीद भी छीन ली। संजय ने बिल चुकाया और सब बाहर निकले। आशिक का दिल टूट गया। सारी तैयारी धरी रह गयी। हताश कदमों से संजय ने अगली बार पिंकी से मिलवाने के वादे के साथ राधे से विदा ली। बुझे मन से जाते संजय को देखकर लग रहा था कि जैसे उसके शरीर में जान नहीं है। जेब अलग ढीली हो गयी थी। उसके जाने की देर थी कि राधे ने नन्दन को आँख मारी। राधे ने आज संजय को खूब उल्लू बनाया। सब ठठाकर हँस पड़े। डोसे का स्वाद जबान पर अभी भी था और दोस्तों संग तफरीह का मजा उसे दोगुना कर रहा था।

इश्क की नाव दोस्त ही पार लगाते हैं और कभी-कभी दोस्त ही उसमें छेद भी कर देते हैं।

## हार को हरा देनेवाला जज़्बा, सबके बस की बात कहाँ ?

चुनाव में गुरु जी की हार के दुःख से उबरने के लिए भाई जी कुछ नया करने का मन बनाने लगे। आर्यपुरा में पुराने कांग्रेसी अपने उम्मीदवार अनिल शर्मा के जीत जाने से फिर से फॉर्म में आ गये। भाई जी का दुःख दोगुना होने लगा। यों उस दुःख से उबरना हँसी-खेल नहीं था। भाई जी को कई महीने लग गये। कई बार फिर से किसी नये काम के बारे में भी सोचा पर पिछले अनुभव ने ऐसा मजाक उड़वाया था कि सोचकर ही सहम गये। नन्दन की बारहवीं की बोर्ड परीक्षाएँ खत्म होते-होते भाई जी के भीतर की हुलस फिर से जोर मारने लगी। इसी बीच तिरासी का वर्ल्ड कप हुआ। टिल्लू क्रिकेट का शौकीन था। कमेण्ट्री का चस्का उसे ऐसा था कि क्रिकेट के दिनों में छोटा-सा ट्रान्जिस्टर हमेशा कान पर लगाये रहता। उन दिनों उसका कंधा कान से सट जाता और एक हाथ लगभग पंगु हो जाता। धीरे-धीरे इस शौक ने उसे एक हाथ से काम करने में माहिर बना दिया। मैच सुनने के साथ मैच खेलने का शौक भी हुआ। शर्ट-पजामा पहननेवाले बच्चों के प्रिय टिल्लू को मटर-कुलचे से जो भी पैसे मिलते उनमें चवन्नी-अठन्नी या रुपया ही अधिक रहते। उसकी जेब खरीज से भरी रहती। बॉलिंग करते समय जेब की खरीज खूब बजती। वर्ल्ड कप का मौका टिल्लू हाथ से गंवाने नहीं देना चाहता था। उनका मन कटरे में सबके साथ टी.वी. पर मैच देखने का था पर पैसे कहाँ से लाता? जेब की खरीज रोज के खर्च ,पीने के शौक और मटर-मौंठ के काम में खर्च हो जाती। भाई जी का पल्ला पकड़कर अपने

अरमानों की नैया पार कराने का तरीका सूझ ही गया टिल्लू को।

"ठाकुर जी! क्रिकेट का फाइनल मैच है। कोई छोटी बात नहीं। सब दीवाने हो रखे हैं आजकल, मजाल है मैच से पहले खाने-पीने का होश हो।" टिल्लू ने भाई जी के भीतर की हुलस को रास्ता सुझाया। उसे पता था भाई जी जैसे साँड़ को कैसे दुहा जा सकता है।

"ठाकुर जी! मैच अगर कटरे में हो जाये तो कटरा मरते समय तक आपके पैर धोकर पियेगा। लड़के-आदमी सब क्रिकेट के दीवाने हैं। दिन-रात मैच के सिवा कोई बात नहीं रह गयी है...फिर कटरे में टी.वी. भी कहाँ है? यहाँ बरामदे में चारपाईयाँ हटाकर जगह बनाकर जो मैच दिखाया जायेगा दुनिया आखिरी साँस तलक याद रखेगी।" मोहल्ले को अपने कदमों तले रखनेवाले भाई जी, टिल्लू की चतुराई भाँप न सके। आइडिया सुनकर प्रेमी को भी जोश आ गया। बिना दमड़ी गँवाए खेल के जरिये वो भी मजा उठाना चाहता था। दोनों ने मिलकर भाई जी को सेट किया।

"ठाकुर जी! बस ये मौका हाथ से न जाने देना।" प्रेमी ने जबान पर शहद मलकर कंहा।

टिल्लू ने हाथ-पैर दबाकर उनकी चिरौरी की। एक गुदगुदी भाई जी के मन में होने लगी फिर क्या था वर्ल्डकप फाइनल का प्रसारण भाई जी के कटरे में दिखाया जाना तय हुआ। देर रात सीधे प्रसारण के लिए दुकान के आगे टीवी-वीसीआरवाले की दुकान से टीवी किराये पर मँगवाकर कटरे के बीचों-बीच स्टूल पर सजाया गया। दरियाँ बिछीं, भाई जी के लिए स्पेशल कुर्सी लगायी गयी। कटरे में किसी मेले जैसा माहौल बन गया। क्या लड़के, क्या आदमी, क्या अधेड़, क्या बूढ़े, क्या बच्चे—सभी झूमने लगे। अधिकांश घरों में टीवी नहीं था, उनके लिए बकायदा मैच देखने का इन्तज़ाम कराने के चलते भाई जी का डंका बजने लगा।

रात को मैच देखने के लिए दुकान से भीतर जाते कटरे के घरों से निकलकर लड़के और आदमी जुट गये। कटरे के दरवाजे से अन्दर पन्द्रह-बीस घरों के बच्चों को दो महीनों की छुट्टियों में ये बढ़िया मौका हाथ लगा। वे पूरी मस्ती में दरी पर कलामण्डी खा रहे थे। जल्दी-जल्दी काम निबटाकर लड़के-आदमी-बच्चे और कुछ औरतें भी मैच देखने चली आयीं। नन्दन ने संजय और त्रिपाठी को भी न्योता दे दिया। तमाशे की भनक पाकर बगल के कटरे के कुछ और लोग भी दौड़े-छूटे चले आये। फाइनल वेस्टइण्डीज और भारत

के बीच था। कटरा बड़ी शान से अपनी टीम पर इतराता वेस्टइण्डीज के खिलाड़ियों के लिए 'काले-कालू-कलुए-कालिया' जैसे शब्दों की घृणा उँडेलता अपने काले रंग और ऐतिहासिक दमन को आज भुला बैठा। इंग्लैण्ड के लार्ड्स स्टेडियम से चल रही कमेंट्री के बीच आर्यपुरा के इस कटरे की रनिंग कमेण्ट्री धुआँधार रफ्तार से जारी थी।

"अबे! कलुओं ने क्या तो नाम धर रखे हैं– घिस लौकी, कैसा नाम है?"

"और ये रिचर्ड्स, देखता नहीं है बे! सौ-सौ बकरे खाये बैठा है चिच्ची उँगली से भी बैट छुयेगा तो छक्का ही जायेगा।" कोई लड़का ऐसे बोल रहा था जैसे उसकी आँखों ने रिचर्डस को सौ बकरे खाते देखा हो। दूसरी तरफ से एक आदमी ने लड़के को पटखनी दी–

"अजी हां! हमारे लड़के क्या कम हैं? वो गिल्ली उखाड़ेंगे कि दुनिया देखेगी।"

खेल के बीच में एक नया खेल चालू हो गया। क्रिकेट मैचों में अन्धविश्वास के रंग खूब धाक जमाते हैं। एक भी टोटका सही हो गया तो बार-बार उसे दोहराने के अभ्यस्त लड़के-आदमी कोई मौका नहीं गँवाते। कोई टेढ़ा पैर किये बैठा है, पैर टूट भले जाये वो सीधा ही नहीं होगा। किसी के पास एक टाँग पर टेढ़ी मुद्रा का कोई टोटका चला आ रहा है तो वह पूरी तकलीफ के बावजूद टेढ़ेपन से ही मैच जिता देता। लड़कों ने देखा इस रोचक मैच में टिल्लू भैया ने एक नया टोट्का ईजाद कर डाला। दरी के पास पड़ी सिगरेट की खाली डिब्बी से खेलते हुए उन्हें न जाने क्या सूझी कि उसके भीतर की चमकीली पन्नी को निकालकर अँगूठे और उँगली से मरोड़कर एक आकार दिया और जमीन पर खड़ा कर दिया। साथ बैठे प्रेमी ने देखकर कहा–"ये क्या झुरलू-सा बना दिया तूने?"

टिल्लू कुछ नहीं बोला। थोड़ी देर में एक चमत्कार घटते प्रेमी ने अपनी आँखों से देखा। इधर झुरलू गिरा और उधर दुश्मन टीम का विकेट। झुरलू की जय-जयकार हो गयी। झुरलू और विकेट के गिरने का नया टोटका सबको भा गया। अगले विकेट के इन्तजार में आँखें टी.वी. की बजाय झुरलू पर टिक गयीं। बहुत देर तक कोई विकेट न गिरने पर हताशा फैल गयी। अचानक झुरलू ने फिर काम कर दिखाया। दो और बार झुरलू गिरा और दो कीमती विकट ले गया। कटरे में लड़के नाचने लगे। जीत का पक्का भरोसा चेहरों पर दिखने लगा।

“अरे! यार किसको लगा दिया बॉलिंग पर? कैसी सुस्तड़ बॉलिंग कर रहा है?” चरम पर पहुँची किसी लड़के की कुण्ठा बॉलिंग करने को तड़प उठी। उसे पक्का यकीन था कि तीन विकेट तो वह आसानी से झटक लेगा।

“कोई टोटके भी काम न देनेवाले अब। सगरी हवा निकल गयी झुरूलू की। नाक कटकर रहेगी, देख लेना।” किसी की निराशा, पीड़ा संग उभरी।

“दो कौड़ी का ना है टिल्लू का झुरलू...बड़े आये झुरलूवाले।” दो घड़ी पहले जो झुरलू की बलैया ले रहा था कुछ पल के बाद अपमान से उस पर थूकने लगा पर झुरलू ने काम पूरा किया। सफेद कमीज-पैंट में जब खिलाड़ियों ने जीत की खुशी में टोपियाँ उछालीं तो कितने रुँधे गलों से सीटियाँ निकल पड़ीं। भारत के कप्तान कपिल देव के हाथ में जीत की ट्रॉफी देखकर भाई जी के सारे पैसे वसूल हो गये। आखिरकार लड़कों की सारी नसीहतें, आदमियों की सारे टोटके, औरतों की कोसनों के साथ चलती प्रार्थनाएँ-सब मिलकर न जाने कैसे इंग्लैण्ड पहुँचकर भारत को जीत का रास्ता दिखा आये। कटरे के आगे लगा मेला दीवाली में तब्दील हो गया। लोग सड़कों पर निकल आये। रात के अँधेरे को ‘भारत जिन्दाबाद’ का नारा चीर गया।

इस फाइनल मैच को दिखाने के चक्कर में टिल्लू और प्रेमी ने भाई जी को सुपरहिट करा दिया। इधर भारत की टीम ने भी जीतकर उनकी किस्मत चमका दी। हर किसी की जुबान पर भाई जी की मेहरबानी से इण्डिया के मैच और शानदार जीत का किस्सा था। भाई जी का रुपया जरूर खर्च हुआ पर रौब पहले से भी ज़्यादा बढ़ गया। बड़े दिनों बाद भाई जी पूरी फॉर्म में आये। गली के लड़के भविष्य में मिलनेवाले मैच के मजे की सोचकर अब उनकी बड़ी पूछ करने लगे और भाई जी सातवें आसमान पर बैठकर झूमने लगे। लड़कों को अपनी बादशाहत तले देखकर उन्हें नशा होता। कई बार प्यार में तो कई बार गुस्से में उन्हें बेरोक-टोक गरियाने लगे।

पस्त हिम्मत भीतर की टूटन, मस्त तबीयत बाहर की रौनक।

### स्कूल की गलियाँ जा मिलीं कॉलेज की सड़क से

बारहवीं के परिणाम का दिन भी आया। नन्दन ने मैदान मार लिया। दूर-दूर तक उराके नम्बरों की बराबरी करनेवाला स्कूल में कोई नहीं था। यों त्रिपाठी के नम्बर भी कम नहीं थे और संजय भी ठीक-ठाक नम्बरों से पास हो गया। क्लास के कुछ बच्चे लुढ़क भी गये। कुछ किसी-किसी विषय में

लटककर पास-फेल के भँवर में चक्कर खाने लगे। आर्यपुरा, मुकीमपुरा, शोराकोठी या मल्कागंज जैसे मोहल्लों के सरकारी स्कूलों में बच्चों के लिए बारहवीं तक पढ़ पाना भाग्य की बात थी और भाग्य उनसे अक्सर रूठा रहता। हर पायदान पर जीवन उनके लिए चुनौतियों से भरा था। कितनों का तो आर्थिक अभाव और नासमझी के चलते प्राथमिक कक्षाओं में ही नाता टूट जाता। दो प्रतिशत बच्चा ही ग्यारवीं-बारहवीं तक पहुँचता और उनमें से एक ही प्रतिशत कॉलेज का मुँह देख पाता। लड़के-लड़कियों सभी का एक-सा हाल था। लड़कियों का कुछ अधिक बुरा। उनके लिए दसवीं पास हो जाना भी बहुत समझ लिया जाता। अधिकतर लड़के बारहवीं के बाद बाप के कन्धे का बोझ बाँट लिया करते और घर की गाड़ी चलाने में जुत जाते। बारहवीं तक पढ़ पाना उनके लिए दिवास्वप्न ही था जिसके पूरा होते-होते जिन्दगी छोटी-बड़ी माँगों के साथ उनके दरवाजे पर दिन-रात दस्तक देती।

दमे की तकलीफ के चलते शमीम के अब्बा इम्तिहानों से दो महीने पहले बहुत बीमार पड़ गये। शमीम सहित पूरा परिवार तीमारदारी में लग गया। अब्बा को पूरा समय देने के चक्कर में उसकी पढ़ाई छूट-सी गयी। पैसों की तंगी के चलते हो रहे अधूरे इलाज में पूरी सेवा भला कहाँ तक साथ देती? अब्बा के गुजर जाने का दुःख शमीम के इम्तिहान न दे पाने के दुःख से बहुत बड़ा था। अकेला कमानेवाला हाथ कट गया। रावलपिण्डी स्कूल से ठीक पहले पड़नेवाले कब्रिस्तान में उन्हें दफनाते समय नन्दन, शमीम के साथ था। पिता का गुजर जाना और माँ का भरी दुनिया में असहाय हो जाना किसे कहते हैं नन्दन जानता था। किस तरह भाई जी ने उसे अपने पास रख लिया था पर नन्दन नहीं जान पाया था कि वो कौन-सी वजहें थीं जो उसके और माँ के बीच फासला बनकर खड़ी हैं। अपने लगभग अनाथ बचपन की याद से वह भी शमीम के साथ फूट-फूटकर रोने लगा। शमीम के पास नन्दन के ताऊजी जैसा कोई सहारा भी नहीं था इसलिए इम्तिहान न दे पाने का दुःख अब्बा के गुजर जाने के दुःख के आगे अपनी नामालूम हैसियत में कहीं छिप-सा गया। जल्दी ही शमीम ने सब्जी मण्डी में मुरलीवाले कुंए के आगे अपने अब्बा का सब्जी का ठिया संभाल लिया। जिन्दगी के इम्तिहान स्कूली इम्तिहानों से काफी आगे निकल गये।

"यार! इस बार जिन्दगी मुझसे रूस गयी अगली बार प्राइवेट से बारहवीं का इम्तिहान जरूर दूँगा।" शमीम से हुई मुलाकातों में उसका यह वाक्य एक

गहरी कील-सा चुभता हुआ नन्दन के कलेजे में धँस जाता। इसी तरह रवीन्दर की पढ़ाई इच्छा के बावजूद उसकी बीमारी और घर के दबावों के चलते आगे का हिसाब नहीं बिठा सकी। उसने खिलौने बनानेवाली एक फैक्ट्री में काम पकड़ लिया पर अक्सर बीमार रहने के चलते उससे काम भी नहीं हुआ। राधे तो पहले से ही मेन मार्किट में गोयल ज्वैलर की नामी दुकान की बगल में व्हील वाले स्टैण्ड पर कमीजें बेचा करता था। स्कूल के कितने ही लड़के पढ़ाई के हवन में अपनी अन्तिम आहुति देकर जीवन भर के लिए पढ़ाई से निश्चिन्त हो गये।

"भाई! तूने यहाँ रहकर भी अपना जीवन सँवार लिया। घर भर में कोई नहीं पढ़ पाया पर तू लगन का पक्का निकला। आज कहाँ-से-कहाँ पहुँच गया तू? चाची की लड़ाई का तू सच्चा सिपाही। आज लग रहा है तू नहीं जैसे मैं पास हो गयी।"

नन्दन की खुशी में कान्ता का सुख शामिल था। पढ़ने-लिखने की कसक का जो फोड़ा उसके मन में दिन-रात टीसता रहता आज फूटकर बह चला। कान्ता के सारे दुःख-मलाल-असन्तोष भी उसके साथ बह गये। उसके जीवन की अधूरी ख्वाहिशें आज भाई की खुशी का दामन थामकर सारे दर्द बिसरा बैठीं। भाई जी की खुशी का ठिकाना नहीं था। दुकान के अपमान की कथा आज नन्दन के परिणाम के साथ सम्मान में बदल गयी। आज फिर बूंदी के लड्डू आये पर उनमें गजब की मिठास थी। आर्यपुरा में भाई जी की इज्जत उनके अपने परिवार के लड़के के कारण चमक उठेगी इसकी कल्पना भाई जी ने भी नहीं की थी। इसके आगे उन्हें भाड़े के टी.वी. पर वर्ल्ड कप फाइनल दिखाना भी फीका लगने लगा। आज असली ट्राफी उनके घर आयी थी। उसी खुशी में भाई जी ने नन्दन के कॉलेज जाने का ऐलान दुकान पर सीना ठोककर किया। दोनों बड़े भाइयों संग कान्ता ने छककर लड्डू खाये। टिल्लू ने तो खबर सुनते ही नन्दन को गोद में उठा लिया और गली में दौड़ लगायी। बाद में कितने ही आशीषों ने उसका माथा चूम लिया। नन्दन को आज माँ की बहुत याद आयी।

अगले दिन शाम को संजय और त्रिपाठी, नन्दन के घर आये। त्रिपाठी ने आते ही हमेशा की तरह कान्ता की रिबन बंधी झूलेवाली चोटी जोर से खींची और हर बार की तरह कान्ता-भइइइइइया कहती हुई चीखी। आज तीन खुशकिस्मत दोस्तों की बैठक थी जिन्हें घर का जुआ अपने कांधों पर लेने और पढ़ाई छोड़ देने की चिन्ता में नहीं घुलना था। कान्ता झटपट चाय-नमकीन ले आयी। हमेशा की तरह कान्ता साथ बैठी थी पर नन्दन की आँखें आज कुछ

और ही देख रही थीं। सहमी-झिझकी कान्ता की काया में एक जवान हो रही लड़की नन्दन को पहली बार दिखी। कान्ता तीन दोस्तों की हँसी में शामिल थी पर वो हँसी संजय की मौजूदगी में निखर रही थी। एक पल को नन्दन की भौंहें तनीं फिर शान्त हो गईं। कान्ता के निराश जीवन में अनमोल क्षणों को वह छीनना नहीं चाहता था। नन्दन ने बड़ी ही चतुराई से संजय के चेहरे को भाँपा। संजय हमेशा की तरह ही हँस-बोल रहा था। कान्ता की हँसी का राज उसके दिल तक नहीं पहुँचा था।

"मन खुश कर दिया तुम लोगों ने। क्यों चन्दरभान! घर में एक दीपक जल ही गया आखिर?"

गुरु जी ने कहा तो भाई जी के नाटे शरीर ने खुशी से झूमकर आज लम्बाई पकड़ ली। भाई जी तीनों लड़कों को धर्मपुर लॉज लेकर आये। गुरु जी के लिए एक टुकड़ा बरफी की मिठास लड़कों के कॉलेज जाने की खबर से दोगुनी हो गयी।

"अब आगे क्या करने का इरादा है? कोशिश करना यहीं पास के ही कॉलेज में दाखिला हो जाये। कोई भी दिक्कत हो तो सीधे चले आना। यूनिवर्सिटी में हमारे कितने ही कॉमरेड हैं। तुम्हें कोई भी दिक्कत नहीं आयेगी। अपने आँख-कान खुले रखना , मन लगाकर पढ़ना और नये माहौल से जरा नहीं घबराना।"

गुरु जी ने कहते हुए तीनों को अपनी विशाल बाहों के घेरे में ले लिया। तीनों के लिए जिन्दगी उमंग से भरकर आगे की राह तकने लगी।

कॉलेज में अनुसूचित जातियों के लिए दाखिले की प्रक्रिया सामान्य श्रेणी के विद्यार्थियों से अलग रहती। सामान्य श्रेणी के छात्र जहाँ कॉलेज-कॉलेज जाकर फॉर्म भरते वहाँ अनुसूचित जाति और जनजाति के छात्रों के लिए यूनिवर्सिटी के फाइनेंस ब्लॉक के पास ही रजिस्ट्रेशन काण्उटर था। नन्दन और संजय वहाँ सुबह से जो लाइन में लगे तो खड़े-खड़े लंच हो गया। सैकड़ों बच्चे अपने माता-पिता, बड़े भाई-बहन , किसी परिचित के साथ या अकेले सुबह से ही पहुँच गये थे। भीड़ का आलम ये था कि साइन्स, कॉमर्स और आर्ट्स के तीन काउण्टर होने पर भी लाइन बेहद लम्बी थी। जून की तपती गर्मी, लू के थपेड़े, गर्मी से सूखता गला, पसीने से लथपथ शरीरों को सारे काउण्टर किसी मरीचिका के समान लग रहे थे। वहाँ तक पहुँचने की अजब बेचैनी दिलों को मथने लगी। संजय और नन्दन का नम्बर लंच के बाद लगभग चार बजे आया।

त्रिपाठी अपना फॉर्म जमा कराकर कबका उनके पास आ गया था। भूख के मारे तीनों की आँतें कुलबुलाने लगीं। बारहवीं के सर्टिफिकेट के पीछे एससी, एसटी सेल का ठप्पा लगाकर उनका रजिस्ट्रेशन किया गया। सुबह से खड़े-खड़े पथराये शरीर में जान आयी। दो-तीन दिन बाद यही कवायद फिर से दोहरायी गयी। तब जाकर यूनिवर्सिटी की ओर से एक स्लिप नन्दन और संजय को मिली जिसमें कॉलेज और पढ़नेवाले विषय लिखे थे। त्रिपाठी और नन्दन को रामजस कॉलेज में दाखिला मिला जबकि संजय को सत्यवती कॉलेज में। सत्यवती कॉलेज मेन कैम्पस से कुछ किलोमीटर के दायरे में तिमारपुर में था इसीलिए कैम्पस से थोड़ा अलग-थलग पड़ता। नन्दन को उसका मनचाहा विषय राजनीति विज्ञान पढ़ने को मिल गया जबकि इच्छा से परे संजय और त्रिपाठी को बी.ए. प्रोग्राम में दाखिला मिला।

सोलह जुलाई यानी कॉलेज का पहला दिन। तीनों सज-धजकर घण्टाघर पर मिले। आज की बात ही अलग थी। पैर मानो पंख हो गये जो उड़ने को बेताब थे। तीनों के खानदान में आज तक किसी ने कॉलेज का कभी मुँह नहीं देखा था। अपनी दोस्ती को सलाम करके तीनों आगे बढ़े। संजय ने तिमारपुर की बस पकड़ी। नन्दन और त्रिपाठी कोल्हापुर रोड से चलते हुए मल्कागंज चौक आये और वहीं से यूनिवर्सिटी की ओर जाती एक सड़क से पैदल चलते रामजस कॉलेज पहुँच गये। संजय की जमकर रैगिंग हुई और नन्दन, त्रिपाठी की मजबूत कदकाठी के साथ की वजह से हल्की-फुल्की छेड़छाड़ का शिकार हुआ।

"क्या नाम है तुम्हारा?" कॉलेज के एक सीनियर छात्र ने त्रिपाठी से पूछा।

"द्विजेन्द्रनाथ त्रिपाठी।"

"बाबा आदम के जमाने का भारी-भरकम नाम।" त्रिपाठी की बात सुनकर एक लड़की फिक्क की हँसी हँसकर बोली।

"यार ये नाम तो हमें सूट नहीं करेगा। इसे शॉर्ट करते हैं—डी.एन.त्रिपाठी ये ठीक रहेगा।" एक लड़के ने कहा। नन्दन और त्रिपाठी चुपचाप सुन रहे थे।

"यार! ये तो इतिहासकार डी.एन. त्रिपाठी हो गया। ऐसा करते हैं इसे डी. एन. कहकर पुकारेंगे। क्यों ठीक है न?" अबकी बार एक दूसरे सीनियर लड़के ने अपनेपन से त्रिपाठी के कन्धे पर हाथ रखकर कहा। त्रिपाठी ने स्वीकृति में आगे बढ़कर हाथ मिलाया। नन्दन को अटपटा लगा अब उसे भी त्रिपाठी को डी.एन. कहना पड़ेगा। नामकरण के बाद दोनों अपने-अपने विभाग में पहुँचे। हर विषय के मुताबिक बँटे विभाग के दो कमरे साथ-साथ ही रखे गये थे। लाल

और पीली बिल्डिंग में बाहर से ही लम्बे गलियारे में दिखायी देता कॉलेज नन्दन को बहुत सुन्दर लगा। त्रिपाठी की क्लास नीचेवाली मंजिल पर थी और नन्दन की ऊपर। उन कक्षाओं में आज दूसरे और तीसरे वर्ष के छात्र फर्स्ट ईयर का इन्तजार कर रहे थे। त्रिपाठी का आदर तो सीनियर छात्र की तरह किया गया जबकि नन्दन की मासूमियत, झिझक और घबरायी-सकुचायी मुद्रा ने पहले ही लड़के-लड़कियों पर उसके नये होने का राज खोल दिया। चेहरे पर भले ही झिझक के निशान थे पर नन्दन से जो भी सवाल पूछे गये उसका जवाब उसने अन्य साथी छात्रों के मुकाबले पूरे आत्मविश्वास से दिया। यही वो पल था जब सीनियर्स की निगाह उस पर मेहरबान हो गयी और जिस पर ये निगाह मेहरबान हो जाये कॉलेज में उसका कोई बाल भी बांका नहीं कर सकता।

"नन्दन नहीं मैं तो तुझे नंदलाल यानी कृष्ण ही बुलाऊंगी। गोपियों का क्यूट-क्यूट कृष्ण।"

शुभ्रा नाम की एक सीनियर लड़की ने जैसे ही यह कहा नन्दन के चेहरे पर शर्म की लाली दौड़ गयी जिसे उसने अपनी हँसी से सन्तुलित किया। जीवन में पहली बार किसी लड़की ने उसे क्यूट कहा था। उसने बिना बोले सर हिलाकर शुभ्रा को इस नये नामकरण की सहर्ष स्वीकृति दी तो माहौल की गर्मी में बारिश की बूंदे बिखर गयीं। इस तरह दोनों दोस्तों को आज नया नाम मिला। कॉलेज में घुसते ही पब्लिक और सरकारी स्कूलों के छात्रों के बीच जो विशाल समुद्र लहरा रहा था उसे नन्दन के लिए सीनियर्स के झुकाव और नये नामकरण ने काफी पाट दिया। पहले दिन ही पढ़ानेवाले टीचर्स और कॉलेज का कच्चा चिट्ठा भी सीनियर्स की बातों से नन्दन के सामने खुल गया। आज कितने ही डरों को पछाड़ती उसकी सरल हँसी एक बियाबान में अपने लिए छोटा-सा रास्ता बना पायी थी।

"अबे! कॉलेज में दाखिला हो जाने से किसी हवा में मत रहियो। रोज सुबह दुकान तू ही साफ करेगा और घर के कामों से जी चुराया तो कॉलेज-फॉलेज भूल जाइयो।" कई दिन से शान्त पड़ी भाई जी की हण्टरवाली फटकार आज फिर नन्दन की खाल खींच गयी।

"हम पर कोई धौंस न चलेगी। समझ ले। जाकर चक्की से आटा पिसवाकर ला और दुकान पर बैठ।" आदेश थमाकर भाई जी कहीं निकल गये। सुबह से बटोरी खुशियों की नमी को भाई जी ने तपती धूप में पटक दिया। यों बचपन से ही नन्दन, भाई जी के इस असन्तुलित व्यवहार का अभ्यस्त था

पर आज काँटा एक इंच और गहरा धंस गया। भाई जी ने उसे पढ़ाया-खिलाया जरूर पर समय-समय पर उसे पराया बताने-जताने में भी कोई कसर नहीं छोड़ी। जबान ऐसी कि होंठ की किवाड़ से जो निकलती पूरा मोहल्ला छानकर ही लौटती। पल में तोला पल में माशा की तर्ज पर भाई जी कभी फूल बरसाते तो कभी अँगारे। स्थिरता उनके स्वभाव में थी ही कहाँ? नन्दन बचपन से ही पिता के बिना माँ की छाया से दूर एहसान की तपती धरती पर चलना सीख गया। जब पाँव ज्यादा जलते तो दिल में अजब-सा तूफान उठता। कभी-कभी ये तूफान खुद को बाहर न पटक पाता और नन्दन इस तूफान को अन्तर्मन की गुफा में पहले से बैठे अनेक तूफानों के साथ छोड़ आता फिर अक्सर रात में झंझावात बन गये तूफानों से जूझता। इस संघर्ष में स्मृति में बसी माँ की गंध ही उसका आखिरी सहारा बनती।

कॉलेज में पढ़ाई जल्दी ही शुरू हो गयी। साल भर में नन्दन को दो सब्सिडियरी और दो मेन पेपर पढ़ने थे और संजय और त्रिपाठी को चार विषय। नन्दन को ऑनर्स की वजह से ये छूट मिली थी कि सब्सिडियरी के विषयों में पास ही होना था। मेहनत तो राजनीतिविज्ञान के दो पर्चों में ही अधिक करनी थी। यों देखने में कोर्स कम लग रहा था पर जब आर्ट्स फैकल्टी के बाहर एक छोटी-सी दुकान से उसने टीचर के कहने पर तीन साल का सिलेबस खरीदा तब जान पाया कि दो पर्चों के विविध विषयों के लिए कितनी सारी किताबें पढ़नी होंगी। इन दिनों कॉलेज के रूप में खुली नयी दुनिया नन्दन को सबसे सुन्दर लगती। नये दोस्तों के संग उसका घूमना बढ़ने लगा। कॉलेज क्या था उसके लिए हर रोज बतरस की अड्डेबाजी का ठिकाना बन गया। उस पर आजादी के नये स्वाद ने उसे घुमक्कड़ बना दिया। शुभ्रा, चारू, विवेक जैसे सीनियर्स और पारुल, दीपा, गौरव, महिपाल जैसे साथ के दोस्तों के ग्रूप संग रोज ही कहीं-न-कहीं घूमने के प्रोग्राम बन जाता। कॉलेज में आकर नन्दन का खूब पढ़ने का मंसूबा जल्दी ही इस ग्रूपबाजी की भेंट चढ़ गया। संजय और त्रिपाठी से पहले की तरह उसकी मुलाकातें अब सिकुड़ने लगीं वैसे त्रिपाठी और संजय का मिलना जारी रहा। नन्दन को अपनी अनेक हीनताओं से उबरने में इन लोगों का साथ एक ठोस वजह की तरह दिखायी देता। उन्हीं शुरुआती दिनों में विवेक से उसकी गहरी छनने लगी।

विवेक सिंह ग्वालियर का रहनेवाला था। उसके पिता व्यापारी आदमी थे। चाहते थे लड़का तीन साल अपनी जवानी भरपूर जिए और फिर उनका कारोबार

संभाले। वे हर महीने अच्छी-खासी रकम उसे भेजते। अन्य लड़कों की तरह विवेक हॉस्टल में नहीं रहता था। विजयनगर में किराये के दो कमरे लेकर रहता। साफ-सफाई, खाना बनाने के लिए एक लड़का उसने रखा हुआ था। पहली बार जब विवेक, नन्दन को अपने यहाँ लेकर आया तो नन्दन उसके ठाठ-बाट देखकर दंग रह गया। उसके मोहल्ले के किसी भी लड़के के लिए यह किसी ऐयाशी से कम नहीं था कि अकेला आदमी दो कमरों में रहे। नन्दन जैसे लोगों के मोहल्ले में दो कमरों में एक बड़ा परिवार पल जाता। पहला कमरा बैठक का था और उससे आगे एक छोटा-सा गलियारा पार करके ज्यों ही विवेक ने कमरे का पर्दा उठाया पूरी जमीन पर मोटा-मुलायम गद्दा अनेक तकियों के साथ बिछा था। दिन में भी कमरा रात के अँधेरे में डूबा था और वहाँ नीली लाइट में जीरो वॉट का बल्ब कमरे को किसी जादुई लोक से भर रहा था।

"जब तेरा मन करे चला आना। साथ खाएंगे-पियेंगे।" विवेक ने नन्दन के कन्धे को सहलाते हुए कहा तो नन्दन सकुचाकर झेंप गया।

"क्यों ,पीता नहीं है क्या तू?" विवेक, नन्दन के सच को ताड़ गया।

"कोई बात नहीं जिन्दगी की शुरुआत मेरे साथ। बता कब करना है उद्‌घाटन?"

विवेक ने उतावली दिखायी। जीवन को एक नये मजे का मौका देनेवाला नन्दन का मन हामी भर ही देता कि उसे चेताने वाला दूसरा मन आड़े आ गया।

"अगली बार।" संकोच में भरकर नन्दन ने कहा तो उसकी आँखों के सामने त्रिपाठी और संजय का चेहरा घूम गया। उसे याद आयी जयपुरिया मिल की छत। उस दिन विवेक के नर्म बिस्तर पर लेटकर नन्दन ने जाना सुख किस शय का नाम है। कमरे में दूर-दूर तक कोई शोर-शराबा नहीं। आँखों से टकरानेवाली प्रकाश की चौंध नहीं। विवेक के मकान में दुःखों का प्रवेश वर्जित था। बातचीत में खुलापन, अदा में इत्मीनान, खाने-पीने की चीजों का अम्बार और कहाँ आर्यपुरा में उसका हरदम शोर से भरा कटरा। भीषण गर्मी में छत पर बिछे बिस्तरों पर पसीने से लथपथ देह, बरसात में टपकती छत से बचते बिछौने उसे खानाबदोशों की तरह जगह बदलने पर मजबूर करते। पूरे घर में उसका अपना एक भी कोना न था। नन्दन ने विवेक के बिअर ग्लास से जूस का ग्लास टकराकर चियर्स किया पर असली जाम टकराने की इच्छा ने जोर पकड़ लिया।

मौके की तलाश में जबर्दस्ती त्रिपाठी को लेकर नन्दन जल्दी ही विवेक के मकान पर धमक गया। विवेक, त्रिपाठी से कॉलेज में मिल ही चुका था। तीनों साथ बैठे तो विवेक का नौकर बिअर से भरे तीन ग्लास कायदे से ट्रे में रखकर लाया। ऊपर तैरते झाग में विवेक ने न जाने कौन-सी गोली डाली। ग्लास को हिलाया और एक बड़ा-सा घूंट भरा। झिझकते हुए नन्दन ने भी पहली बार बिअर का स्वाद चखा। त्रिपाठी ने भी संगत दी। विवेक ने जल्दी ही दूसरा और फिर तीसरा ग्लास खत्म किया। उसकी आवाज में एक सुरूर छा गया।

"साला! एक ही जिन्दगी मिलती है उसे भी रोटी की दौड़ में खपा दें? पहले पैदा हो फिर बड़े होने की चिन्ता फिर बड़े होओ तो कमाओ, और कमाओ, और और कमाओ और कमा-कमाकर मर जाओ। लाइफ है या घण्टा? अबे! साला जिन्दगी में आये हो तो इसका मजा लो। कौन-सा भगवान के पास जाकर मुँह दिखाना है।"

विवेक की बातों को नन्दन जरूरी ज्ञान की तरह बिअर की चुस्कियों संग पीने लगा। आज से पहले जीवन ने उसे ऐसी सहूलियत कभी दी ही कहाँ थी। देर तक चली इस महफिल में विवेक सिंह सबसे अधिक बोला, नन्दन ने सबसे अधिक सर हिलाया। त्रिपाठी दोनों के बीच बेगाना महसूस कर रहा था। घर लौटते हुए नन्दन और त्रिपाठी अपने-अपने विचारों में खोये रहे। हवा में उड़ रहे नन्दन को त्रिपाठी ने धरती पर लाना चाहा—"नन्दन! उसकी दुनिया बहुत अलग है यार..."

"क्यों? आज तुझे अच्छा नहीं लगा क्या? हमें पहली बार सिगरेट पिलाने वाला तू ही था।"

नन्दन की हाजिरजवाबी दो पल न ठहरी।

"यार! हम उससे बहुत अलग हैं। उसका बाप पैसे लुटाता है उस पर। उसे क्या फ्रिक?"

त्रिपाठी ने बात काटी।

"तो हमारा क्या जाता है। बहती बिअर में हम भी हाथ धो लेंगे तो उसका खजाना खाली नहीं हो जायेगा।" विवेक को बचाने के साथ मुँह को लगे नये आजादी के स्वाद की रक्षा करता हुआ नन्दन बोला। उसे त्रिपाठी की बातें कटु-कठोर प्रवचन लगने लगीं।

सपनों के फुलाये बुलबुले बस ऊँचा उड़ना जानते हैं, पथरीली धरती के पास नहीं फटकते।

## अरमानों की गठरी

संजय की सूरत को दिल में बसाये कान्ता हर दिन उसकी खबर, एक झलक से उमगी रहती। रात को आँखें बन्द करती तो संजय की सूरत उसके सामने होती। जी भरकर उसे देखती, बात करती, उसका हाथ छूकर शर्म से लाल होती। हर दिन संजय की कल्पना और हर रात उसके सपनों से भरी रहती पर इच्छाओं से भरी हर नदी को उसका सागर कहाँ मिलता है? गुरु जी की संगत करने पर भी भाई जी उन आदर्शों को घर की चौखट के भीतर न ला सके। लड़की ही बोझ थी तो उसकी पढ़ाई के बारे में क्या सोचते? उसकी पढ़ाई को व्यर्थ माननेवाले भाई जी ने नवीं की परीक्षा पास करते ही उसका स्कूल छुड़वा दिया। जवान लड़की के लिए सिलाई-कढ़ाई और बुनाई की शिक्षा ज्यादा जरूरी थी और बचे वक्त में घर संभालने का हुनर जानना। इसी के चलते घर के कामकाज में कान्ता कुछ सालों में पारंगत हो गयी। भाई जी के शौक, निठल्ले बड़े भाइयों के चलते घर में रुपये-पैसे को लेकर हमेशा चलनेवाली खिचखिच से कान्ता का बचपन प्यार से अछूता रहा। माँ थी नहीं और बाप के दिल में माँ का कलेजा समाया नहीं था। भाई जी को कान्ता ही नहीं दिखती थी तो उसके मन का हाल वो कैसे जानते? संजय के बारे में जान जाते तो कान्ता का पिटना तय था। समाज में जात भले दोनों की नीच हो पर थी तो अलग।

कान्ता की शादी पूर्वी दिल्ली की गीता कॉलोनी में रहनेवाले सूर्यप्रकाश से तय कर दी गयी। चट मँगनी पट ब्याह के लिए भाई जी तैयारी करने लगे। चपरासी की सरकारी नौकरीवाला सूर्यप्रकाश कहीं से भी कान्ता से मेल नहीं खा रहा था। दूध-सी उजली कान्ता और तवे की तरह काला सूर्यप्रकाश। भाई जी ने कुछ भी ध्यान न दिया। कान्ता को दिखाने के लिए आयी तस्वीर किसी खास स्टूडियो से खिंचवायी गयी थी फिर भी न सूर्यप्रकाश की उम्र छिप सकी न उसका भद्दा चेहरा। टिल्लू ने देखते ही कह दिया—"भाई जी! कान्ता सगी लड़की ही है न तुम्हारी? कम-से-कम जोड़ी तो मिलाते।"

"चमड़ी सब-कुछ नहीं होती टिल्लू! लड़के के पास दमड़ी तो है फिर सूरत क्या चाटनी है उम्र भर? असल बात तो सीरत की होती है।"

भाई जी ने इस तरह कहा जैसे होनेवाले दामाद की सीरत भली-भांति जानते हों। भाई जी चट मँगनी पट ब्याह की फिराक में थे। विवाह के काज में घर की औरत का होना जरूरी था सो उन्होंने नन्दन से चिट्ठी लिखवाकर अलीगढ़ से उसकी माँ सरोज को बुलवा लिया।

कान्ता की हरदम सूजी रहनेवाली आँखों को देखकर कटरे की औरतें बिन माँ की बच्ची और मायका छूटने के दुःख में उसका कारण ढूंढने लगीं अकेला नन्दन जानता था कान्ता की पीड़ा की वजह पर नन्दन क्या कर सकता था? संजय के दिल का हाल उसे पता नहीं था और पता भी होता तो भाई जी उसका खून पी जाते। बरसातों के दिन थे। आसमान दिन में सौ तरह के रंग बदल रहा था। बादलों की गड़गड़ाहट के साथ गिरती बारिश में कटरे के कितने घरों की छत पर पड़ी टीन तड़ातड़ बजने लगती। सिसकियों में लिपटी रातों में कान्ता, संजय को आंसू भरी चिट्ठियाँ भेजा करती। वो चिट्ठियाँ अक्सर रास्ता भटक जातीं और संजय को कभी न मिलतीं। घर में अकेला नन्दन ही कान्ता के टीसते दुःख की सूरत पहचानता था। सुबह जब नन्दन कटरे के आँगन में गुमसुम बैठा तो उसे पानी के चहबच्चों में कान्ता के आँसू ही दिखायी दिये। छतों से टिपटिपाती बूँदें, दरवाजों-दीवारों पर अटकी बूँदें सब मिलकर कान्ता की ही कहानी कह रही थीं। नन्दन की लाचारी कहाँ राहत पाती? उसके बस में होता तो आज कान्ता का हाथ संजय के हाथ में दे देता। उसकी दुनिया की सबसे प्यारी लड़की इन दिनों बहुत उदास थी।

कुछ दिन बाद ब्याह के घर में सबसे पहले नन्दन की माँ सरोज अलीगढ़ से आ गयी। स्टेशन से माँ को लेकर आया नन्दन बच्चों की तरह उससे जो लिपटा तो कुछ देर को धरती ने घूमना बन्द कर दिया। घड़ी की टिकटिक रुक गयी। स्टेशन की भीड़ नदारद हो गयी। पूरे स्टेशन पर सिर्फ माँ का लाड़ और नन्दन का सिर दिखायी देने लगा। घर आने पर कान्ता भी चाची से लिपटकर फूट-फूटकर रोयी। अक्सर घर में बुआ, मौसी, रिश्ते की बहनों के आने पर वह जोर-जोर से रोया करती थी पर चाची की बात और थी। उस रोने में प्यार के साथ उसका वंचित बचपन और रामय-रामय पर जोड़कर रखी ढेर सारी शिकायतें पिटारे से बाहर निकल आयीं। सरोज एक नहीं दो-दो बच्चों की दोषी थी पर अपने सीधे-सच्चे पति को प्रताड़ित करनेवाले जेठ के घर पति की मौत के बाद उसका रुक पाना कहाँ सम्भव था? छोटे नन्दन को साथ लेकर चलने लगी तो भाई जी ने क्लेश कर दिया। उसे पढ़ाने और प्यार से रखने के लिए दुनिया भर की कसमें खाने लगे। बच्चे का भविष्य बन जाये इसलिए जिन्दगी का सबसे भारी पत्थर कलेजे पर रखकर सरोज जिन्दा थी।

कहने को भाई जी ने रिश्ता पक्का कर दिया था पर शादी-ब्याह के घर में सौ छोटे-बड़े काम लगे ही रहते हैं। सरोज के आते ही शान्त पड़ा घर

अचानक हिल गया। न जाने कहाँ से इतने काम निकल आये। गहना-कपड़ा, खाना-पीना, लेन-देन, रिश्तेदारी के सारे कायदे सरोज के आते ही लाइन हाजिर हो गये। वैसे भाई जी ने जंगलीमल धर्मशाला में ब्याह का इन्तजाम कर दिया था। उनका मन था कि खातिरदारी बढ़िया हो पर जबान से निकले आदेशों को पूरा करनेवाला दिल भी चाहिए। वह दिल सरोज के पास था।

''बेटीवाले हो तुम तीनों। दिन हो या रात किसी काम को आनाकानी न करना। एक बहन है तुम्हारी इज्जत से विदा करो। चार कड़वे बोल सुन लेना रिश्तेदारों पर खून गरम न करना बेटा! सब काम शान्ति से निबटवा दो। लाली हमारी चैन से ससुराल चली जाये।''

भरोसे और प्यार से भरे इन शब्दों की लाज नन्दन और उसके दोनों बड़े भाइयों—मनसुख और चरण ने रखी। तीन जनों के छह पांव कभी टाल से लकड़ी-कोयला लेने दौड़ पड़ते तो कभी राशन की लाइन में खड़े हो जाते। सबसे ज्यादा परेशानी तो मिट्टी के तेल की आयी। नियम से तो पाँच लीटर उनके हिस्से का बनता था पर पांच लीटर में भला क्या होनेवाला था। फिर कितनी ही बार बँटता तेल अचानक खत्म हो जाता। बड़े ड्रम से आधे ड्रम में डाला गया मोटा पाइप लाइन से पीपे भरते-भरते पहले हाँफता फिर हाथ खड़े कर देता। मोहल्ले की भीड़ जो कुछ देर पहले धक्कामुक्की में आगे सरक रही होती खाली हाथ लौटने से पहले दुकानदार को जी भर कोसती।

''ऐसे कैसे खत्म हो गया तेल? कहता क्यों नहीं बचा के रख लिया है अपने सगों के लिए।''

एक तरफ से आयी आवाज को दूसरी हताश आवाजों का सहारा हर बार मिलता। कितने तो बेभाव की गालियाँ दिये लौटते। कान्ता के प्रेमी चाचा और टिल्लू भैया ने तेल का इन्तजाम पूरा कर लिया। सरोज खुद गोयल ज्वैलर्स के जाकर कान्ता और उसके होनेवाले पति के लिए जरूरी चीजें ले आयी। कोल्हापुर रोड से लेन-देन की साड़ियाँ-आदमियों के कपड़े लिए और कान्ता की साड़ियाँ मोहल्ले की मशहूर दुकान हिमालय साड़ी केंद्र से उसकी पसन्द की खरीदी गयीं। लड़कों ने मेन बाजार से दौड़-दौड़कर सारे बन्दोबस्त कर डाले। बरसात के चलते कटरे के आँगन में तिरपाल भी डाल दिया गया।

मौसी-चाची-दूर की बुआओं, बहन-बेटियों से घर भर गया। शादी के मौके पर सालों बाद मिलतीं ये मौसी, चाची, बहनें सब एक-दूसरे से गले लगकर बुक्का फाड़कर रोने लगतीं। ऐसा लगता जैसे बरसों से जमी कोई नदी ताप

मिलते ही पिघलकर उमड़ पड़ी हो। कुछ देर बाद नदी की धारा स्थिर होते ही घर इनके ठहाकों से गुलजार होने लगता। बात-बात पर हँसी-मजाक। घर के इस बदले रूप में कान्ता की पीड़ा भी एक कोने में दुबक गयी हालाँकि शादी के घर में संजय और त्रिपाठी बार-बार काम कराने आते तो कान्ता की चोर नजरें संजय को देखा करतीं।

जंगलीमल धर्मशाला शादी के दिन हर बारात के स्वागत की तरह ही खूब सजाई गयी। उसके सँकरे दरवाजे पर घर-पड़ोस की शादीशुदा औरतें, बच्चों के संग टीका-आरती की थाल और सजायी हुई चौकी रखे दूल्हे का इन्तजार करने लगीं। समय बीता और बारात के ढोल-ढमक्के दूर से ही सुनायी देने लगे। कुछ देर बाद गैस के हण्डे और सजी हुई घोड़ी भी दिखायी दी। ढोल पर ताण्डव करती बारात को देखकर घराती हँसने लगे। धर्मशाला के अन्दर एक अहाते में ही खाने-पीने का इन्तजाम था और अन्दर की तरफ तोतिया रंग की पुताईवाली दीवार में बने तीन दरवाजों के भीतर एक बड़े से हॉल में फेरे पड़ने थे। बारात के लिए कुर्सियों का इन्तजाम भी था और दूल्हा-दुल्हन के लिए लाल-सुनहरी सिंहासन भी लगाया गया । बारात के आने पर तिलक-जयमाल के बाद दूल्हा-दुल्हन सिंहासन पर बैठ गये। सामने जमीन पर बिछी नीली धारियोंवाली लाल दरी पर घूंघट काढ़े घर-मोहल्ले की औरतें, बच्चों को सँभालती दूल्हा-दुल्हन को आँखें फाड़े देखने लगीं। दोनों में आकाश-पाताल का अन्तर साफ दिख रहा था। किस्मत के खेल कहकर सबने छुट्टी पायी और अपने नौनिहालों को खिलाने-पिलाने में जुट गयीं। कुछ बच्चे खा-पीकर वहीं दरी पर सो गये।

"ठाकुर जी! गुरु जी आये हैं। जल्दी चलो।"

अचानक प्रेमी दौड़ता हुआ भीतर के हॉल में आया। भाई जी, बारात को छोड़कर तुरन्त गुरु जी की अगवानी को लपके। बेटी की शादी ने आज भाई जी को भी भावुक बना दिया। अक्सर गुरु जी से झुककर नमस्ते करनेवाले भाई जी ने आज उनके पैर छूकर आशीष लिया। लक्ष्मणदास के साथ गुरु जी के आने से धर्मशाला का नजारा ही बदल गया। जो उन्हें जानते थे वे आ-आकर मिलने लगे और जो नहीं जानते थे वे उनका सुराग लेने के लिए जानकारों से इशारों-बातों में पूछने लगे।

"चन्दरभान! लड़की को पढ़ाते तो और अच्छा रहता पर चलो अब लड़की सुखी रहे यही मेरी शुभकामना है।"

कहते हुए गुरु जी ने इक्कीस रुपये का शगुन कान्ता के हाथ में दे दिया। दूल्हे से हाल-चाल पूछा और वर-वधू के सर पर हाथ रखकर आशीष दिया। फोटोग्राफर ने उनके कई फोटो उतारे। ये भाई जी की ठसक में चार-चाँद लगाने वाला मौका था। गुरु जी के लम्बे-चौड़े कद और उनके व्यक्तित्व के जादू को घरात-बारात के लोग दीदे फाड़े देख रहे थे। गुरु जी जहाँ बैठे लोगों का जमावड़ा जुट गया। नन्दन ने एक बार सोचा भी कि कॉलेज के अपने दोस्तों को भी बुला ले पर शर्माशर्मी में हिचक गया। उनकी हैसियत के आगे नन्दन ठिठक गया। शादी की तमाम रस्मों के बाद कान्ता विदा से पहले आर्यपुरा के अपने कटरे में आयी। सरोज ने नए जोड़े से पूजा करवाई। पलकाचार की रसम के बाद विदा की तैयारी शुरू हो गयी। उनींदा कटरा जो रात खाने के बाद धर्मशाला से लौट आया था, जाग गया। भीगी आँखों से बेटी को विदा करती सरोज को बार-बार वही लड़की दिख रही थी जिसने खेलने-कूदने की उम्र में घर की बड़ी जिम्मेदारियों को माँ की तरह संभाल लिया था। विदा के समय कान्ता ने घर को नजर भरकर देखा। पिता के घर के उन कोनों की तरफ जहाँ पत्थरों से स्नेह पाने को वह फफक-फफककर रोई थी। जबरन पढ़ाई छुड़वा देने के दुःख के साथ पहले प्यार की कब्र भी उन कोनों में कहीं दफ्न थी।

दुनिया में एक और लड़की अपने अनकहे प्यार की साक्षी बनकर न जाने कब सैकड़ों-हजारों साल पहले से बनी कतार में शामिल हो गयी।

## जिन्दगी बदतर सही मौत से तो बेहतर है

कान्ता की शादी के कुछ दिन बाद जीवन सामान्य हुआ तो नन्दन ने कॉलेज जाना शुरू किया। एक बार फिर घुमक्कड़ी के सिलसिले शुरू हुए। शुभ्रा के ग्रूप में शामिल होकर और विवेक सिंह जैसा दोस्त पाकर नन्दन के पांव जमीन पर नहीं थे। कॉलेज ने उसे आजादी का अनूठा स्वाद दिया था। एक दिन बौंटा जैसे रिज एरिया में जाकर उसके ज्ञान में इजाफा हुआ। कॉलेज के पास ही यह प्राकृतिक एकान्त प्रेमी जोड़ों का स्वर्ग था। हरियाली और पेड़ों के झुरमुट में देवता और परियाँ आनन्द में मग्न थे। लोक-लाज, मान-मर्यादा से परे प्रेम की खुली अभिव्यक्ति ने इस जगह को इन्द्रसभा में तब्दील कर दिया था। एक रोमांच के साथ सबने जगह का भरपूर लुत्फ उठाया। उस दिन काफी पैदल चलने से सभी थक गये। नन्दन घर जाने को ही था कि विवेक ने उसे,

गौरव और महिपाल को इशारा किया कि तीनों उसके घर चलें। यों भी विवेक के घर जाने की नन्दन की झिझक खुल चुकी थी। उसका मुलायम गद्देवाला बिस्तर और बिअर का चस्का उसे रास आ गया था। मन-ही-मन वह इतराता कि विवेक सिंह जैसा दिलदार दोस्त उसे तकदीर से मिला है।

विवेक के मकान पर पहुँचकर चारों पूरे रंग में आ गये। बिअर का दौर चला। विवेक ने आज सबकी बिअर में नशे की गोली भी डाल दी । बिअर का स्वाद अब नन्दन के लिए नया नहीं रहा था पर गोली थोड़ी देर में असर दिखाने लगी।

"यार! बहुत हुई ये बिअरबाजी। आज के दिन बौंटा जैसी नयी खोज को बिअर से सैलिब्रेट करना क्या ठीक है? आज कुछ बड़ी चीज मँगाते हैं...ह्विस्की, रम या कुछ और? क्या बोलते हो?" विवेक ने सवाल दोस्तों की तरफ उछाला।

"बात तो पते की कही है तूने। चल इसी बात पर आज बिअर से ऊपर की चीज हो जाये। ह्विस्की ठीक रहेगी।" गद्दे पर पसरा महिपाल उत्तेजना में तुरन्त उठ बैठा। नन्दन और गौरव ने भी सिर हिलाकर अपनी सहमति दी।

"तो निकालो अपना-अपना हिस्सा।"

कहते हुए विवेक ने अपने हिस्से के रुपये गद्दे पर रखे। गौरव और महिपाल भी जल्दी ही पर्स टटोलने लगे पर नन्दन का सारा सुरूर एक झटके में भंग हुआ। उसे उम्मीद नहीं थी कि आज ये नौबत आनेवाली है। उसका सारा शरीर झनझना गया। जेब में मुश्किल से पाँच का एक मुड़ा-तुड़ा नोट पड़ा था और एक-दो रुपये की चिल्लर जो उसके दिन के खर्चे के लिए काफी थे। साढ़े बारह रुपये का महीने भर का बस पास साथ रहता ही था। दोस्तों के शान से गद्दे पर फेंके नोटों के साथ उसका पाँच का नोट नन्दन की भद्द पीटता और नोट न निकालने पर भी दोस्तों में नाक कटती ही।

"जेब ढीली कर भाई ।" विवेक ने अपना आदेश नन्दन की ओर उछाला।

"यार! आज तो जेब खाली है।" सूखे हलक से बड़ी मुश्किल से नन्दन के बोल फूटे।

"कुछ भी नहीं है क्या?" विवेक की आवाज नन्दन पर हावी हो गयी।

"बस यही..." दो शब्दों के साथ नन्दन ने पाँच का नोट निकाला तो विवेक की आँखों में शैतानी हँसी उतर आयी। महिपाल नोट और नन्दन की एक जैसी औकात देखकर हँसी से दोहरा हो गया और गौरव की आँखें पूरी बेइज्जती के साथ नन्दन पर थूकने लगीं।

"क्या पिद्दी और क्या पिद्दी का शोरबा।" विवेक ने नोट उठाकर उसे नन्दन के चेहरे के पास लाते हुए पूरी बेशर्मी से कहा।

"शौक के लिए खर्च करना सीख ले बेटा! फोकट में मजा मारना ठीक नहीं।" महिपाल भी नन्दन को चेताते हुए बोला।

गौरव कुछ नहीं बोला पर उसकी आँखें और चेहरा एक ही भाषा बोल रहे थे। हिकारत के भावों ने नन्दन को बुरी तरह घायल कर दिया। शर्म के भारी बोझ से नन्दन धीरे से उठा और बाहर जाने लगा।

"अंटी में जब माल हो तो आना...मजे करने।"

जाते-जाते महिपाल ने कहा और तीनों ने जोरदार ठहाका लगाया। किसी ने भी नन्दन को जाने से नहीं रोका। बाहर आकर सैण्डिल पहनने के समय नन्दन के कानों से विवेक के शब्द टकराये—"कंगाल बैंक ऑफ इण्डिया।" बहुत देर से शर्मिन्दगी का बोझ ढोती उसकी आँखें बह चलीं। शरीर नशे से भारी था और आत्मा का दुःख उससे कहीं भारी। विवेक के मकान की सीढ़ियाँ उतरकर नन्दन गली में आया। युवाओं की मस्ती से पटी इस गली में आज मेनहोल का ढक्कन खुला था। उसमें से निकला काला-कीचड़ गन्दगी के ढेर की शक्ल में पड़ा बदबू छोड़ रहा था। नन्दन का लड़खड़ाता पैर अचानक उस कीचड़ में लिथड़ गया। उसने आसपास कोई हैण्डपम्प खोजा पर न कोई हैण्डपम्प था न कोई सरकारी नल। कुछ दूर एक कागज के टुकड़े को उठाकर उसने गन्दगी को साफ किया। उसका मन ठिकाने पर नहीं था। जैसे-तैसे शरीर को ठेलकर बस-स्टैण्ड तक आया। घण्टाघर की बस में बैठा पर वहाँ नहीं उतरा। कदम न जाने कैसे उसे सब्जी मण्डी रेलवे स्टेशन की ओर ले गये। अकेलेपन और अपमान की हताशा के साथ नशे का असर अभी शरीर में बाकी था। आज लकड़ी के पुल पर हमेशा की तरह आनन्द से यात्राओं के इस अबूझ संसार को तकने की बजाय नन्दन किसी शून्य में निहारने लगा। सामान उठाये लोग, सीढ़ियाँ चढ़ते भागे चले जा रहे थे तो कुछ प्लेटफॉर्म पर गाड़ी के आने तलक चादर, अंगोछा बिछाये बेखबर सो रहे थे। कुछ धरती और आकाश के बीच न जाने कौन-सी यात्रा की बाट जोह रहे थे। शोर के इस संसार ने नन्दन के बहरे कानों को छुआ तक नहीं। सिर्फ दृश्य सामने थे और नन्दन की निगाहें दृश्य को देखते हुए अचानक उसके पार चली गयीं।

भीड़ में गुम हो गया नन्दन का मन पटरी पर सामने से आती रेलगाड़ी की तेज गति में डूबने लगा। अपनी जिन्दगी पर एक गहरी खीज ने उसे एक छलाँग

में सबसे मुक्त होने का आसान रास्ता दिखा दिया। अभाव और बेइज्जती की जिन्दगी को छोड़ती, मौत से जा मिलनेवाली सिर्फ एक आसान छलाँग। छलाँग- कितना छोटा शब्द है पर इस अन्तिम छलाँग के लिए साहस कितना बड़ा चाहिए आज नन्दन का कलेजा पहचान रहा था। एक तरफ जोखिम उठाकर दुनिया से परे चले जाना तो दूसरी तरफ जिन्दगी की नाकामियों और नाइन्साफियों से जूझना। दोनों के बीच घनघोर युद्ध चलने लगा। पुल से उतरकर नन्दन प्लेटफॉर्म की तरफ आया। सामने रफ्तार से चली आ रही गाड़ी के आने की सूचना उसका इंजन बे-रोकटोक देने लगा। गाड़ी और नन्दन के बीच दूरी कम हो रही थी। चन्द कदमों का फासला , एक चीख और उसके बाद अपमान से राहत। कदमों की रफ्तार और तेज हुई और छलाँग के लिए तैयार शरीर जैसे ही हरकत में आया शरीर का सन्तुलन न साध पाने के चलते नन्दन औंधे मुँह धरती पर गिरा। गाड़ी सामने से गुजरती रही और नन्दन गिरी हालत में उसे निहारता रहा। एक हाथ ने नन्दन को सहारा दिया। नन्दन उठा तो देखा मदद के लिए उठानेवाले का एक पैर बेकार है। तुरन्त एक बिजली दिमाग में कौंधी। गरीबी और मुसीबतों से लड़ने के लिए हौसला देनेवाली नन्दन की माँ हमेशा कहा करती थी–"बेटा! बड़भागी हो कि हाथ-पैर सलामत हैं। किसी चीज की कमी नहीं। उनसे पूछो जिनके अंग नहीं। आँख गर्दन उठाकर ऊपर देखने को ही नहीं बनी है उसे झुकाकर नीचे देखना सीखो।"

छलाँग , नन्दन के लिए जिन्दगी के तार को उम्र से पहले तोड़ देती लेकिन ठोकर और छिंले पांव से रिसते खून ने एक अपाहिज सच को सामने लाकर जिन्दगी के सारे मायने बदल दिये। स्टेशन की दुनिया अपने पूरे शोर के साथ नन्दन के कानों में उतर आयी और आँखों में उतरी माँ की सूरत। उसका सारा नशा हिरण हो गया। एक तेज कंपन से उसका शरीर सिहर उठा। नन्दन जानता था माँ के लिए जीवन का पहला छोर नन्दन था और आखिरी छोर भी वही। सरोज की आस की इस डोर को मिटाने का हक किसी को नहीं था। खुद नन्दन को भी नहीं। उसने महसूस किया गालों पर गर्म आँसुओं की धाराएँ फूट चली हैं। वह जितनी तेजी से बह रही थीं नन्दन के मन के कोनों को शान्त करती जा रही थीं।

सरोज अभी अलीगढ़ नहीं लौटी थी। नन्दन देर तक दरवाजे पर ही उससे लिपटा रहा। माँ बेचैन होकर उसकी खामोशी का कारण पूछती रही फिर धीरे-धीरे उसका सर सहलाकर जैसे अपने होने का भरोसा जताया। नन्दन घर

लौट आया था-सुरक्षित। अगले दिन संजय और त्रिपाठी के साथ ही कॉलेज गया। घण्टाघर चौक पर तीनों जब पहुँचे तो बस के इन्तजार में नन्दन ने सामने वाली सड़क पर पुताई करनेवालों की लाइन को देखा। ठेके और दिहाड़ी मजदूरों की यह लाइन काम की राह तक रही थी। बरसों से चाहे कितने मौसम बदले लाइन न बदली। न जाने कितनों के घरों को रंग से भरने वाले इन कामगारों के घर मरम्मत को तरस रहे होंगे, रंग को ललचा रहे होंगे? दीवारों पर उतर रही पपड़ियाँ सँवरने की आस में सालों-साल इनसे सवाल पूछती रही होंगी। जिन्दगी की जद्दोजहद में यह लाइन सच्चे संघर्ष की दास्तान थी। नन्दन की पीड़ा इसके सामने कितनी छोटी और खोखली थी।

आज कॉलेज का दूसरा रूप नन्दन के सामने था।

“दुनिया में हुई ऐतिहासिक क्रान्तियों ने समय की भारी कीमत चुकाकर एक रास्ता पूरी दुनिया को दिखाया है। चाहे फ्रान्सीसी क्रान्ति हो या रूसी क्रान्ति। किसानों और मजदूरों की वंचित दुनिया के लिए एक बड़ा सपना बनी रूसी क्रान्ति। मनुष्यताविरोधी हर कार्यवाही का जवाब लेकर खड़ी हुई और असमानताओं को ललकारकर सूनी आँखों में जिन्दा सपने भरे। जारशाही को नेस्तनाबूद करती क्रान्ति ने सारे मजदूरों को एक किया। क्रान्ति के इतिहासों ने ही हमें सिखाया है जुल्म शाश्वत नहीं, भव्यताएँ शाश्वत नहीं, शोषण की रवायतें अजर-अमर नहीं। दुनिया के भीतर से उठती एक दुनिया अपनी भूख और आग लिए दमन के प्रतिकार में उठकर रहती है और नाइन्साफियों का हिसाब माँगती है।”

कॉलेज में पढ़ाई से उदासीन रहनेवाला नन्दन आज डॉ. जकिया हुसैन के लैक्चर को बेहद गम्भीरता से सुन रहा था। क्यों? क्या? कैसे? कब? कहाँ? -के सवालों से एक संवाद बनता हुआ विषय की गहराई में पहुँचने लगा। क्लास का समय कब पूरा हुआ उसे पता भी नहीं चला। एक-एक शब्द जैसे नन्दन के भीतर उतरकर बड़े सवालों की दिशा में एक साफ जवाब, उलझे रास्तों के बीच एक सुलझी दिशा बनकर उतर रहा था। उसकी अपनी दुनिया की तमाम पेचीदगियाँ न सिर्फ आँखों के सामने थीं बल्कि सामने घट रही चीजों के कारण भी दिखने लगे। वो बेड़ियाँ दिखायी देने लगीं जो मुकीमपुरा, शोराकोठी, आर्यपुरा, कबीर बस्ती के पैरों में पड़ी कबसे उन्हें लहूलुहान किये दे रही थीं। सोचते-सोचते नन्दन के लिए उसकी दुनिया के मोहल्ले दक्षिण अमेरिका या रूस की तरह दिखने लगे। गरीब वियतनाम की सूरत उनमें झाँकने लगी। दो

हिस्सों में बँटी दिल्ली में एक तरफ ये सारे बदसूरत-बजबजाते मोहल्ले थे तो दूसरी तरफ रईस और जगमगाती दिल्ली। एक दिल्ली राष्ट्रपति भवनवाली थी तो दूसरी मजदूर बेनीलाल की कोठरी। अर्से बाद आज नन्दन को गुरु जी की बात याद हो आयी। इस गैरबराबरी का हर रेशा आज ऐतिहासिक तथ्यों के साथ उसके सामने आ रहा था। नन्दन के मन की पथरीली जमीन पर एक अँखुआ उगा। उसे महसूस होने लगा किसी दिन उसकी दुनिया भी बराबरी के संघर्ष में भागीदारी करके अपनी सूरत बदल देगी।

"त्रिपाठी! आज हुसैन मैडम का लेक्चर आँख खोलनेवाला था। बड़ा अफसोस हुआ मैं उनसे पहले क्यों नहीं पढ़ा?" कैण्टीन में चाय पीते हुए नन्दन ने कहा।

"सच में यार मैडम बहुत अच्छा पढ़ाती हैं। हमें भी पॉलिटिकल साइन्स वही पढ़ाती हैं...साले! तू ही लगा था अपनी लीचड़पन्ती में। साफ समझाया तो था तुझे पर तेरी आँखों पर तो विवेक सिंह का नशीला चश्मा चढ़ा था।" त्रिपाठी ने प्यार भरा ताना मारा।

"छोड़ न यार!...आज क्लास के बाद कुछ लड़के-लड़कियाँ मैडम से बात कर रहे थे। मेरी हिम्मत क्यों नहीं पड़ी आगे जाने की?"

"वो भी पड़ जायेगी बेटा! जब रोज क्लास में जायेगा।"

दोस्तों के हिस्से के आसमान में बहुत दिनों से छाई धुन्ध छँटी और सिर पर तने आसमानी रंग में अनेक पँछी उड़ते दिखायी दिये। दोनों आज संजय से मिलने उसके कॉलेज गये। त्रिपाठी जानता था कि संजय की क्लास पहली मंजिल पर गलियारा पार करके लगती है। दोनों पहुँचे तो संजय वहाँ नहीं था। किसी ने बताया कि क्लास के बाद संजय प्ले ग्राउण्ड में गया है। यों नन्दन और त्रिपाठी के कॉलेज का ग्राउण्ड भी बहुत बड़ा था पर इस कॉलेज का ग्राउण्ड भी कम न था। लड़के-लड़कियों से भरे मैदान में कहाँ ढूँढते संजय को? ग्राउण्ड में एक टीचर कुछ लड़के-लड़कियों को नाटक करा रहे थे। संजय उन्हीं की मण्डली में शामिल था। नाटक भ्रष्ट राजनीति की कलई खोल रहा था। बेहद मजाकिया रूप में एक मूर्ख और दुष्ट राजा के दरबार का सीन चल रहा था। संजय ही राजा बना था। दोनों वहीं घास पर और लोगों के साथ बैठकर नाटक देखने लगे। भोंदू रूप में चालाकी से राजा जनता को हलाल करने लगा। नाटक की छोटी-छोटी बारीकियाँ संजय के सर बीच-बीच में बताते चल रहे थे। नन्दन और त्रिपाठी, संजय का यह नया रूप देखकर दंग रह गये। बढ़िया संवादों के

साथ बोदेपन और चतुराई का अद्भुत संयोजन करके संजय का चेहरा, उसके अंग, उसके संवाद और चेहरे की तमाम फड़कनें उसे चरित्र में पूरी तरह ढालती लगीं। रिहर्सल लम्बी चली पर दर्शक हिले नहीं। दो सीन पर काम खत्म करके संजय के सर जब चले गये तब संजय दोस्तों के पास आया।

"आज आप लोग कैसे रास्ता भटक गये?"

"साले! कॉलेज में आकर बड़ी तमीज आ गयी तुझे। बताऊँ अभी, बड़ा आया आप वाला...और आज न आते तो तेरा ये स्वाँग कैसे देख पाते? तू तो छुपा रुस्तम निकला। हमें बताया तक नहीं।" त्रिपाठी ने शिकायती लहजे में संजय को तारीफ की नजर से देखकर कहा।

"बता देता तो क्या आज वो मजा आता जो इसे यहाँ देखकर आया? तू तो यार! बिल्कुल खुल गया है कॉलेज आकर। तेरा उद्धार हो गया।" नन्दन ने एक बार फिर अपने बर्बाद किये समय पर पछताते हुए कहा।

"अबे! तुम दोनों स्कूल की पार्लियामेण्ट के हीरो थे बस तुम गुरुओं की ही कृपा है।" संजय ने नन्दन की पीठ पर एक धौल जमाई।

"हम तो राजनीति विज्ञान क्लास में पढ़ रहे हैं पर तू तो उसे बहुत मजेदार तरीके से सीख रहा है। कब होगा तेरा नाटक? हम आयेंगे देखने।" त्रिपाठी बोला।

"कॉलेज में तो बाद में होगा पहले यहीं पास की मार्किट में खेलेंगे फिर कॉलेजों में भी जायेंगे। सर ने कहा है ये नुक्कड़ नाटक है। सड़क पर लोगों के बीच खेला जायेगा। हो सकता है तुम्हारे कॉलेज भी आयें।" संजय ने चहककर बताया।

"तू तो यार! सही जा रहा है। हमें देख वहीं-के-वहीं हैं।" नन्दन ने तारीफ करते हुए कहा।

"याद है तुम दोनों को पिछले साल का चुनाव। यार! अब जाकर महसूस हुआ मुझे गुरु जी को छोड़कर टीकाराम की पैरवी करना...अपराध हो गया भाई। आज सोचता हूँ तो बड़ी तकलीफ होती है। टीकाराम कभी इस लायक न था और गुरु जी के वोट कटवाकर हमने उस अनिल शर्मा को जिता दिया जिसने आज तक पूरे इलाके को कभी गुरु जी की आँख की तरह न देखा, न समझा।"

संजय आज अचानक पिछली बात को ले बैठा। उसके इस सच से दोनों अनजान थे। बात निकली तो दूर तलक गयी। तीनों ने मिलकर उस भूल का विश्लेषण किया और जल्द इस निष्कर्ष पर पहुँचे गुरु जी का विकल्प न कभी

था, न कभी होगा। उन्हें ये भी समझ आया कि गुरु जी, टीकाराम की तरह हारकर बैठ नहीं गये बल्कि आज धर्मपुर लॉज से भी गरीब-गुरुबा की लड़ाई ही लड़ रहे हैं। उनकी पूरी जिन्दगी अपने लोगों को अधिकार दिलाने के लिए जी-जान एक किये रही है।

नन्दन और त्रिपाठी अक्सर कॉलेज में साथ ही रहते। दोनों ने अपनी क्लास के बाद मिलने-जुलने का, लाइब्रेरी-कैण्टीन का समय साथ तय कर लिया। नन्दन को ग्रूप में नहीं आया देखकर शुभ्रा ने पूछा जरूर पर नन्दन की अपनी रुचि को पहचानकर उससे किनारा नहीं किया। इधर विवेक सिंह, गौरव और महिपाल आते-जाते नन्दन पर फिकरे कसते उसका मजाक उड़ाते। नन्दन सह ही लेता कि एक दिन त्रिपाठी साथ था, विवेक ने हरकत दोहराई और महिपाल संग गौरव ने हँसी उड़ाई। त्रिपाठी ने आगे बढ़कर विवेक का कॉलर पकड़ लिया। त्रिपाठी की आग उगलती आँखों ने महिपाल और गौरव की अकल ठिकाने लगा दी। बिना कुछ बोले त्रिपाठी ने तीनों को उँगली दिखाकर सचेत कर दिया। नन्दन भी अब तक उनकी दुनिया के रंगों से अपनी दुनिया की तस्वीर मिलाकर अन्तर कर चुका था। पैसों के दम पर बनी एक बेजान दुनिया का सच उसके लिए कड़वा निकला। उसने पूरी कड़वाहट से जो तीनों को घूरा तो वहाँ से चुपचाप निकल जाने में ही उन्होंने अपनी भलाई समझी।

कॉलेज की जिन्दगी में छात्रसंघ चुनाव हमेशा से बड़ा मुद्दा रहता है। विभिन्न पार्टियाँ अपने छात्र दलों को इसमें उतारती हैं। तीनों दोस्तों के पिछले साल का चुनाव तो यों ही निकल गया था पर अब इस साल चुनाव की तैयारी परीक्षा से पहले ही होने लगी। वैसे भी तेईस मार्च को क्लास खत्म होनी थी और फिर अप्रैल तक समाप्त हो जानेवाली परीक्षा के बाद छात्रों की जिन्दगी में एक लम्बा इत्मीनान था। कॉलेज छुट्टियों में अलसाकर सोलह जुलाई को ही खुलना था। हर साल उसके खुलते ही चुनाव की तैयारी जोर पकड़ लेती और अगस्त में जमकर प्रचार के बाद सितम्बर की शुरुआत में ही चुनाव हो जाता।

नये साल में मार्च का महीना था। होली बीतने के आसपास का कोई दिन। नन्दन के मनसुख भैया ने दुकान के भीतर के हिस्से में कमीजों की आस्तीनों, पैण्ट और साड़ियों में नम्बर की पर्ची सी रहे नन्दन को आवाज दी। दुकान के काउण्टर पर आकर नन्दन ने देखा उसके कॉलेज का एक सीनियर संजीव कोहली बाहर खड़ा मुस्करा रहा है। नन्दन को अचानक उसके यहाँ आने का भरोसा नहीं हुआ। मॉडल टाउन के मालदार इलाके में रहनेवाले अपने इस

सीनियर को यहाँ देखकर उसका चौंकना स्वाभाविक था फिर अब मालदार लोग उसे बहुत प्रभावित भी नहीं करते थे। नदंन ने भक्क गोरे माथे पर बजरंगी टीका लगाये संजीव कोहली को अक्सर छात्र-राजनीति के मुद्दों में व्यस्त ही देखा था। सब्जी मण्डी इलाके के किसी लड़के को नन्दन ने उसके साथ देखा ही कहाँ था? दुकान में लकड़ी का छोटा-सा दरवाजा खोलकर नन्दन बाहर आया। कटरे में घर न ले जाकर बाहर चबूतरे पर उसे बिठाया।

"नन्दन! एक जरूरी मीटिंग है। कई कॉलेजों के लड़के आ रहे हैं। तुझे भी चलना है।" इससे पहले कि नन्दन हां या ना करता, नहीं की सारी सम्भावनाएँ खत्म करता हुआ संजीव फिर बोला—"ज्यादा दूर नहीं है। यहीं पास में ही है। पुलबंगश पर ही। मीटिंग में घण्टा भर लगेगा बस। जल्दी फ्री हो जायेगा भाई! चलाचल।"

कॉलेज में भी अक्सर संजीव, नन्दन से किसी-न-किसी गतिविधि का हिस्सा होने की बात करता रहता था जिस पर नन्दन ने कभी कान नहीं दिये। कई दफा कन्नी भी काटी पर आज तो संजीव सीधे घर पर आ धमका। कुछ सोचकर नन्दन उसके साथ हो लिया।

"डी.एन. भी यहीं कहीं रहता है न? उसे भी साथ ले चलते हैं। अच्छा रहेगा।" संजीव बोला।

माजरा क्या है नन्दन भाँप नहीं पाया। आर्यपुरा से निकलकर शोराकोठी आकर त्रिपाठी को साथ लिया। त्रिपाठी, नन्दन के कहने पर साथ आ गया। तीनों ने वहीं से पुलबंगश की बस ली। स्टॉप से कुछ दूर पैदल रास्ता तय करने के बाद विद्यार्थी परिषद् का ऑफिस था। भीतर एक बड़े से हॉल में दरियाँ बिछी थीं जिनमें नौजवान लड़के बैठे थे। त्रिपाठी और नन्दन भी और नौजवानों के साथ बैठ गये। इक्का-दुक्का लड़कियाँ भी दिख रही थीं। सामने एक बड़ी-सी टेबिल के पीछे कुछ आदमी और एक बुज़ुर्ग बैठे थे। थोड़ी ही देर में सामने बैठे लोग हाथ जोड़कर खड़े हुए। उनकी देखा-देखी सामने बैठे नौजवान भी खड़े हुए।

"नमस्ते सदा वत्सले मातृभूमि..." प्रार्थना शुरू हो गयी। नन्दन और त्रिपाठी ने रोशनआरा बाग में लगने वाली शाखाओं में इसे खूब सुना था। भारत माता की जय के नारों के बाद सब दरी पर जम गये। कुछ ही देर में हिन्दू राष्ट्र पर सामने बैठे बुज़ुर्ग का भाषण शुरू हो गया। वह हिन्दू भूमि की अखण्डता की चर्चा करने लगे। भारी-भरकम हिन्दी में शब्दों को चबाचबाकर वह धाराप्रवाह बोल रहे थे। अखण्ड भारत, सावरकर और

हेडगेवार के बलिदान की बात करते हुए उन्होंने भारत में आततायी मुसलमानों की चर्चा छेड़ दी। मुसलमानों के आगमन और जगतगुरु भारत के गुलाम बन जाने का समीकरण उन्होंने अल्पसंख्यक तुष्टिकरण तक फैला दिया। उनके शब्दों की उत्तेजना उनके फड़कते गालों और पूरी देह भाषा से जाहिर हो रही थी। घण्टे भर के भाषण के बाद नौजवानों से छात्र-हित में अनेक गतिविधियों में जुड़ने की अपील की गयी। सुझाव माँगे गये और अन्त में राष्ट्र की खातिर ज्ञान-शील-एकता का संकल्प लिया गया। नन्दन को गुरु जी की मीटिंग याद आयीं जहाँ न ऐसी शुद्ध भाषा थी, न इतना भव्य माहौल और न ही किसी के जाति-धर्म के प्रति इतनी तीखी नफरत। नफरत वहाँ केवल उन शक्तियों के प्रति थी जो जाति, धर्म, अर्थ आदि के पैमानों पर भेद करती हुईं इन्सान को इन्सान नहीं समझती थीं। अभी नन्दन कुछ सोच ही रहा था कि दाखिले के बाद कितने दिन हुए धर्मपुर लॉज न गये हुए कि संजीव की आवाज ने उसका ध्यान भंग किया—"आओ! नन्दन चाय-नाश्ता करो और डी.एन. तुम आगे आओ, लोगों से मिलो-जुलो।"

संजीव बड़े ही आग्रह से त्रिपाठी के कन्धे पर हाथ रखते हुए उसे आगे ले गया। वहाँ पार्टी के वरिष्ठों से उसने दोनों का परिचय कराया। नन्दन ने महसूस किया वे सभी त्रिपाठी को अतिरिक्त स्नेह दे रहे हैं और त्रिपाठी उस स्नेह की बाढ़ में छटपटाता किनारा ढूंढ रहा है। वैसे भी घर में चुनावी तन्त्र के माहिर बाप के चलते उसे जाति-धर्म की चुनावी तिकड़मों से बेतरह चिढ़ रही थी। बाद में संजीव कोहली ने दोनों से खूब बातें कीं। उसकी तरह छात्र इकाई के कई लड़के अपने यार-दोस्तों, कॉलेज के नये लड़कों को अपने साथ मीटिंग में लाये थे। सब-के-सब अपने संग लाये, नये माहौल से अनजान लड़कों को नाश्ता कराकर उनकी सन्तुष्टि का रास्ता निकाल रहे थे।

"यार! ये कोहली का बच्चा हमें यहाँ क्यों लाया?"

त्रिपाठी ने शंका जाहिर की। लौटते समय कोहली दोनों के साथ नहीं आया। त्रिपाठी के माथे की रेखाएँ पहले से सिकुड़ी फिर हैरानी से फैल गयीं।

"चुनाव का चक्कर है और क्या?" नन्दन ने कहा।

"तो यार! कॉलेज में जिस तीसमारखाँ ग्रूप के साथ घूमता-फिरता है, उन्हें लेकर आता न?" त्रिपाठी ने सवाल उठाया।

“होगा कोई मतलब? मैं क्या जानूँ? और वो इसके ग्रूपवाले? यहाँ आयेंगे?” नन्दन ने कन्धे उचकाये।

सब्जी मण्डी आते हुए दोनों शान्त रहे। आज के अनुभव के बारे में दोनों अपनी तरह से सोच रहे थे।

जीवन एक प्रयोगशाला ही तो है और इन्सान इस्तेमाल होनेवाला चूहा।

## अनुभव की पाठशाला

भारती ड्राइक्लीनर्स के तीसरे छोटे-से हिस्से और भाई जी के बड़े से सपनों की दुनिया के बीच कोई गहरा रिश्ता जरूर था। टिल्लू जैसे-तैसे भाई जी के धन्धे को ठेल रहा था। मेहनती गजब का था पर धन्धा बेहद मन्दा चल रहा था। धन्धा जरूर फ्लॉप हुआ पर भाई जी ने जल्दी हार नहीं मानी। कैसे मानते कोई खेल नहीं था उन्हें हराना फिर दुकान चलती जगह पर थी। ट्रक वाले, पनवाड़ी, कारीगर, मोटर सुधारनेवाले कितने ही लोगों की आमदरफ्त थी उस रस्ते। पहला काम खराब हो जाने का मतलब सब धन्धा चौपट हो जाना नहीं था। भाई जी, टिल्लू का मनोबल बढ़ाते रहते और शाम को प्रेमी भी कुछ मुर्गे फाँस लाता। सबके बाद भी वो मजा नहीं आ सका जिसकी भाई जी ने कल्पना की थी। टिल्लू हर दिन नयी कोशिश करता। छोले-भठूरों में तो फिर भी सुधार था। काम पर जानेवाले मजदूरों की संख्या भी मोहल्ले में ज्यादा थी जो देश के अनेक हिस्सों में बसे अपने घर-परिवारों से दूर यहाँ रहते थे। ऐसे में रोटी का झँझट किये बिना छोले-भठूरे खाना सुविधा से भरा था। पैसा दो और छुट्टी पाओ। टिल्लू के सुधार के कारण दोपहर तक की कमाई बहुत अच्छी तो नहीं पर ठीक-ठाक होने लगी लेकिन शाम के समोसों की हालत बुरी थी। तेल के गर्म होने का अन्दाज न लगा पाने के कारण तेल में छोड़ते ही समोसे लाल और काली रंगत के से हो जाते। फिर उन्हें जल्दी निकालने के चक्कर में समोसों की चमड़ी ठोस होकर अजीब-सी हो जाया करती और भीतर का मसाला स्वादहीन। आज इन समोसों को रोज की तरह परात में सजाकर रखा ही गया था कि न जाने कहाँ से ननकू आ गया। ननकू जो भाई जी का सबसे बड़ा और स्थायी ‘प्रशंसक’ था। “वाह ठाकुर जी! आज तो पूरी गली महक रही है समोसों से। क्या समोसे हैं तुम्हारे।” समोसों की असलियत से वाकिफ भाई जी सोचने लगे—“शायद मैं ही अपने माल को कमतर आँक रहा हूँ।” तारीफ सुनते ही नये जोश में भरकर भाई जी ने ननकू को बड़े सम्मान से बिठाया और

कहा–"आ बैठ। आज तू खा समोसे जितना तेरा मन चाहे।" भाई जी जानते थे दो-तीन से ज्यादा कोई खाने से रहा और बाद में फेंकने से अच्छा है इसके पेट में ही चले जायें। प्लेट साफ कर ननकू फिर से समोसों की शान में कसीदें पढ़कर चला गया। नन्दन उस समय कटरे में खुलते कमरे के दरवाजे पर ही बैठा था। उसने ननकू को किसी पड़ोसी से कहते हुए सुना "ऐसे समोसे हैं कि कुत्ते की आगे धर दो तो वो भी मुँह न मारे।" नन्दन का मन तो किया उसकी सारी असलियत खोल डाले पर भाई जी के दुःख को और बढ़ाने की उसकी इच्छा न थी।

खाने की दुकान से धीरे-धीरे मायूस होकर जब मुफ्त में कटरे के घरों में भेजे गये समोसे भी ठुकराए जाने लगे या कूड़ेदान में पड़े दिखायी दिये तो भाई जी का मन उचाट हो गया। टिल्लू ढूँढ-ढाँढकर अपना खोमचा ले आया और भाई जी ने प्रेमी की मदद से एक मेज रखवाकर चाय का काम भी उसके लिए शुरू करवा दिया। कुछ दिन बाद सब अपनी ज़िन्दगियों में रम गये पर भाई जी की टीस न मिट सकी । एक दुकान के भीतर दो सफल दुकानों को चला पाने का उनका मंसूबा अधूरा था। एक दिन नशे में टिल्लू को एक तमाचा रसीद कर दिया–"साले! तूने कर दी धन्धे की ऐसी-तैसी। पैसा डुबो दिया और नाम भी। जरा मन नहीं लगाया काम में। खर्चा करवाया सो अलग। नालायक, गलती की कि तुझपे भरोसा किया।" टिल्लू ने कोई प्रतिवाद नहीं किया। बस नन्दन की माँ के आगे ही रोया। उसके पति रामकुमार से उसकी हमेशा से दोस्ती थी और बरसों से इस घर में आना-जाना होने के कारण वह सबसे खुला हुआ था फिर दुःख का मारा हर आदमी टिल्लू का संगी-हितैषी था। दुःख के इसी नाते वह नन्दन की माँ सरोज के पास आकर बैठ गया।–"जीजी! क्या मैंने जान-बूझकर किया? बता मेरी गलती? बिना गलती के मार लगायी उनने मुझे।" नन्दन की माँ ने तब भी भाई जी की तरफ से उसका मन मैला नहीं होने दिया जबकि उसने खुद जीवन में जेठ के व्यवहार से बड़े दुःख उठाये थे। उसके पति रामकुमार से भाई जी का रिश्ता कभी मीठा नहीं रहा था। दिन भर पेट्रोल की गन्ध में डूबे, कपड़ों के दाग-मैल छुड़ानेवाले रामकुमार को भाई जी ने कभी बराबर का हिस्सा नही दिया।

असफलता की कहानी को अब पूरी तरह खत्म करने के मूड में अगले दिन भाई जी अपनी सफल और असफल दोनों दुकानों के आगे बैठे टिल्लू का

इन्तज़ार करने लगे। आज टिल्लू तय समय गुजर जाने के बाद भी नहीं आया। भाई जी की बैचेनी बढ़ने लगी। हीरालाल पनवाड़ी से नन्दन की लायी पाँच सौ दो नम्बर की कितनी बीड़ियाँ उन्होंने राख कर दीं और अब नयी सुलगाकर तेजी से चहलकदमी करते हुए कश-पे-कश फूँकने लगे। जब बात बर्दाश्त के बाहर हो गयी तो उन्होंने अपने बेटों-मनसुख और चरण को दहाड़ते हुए पुकारा—"सूअर के बच्चों! सालों सोते रहोगे? जाओ लपक के टिल्लू के घर और उसे यहाँ लाकर ही मरना।" प्रेमी ने चुप रहने में ही भलाई समझी। जब तक टिल्लू नहीं आया दुकान दम साधे रही। उसके आने पर भाई जी का स्वर एकदम बदल गया--"आ गया तू...अरे नाराज मत हो भइया। हो जाता है कभी-कभी। और तू मुझसे नाराज हो गया...मुझसे? चल अब औरतों की तरह रूसना छोड़।" प्रेमी ने भी कोई कसर नहीं छोड़ी। यारी-दोस्ती का हवाला दिया और भाई जी ने भी आगे बढ़कर बिना माफी माँगे उन्हें गले लगाया। अभी मामला ठण्डा हुआ ही था कि भाई जी ने नया बम फोड़ दिया—"देख बे टिल्लू! जो बीती वो बात गयी। मेरे दिमाग में नयी बात आयी है। दुकान के इस हिस्से में मसाला पीसने की मशीन लगाते हैं। खूब चलेगी देख लियो।" टिल्लू की जान साँसत में आ गयी। अभी जख्म ताजा थे और उनके शरीर में नये घाव झेलने की ताकत थी नहीं। वो इन्कार कर ही देता कि न जाने कहाँ से ननकू प्रगट हो गया और उसने भाई जी की बात सुनकर उस आइडिया की दाद दे डाली—"वाह ठाकुर जी क्या दिमाग पाया है आपने। खाली तो आप बैठ नहीं सकते न। मोहल्ले में एक कालिया की ही दुकान है मसाले की, इसलिए बड़ा ऐंठता है साला। एक आपकी भी हो जायेगी। बीस ही ठहरेगी कालिया से, लिखवा लो। हर घर में रोज मसालों की जरूरत है और मसाला पीसना कौन-सा मुश्किल काम है? समोसें तलने से तो आसान ही है।" प्रशंसा के रैपर में जी जलाने वाली गोली को लपेटना ननकू को बखूबी आता था पर भाई जी आज किसी और ही मूड में थे।

"चल टिल्लू! चलके बात करते हैं साजिद से। मशीन बन ही जायेगी और जल्दी काम शुरू हो जायेगा। देखियो तेरे मटर-मौंठ से ज्यादा नफा होगा और चाय की दुकान की खिटपिट भी बन्द हो जायेगी।"

टिल्लू बेमन से भाई जी के साथ तो हो लिया पर शंका साथ चली। साजिद खरादिये ने दूर से ही भाई जी को देखकर एक भद्दी-सी गाली दे डाली और पास आते ही सत्कार में लग गया। भाई जी का प्रस्ताव सुनकर साजिद के मन ने कड़ाई से 'ना' कहा। उसने कहाँ बनायी थी ऐसी मशीन? कुछ ऊँच-नीच

हो गयी तो कौन खाये भाई जी की डाँट और मार पर उसे भाई जी की उधारी भी चुकानी थी। पैसे थे नहीं पर एक पुरानी मोटर कब से उसके यहाँ धूल फाँक रही थी। उसका ध्यान आते ही साजिद की ना, हाँ में बदल गयी। जैसे-तैसे करके मशीन तैयार हुई। इस बार भाई जी ने ढेर सारा खड़ा मसाला खरीद लिया। साबुत लाल मिर्च, धनिया, हल्दी, काली मिर्च, सौंफ। कुछ थैलों में बड़ी इलायची, तेज पत्ता, लौंग, दालचीनी जैसे मसाले भी झाँक रहे थे। ठीक समय पर साजिद रिक्शे में मशीन को बड़े प्यार से बिठाये ले आया। प्रेमी ने दुकान को फिर से संवार दिया था। पतीला, अँगीठी, परात, चकला-बेलन और वो हर मनहूस सामान जिसने पुरानी दुकान बन्द करवा दी थी उसे बाहर निकाल दिया गया। नन्दन की माँ सब समेटकर भीतर ले गयी। इस बार भाई जी ने विधि-विधान के टोटके भी कर डाले। मशीन पर गेंदे के फूल की माला चढ़ायी। गली के तमाशबीन लोगों को लड्डू भी बंटे और नारियल टिल्लू ने फोड़ा।

अब बारी आयी मशीन चलाने की। तो कौन करे ये शुभ काम? ये काम तो भाई जी के ही जिम्मे था। उनके दोनों बेलदारों ने अपने काम कर डाले थे अब मिस्त्री का काम तो भाई जी ही करेंगे। और करना भी क्या था एक मामूली स्विच ही तो चलाना था। मशीन के ऊपर मसाला डालनेवाले हिस्से को टिल्लू ने साबुत मिर्चों से ठसाठस भर दिया । निकासी की जगह पर चमचमाता , स्टील का ड्रम रख दिया गया। सभी लोग गली के इस नये काम पर निगाहें जमाये थे। कुछ काम पर देरी होने के बावजूद भाई जी के लिहाज से रुके हुए थे। माँओं के साथ उनके लाडले भी चिपके-चिमटे खड़े थे। आसपास के राहगीरों और दुकानदारों के लिए तमाशा शुरू होनेवाला था तो कुछ नदीरे बचे हुए लड्डुओं पर निगाहें लगाये थे। आखिर इन्तज़ार की घड़ियाँ खत्म हुईं और भाई जी ने मशीन चला दी। घड्ड-घड्ड की आवाज से मशीन शुरू हो गयी तो साजिद की जान-में-जान आयी। मसाला पिसना शुरू हो गया अब मिर्च को पाउडर रूप लेकर निकलना था पर ये क्या? निकासी की जगह से भप्प-भप्प की एक अजीब-सी आवाज़ हुई और तेज मिर्चों का पाउडर मसाला डालने की ऊपर वाली जगह से और ऊपर उठकर हवा में तैरने लगा। आसपास खड़े लोगों की आँखें खुशी से नहीं मसाला लगने से पनियाने लगीं। नाक और मुँह के जरिये मसाले की धसक भीतर जाते ही चारों तरफ से छींकने, खाँसने की आवाजें एकताल से होती हुईं तिगुन तक पहुँच गयीं। चारों तरफ हाहाकार मच गया—"अरे बन्द करो इसे...मशीन को रोको कोई।" इस दृश्य से सन्न और

हक्के-बक्के भाई जी कैसे एकदम से स्विच को बन्द कर पाते? उनकी तो सारी इन्द्रियाँ गहरे सन्नाटे में कैद होने लगीं। कुछ भी समझ न पाने की स्थिति में खांसते हुए कुछ शब्द ही निकल पाये उनके रुँधे गले से जिसका अर्थ था--"अबे टिल्लू! बन्द कर इस ससुरी को।" उम्मीद का आईना आँखों के आगे चूर-चूर होता देख भी टिल्लू आँखों को मिचमिचाते और नाक मुँह को हाथ से दबाते किसी तरह मशीन के पास पहुँच ही गया और स्विच बन्द कर दिया। एक बार फिर घड्ड-घड्ड का स्वर गूँजा और मशीन रुकी। उसके रुकने से पहले ही लोग जल्दी-जल्दी भाग निकले। कुछ मिर्चीले धुएँ से बचने के लिए दरवाजों की ओट में समा गये। माएँ अपने लाडलों के साथ भाग खड़ी हुईं पर किसी चमत्कार की आस में भाई जी, टिल्लू और प्रेमी ही न भाग सके और मशीन का शिकार बन गये।

उस दिन भाई जी ने जितनी गालियाँ मशीन को दीं उससे ज़्यादा साजिद को दे डालीं। पूरे मोहल्ले में आँख, गले और नाक की जलन से बौराए लोग भाई जी को इससे भी चौगुनी गालियों से नवाज रहे थे। धीरे-धीरे जलन दूर होने पर लोगों का गुस्सा भाई जी के नये प्रयोग की छीछालेदर करनेवाली हँसी और बाद में मज़ेदार ठहाकों में बदल गया। ननकू तो हर सेकेंड में दस-दस ताली मारकर भाई जी की हँसी उड़ानेवालों का सरताज बन गया। हँसी तो प्रेमी की भी नहीं रुक रही थी। उसी शाम को मशीन के रिव्यू को लेकर एक गम्भीर बैठक हुई। नन्दन भी उसका हिस्सा था। भाई जी की तिकड़ी गमगीन थी—"अरे! साजिद कह रहा था कि मशीन तो फस्सकिलास है तो फिर गड़बड़ कहाँ हुई?" भाई जी की बात का जवाब देते हुए प्रेमी ने कहा —"बात तो सही है। मिर्चे तो पीसीं थीं मशीन ने पर वो बिखरी क्यों?" सुबह से निष्कर्ष की उधेड़बुन में लगे भाई जी को जब कुछ नहीं सूझा तो उन्होंने कहा—"जाइयो टिल्लू! जरा कालिये की दुकान पर और देख के आ उसकी मशीन कैसे काम करती है?"

टिल्लू के लौटने पर साजिद और मशीन दोनों निर्दोष पाये गये। मशीन में कोई ऐब नहीं था पर एक भयानक गलती कर दी थी भाई जी ने।

"भाई जी मसाला निकालने की जगह पर कपड़ा तो हमने लगाया ही नहीं। कालिये के यहाँ मारकीन का कपड़ा लगा है मशीन के मुँह पर।" टिल्लू के कहते ही भाई जी को अपनी गलती समझ में आ गयी । वे तो समझ रहे थे कि मशीन नलके की तरह काम करेगी। ऊपर से मसाला पिसेगा और

निकासी की जगह से होता हुआ झरझर करता ड्रम के पेट में समा जायेगा। भाई जी गलती का एहसास कर ही रहे थे कि सामने से ननकू के दर्शन हो गये--"उल्लू के पट्ठे! तू तो कालिया की मशीन देख के आया था बता नहीं सकता था कि कपड़ा चढ़ाना होता है उस पर।" ऊपर से भोले बनने का नाटक करते हुए और अपना अपराध कुबूलने के दौरान भी ननकू का मन कह रहा था--"बता ही देता तो बरसों बरस याद रहनेवाला ये किस्सा कहाँ से बनता ठाकुर जी?"

अगले दिन टिल्लू मारकीन भी ले आया पर इतनी जगहँसाई के बाद भाई जी का मन स्थिर न हो सका। मशीन का बटन दबते ही उस दिन का समूचा दृश्य उनके रोंगटे खड़े कर देता फिर श्रीगणेश गलत होने को अपशकुन मानकर लोग कालिया के मसाले ही लाने लगे। कुल मिलाकर कालिया का एक दिन का भी नुकसान नहीं हुआ। कुछ दिन के बाद कॉलेज जाने से पहले नन्दन मशीन को रिक्शे पर लादकर साजिद को औने-पौने दाम में बेच आया। चाँदी साजिद ने ही काटी।

नन्दन ने परीक्षा की तैयारी के लिए देर तक लाइब्रेरी में बैठकर पढ़ना शुरू कर दिया। तैयारी के दौरान भी संजीव, नन्दन और त्रिपाठी से मिलने का कोई-न-कोई मौका ढूँढकर उनके पास पहुँच जाता। उसने दोनों को दो-तीन बार परिषद् की मीटिंग में साथ चलने को कहा भी पर उन्होंने कोई-न-कोई बहाना बनाकर टाल दिया। सीधे-सीधे कहते तो शायद संजीव किनारा कर लेता पर दोनों ही परीक्षा तक तो फर्स्ट ईयर के ही विद्यार्थी थे। इधर-उधर के बहाने बनाकर दोनों अपनी जान छुड़ाते और बाद में हँसते।

"डी. एन. कैण्टीन तक चल कुछ जरूरी बात करनी है।"

छुट्टी के बाद कॉलेज खुलते ही एक दिन संजीव ने त्रिपाठी को पकड़ लिया। मौके पर कोई उचित बहाना न मिलने पर त्रिपाठी फँस गया। कैण्टीन में ठण्डी कोल्डड्रिंक मँगाकर संजीव ने उसके आगे सरकाते हुए कहा—"डी. एन.! सच्ची बात ये है कि इस साल हम तुझे अपने उम्मीदवार के रूप में देख रहे हैं। डूसू तो नहीं पर कॉलेज से तू हमारा ज्वाइण्ट सेक्रेटरी होगा। जिता तो तुझे हम लेंगे ही हमारे बहुत लोग हैं। तुझे तो पता भी नहीं डूसू का पहला चुनाव अखिल भारतीय विद्यार्थी परिषद का लड़का ही जीता था फिर फाइनल ईयर तक तेरी प्रेसिडेण्ट की दावेदारी भी पक्की हो जायेगी। हो सकता है डूसू की भी। बता क्या बोलता है?"

पहली बार त्रिपाठी के सामने बात खुलकर आयी पर वह कुछ बोला नहीं।

"तू रॉयल कोर्स में दाखिला लेकर बैठा है। पढ़ने-वढ़ने कौन आता है इसमें! डिवीज़न भी रॉयल रहेती है—फर्स्ट क्लास विद टू बॉडीगार्डस। भाई! अपने जीवन को सार्थक कर। रुपये-पैसे की चिन्ता तुझे करनी नहीं बस तू हां कर दे और आजा पैनल में।"

त्रिपाठी को अब साफ-साफ कहना ठीक लगा।

"मेरा मन तो इसमें रुचता नहीं हाँ नन्दन से बात करके देख लो।"

त्रिपाठी जानता था नन्दन भी हामी नहीं भरेगा।

"नन्दन-वन्दन परिषद् में दरी बिछाने-उठाने के लिए तो सही हैं तुम अपने हो...हमारे तगड़े उम्मीदवार होने के काबिल। डी. एन. ध्यान रखो हम जैसे लोग नेतृत्व करने के लिए जन्मते हैं...जल्दी नहीं है। समय ले लो फिर सोचकर बताना। हो सके तो पण्डित जी से सलाह कर लो।"

संजीव ने नन्दन पर तरस खाते हुए त्रिपाठी को ऑफर दिया और त्रिपाठी के घर की दुःखती रग को भी सहला दिया। त्रिपाठी जान गया संजीव उसकी पूरी कुण्डली बाँचकर आया है।

दूसरे साल में आने के बाद एक दिन संजय, नन्दन और त्रिपाठी घर लौटते हुए मल्कागंज की तरफ न जाकर किरोड़ीमल कॉलेज में घुस गये। यहाँ का पिछला गेट यूनिवर्सिटी भर के नौजवानों के लिए कमला नगर बाजार में जाने का शॉर्टकट था। ऐसा गेट जिस पर कोई टिकट नहीं थी। कभी-कभार सख्ती के चलते कॉलेज प्रिन्सिपल गेट पर खड़े होकर नौजवान लड़के-लड़कियों की खबर लेते। आज यहाँ कोई यमराज नहीं था। शॉर्टकट मारकर तीनों लेनिन के खोखे पर चाय पीने आ गये। खिचड़ी दाढ़ी और सर्दियों में हमेशा काला कोट पहनने वाले लेनिन का अड्डा खुली बहसों का गढ़ था। लेनिन का वास्तविक नाम क्या था किसी को नहीं पता था। चाय का ऑर्डर देने के बाद त्रिपाठी ने संजीव का सारा किस्सा दोस्तों के बीच साझा किया।

"लड़ ले भाई! लड़ ले चुनाव। सही तो है। जनम-जनमान्तर का रूठा तेरा बाप भी खुश हो जायेगा और हमारी भी चाँदी हो जायेगी।" संजय ने अपनी दोनों बाहें त्रिपाठी के गले में डाल दीं।

"चल बता तेरा क्या फायदा है इसमें?" नन्दन ने संजय की तरफ सवाल उछाला।

"भाई! सही ट्रेनिंग हो जायेगी यहाँ। जीत तू जायेगा ही और फिर आगे पार्षद बनने का रास्ता और वहाँ से सीधा एम. पी.। गुरु जी भी तब तक रिटायर हो जायेंगे। सब्जी मण्डी में तेरा ही नाम रहनेवाला है। तू आगे पहुँचेगा तो हमारा भी ख्याल कर लियो भाई। मुझे भी क्लर्क-व्लर्क लगवा दियो।"

संजय रिरिआया।

"साले! मुल्ला की दौड़ मस्जिद तक। तू कभी क्लर्क से आगे मत बढ़ियो।" नन्दन ने खुलकर ठहाका लगाया तो त्रिपाठी भी जोर से हँसा।

"वैसे आइडिया बुरा नहीं है। एम.पी. के पास तो बहुत-सारा पैसा आता होगा। तू अकेला क्या-क्या सँभालेगा? मुझे सेक्रेटरी रख लियो। रुपया जोड़कर दुकानें खरीदेंगे और फिर एक दिन बिड़ला से मिल ही खरीद लेंगे, नाम रखेंगे त्रिपाठी स्पिनिंग मिल्स। उसके बाद हम नन्दन शिपिंग यार्ड्स खोलेंगे...यार! राजनीति में रंजिश भी हो जाती है तू एक काम और करियो जमीन-जायदाद मेरे नाम लिख दियो। तू मर-वर गया तो मैं तेरे नाम पर मिल चलाता रहूँगा।" नन्दन ने कहा।

उस दिन खूब हँसी-ठट्ठे के बीच त्रिपाठी ने दोस्तों को संजीव की पूरी बात नहीं बतायी। हँसी में शामिल होते हुए भी संजीव की बातों को याद करके उसे घिन्न आ रही थी।

इस बार के चुनाव में डी.एन. की उदासीनता देखकर संजीव कोहली बेहद निराश हुआ।

जिन्दगी और रवानगी का अजब-सा रिश्ता ठहरा, कड़वे-से-कड़वा घूँट पीकर जिन्दगी शान से बढ़ जाती है।

## लुटेरे दिन और आततायी रातें

इतिहास की काली छायाओं से दामन बचाकर पंजाबी मोहल्ले और शोराकोठी में ऐसे अनेक परिवार बरसों से रहते थे जो विभाजन के सदमे को पोटली में दबाकर यहाँ आये थे। उजाड़े जाने की असहयनीय तकलीफों की कहानियाँ सैंतीस साल से परिवारों में जन्म लेनेवाले बच्चों को विरासत में सौंपी जाती रही थीं। जर-जमीन से लेकर अस्मत की लूट से भरे दिन और बदले की दहाड़ से भरी रातों के गुजरने के बाद एक ही सवाल बाकी था- उजड़ने के बाद क्या फिर बस सकेंगे?-सैंतालीस ने उन्हें ये सवाल देकर पाकिस्तान से विदा

किया था। वहाँ से चला कोई भी घर दुर्घटना को झेलकर साबुत भारत नहीं आया था। जख्म पर समय ने खुरण्ट की परत चढ़ाई और फिर एक दिन खुरण्ट भी झड़ गया। चोट के निशान आज तलक बाकी थे। भारत के अनेक हिस्सों में इन शरणार्थियों ने शरण पायी। सरदारों-पंजाबियों के कितने परिवार सब्जी मण्डी इलाके में शोराकोठी और पंजाबी मोहल्ला के कटरों में बसे और उजड़ने के बाद बसने की अनेक कहानियों के साथ जिन्दगी से धड़कने लगे। जड़ों से उखाड़ दिये जाने की जानलेवा तकलीफ के बाद बरसों से सामान्य जिन्दगी जीते हुए यह जमीन उनकी अपनी हो गयी। इसके सारे रंग उनके घरों में बिखरे थे। कभी कोई बुजुर्ग इतिहास की गलियों से गुजरता तो परिवार सोचकर राहत से भर जाते-अब इससे बुरा और क्या होगा? वह सन्तोष की साँस लेते पर इन्सान की सोच पर अक्सर परिस्थिति की मार उसकी सारी अटकलों को धता बता देती है।

गरमी और सर्दी आमने-सामने खड़ी बगलगीर होने की तैयारी में थी। हवा की नमी को धूप सहला रही थी। रात में हरसिंगार ने झरकर मौसम के बदलने का संकेत दे दिया। ठीक इसी समय शोराकोठी के करतार सिंह के घर मेला लगा था। उसकी बेटी की शादी नजदीक आ गयी। छह महीने पहले मित्ती के रोके की रस्म हुई और अब दो दिन बाद यानी दो नवम्बर की सुबह अम्बाला के रौनक सिंह के साथ उसके लावां फेरे पड़नेवाले थे। आनन्दकारज की रस्म आर्यपुरा के गुरुद्वारे में रखी गयी थी। कुछ मेहमान शादी की खुशियों में शरीक होने पहले ही आ गये ।

"सब सँभाल लईं यारा! इक्को धी है।"

करतार सिंह को बचपन के दोस्त सुक्खा सिंह का बड़ा आसरा था।

"मित्ती तेरी कल्ले की है? साड्डी नयी? ठण्ड रख ते वंड चख।"

सुक्खा सिंह ने अपने अलमस्त अन्दाज में कहा। उसे आज शादी के कई काम निबटाने थे। दोपहर को गुरुद्वारे भी जाना था और फिर अन्तिम समय की छोटी-मोटी खरीदारियों के कितने ही काम अभी बाकी थे। आर्यपुरा के पुराने परिचित चंदरभान उर्फ भाई जी की दुकान से नौकरी के दिनों का सिलवाया अपना आखिरी सूट भी उठाना था। आदमी भले ही रिटायर हो जाये, आदतें भला कहाँ रिटायर होती हैं? मित्ती की शादी में करतारे सहित पूरी शोराकोठी सुक्खा की फुर्ती की गवाह थी। करतार और सुक्खा भिन्न दिशाओं में काम निबटवाने साथ निकले।

''क्यों भाई! करतार लड़की की शादी है लड्डू-वड्डू तो खिला। क्यों सुक्खा! तू तो ताऊ लगा, तू ही मुँह मिट्ठा करवा दे।'' कोने की दुकान का दुकानदार बरसों के पड़ोसी होने के अधिकार से बोला।

''बेटी की शादी के मौके पर मुँह खोल के माँग, जान हाजिर है।'' सुक्खा ने छाती ठोककर कहा और करतार ने तुरन्त लड़कों को आवाज लगायी। घर बैठे हलवाई से बनवाकर चार-चार लड्डू अड़ोस-पड़ोस में फौरन बाँटने का आदेश दिया।

''पुत्तर! मकीमपुरा गुरु जी के यहाँ वी दे आयीं लड्डू।'' सुक्खा ने याद दिलाया।

''न न गुरु जी के मैं आप्पे जांगा, उसनूं रैण दे तू।'' करतार सिंह ने बेटे की जगह ये जिम्मेदारी अपने ऊपर ले ली। सन्तोष की हँसी सुक्खा की आँखों में तैर गयी।

सुक्खा नाम का ही सुक्खा नहीं था जिसका हाथ थामता सुख उसके साथ बाँध देता। सारे कामों की लिस्ट दिमाग में बनाकर सुबह से जो निकला तो दोपहर हो गयी। शादी की सारी भागदौड़, बहन-बेटियों की मस्ती, लड़कों के हुल्लड़ के बीच ये दोपहर कहर बनकर टूटी। सुक्खा भारती ड्राइक्लीनर्स पर चन्दरभान से बतिया ही रहा था कि अचानक मौसम बदल गया। हवा एक पल रुकी तो हजार शंकाओं को साथ लिए लौटी। प्रधानमन्त्री पर उनके दो बॉडीगार्डों ने गोलियाँ दाग दीं। एक झटके में सब-कुछ खत्म हो गया। वैसे भी काफी समय से पंजाब दहक रहा था। वहाँ अकाली दल कांग्रेस का विकल्प बनकर खड़ा हो गया था। खालिस्तान की माँग जोर पकड़ रही थी और एक बार फिर 'राज करेगा खालसा' नारा बुलन्दी पर था। ऑपरेशन ब्लू स्टार से जुड़ी खूनी वारदातें और केन्द्र के आदेश पर फौज के कसते शिकन्जे से दोनों के बीच तनातनी बढ़ती ही गयी। सेना से बचने के लिए भिण्डरावाला ने स्वर्णमन्दिर को किला बना दिया और दोनों तरफ के रक्तपात में भिण्डरावाला भी मारा गया। कुछ महीनों से लगने लगा था कि सब शान्त है पर यह तूफान से पहले की शान्ति थी जिसका जवाब बेअन्त और सतवन्त सिंह ने इन्दिरा गाँधी पर गोलियाँ दागकर दिया। दिल्ली थरथरा उठी। हवा में बस गयी एक लम्बी खामोशी चीख-चीखकर बहुत कुछ कहने लगी। आहटें सुक्खा सिंह के दिल के करीब आ रही थीं। जल्दी-जल्दी काम निबटाकर वह वापस शोराकोठी आया।

"क्या सियापा पड़ गया भाई इस वेले? लड्डू बांट के आया तो खबर कन्नां विच पड़ी।"

करतार सिंह अपने सहमे हुए सवालों के साथ सुक्खा के सामने था। घर की सारी रौनकें न जाने किस कोठरी में दुबक गयीं। जवाब सुक्खा के पास भी नहीं थे पर अपने हाथों में दोस्त की हथेली थामकर उसने भरोसा दिलाया।

रात आज भयानक काली थी जिसकी छाया से अगला दिन भी मुक्त नहीं हुआ।

"खून का बदला खून।"

आखिरकार सब्जी मण्डी के कानों तक यह जलजला पहुँच गया। मिनटों में हथियारों से लैस जत्थे सिक्खों को मारने सड़क पर उतर आये। बर्फखाने से सब्जी मण्डी तक आया दंगाइयों का जुलूस खून का प्यासा हो रहा था। चौक पर गहमागहमी थी। भीड़ बदले की कार्यवाही को अंजाम देने के लिए मचलने लगी। चुन-चुनकर सरदारों के घरों को दिमाग में रजिस्टर किया जाने लगा। ये शोर पूरे मोहल्ले में पहुँच गया। लक्ष्मणदास ने सारा हाल सुनाया तो गुरु जी तुरन्त उठ खड़े हुए। मुकीमपुरा से जितने लोग साथ आ सकते थे तुरन्त जुटा लिए गये। अंधी भीड़ का काबू करना नामुमकिन था फिर भी गुरु जी भीड़ के आगे डट गये और उन्हें रोका।

जमा भीड़ में से एक आवाज आयी—"कल सालों ने शोराकोठी में लड्डू बाँटे हैं। जश्न मना रहे हैं साले। हरामी-गद्दार एक भी जिन्दा न बचने पाये।" आवाज के साथ शोर और बढ़ा ही था कि गुरु जी से रहा नहीं गया।

"लड्डू मौत की खुशी के नहीं बल्कि शादी के घर से आये थे। इसे गलत रंग मत दो।"

इधर गुरु जी मल्कागंज की भीड़ के आगे डटे ही थे कि खबर आयी शोराकोठी में छर्रा फायरिंग शुरू हो गयी। अब गुरु जी खुद को रोक नहीं पाये। हिंसा की लपलपाती जीभ को कड़ी चेतावनी देते हुए उन्होंने साफ कहा—"गोली किसी को भी लगे समझना मुझे ही लगेगी। खबरदार जो किसी ने घरों पर हमला किया।"

गुरु जी की भारी आवाज और मजबूत इरादा चट्टान की तरह खड़ा था। हिंसा की आग के भीतर से गुरु जी शोराकोठी में दाखिल हुए। करतार के घर जाकर उसके परिवार को सुरक्षित मुकीमपुरा अपने घर ले आये।

जमाने से बन्द पड़ी जयपुरिया मिल से आगे उल्टे हाथ की तरफ को पीली

दीवार में जड़े लोहे के मजबूत गेटवाली बिड़ला मिल थी। मुख्य सड़क होने और मजदूरों की पालियों के चलते यह रास्ता हमेशा से व्यस्त रहा करता पर उस दिन दंगे की आग भड़कती हुई यहाँ पहुँची और फिर सारा मंजर बदल गया। सब्जी मण्डी के इलाके सहित अनेक मोहल्ले धू-धू करते जलने लगे। गाजर-मूली की तरह लोग काटे-गिराये जा रहे थे। भीड़ किसी सरदार को बस के साथ बाँधकर मार रही थी तो किसी को टायर में जलाया जा रहा था। किसी का अपमान करते हुए उसके केश काटे जाने लगे तो किसी के जिन्दा शरीर को भस्म कर दिया गया। घरों में घुसकर बेरहमी के खंजर लहू से तर किये जाने लगे। कहीं-कहीं पुरानी दुश्मनी बदले की आग में घी का काम देने लगी। मल्कागंज का नामी बदमाश और कच्ची शराब बेचने वाला बिहारीलाल जो अब तक कांग्रेसियों को गाली दिया करता था वो भी दंगों का फायदा उठाने निकल पड़ा। उसका पूरा परिवार बरसों से लूट-पाट और शराब-चरस के धन्धे में लगा था। सब्जी मण्डी थाने में सबके नाम कई साल से दर्ज थे। कहीं कोई गड़बड़ होती पुलिस उसके परिवार पर कार्यवाही जरूर करती पर इस समय तो बिहारीलाल हर कार्यवाही से परे लूट-पाट को मुक्त था। मारकाट की भयावहता का चक्र थमता नहीं दिख रहा था। त्रिलोकपुरी, सोहनगंज, शकुरपुर, चिराग दिल्ली, नन्दनगरी, लाजपत नगर हर जगह कत्लोगारद शुरू हो गया। दुकान-मकान-इन्सान सब हमले की चपेट में थे। न कोई नियम न कोई कानून। एक जंगल राज था और दंगाइयों को सारी छूट। ऐसे में डरा हुआ करतार बार-बार मित्ती का माथा चूमकर उसे हौसला देने लगा। बारात घर से निकल चुकी थी। कल सुबह शादी थी और आज जो हाल था उसे देखते हुए सब असम्भव लगने लगा। जान के लाले पड़े थे शादी तो दूर की बात थी।

गुरु जी के कहने और लक्ष्मणदास, अमरसिंह, कैलाशनाथ की पुकार पर नौजवान लड़कों की कुछ टोलियाँ इस भीड़ से जूझने के लिए तैयार हो गयीं। मोहल्ले के सिक्खों के घरों-दुकानों को बचाने के लिए उनकी टुकड़ियाँ बना दी गयीं । हिंसा भले ही बड़ी हो आदमियत का जज़्बा उसमें भी सर उठाए खड़ा रहता है। त्रिपाठी बचाव टोली में शामिल था। शोराकोठी के कितने सरदारों से उसका रोज का मिलना-जुलना था फिर उसके बाप को उनसे वास्ता हो-न-हो त्रिपाठी ने हमेशा अपने मन की सुनी थी। उसने नन्दन और संजय को भी बुला लिया। त्रिपाठी की माँ ने उसके बहुत हाथ-पैर जोड़े पर वह रुका नहीं। आज रुकता तो शायद खुद को माफ नहीं कर पाता। चन्दरभान और सुभाष दोनों

को अपने लड़कों की फ्रिक थी पर आज बुलावा गुरु जी का था। सुक्खा भी उनके साथ था। गुरु जी ने पास सटे शक्तिनगर और कमलानगर के इलाकों में रहनेवाले सिक्खों को बड़ी संख्या में इकट्ठा किया और कुछ लोगों के सुरक्षित घरों में उन्हें रखवाया।

सुबह बारात आने को थी आज सब-कुछ उजड़ा पड़ा था। रात-ही-रात में कर्फ्यू लग गया। माहौल इतना बिगड़ चुका था कि करतार के परिवार को बारात के आने की कोई उम्मीद नहीं थी। आड़े वक्त में एक हिन्दू परिवार की मिली मदद से रौनक सिंह अपने पिता के साथ मुश्किलों का सामना करता अगली सुबह सुरक्षित पहुँच गया। बारात के कई लोग आधे रास्ते से वापस लौट गये थे। करतार को तकदीर पर भरोसा हुआ। बाहर आर्मी मौजूद थी। सुनने में आया कि बिड़ला मिल के बाहर मेन सड़क पर टैंक चल रहे थे। सैंतालीस के दिनों का काला अध्याय फिर से खुल चुका था। ऐसे में किसी भी तरह आर्यपुरा गुरुद्वारे तक पहुँचना असम्भव था। सुक्खा सिंह ने कोशिश भी की पर पता चला गुरुद्वारों पर भी हमले शुरू हो गये हैं। पुलबंगश गुरुद्वारा जलाने की कोशिश भी की गयी ।

सब्जी मण्डी इलाके में सेना के जवानों के साथ पुलिस भी घूम रही थी। सामने एस.एच.ओ. को पाते ही गुरु जी आगे आये—"लड़की की शादी का मंगल काम है। सादगी से निबटवा दें तो बेटी विदा हो जाये।" उनकी बात सुनकर एस.एच.ओ. सोच में पड़ गया।

"थाने में करा देते हैं शादी? इससे सुरक्षित भला और क्या होगा।" गुरु जी ने उसे अधिक सोचने की मोहलत नहीं दी।

"पर थाने तक सब पहुँचेंगे कैसे?" सुझाव के सामने एस.एच.ओ ने सवाल खड़ा किया।

"रोड से निकलना मुश्किल है पर गलियों-गलियों में से सुरक्षा के साथ निकला जा सकता है।" गुरु जी ने सधी हुई आवाज में कहा। एस.एच.ओ. मान गया। थाने में बच्चों का जोड़ा और उनके पिता, गुरु जी की टीम के साथ बैठे थे। सबके चेहरे मुरझाये थे। राह अब भी आसान कहाँ थी? मित्ती-रौनक के लांवा-फेरों के लिए गुरु महाराज की दीड़ का होना जरूरी था। गुरुग्रन्थ साहब के बिना फेरे नहीं हो सकते थे। ऐसे विकट हालात में त्रिपाठी और नन्दन को सुक्खा सिंह के साथ भेजा गया। कटरों-गलियों से होते हुए जैसे-तैसे एक सिपाही की निगरानी में गुरुग्रन्थ साहब लाया गया। करतार सिंह ने थाने

में ही दीड़ सजाकर खुद ही पवित्र शबद का पाठ किया। ये फेरे शुरू होने से पहले की रस्म थी। सारी रस्मों के बाद दोनों बच्चों ने ग्रंथसाहब के चार फेरे लगाये। सुलगती दिल्ली को चुनौती देते गुरु जी की पहल पर यह कारज पूरा हुआ तो करतार सिंह आंसू भरी आँखों से गुरु जी के कदमों में झुक गया। उसे उठाकर गुरु जी ने सीने से लगाया और बच्चों को आशीष दिया। पूरा परिवार मुकीमपुरा दफ्तर में रुका रहा।

कर्फ्यू में ढील मिलते ही जल्दी-से-जल्दी मित्ती की विदा कराना जरूरी था। मित्ती के कपड़ों वाली अटैची, मिठाई, लेन-देन के कपड़ों की बँधी-बँधाई तैयार गठरियों सहित विदा तो हुई पर गुरु जी ने कुछ दिन के लिए बारात के रहने की व्यवस्था अमरसिंह के घर में कर दी। गुरु महाराज की दीड़ वापिस पहुँचाकर लौट रहे सुक्खा सिंह ने मल्कागंज से शोराकोठी की तरफ निकलने वाले आसान रास्ते का रुख किया। पिछले दिन की लूट-आगजनी के निशान गलियों-चौराहों पर बिखरे पड़े थे। मल्कागंज पर तेरह-चौदह सिक्खों को जिन्दा जला दिये जाने की हिंसक खबर फैल चुकी थी। सुक्खा की रीढ़ में डर की झुरझुरी दौड़ने लगी। किसी तरह सुरक्षित पहुँच जाने के लिए उसके होंठ प्रार्थनाएँ बुदबुदाने लगे। काँपते पैरों से गली में घुसा तो अन्दर मौत घात लगाये बैठी थी। ''लो, एक और गया काम से'' तलवारों से लैस भीड़ में से किसी ने खौफनाक ठहाका लगाया। अब तक हत्या का खून उनके स्वाद में शामिल हो चुका था। सुक्खा ने भागने की कोशिश की पर वह बुरी तरह घिर गया। सरकारी नौकरी की अपनी शानदार जिन्दगी में उसने मौत की ऐसी कल्पना कभी नहीं की थी। पैर सिकोड़े वह जमीन पर बचने के लिए हाथ जोड़े चीख रहा था और दंगाइयों की लातें उसके पूरे शरीर पर बेभाव पड़ रही थीं। दहशत में लिपटे लहू का रंग सुक्खा के चेहरे पर देखने के बाद भीड़ ने कुछ क्षण मजा लिया। लगभग अचेत हो चुके सुक्खा ने महसूस किया कि उस पर पानी डाला जा रहा है। जब तक वह कुछ समझने पाता उसका शरीर आग के सुपुर्द कर दिया गया। हवा में अट्टहास के साथ चिराँध फैल गयी। मौत के बाद खत्म हो चुके शरीर को अग्नि को सौंपना तय था पर जिन्दा सरदारों की चिताओं के दृश्यों ने मल्कागंज को पिशाचों की नगरी में तब्दील कर दिया।

तीन दिन खूनी नगरी का बैताल ताण्डव करता रहा। तीसरे दिन जब दहकती आग सुलगता धुआँ छोड़ने लगी तब जाकर कितने घरों में मातमी शोक मना। औरतों-लड़कियों की तार-तार इज्जत का शोक, देश का भविष्य- जवान

बच्चों का शोक, निर्दोष बुजुर्ग और मासूम बच्चों का शोक। सुक्खा सिंह की खोज में गया उसका लड़का भी वापस नहीं लौटा। करतार दरवाजे पर सर पटक-पटककर सुक्खा सिंह से माफी माँग रहा था। सुक्खा सिंह की विधवा पत्नी बेटे और पति की लाश देखकर पथरा गयी। उसके तनावग्रस्त शरीर को लकवा मार गया। उसकी चीख सीने में घुटकर रह गयी। उस दिन के बाद उसकी आवाज किसी ने नहीं सुनी।

गुरु जी की आँखों ने मृत इन्सानियत का बेपरवाह तमाशा शर्मिन्दगी के साथ देखा। सैंतालीस के शर्मनाक इतिहास में पिछले तीन दिनों की कुछ और इबारतें जुड़ गयीं। देश के अनेक हिस्से एक ही दर्द की अलग कहानियाँ कह रहे थे। गुरु जी ने तुरन्त धर्मपुर लॉज में बैठक बुलायी।

"आजाद भारत के माथे का बदनुमा दाग होगा सन चौरासी।"

धर्मपुर लॉज में पार्टी का दफ्तर आज लोगों से भरा था, सबने गुरु जी की पीड़ा को महसूस किया। नदंन, त्रिपाठी और संजय आँखें फाड़े देख रहे थे कि यूनिवर्सिटी की छात्र इकाई ए.आई.एस.एफ में शामिल कितने लड़के-लड़कियाँ भी यहाँ जमा हैं। गुरु जी के साथ खड़ी थीं कॉमरेड अमरजीत। गुरु जी ने उनका परिचय नये लोगों से कराया। खुद सिक्ख होते हुए वह हिंसा के बीच उतरकर जवाबी कार्यवाही में शामिल थीं।

"जनता, जीते-जी कभी माफ नहीं कर पायेगी हिंसा फैलानेवालों को। निरीह लोगों को बेमतलब साम्प्रदायिक मकसद से आग में झोंकनेवालों को माफी? फिर भले ही वो कोई नेता ही क्यों न हो।"

सब जान रहे थे गुरु जी का इशारा सत्ताधारी पार्टी के कुछ नेताओं की ओर था जिनका हाथ इलाके में सिख विरोधी दंगों को हवा देने में था। दंगों के बाद आ रही सच्चाइयों का यह और भी कड़वा पहलू था जिसकी भर्त्सना गुरु जी ने खुले आम की। इलाके में शान्तिमार्च निकालने का प्रस्ताव पूरे समर्थन के साथ पास हुआ। घण्टाघर पर सभी जाति-धर्मों के लोग समाज की सलामती के लिए जाति-धर्म से ऊपर उठकर आगे आये। गुरु जी की पत्नी सुनीता शर्मा गुरु जो पार्टी की महिला इकाई भारतीय राष्ट्रीय महिला फेडरेशन से जुड़ी थीं उनके नेतृत्व में बेगुनाह लोगों के प्रति अपनी सच्ची श्रद्धांजलि और पूरे देश में साम्प्रदायिक सद्भाव बनाये रखने के लिए एक शान्ति मार्च निकाला गया। गुरु जी, सब्जी मण्डी इलाके के लोग और युवाओं के साथ यूनिवर्सिटी के कुछ शिक्षक भी इसमें शामिल थे। नन्दन-त्रिपाठी ने देखा हुसैन मैडम भी मार्च का हिस्सा हैं। घण्टाघर से रोशनआरा बाग की ओर बढ़ा ये मार्च बर्फखाना

चौक से घूमते हुए थाने से आगे सब्जी मण्डी की ओर निकला। जहाँ-जहाँ से मार्च गुजरा लोग शामिल होते गये जो शामिल नहीं हुए वे अपने मोहल्लों-घरों के बाहर हाथ जोड़े खड़े रहे। किस्मत से बच गया करतार सिंह का परिवार आज सुक्खा सिंह का ऋणी बना मार्च में शामिल था। नरसंहार और लूटपाट करनेवाले न जाने किस माँद में छिपे बैठे थे।

वर्तमान, नफरत की आँधी से नहीं प्यार की फुहार से रचा जाये कि अगली पीढ़ियाँ प्यार बोये-प्यार सींचे।

## आत्ममुक्ति और तन्त्र-मन्त्र

चौरासी के दंगों के बाद तीनों दोस्तों ने गुरु जी से असली मन्त्र लेने की ठान ली। कॉलेज में आये उन्हें अब तक डेढ़ साल बीत चुका था। तीनों एक दिन सलाह करके धर्मपुर लॉज गये।

"लाओ भाई दौलतसिंह लड़कों के लिए चाय-वाय लाओ।" हमेशा की तरह गुरु जी की आवाज में चाय के साथ स्वागत की खनक शामिल थी।

"गुरु जी दंगे के बाद कॉलेजों के कई लड़के-लड़कियों ने यूनिवर्सिटी में भी शान्ति मार्च निकाला। आपके यहाँ पिछली बार जो अमरजीत मैडम मिली थीं वो भी उसमें शामिल थीं।" नन्दन ने कहा।

"और कई टीचर्स भी उसमें थे। शामिल तो हम भी हुए पर अब हमें भी आप फेडरेशन में जोड़ लें। कहाँ नाम लिखवाना होगा?" त्रिपाठी ने कान में पूछे गये संजय का सवाल पूछा।

"यहीं और कहाँ। यही दफ्तर उत्तरी दिल्ली के लड़कों-बच्चों का ऑफिस भी है पर याद रखो मीटिंग में आना पड़ेगा, कायदा-कानून मानना होगा, रैली-मार्च-प्रदर्शन के लिए समय निकालना होगा। मंजूर है?"

"मंजूर है—मंजूर है'-कहते तीनों बच्चों की तरह चीखे।

चाय पीते-पिलाते गुरु जी ने ए.आई.एस.एफ. की अनेक गतिविधियों के साथ बिड़ला मिल के कामों से जुड़ने की बात भी कही तो संजय और त्रिपाठी चौंके। नन्दन ने एक-दो बार युवा छात्रों को मिल के बाहर देखा था।

"हम भला मिल मजदूरों के बीच क्या काम करेंगे? हम तो कॉलेज के स्टूडेण्ट हैं।"

त्रिपाठी से रहा न गया।

"देखो द्विजेन्द्र! तोड़ने वाली ताकतें भी इसी सोच से हमला करती हैं। ये तो औरतों का मुद्दा ठहरा, ये मजदूर का है , ये किसान का है, ये सरकारी नौकरीवाले का। इसमें बड़ी आसानी से टुकड़े कर दिये जाते हैं। हम अलग,

वो अलग। कोई जात से अलग, कोई पैसे से तो कोई काम से अलग जबकि समाज में तो सब लोग आते हैं। जाति, धर्म, भाषा, लिंग, सम्प्रदाय के आधार पर सत्ताएँ हमेशा से बाँटने का काम करती आयीं हैं पर साझी लड़ाई दूर तलक जाकर असर दिखाती है। यही वास्तविक मुक्ति है।"

"फिर भी गुरु जी..." त्रिपाठी सन्तुष्ट नहीं हुआ।

"मान लो द्विजेन्द्र! तुम्हारे साथ एक मजदूर की लड़की या लड़का पढ़ रहा है। मजदूर को रोजगार न मिले, वेतन ने मिले तो उसके बच्चे कैसे पढ़ेंगे? घर में चूल्हा कैसे जलेगा? क्या उनके बच्चों को पढ़ने का हक नहीं? और उनके दुःख-दर्द से तुम्हें कोई सरोकार नहीं होगा? गौर करो तो सारे मुद्दे एक-दूसरे से जुड़े हैं बशर्ते तुम अपने तक सीमित न रहो। व्यापक समाज और उसकी मुक्ति की बात समझो-सोचो। मुक्ति के संघर्ष साझे होते हैं।" गुरु जी ने आज बहुत ही सरलता के साथ बड़ा मन्त्र लड़कों को थमा दिया। संजय ने उनकी बात पर सिर हिलाया। नन्दन ने कुछ नहीं कहा पर उसे आज शमीम और भी याद आने लगा जिसे कई लड़कों की तरह बीच में पढ़ाई छोड़नी पड़ी थी और जो हर बार बारहवीं प्राइवेट करने की बात दोहराता पर जिन्दगी की चक्की पीसते उसकी बारहवीं अभी तक पास नहीं हुई थी। शमीम दिहाड़ी मजदूर ही तो था जिसे अपने अब्बा की जिन्दगी जायदाद के रूप में मिली। त्रिपाठी को शमीम की याद तो नहीं आयी दंगा जरूर याद आया जिसमें लगी आग को सबने मिलजुल कर बुझाया था। पड़ोस में लगी आग न बुझाने पर खुद का घर बचना मुश्किल होता है। आग औरत-आदमी, ऊँच-नीच, छोटे-बड़े में भेद किये बिना सब स्वाह कर देती है।

दंगों की आग में खुद को मोहल्ले से उदासीन और बचाकर रखनेवाले पण्डित बृजेन्द्रनाथ त्रिपाठी ने कई बार सोचा कि इस मौके का फायदा आगामी चुनाव के लिए उठाया जाये लेकिन मन के आगे उनकी एक न चली। मन के तमाम डर उन्हें मौत का द्वार दिखा रहे थे और फिर उनके पास न कोई संगठन था न लोग। अकेले किसके दम पर सामने आते? झक मारकर गुरु जी के जत्थे में शामिल होना पड़ता जो उनकी शान के खिलाफ था। सवालिया चेहरा लिए शोराकोठी और साथ लगी केदारबिल्डिंग के लोगों के आगे, बचने के लिए बेटे द्विजेन्द्र को जवाब बनाकर खड़ा कर तो सकते थे पर होता क्या? ढाक के तीन पात-फिर सुर्खरू होते गुरु जी ही। इलाके में ऐसे कई ढोंगी नेताओं को उनकी झूठी संवेदना दिखाने के लिए जनता दुत्कार चुकी थी-यह बात पण्डित जी से छिपी नहीं थी फिर वे तो सुक्खा सिंह और करतार सिंह के घर झूठी सहानुभूति

भी नहीं जताने गये थे। उन्होंने सप्ताह भर की बीमारी का बहाना गढ़कर घर से निकलना उचित समझा। पत्नी और बच्चों को भी उन्होंने यही समझाया। सफाई देते हुए शोराकोठी से निकले तो टिल्लू दुकान के लिए मसाले खरीदता मिल गया।

"क्या बात है पण्डत जी! कहाँ रहे इतने दिनों?"

टिल्लू ने हिकारत छिपाकर जिज्ञासा के रंग को चेहरे पर चिपका लिया। वह तगड़े शरीर में छिपे कायर नेता की टोह लेना चाहता था।

"बस ! भाई बुखार ने ऐसा लपेटा कि क्या कहूँ...इधर दिल्ली जल रही थी और उधर बुखार में मैं। दोनों की एक ही हालत थी।" बड़ी चालाकी से उन्होंने अपनी बीमारी का सम्बन्ध राष्ट्रीय स्तर तक गम्भीर मुद्रा अपनाकर जोड़ दिया पर टिल्लू पर इसका क्या असर होना था। नजर फिरते ही टिल्लू ने जमीन पर ऐसे थूका मानो वो पण्डित का चेहरा हो।

"बीमारी से दुबले हो गये हो पण्डत जी! अपना ध्यान करो। देखो मुँह कितना जरा-सा निकल आया है तुम्हारा।" टिल्लू ने बातों में हमदर्दी का रंग झिड़क दिया और पूरे मजे लिये।

बृजेन्द्रनाथ त्रिपाठी को आज एक खास काम से रोशनआरा रोड की तरफ जाना था। टिल्लू उनके संग बतियाने के मकसद से घण्टाघर तक आया और रास्ते भर उनकी खाल तरह-तरह के सवालों से खींचता रहा। उसने ये ध्यान जरूर रखा कि बात में बेअदबी न आने पाये और पण्डित जी उसकी जिज्ञासाओं को भोली मानकर जवाब देते चलें। टिल्लू कच्चा खिलाड़ी नहीं था आखिरकार भाई जी और प्रेमी के अण्डर उसकी ट्रेनिंग हुई थी। घण्टाघर से टिल्लू वापस हो लिया और पण्डित जी सर धुनते आगे बढ़े। कुछ देर बाद अपने चेहरे को रूमाल से ऐसे पोंछा मानो सारा गुस्सा-तकलीफ-परेशानी साफ हो गयी हो। बाग के आगे गोलचक्कर से निकलकर वे खारिया मोहल्ला पहुँच गये। अन्दर घुसे और बायीं हाथ की गली में गंगाशरण सैनी का नया बना मकान चौथे नम्बर पर सबसे अलग दिख रहा था। पण्डित जी गृहप्रवेश की पूजा कराने आये थे। रिश्तेदारों-मेहमानों से भरे घर में पूजा के बाद बाहर बरामदे में चाय-नाश्ता कर रहे पण्डित जी ने देखा गली पार ठीक सामनेवाले घर में एक औरत भर-भर बाल्टियाँ डालकर आँगन धो रही है। यों ये दृश्य पास-पड़ोस में आम थे पर यहाँ कुछ खास बन गया। पण्डित जी की नजर औरत की गोरी पिण्डलियों पर अटक गयी। शलवार को नेफे के नाड़े से खौंस लेने के कारण औरत की गोरी पिण्डलियाँ साफ दिख रही थीं। पण्डित जी को सैनी के घर का नाश्ता अब

जायकेदार लगने लगा। देर तक खा-पीकर बाहर निकले तो बिन माँगी मुराद पूरी हो गयी। पतली काया की गोरे रंगवाली वह औरत खुद ही उनके सामने आ खड़ी हुई।

"पण्डित जी! एक खास काम है आपसे।"

अपना नाम प्रेमा बताते हुए उसने अपने निचले पतले होंठ को बड़ी अदा से नीचे की तरफ लाते हुए दाँतों का भरपूर नजारा दिखाकर कहा।

"कोई पूजा करवानी है?" पण्डित जी ने तुरन्त अनुमान लगाकर कहा।

"पूजा तो करवानी है पर...स्पेशलवाली।" बड़े गोपनीय अन्दाज में स्वर को धीमा करते हुए प्रेमा चौकन्नी होकर बोली।

पण्डित जी ने एक भरपूर नजर उस पर डाली मानो वह सारे भेद खंगाल लेगी। वो समझ गये प्रेमा तान्त्रिक पूजा करवाने उनके पास आयी है। यह समझते भी उन्हें देर नहीं लगी कि इस काम में उनकी शोहरत के चर्चे पहले ही प्रेमा तक पहुँचे चुके हैं।

"पूजा कब करानी है? और किसलिए करानी है?" पण्डित जी ने बात आगे बढ़ाई।

"अगर आपके पास टाइम है तो घर चलो।" प्रेमा ने बालों को समेटकर सीधे कन्धे की तरफ लाते हुए कहा।

पण्डित जी गेट से भीतर घुसे तो एक सजी-धजी बैठक ने उनका स्वागत किया। छोटे-से कमरे में लकड़ी का सोफा-सेट और छोटी-सी टेबिल रखी थी। सामने की दीवार प्रेमा की शादी की तस्वीरों से पटी थी। पानी-वानी लाने प्रेमा रसोई में गयी तो पण्डित जी ने आँखों को दूरबीन बनाया और लैंस घुमाकर तस्वीर वाली प्रेमा का चेहरा पास ले आये। वह और खूबसूरत लगने लगी। पण्डित जी का तेज दिमाग चमका। ये तो वे समझ गये कि घर में रुपये-पैसे की कोई किल्लत नहीं है। घर और उसकी साज-सँवार से ये भेद खुल गया था। दूसरी दिक्कत पति के पत्नी से दूर होने की हो सकती है। पण्डित जी की चतुर दृष्टि ने भाँप लिया कि ऐसी रूपवती स्त्री पाकर कौन बेवकूफ किसी-और चक्कर में पड़ेगा। अब उन्होंने घर को देखा। घर में शान्ति थी। कोई बाल-बच्चा नहीं दिख रहा था। तस्वीरों में भी किसी बच्चे की सूरत नहीं दिखी जबकि प्रेमा की उम्र ठीक-ठाक लग रही थी।

प्रेमा भीतर से शर्बत ले आयी।

"तो बताओ..." शर्बत से गला तरकर पण्डित जी बोले।

"जी वो बात दरअसल कुछ ऐसी है कि न जाने क्या हुआ है कि..." प्रेमा ने बात अधर में लटका दी जिसका सिरा पण्डित जी ने थाम़ लिया-

"मेरी गणना के अनुसार तो सन्तान की समस्या लग रही है।"

प्रेमा का मुँह खुला-का-खुला रह गया।

"आपको कैसे पता चला पण्डित जी?" उसने हैरानी से पूछा।

"हरी ओम तत्सत्" कहकर पण्डित जी ने आँखें बन्द कीं तो प्रेमा को भरोसा हुआ कि पण्डित जी को घर बुलाकर उसने कोई गलती नहीं की है।

"मेरे पति की अच्छी कमायी है , उनका बिजनेस है। लोग जलते हैं इसी के चलते। जाने क्या जादू कर रखा है बीज कोख में आता तो है.. .पर खराब हो जाता है। अब आप ही कोई उपाय करो।" इस बार उसने पूरी बात कहकर दम लिया। तुक्का सही निशाने पर लगा यह जानकर पण्डित जी की आत्मा चहक गयी। चहकने का एक और कारण भी था कि जब तलक गर्भ धारण न होगा पूजा-पाठ और प्रेमा से मुलाकातों का लम्बा सिलसिला बना रहेगा।

"धीरज का काम है, नियम-संयम से करना होगा। तान्त्रिक विद्या में एक भूल हुई नहीं कि सब चौपट। ध्यान रहे। विधि और सामग्री में तनिक कमी-बेशी न हो।" अबकी बार पण्डित जी ने सपाट चेहरे पर बिना भाव लाए कहा। प्रेमा सोफे से उतरकर पण्डित जी के चरणों में बैठ गयी।

"अगले मंगल से हनुमान की मूर्ति के माथे का सिन्दूर दाहिने हाथ से लेकर सीता की मूर्ति के चरणों में लगाकर अपनी इच्छा सीता मैया के कानों में फूंक देना। ध्यान रहे जो भी माँगना है एक ही साँस में कहना। पूजा में रखी सीता मैया के आगे की थाल सिन्दूर से भरी होनी चाहिए। हनुमान जी और सीता माता की नयी मूर्ति लेना। सब्जी मण्डी बाजार में आराम से मिल जायेगी। मूर्ति खण्डित नहीं होनी चाहिए। जब ले आओ तो बताना। प्रतिष्ठा करा जायेंगे। अभी फिलहाल पूरे माह अभिलाषा पूर्ति का मन्त्र जाप करना होगा फिर आगे कुछ नया बताएंगे।" कहते हुए पण्डित जी ने उठने की आतुरता का ढोंग किया। प्रेमा ने खाने का आग्रह किया जिसे पण्डित जी ने सहर्ष स्वीकारा। प्रेमा के साथ मिला यह एकान्त उन्हें पारलौकिक सुख दे रहा था। चलते समय प्रेमा के सिर पर अपना हाथ रखा और दान-दक्षिणा स्वीकारते हुए उसे निहारा। आते समय जो रास्ता उनके लिए टिल्लू की बकझक

भरी चिढ़न लिए था वही जाते समय फूल-सा स्पर्श और मदहोश करनेवाली सुगंध देने लगा।

मदहोशी की चाल, हाल बता देती है।

## भारती ड्राइक्लीनर्स

आर्यपुरा के कटरा 26 के बाहर की इस दुकान का नाम यों तो चन्दरभान ड्राइक्लीनर्स हो सकता था पर नाम 'भारती ड्राइक्लीनर्स' ही रखा गया। भाई जी का बस चलता तो अपना नाम भी वह चन्दरभान भारती ही रखते। 'भारती' शब्द से उन्हें बहुत गहरा लगाव था। वैसे नाम में धरा भी क्या था -भारती या चन्दरभान-सब एक बराबर। काम तो कपड़े धुलाई का ही होना था। नामकरण किया था भाई जी ने इसलिए अकारण तो नहीं था। दुकान-मकान यों तो उनके दादा के समय से चले आ रहे थे। दादा के दो बेटे और दो बेटियाँ हुईं। बेटों में एक जिया नहीं बाकी बचे एक के दो बेटे हुए- चन्दरभान और रामकुमार। पिता ने जीवन भर यही कहा-जो है दोनों भाई आपस में राजी-खुशी आधा-आधा बांट लेना। बड़ा बेटा चन्दरभान बाप के मरने के बाद सब पर कुण्डली मारकर बैठ गया। छोटा भाई स्वभाव का भोला था। लड़ाई-झगड़ों से कोसों दूर रहनेवाला। दुकान के बोर्ड पर आसानी से चन्दरभान लिखवाया जा सकता था पर चन्दरभान दुनिया को बताना नहीं चाहता था कि दुकान पर उसने कब्जा कर लिया है और छोटे भाई का हिस्सा हड़प लिया है। रामकुमार जब तक जिया बड़े भाई को उसने बाप का ओहदा दिया। भाई ने कहा उत्तर-तो-उत्तर, दक्षिण तो दक्षिण। माँ के बाद रामकुमार को भाभी का माँ सरीखा प्यार मिला था सो उसी में डूबा रहता। दुकान पर जी लगाकर काम करता और भाई के आदेश पूरा करके भी डाँट-मार खाता। भाभी सहला देती और टिल्लू हँसा देता तो सब भूल जाता। भाई जी के बच्चों पर जान लुटाता फिर उसकी सरोज से शादी हुई, नन्दन हुआ और कुछ दिनों बाद कांता तो उसकी खुशी का ठिकाना न रहा पर बाद में खुशी को किसी की नजर लील गयी। पहले भाभी गयी और कुछ समय बाद रामकुमार की भी मिट्‌टी उठ गयी।

"तू छोटा-सा था रे नन्दन। अपने बाऊ जी से खूब प्यार करता था और तेरे बाऊजी न जाने किस मिट्‌टी के बने थे! दिन भर कड़ी मेहनत करते और बाकी का सारा समय हमारे लिए ही था। तुझे झूला झुलाते, खेलते थे तेरे संग। घर के चारों बच्चों में उनके प्राण बसते। उनकी दुनिया बहुत छोटी थी पर उस दुनिया में प्यार बहुत ज्यादा था। जिस दिन भी भाई जी उन्हें पीटते तू

कहता-बाऊ जी, बाबा के पास क्यों नहीं जाते माँ? उन्हें बुलाकर क्यों नहीं लाते? बाबा आयेंगे तो डण्डे से मारेंगे भाई जी को।" माँ का अनेक बार सुनाया नन्दन के बचपन का ये किस्सा उसके भीतर बस गया था। नन्दन को भी सब-कुछ कहाँ भूला था? ऐक्सीडेण्ट में रामकुमार की मौत के समय नन्दन पाँच बरस का रहा होगा। उसे खूब याद है कैसे दुकान के पीछे मकानवाले हिस्से के एक कमरे में जहाँ अब एक दीवार है वहाँ पहले दो हौद हुआ करती थीं। उनके लिए दुकान से ही रास्ता निकलता था। तब दुकान पर रिक्शा भर के कुर्ते धुलने आते थे। तब दुकान पर भाई जी बैठते। बड़ी हौद के ऊपर कोने में सीमेण्ट की स्लैब पर उसके बाऊ जी कुर्ते मलते और फिर हौद में कुर्ते पछाड़कर धोते। पास ही छोटी-सी हौद भी थी। उसकी मुँडेर एक फुट से भी कम की रही होगी। इस हौद में बैठकर कपड़े धुलते थे। बड़ी हौद में कपड़े धुलने के बाद मोरी के मुँह पर ठूँसा गया कपड़ा जैसे ही हटता पानी बेतहाशा नाली में भागता। कटरे, छत सब जगह रस्सियों पर कुर्ते-ही-कुर्ते झूलते दिखते।

"मैंने तो यहीं आकर सब काम भी सीखा था रे! कहाँ जानती थी ब्लीच-फ्लीच। मेरे लाख कहने पर भी तेरे बाऊ जी मुझे हल्का काम भी बड़ी ही मुश्किल से देते। अन्दर कटरे में मैं पहले सफेद कुर्ते ब्लीच करती फिर अँगीठी पर लोहे के बड़े से ड्राम में साबुन डालकर कपड़े उबालती। कपड़ों का सारा मैल निकल जाता। बड़ी हौद में कपड़े धोते तेरे बाऊ जी कमर तक पानी में खड़े रहते थे। सफाई के लिए इस्तेमाल किये सोडे से उनके पैर गल-से जाते। गलने से खाल तो छूटती ही उँगली-अँगूठे के बीच जो खुजली मचती मेरा मन रोता। मैं उनके पैरों में रोज कड़वा तेल मलती। जब तक कपड़े धुलते मैं नील की पोटली बनाकर रखती। धुलकर नील लगे कुर्ते देखकर सारी थकान दूर हो जाती थी। हमारी दुनिया भी खूब उजली लगती, उन कुर्तों जैसी।"

माँ बीते दिनों की बातें नन्दन को बताकर पिता की कमी को भरने की कोशिश करती।

रामकुमार के गुजरने के बाद कहाँ रही वो हौदें? कुछ दिन भाई जी ने दो लड़के रखकर काम करवाया भी पर रामकुमार जैसी ईमानदार मेहनत उनमें नहीं फूँक सके। कुछ दिन तक हौदें रहीं। बच्चे उनमें खेल लेते फिर उन्हें तुड़वाकर कमरा डाल लिया गया। कुछ हिस्सा दुकान में सरक गया। माँ बहुत दिनों नन्दन को सीने से चिपटाये रोती रही। फिर एक दिन न जाने किस बात पर नन्दन को भाई जी के पास छोड़कर चली गयी। समझदार होने पर नन्दन ने जाना माँ उसे भी संग ले जाने पर अड़ी थी पर मामा ने नहीं आने दिया। मामा

का सोचना था कि नन्दन के यहाँ से जाने पर मकान-दुकान में उसकी हिस्सेदारी हमेशा के लिए मारी जायेगी फिर भाई जी को भी न जाने क्या खब्त सवार हुई कि नन्दन को भाई की इकलौती निशानी मानकर उसकी दिल्ली में पढ़ाई के लिए अड़ गये।

''बावली हो गयी थी तेरी माँ। जाने तेरे मामा ने क्या पट्‌टी पढ़ाई कि बेसहारा बच्चों को छोड़कर चल दी निर्मोही। कितना रोका मैंने उसको पर. ..जानता है तू, जब ब्याह के लाये थे तेरी माँ को अलीगढ़ से कितनी खुश रहती थी। सगी बहन की तरह घुल गयी थी तेरी ताई से। दो दिन बाद उसने खाना बनाया। सर पर घूँघट डाले सिल पर आधे घण्टे तक मसाला पीसती रही। सूखा धनिया, सूखी मिरच, हल्दी की गाँठ, नमक की डली एक-एक करके डालती रही। बगल में रखी कटोरी से थोड़ा-थोड़ा पानी डालकर हथेली से मसाला समेटती और फिर पीसती। तेल में प्याज-लहसुन डालकर जो कड़ाही में मसाला उसने गेरा भाई! सारा कटरा महक गया। ऐसा कि पेट भर खाया आदमी भी दो रोटी माँग बैठे। तेरे बाप से रहा न गया। बोला था—'आज तो देवता कटरे में भोग लगायेंगे' फिर जो थाली उसने परोसी तो सब्जी की रंगत देखते ही मन खुश हो गया। मसाले की ये मोटी लालमलाल परत कटोरी पर ऐसी तैर रही थी कि उसके तले को टटोलने पर ही सब्जी का पता मिले और स्वाद में ऐसी गजब जैसे मीट बना लायी हो। तेरे बाप ने कही थी उस दिन- 'सरोज तू गयी तो कटरे के देवता रूठ जायेंगे। मुझे तो इस मसाले में पत्थर भी छोंक देगी तो चुपचाप खा लूँगा।' फिर देख अनहोनी घटी, सरोज का देवता ही उससे रूठ गया। रामकुमार के जाने के बाद वो क्या गयी कभी स्वाद न आया खाने का।''

नन्दन का बचपन इसी दुकान पर बीता। आम और खास सभी तरह के ग्राहक आते थे दुकान पर। यहाँ तक कि गोगी गिरोह का सरगना जो मल्कागंज में जेबकतरों का गैंग चलाता था वह भी भाई जी का परमानेंट ग्राहक था। काम काले थे पर कपड़े साफ-सुथरे पहनता। नन्दन के दोनों भाई मनसुख और चरण भी इसी दुकान पर काम करते लेकिन काम में जरा मन न लगाते। नन्दन को भाई जी की मार से बड़ा डर लगता था इसलिए वह मन लगाकर काम करता फिर पूरे कुनबे का पेट भरने वाली इस दुकान को उसने हमेशा श्रद्धा की नजर से ही देखा। मन में कहीं बाप की मेहनती सूरत भी समाई थी सो उतनी मेहनत करके वह पिता की याद और उनके प्यार

को जिलाए रखने की भरसक कोशिश करता। भारती ड्राइक्लीनर्स पर कपड़ों की सूखी धुलाई बड़ी दुकानों की तरह नहीं होती थी। मेन बाजार के न्यूलाइट ड्राइक्लीनर्स की तरह बड़ी-सी स्टीमप्रेस यहाँ नहीं थी अलबत्ता कपड़ा सुखाने की दो मशीनें जरूर थीं एक बिजली वाली दूसरी हाथवाली। पेट्रोल से हर तरह के तेल, ग्रीज के दाग निकाले जाते और मैल-कलौंच की सारी परतें सफा की जातीं। नन्दन का लगभग अनाथ बचपन मजदूरी और मशक्कत के बीच बीता। उसने सारे काम मन लगाकर सीखे। अठारह-उन्नीस साल का लड़का आज भी चाहे पढ़े या कोई और काम करे दुकान से उसका लगाव पहले की तरह ही बना हुआ था।

खँडहर भी रोशन अतीत की दास्तानें बयां करते हैं।

## जिन्दगी की गाड़ी में नये पहिये

कॉलेज की जिन्दगी को नये मायने मिलने लगे। अब तक का पूरा डेढ़ बरस जीवन को जानने-परखने में बीता पर अब जाकर एक दिशा मिली । यह इत्तेफाक ही था कि तीनों दोस्त अपनी अलग जिन्दगी में एक साथ चलते हुए एक ही छात्र संगठन से जुड़े और जुड़ने का मुख्य कारण गुरु राधाकृष्ण के विचार, नजदीक से देखी उनकी जीवन-शैली और दिल-दिमाग को झंकृत कर देनेवाला उनका पूरा व्यक्तित्व रहा। कॉलेज के दौरान तीनों ही इस नये लक्ष्य को लिए जिन्दगी की पथरीली जमीन पर उम्मीद का परचम लिए आगे बढ़ने लगे। ए.आई.एस.एफ. उन दिनों का सक्रिय छात्र-संगठन। दिल्ली यूनिवर्सिटी स्टूडेण्ट यूनियन-डूसू को सीधी चुनावी-प्रक्रिया का हिस्सा बने एक दशक से अधिक का समय बीत चुका था। संगठन के इतिहास को संजय, नन्दन और त्रिपाठी विभिन्न मीटिंगों और उनमें शिरकत करनेवाले छात्र नेताओं, कार्यकर्त्ताओं और अक्सर आनेवाले पुराने छात्र नेताओं के जरिये टुकड़ों-टुकड़ों में जान रहे थे।

"दोस्तो! डूसू चुनाव की उम्र कायदे से अभी ग्यारह बरस की ही हुई है। वो दौर हमें नहीं भूला है साथियों! जब कॉलेजों में से दस सुप्रीम काउन्सलर ही चुने जाते थे। वो आज की तरह सीधी चुनावी भागीदारी के दिन नहीं थे। तब इनडॉयरेक्ट इलेक्शन हुआ करता था। संघर्ष करते हुए हमने ही 1972 में डॉयरेक्ट चुनाव करवाने की जोरदार अपील की फिर जनमत संग्रह किया। तब कहीं जाकर तेहत्तर से हमें यह जनतान्त्रिक अधिकार मिला।"

कॉमरेड अमरजीत मीटिंग में नये सदस्यों को न सिर्फ अतीत के पन्नों की जानकारी दे रही थीं बल्कि उनकी आवाज वर्तमान के लिए जोश भर रही थी। तीनों उन्हें देखते ही पहचान गये। पहचान के सूत्र ने बात को वजनदार बना दिया। दिसम्बर की सर्दी में आर्ट्स फैकल्टी के लॉन में यह मीटिंग बुलायी गयी थी। हरी घास पर धूप की चादर ओढ़े सभी नौजवान एक-दूसरे से मिलने लगे। कुछ सीनियर थे तो कुछ नये। नये सदस्यों को बाद में साथ के लोगों से पता चला कि कॉमरेड अमरजीत वह पहली छात्रा थीं जिन्होंने फेडरेशन की ओर से 1974 में दिल्ली यूनिवर्सिटी स्टूडेण्ट यूनियन के जनरल सेक्रेटरी की सीट जीती। आज की मीटिंग आगामी चुनावों को ध्यान में रखकर बुलायी गयी थी पर इसमें धर्म के नाम पर साम्प्रदायिकता के खूनी खेल का पुरजोर विरोध किया गया और साथ ही हाल में घटी अब तक की सबसे बड़ी औद्योगिक दुर्घटना-भोपाल गैस काण्ड की भर्त्सना भी की गयी। नन्दन, संजय और त्रिपाठी को समझ आ रहा था कि छात्र होना सिर्फ डिग्री लेकर निकल जाना या जिन्दगी का मजा उठाना नहीं है। छात्र होना यानी अपने आस-पास की दुनिया का हिस्सा होना और उस दुनिया में जुल्म और बदलाव पर नजर रखना भी है। फेडरेशन में यों तो सभी एक साथ थे पर संजय, नन्दन और त्रिपाठी को नॉर्थ ज़ोन में रखा गया और मिरांडा हाउस में पढ़नेवाली कॉमरेड प्रकाश को उनके जोन का लीडर बनाया गया। कॉमरेड प्रकाश ने जल्दी-जल्दी अनेक मीटिंग बुलायीं जिससे नये लड़के-लड़कियां एक-दूसरे को जान-समझकर संगठन के काम को सामूहिक भावना से कर सकें। शिक्षा-समाज और राजनीति पर अक्सर चर्चा और खुली बहसों से सोचने-बोलने की अनेक दिशाएँ खुलने लगीं। समय-समय पर संगठन के पर्चे बांटना, मुद्दों के प्रति जागरुक करना और नये सदस्य बनाना —ये सभी काम बड़ी ही जिम्मेदारी से सबको करने थे। इधर गुरु जी ने नौजवानों को जनता लाइब्रेरी में बैठकर साहित्य पढ़ने की सलाह दी। त्रिपाठी को तो फिर भी समय मिल जाता था। नन्दन और संजय के लिए समय निकालना मुश्किल था। उन दोनों को अपनी-अपनी दुकान पर रोज समय देना पड़ता था। छुट्टी के दिन तो काम अधिक और समय बेहद सिकुड़ जाता। संगठन की मीटिंग इतवार को यूनिवर्सिटी बन्द होने के चलते कम ही होती तो नन्दन ने इतवार को ही लाइब्रेरी में बैठना शुरू किया। शायरी और कहानियों ने उसे पूरी तरह अपनी गिरफ्त में ले लिया। प्रेमचन्द-मण्टो-इस्मत-फैज-

दोस्तोएव्स्की-टॉलसताय-गोर्की जैसे अनेक कलमकारों को पढ़ने का जुनून सिर चढ़कर बोलने लगा था–

"यार! रूस के लेखक गोर्की की आत्मकथा 'जीवन की राहों पर' जरूर पढ़ना भाई! मेहनत की भट्टी में तपकर, मजदूरी करते जीवन के सच्चे लेखक की कहानी है और हमारी इस्मत की कलम तो चूम लेने का मन करता है। क्या बेधड़क लिखती हैं। कभी-कभी तो लगता है मण्टो-इस्मत में जीवन की सच्चाई को पूरे कड़वेपन के साथ लिखने का कोई अन्तहीन मुकाबला चल रहा है।"

"मन तो मेरा भी बहुत करता है आने का पर एक छुट्टी मिलती है तो...।" संजय ने न पढ़ने की सफाई देते हुए कहा।

"अबे! तू तो रहने दे। एक छुट्टी में आधा दिन तो तू टी.वी. को दे डालता है। झूठ तो बोल नहीं सकता। पिछले संडे देखा था मैंने, कैसे अपने पड़ोसी के घर जमी भीड़ में बैठा था तू टी.वी. के आगे।" पहले भी 'आपके लिए' कार्यक्रम का दीवाना था। त्रिपाठी ने सबूत सहित संजय के खिलाफ गवाही दी।

"हां! यार 'आपके लिए' पर जान निछावर थी। इतवार की सुबह नाटक, कहानी, कार्टून, गीत-नाच से भरा रंगारंग कार्यक्रम , भई मेरी हिम्मत तो नहीं थी उसे छोड़ने की। अपना-अपना शौक है।"

"सैर कर दुनिया की गाफिल जिन्दगानी फिर कहाँ
जिंदगानी गर रही तो ये जवानी फिर कहाँ"

त्रिपाठी ने संजय के सर बालों में हाथ फेरते हुए उनकी माँग बिगाड़ी और शेर पढ़ा।

इधर नन्दन की माँ को अलीगढ़ गये कुछ दिन ही हुए थे कि एक दिन कान्ता रोती हुई घर लौट आयी। अभी तो उसकी जिन्दगी की गाड़ी पटरी पर चढ़ी ही थी कि रफ्तार पकड़ने से पहले ही डगमगा गयी।

"तू अकेली चली आयी? अपने पति के बिना? लड़-झगड़कर आयी है क्या?" हाथ में अटैची लिए कान्ता का बदहवास चेहरा देखकर भाई जी गुस्साये।

"मरी! बोलती क्यों नहीं? मुँह में दही जमा है क्या?" बेटी की तरफ से कोई जवाब न मिलने पर भाई जी का चेहरा तमतमाने लगा। नन्दन की माँ होती तो पहले घर आयी लड़की को आसरा देती पर आदत से मजबूर भाई जी ने न कुछ पूछाताछा बल्कि सवालों की झड़ी लगा दी। अचानक नन्दन कमरे में दाखिल हुआ। अब तक भाई जी की मुजरिम बनी कान्ता, जिसकी चुप्पी

में लिपटी दर्द की स्याही किसी ने नहीं देखी थी वो दर्द भाई के सीने से लगते ही बह चला। कान्ता ने कुछ न बताया पर नन्दन ने बहुत कुछ जान लिया। भाई जी को ये मिलाप रास नहीं आ रहा था। उनकी जुबान जो एक बार दौड़ना शुरू होती रुकने का नाम न लेती। जब तक कान्ता से सारा सच उगलवा नहीं लिया उनको चैन न पड़ा।

"वो मेरी किसी भी बात पर खुश नहीं होते। हर दिन लाख जतन करती हूँ पर उनकी उँगलियों पर मेरी गल्तियों की गिनती रोज बढ़ जाती है। मेरे हर काम में खराबी निकालना और धमकाना तो चल ही रहा था अब बात-बात पर हाथ छोड़ना भी शुरू कर दिया। जीना दूभर हो गया है मेरा। कोई मुझसे दो घड़ी हाल-चाल पूछ लेता है तो उनके तन-मन में आग लग जाती है। जिठानी-देवरानी भी लड़ाई-झगड़े से दूर रहने के चलते मुझसे बोलती तक नहीं। सास-ससुर भी उनसे डरते हैं।" बहुत देर से चुप खड़ी कान्ता ने एक साँस में अपनी तकलीफ सुना दी।

"ऐसी ना है तू कहीं की हूर की परी। तेरा आदमी है अपनी समझकर ही पीट रहा है न ? औरत का जनम पाया है तो आँधी-ताप सहना सीख। चुप रहकर उसकी बात माना कर। अपना घर सँवार। नयी रीत देखी हमने जरा बर्तन टकराये नहीं कि आ बैठी बाप के घर।"

बेटी से दो बोल प्यार के बोलना तो दूर भाई जी दामाद की तरफदारी करके कान्ता को दोषी बताकर कटरे से निकल गये।

"तू आराम से लेट यहाँ। मैं तेरे लिए कुछ अच्छा-सा लाता हूँ खाने के लिए। बुद्धा के ब्रेड पकौड़े खायेगी? तुझे तो बहुत पसन्द हैं।" भाई जी के जाने के बाद कान्ता को पानी पिलाकर नन्दन ने प्यार से पूछा।

"भैया! अब घर मेरा रहा नहीं तो मेरी पसन्द-नापसन्द भी क्या?"

एक ठण्डी आह के साथ कान्ता सुबकने लगी। भाई जी की बात कटार की तरह उसके सीने में चुभ गयी। जिस घर को क्यारी की तरह रोज सींचा आज वहाँ सूखा-कँटीला झाड़-झंखाड़ खड़ा था। कान्ता के कसम देकर मना करने के बाद भी नन्दन नहीं रुका। बुद्धा के पकौड़े लेकर ही आया। कान्ता को प्यार से खिलाते समय सोचने लगा कान्ता भी पढ़-लिखकर पैरों पर खड़ी होती तो आज उसकी जिन्दगी कुछ और होती पर भाई जी के लिए तो- 'लड़की का जियादा पढ़ना मतलब खूँटा तुड़ाकर छुट्टी-मरखनी गाय बन जाना।' नन्दन जानता था भाई जी की सोच को बदलना यानी कंस से कृष्ण की उम्मीद

पालना। नन्दन और चरण के मना करने के बावजूद भाई जी ने कुछ दिन बाद कान्ता को ससुराल पहुँचाकर ही दम लिया।

कुछ लड़कियाँ के जीवन में सुख किसी दूसरी दुनिया का शब्द होता है।

## नयी चाल, नया ढंग

वेदों के ज्ञाता, परम पण्डित, नामी तान्त्रिक बृजेन्द्रनाथ त्रिपाठी की खारिया मोहल्ले से गाँठी दोस्ती और प्रेमा के लिए ऊँची उठती प्रेम की हिलोरें उन्हें दुनिया का सच्चा सुख लगने लगीं। कुछ महीनों में कई बार प्रेमा से मिलना-जुलना हो गया। प्रेमा की अतृप्त इच्छा पण्डित जी की तृप्ति का साधन बन चुकी थी। उसके घर मूर्ति की विधि-विधान से प्रतिष्ठा हो चुकी थी। दुहाजू होकर भी पण्डित जी की इच्छाएँ थमीं न थीं। प्रेमा के मिलने पर ही उन्हें अपनी इच्छाओं का ज्ञान हुआ। प्रेमा को रिझाने का कोई मौका वे नहीं छोड़ना चाहते थे। इसी का असर था कि कुर्ते में सोने के बटन भी टंक गये और सफेद हो रहे बाल भी रंगे गये। आज पत्नी ने थाली परोसी तो खाते हुए प्रेमा की विविध छवियाँ पण्डित जी के मन में हलचल मचाने लगीं। खाते-खाते चेहरे पर मुस्कान तैरने लगी। वह तैरना भूलकर डूबने ही वाले थे कि पत्नी कुछ सोचते हुए संग आ बैठी। पण्डित जी का सजना-धजना कुछ दिन से गौरा को अखर रहा था पर वह कारण से अनजान थी।

"अगले महीने भतीज बहू की गोद भराई है। लखनऊ जाना होगा। बच्चों की शादी में नहीं जाने से आज तलक भाभी ताना मारती है। कपड़े-लत्ते से लेकर सोने की कोई चीज भी ले जायें तो कैसा रहे?"

पण्डितानी ने पति के चमचमाते सोने के बटनों पर नजर गड़ाकर कहा। पत्नी के शब्दों से पण्डित जी के मुँह का स्वाद कसैला हो गया जैसे नमक की डली मुँह में आ गयी हो।

"मैं तो जा नहीं पाऊंगा...फिर इधर खर्चा बहुत हो गया है ऐसे में कहाँ से करूँ ये लेन-देन?"

पण्डित जी ने पत्नी की दोनों आशाओं पर एक साथ बिजली गिरा दी। पत्नी की मुद्रा एकदम बदल गयी।

"अपने रिश्तेदारों पर तो पैसा लुटाते फिरते हो मैंने कुछ कही तो साफ मना कर दी। मैं क्या अपने लिए माँग रही हूँ? दो-चार सौ रुपये खर्च कर दोगे तो इज्जत तुम्हारी ही बढ़ेगी।"

पण्डित जी का इन्कार और उनकी फिजूलखर्ची पत्नी की आँखों में खटकने लगी।

"इतनी किल्लत थी तो बटन क्यों खरीदे?" देर से चुभ रहे बटनों पर गुस्सा जाहिर होकर रहा और पल भर में बालों तक जा पहुँचा—"इन बालों को क्यों रंग लिया है?"

"तुम ही तो कहती थीं रंग लो, और आज..."

"सब समझती हूँ मैं, बोलती नहीं तो ये न समझना चुपचाप सहती रहूँगी। अरे हाँ! अपने लिए पैसे हैं पर मेरे लिए नहीं।" पत्नी ने संकोच तोड़ा तो आज चुप न हुई। गुस्से से तमतमाये पण्डित जी ने खाने की थाली उठाकर दरवाजे पर दे मारी। बर्तन तेज आवाज के साथ कमरे में बिखर गये। पर्दा दाल से सनकर पीला पड़ गया और कटोरी का पैंदा धरती की चोट खाकर दुचक गया। पण्डित जी के घर का भूगोल बिगड़ा चुका था।

हवाएँ रुख बदलकर बहने लगीं।

## इलाके का थर्मामीटर-बिड़ला मिल

अपना पैतृक निवास राजस्थान छोड़कर कलकत्ता के सूती कपड़ा क्षेत्र में पैठ बनानेवाले मशहूर व्यापारी घनश्यामदास बिड़ला ने आजादी से पहले दिल्ली की एक पुरानी कपड़ा मिल खरीद ली थी। हालाँकि ग्वालियर और देश के अन्य हिस्सों में भी उन्होंने कपड़ा मिलें खरीदीं और आगे चलकर ग्रासिम और सेंचुरी टैक्सटाइल की भी स्थापना की। इस औद्योगिक घराने का कारोबार वस्त्र उद्योग के साथ उर्वरक, रसायन, समाचार-पत्र, हैवी इंजीनियरिंग, चीनी उद्योग तक फैल गया था। कई उद्योगों में दखल के बावजूद कपड़ा उद्योग ही प्राथमिकता पर रहा। दिल्ली की बिड़ला मिल की दिन भर में अनेक पालियों में बजता सायरन जैसे दशकों की कहानी सुनाता। मिल कमला नगर बाजार के बनने की गवाह थी। मिल गवाह थी जब दिल्ली में ट्राम चलती थी जो सब्जी मण्डी, सदर , पहाड़गंज, अजमेरी गेट, बाड़ा हिन्दू राव और तीसहजारी से आगे जामा मस्जिद के इलाके तक ले जाती थी। इस मिल ने शक्तिनगर, रूपनगर, प्रतापबाग जैसे इलाकों को बसते देखा और इन सब रिहाइशी इलाकों के बीच मिल आजादी से पहले और बाद के समय के बीच पुल बनाती खड़ी थी।

शक्तिनगर चौक से घण्टाघर के बीच की सीधी सड़क में चौक के आगे चलते ही दाहिने हाथ पर एक लम्बी पीली दीवार में दो बड़े-बड़े लोहे के काले

रंग के गेट मिल की पहचान थे। दोनों में बारह-बारह बड़े चौखानों में गोल आकृतियों का डिजाइन था। मिल के बाहर की दीवार में जगह-जगह बनी खिड़कियों और रोशनदान सड़क पर गुजरनेवालों को साफ दिखायी देते। दरवाजे के बाहर से इसके भीतर का दायरा शायद ही कोई पहचान सकता था। गेट से खुलते अहाते में दूर तक फैला मिल का एरिया सुबह से रात तक व्यस्त रहता। मिल में घुसते ही दाहिनीं और बायीं तरफ निचले और ऊपरी तल पर बंटे अनेक भागों में कपड़ा उद्योग की अनेक इकाइयाँ थीं जिनमें मजदूर बड़ी मुस्तैदी से अपना काम करते। माल ढुलाई, धागा बनाना, कपड़ा बुनाई, ब्लीच, माल सुखाई, डाई और प्रिंटिंग जैसे न जाने कितने काम मिल में बिना रुके चलते रहते। पूरे इलाके में मिल के काम की पुख्ता गवाह थी उसकी बड़ी-सी चिमनी। मजदूरों की मेहनत आग बनकर उसमें धुआँ देती। इकत्तीस एकड़ के दायरे में फैली इस मिल के चलते हजारों लोगों को रोजगार मिला हुआ था, मजदूर बस्तियाँ थीं, अधिकारियों के घर-दफ्तर थे। मिल के बड़े से दरवाजे के साथ सटे एक लोहे के बड़े जंगले से मजदूरों की रिहाइशी गली दिखायी देती जो अपने अन्तिम सिरे पर शक्ति नगर पर खुलती पर यहाँ मिल के सभी मजदूरों के रहने लायक पर्याप्त जगह नहीं थी। यह पुरानी बिड़ला लाइन्स थी। बाद में कमला नगर के पिछले हिस्से में नयी बिड़ला लाइन्स बनी और साथ में अफसरों के घर भी। मजदूरों की संख्या अधिक थी और मकान कम इसीलिए मजदूर इस पूरे इलाके में जगह-जगह बिखरे पड़े थे-मुकीमपुरा, आर्यपुरा, पंजाबी मोहल्ला, मल्कागंज, सोहनगंज, चन्द्रावल, कोल्हापुर रोड , कटरा अनारकोठी, यानी सब्जी मण्डी के इस इलाके में मजदूरों के घर कितने ही कटरों में बसे थे। यहाँ से मिल का पैदल का रास्ता था पर बहुत-से मजदूर आजादपुर, नांगलोई, बादली, मायापुरी, कीर्तिनगर जैसे अनेक इलाकों से भी आते थे। मामूली सुविधाओं के बीच कितने मजदूर, घर से दूर अकेले राजधानी में पड़े थे तो कितनों के परिवार यहाँ बसे-बने। मिल का पारा समय-समय पर उठती इसके मजदूरों की माँगों के विरोध और माँग माने जाने की जीत से चढ़ता-उतरता। गुरु जी की लाल झण्डा यूनियन-कपड़ा मजदूर एकता संघ का इलाके में खूब नाम था हालाँकि इंटक, भारतीय मजदूर संघ भी अपने तौर पर सक्रिय थे और बाद में माकपा की सीटू और मार्क्सवादी-लेनिनवादी की एक्टू ने भी वामपन्थी मजदूर संगठनों के रूप में अपनी पहचान बनायी। भारतीय कम्युनिस्ट पार्टी की एटक तो पहले से सक्रिय ही थी, गुरु जी आजादी

से पहले से ही उससे जुड़े थे। सब्जी मण्डी इलाके के मजदूरों के कटरे में गुरु जी की चर्चा आम रहती।

"हम तो जब से यहाँ हैं हमने मजदूरों के लिए गुरु जी को ही लड़ते देखा। जब चुनाव जीतते थे तब भी और उसके बाद भी। हमारे नेता तो वोई हैं।" एक कहता तो दूसरा बात आगे बढ़ाता—"गुरु राधाकृष्ण हमारे बीच का आदमी है। हमारे साथ हमारे मोहल्ले में रहता है। है कोई नेता जो मजदूरों की बस्तियों में रहे और दिन-रात किसी भी समय हारी-बीमारी, दुःख-तकलीफ में हम निसाखातिर होकर उसका दरवाजा खटखटा सकें?"

"भाई मेरे! वो आदमी पहले खुद मजदूर था इसलिए तो सच्चा हमदर्द है। सुना था पहले इन्दौर की कपड़ा मिल में मजदूर था वहाँ मजदूरों की माँगों पर मालिकों से लोहा लिया। मालिकों को ये यूनियनबाजी रास न आयी तो निकाल बाहर किया।" तीसरा आदमी अपना सुर मिला देता और सिर जोड़े बैठा चौथा भी नहीं चूकता—"बिड़ला मिल की भी यही कहानी है। पहले यहाँ मजदूरी की फिर मजदूरों की आवाज बन गये। उनकी लड़ाइयाँ लड़ने लगे तो नौकरी से निकाले गये पर नेता बनने से कौन निकालता? देख लो वो दिन है और आज का दिन मजदूर के आँसू पर लहू बहा दें अपना। क्या जिगरा पाया है। न दिन-रात की चिन्ता, न अपने घर की। न खाने की फिकर न सेहत की। हमारी जिन्दगी के साथ जीते इसे फुर्सत है अपनी जिन्दगी जीने की?"

मजदूर बस्तियों में लगातार जाने-आने से नन्दन, त्रिपाठी और संजय सहित अनेक छात्र इस सच्चाई से रू-ब-रू होने लगे। तीनों दोस्त तो पहले से ही उनके बारे में बहुत कुछ जानते थे। इलाके का नक्शा बचपन से उनकी आँखों में था और इलाके के उजले-अँधेरे कोने भी उनके देखे-भाले थे लेकिन मजदूर बस्तियों के संघर्षों को जानना अब नये सिरे से शुरू हुआ। मजदूरों की माली हालत, उनकी सेवा शर्तें, न्यूनतम वेतन, बोनस, छंटनी, वादे और वादाखिलाफी की अनगिनत दास्तानें घर-घर में बिखरी थीं। कभी-कभी दिल्ली की अन्य कपड़ा मिलों—डी.सी.एम, स्वतन्त्र भारत मिल, अयोध्या मिल की गतिविधियों में शरीक होते। ये उनका ट्रेनिंग पीरियड था। इसी दौरान एक दिन फेडरेशन के आसफ अली रोड वाले मेन ऑफिस की एक मीटिंग से लौटते समय कॉमरेड प्रकाश सबको अपने घर रैगरपुरा ले गयीं। कुछ नये लड़के-लड़कियाँ भी साथ थे। जल्दी ही उन्होंने सबके खाने का इन्तजाम किया। उनके पिता पुराने फौजी और बेहद खुले दिल के आदमी थे। लड़के-लड़कियों से भरे कमरे में खूब बैठक जमी। अचानक नन्दन की नजर रसोई के बाहर चाय का गिलास

थामे एक साँवली लड़की पर पड़ी। नीले रंग पर गुलाबी छींट का लम्बा कुर्ता पहने वो लड़की सबसे अलग दिखायी दे रही थी। बालों का ढीला-ढाला जूड़ा और माथे पर छोटी-सी बिन्दी , लम्बा कद देखकर उसे खूबसूरत ही कहा जा सकता था। जो देखे तो एकटक देखता रह जाये। नन्दन को मन की धरती पर ओस का कतरा गिरने का एहसास हुआ। पूरे समय वो तिरछी नजर से उस लड़की की एक-एक हरकत पर गौर करता रहा।

"इनसे मिलिये ये हैं कॉमरेड मीरा। यहीं पास ही में रहती हैं और लक्ष्मीबाई कॉलेज में पढ़ती हैं। बड़ी अच्छी कविताएँ लिखती हैं। अभी कुछ दिन पहले ही फेडरेशन से जुड़ी हैं।"

मीरा ने सिर झुकाकर सबको नये परिचय की आँख से देखा। बाद में अपने कॉलेज, अपनी रुचियों और कॉलेज में छात्र और आगामी चुनावों के विषय में मीरा ने बात करनी शुरू की। कॉमरेड प्रकाश के कहने पर उसने अपनी कविता भी सुनायी। भरे कमरे में सबकी निगाहें उस पर टिक गयीं। हर निगाह उसके आत्मविश्वासी चेहरे और आवाज की तारीफ आँखों से करने लगी। नन्दन की निगाह जैसे झपकना भूल गयी। सबसे अच्छा तो ये हुआ कि बिन पूछे ही नन्दन को उसका पता-ठिकाना भी मिल गया। वह नन्दन से एक साल जूनियर थी। खाना मिल-जुलकर बनाया गया। खाते हुए नन्दन ने मीरा से कॉलेज के बारे में दो-चार बातें कीं। मीरा बहुत ही सहज लड़की निकली। बिना झिझक के वह नन्दन की बातों का जवाब दे रही थी। खाने के बाद गानों का दौर चला। नये-से-नये और पुराने-से-पुराने गाने सबकी जबान पर थिरकने लगे। नन्दन इन्तजार करता रहा कि कब मीरा कोई गाना अकेले गाये पर नीरा की आवाज समूह में शामिल रही जिस पर नन्दन के कान लगे रहे। खाने के बाद हर लड़के-लड़की ने अपने-अपने बर्तन धोये और एक-दूसरे से विदा ली। रास्ते भर त्रिपाठी की बातों में मीरा शामिल थी। मीरा उसे भी बहुत अच्छी लगी । त्रिपाठी दोस्तों में खुले दिल से मीरा की तारीफ करने लगा। नन्दन बस की खिड़की से बाहर देखते हुए भी मीरा को ही देख रहा था और उसके होंठ फैज़ की कोई मीठी गजल बुदबुदा रहे थे।

कुछ दिन बाद एक और मीटिंग हुई।

"यूनियन का कॉल है कल सबको बिड़ला मिल की गेट मीटिंग में आना है। वहाँ छँटनी का मामला चल रहा है इसलिए इमरजेण्ट मीटिंग बुलायी गयी है।"

कॉमरेड प्रकाश ने अपनी बात शुरू की। कुछ देर बाद कॉमरेड अमरजीत भी आयीं और मामले को और भी खोलकर समझाया। दिक्कत ये

थी कि नये साथी यूनिवर्सिटी के भीतर की गतिविधियों और मामलों को तो अपना समझते थे लेकिन मिल मजदूर यूनियन से उनका क्या लेना-देना है? इसकी मीटिंग में वे क्यों शामिल हों?—ये उनकी समझ से बाहर रहता।

"मिल के काम से हमारा क्या सरोकार?" आखिर एक साथी ने देर से कुलबुलाते अपने सवाल को जाहिर किया।

"देखिये! आन्दोलन में हक चाहे विद्यार्थियों का हो या मजदूर का, सब एक साथ जुड़े हैं। हमारी लड़ाई साझी लड़ाई है और लड़ाई में जैसे जाति और धर्म की कोई जगह नहीं वैसे ही गैरबराबरी की भी कोई जगह नहीं है। मजदूर भी इसीलिए आवाज उठाता है और हम भी। हाथ-से-हाथ मिलाकर ही एकता बनेगी और मुट्ठी तनेगी।"

"पर हमारा वास्ता तो कभी उनसे रहा ही नहीं तो अब कैसे..." सवाल थोड़ा सन्तुष्ट होकर नये सवाल के साथ आया।

"नहीं जाना तो अब जान लो। इसमें क्या है। हमारी लड़ाई हर दमनकारी ताकत से है जो सच्ची आजादी को भुलाकर हमें बाँट देना चाहती है। वो कहते हैं तू मजदूर, तू छात्र, तू अध्यापक हमारा जवाब है हम पेशे से भले अलग हों पर हम मिलकर एक बड़ा दायरा हैं। यहाँ से उठी अन्याय के खिलाफ आवाज एक-दूसरे की ताकत बनकर जवाब माँगती है।"

कॉमरेड अमरजीत की बात सुनकर नन्दन को बहुत पहले इस मामले में गुरु जी की कही बातें भी याद आ गयीं। अगले दिन बिड़ला मिल के गेट के बाहर की सड़क पर इलाके भर के मजदूर जमा थे। हाथों में झंडे थे और आकाश की तरफ उठी बँधी मुट्ठी और निर्भय आवाज कपड़ा मजदूर एकता यूनियन जिन्दाबाद और प्रबन्धन के खिलाफ मुर्दाबाद के नारे लगा रही थी। मजदूर संगठनों से जुड़े अनेक लोग आज मजदूर विरोधी नीतियों के विरोध में शामिल हुए। मिल का काम ठप्प था। मीटिंग लम्बी चलने का अनुमान सभी लगाने लगे। आस-पास के इलाकों से आये मजदूरों को समय की कोई परेशानी न पहले थी न आज हुई। सब आसपास रहते थे इसलिए दिन-रात कोई भी समय हो मीटिंग बुला ली जाती और समय की हद वहाँ कभी बँधकर नहीं रहती। आज की गेट मीटिंग गुरु जी के भाषण के साथ शुरू हुई-

"साथियो! काम पहले भी होता था पर अब प्रबन्धन चालाकी से छँटनी को अन्जाम दे रहा है। इस तरह हमारे कितने मजदूर छँट जायेंगे। सड़क पर आ

जायेंगे। हमारी दूसरी माँगें मजदूर के न्यूनतम मेहनताने, काम की जगह पर सुरक्षा की गारण्टी और स्वास्थ्य सेवाओं की है, हमने प्रबन्धन को अपना माँग-पत्र सौंप दिया है। हमारा एक भी मजदूर बाहर हुआ तो हम हड़ताल करेंगे। आगे सरकार को भी अपनी बात सुनायेंगे। कल के दिन मिल में काम बन्द रहेगा और यदि माँगें न मानी गयीं तो हम आगे हड़ताल जारी रखेंगे। बात नहीं मानी तो अगले चुनाव में सरकार को जवाब भी देंगे। याद करो भाइयो! पहले भी हम लम्बी लड़ाइयाँ लड़ते रहे हैं। आज जो भी हम पा सके हैं वो सिर्फ हमारी साझी ताकत और संघर्ष की देन है। याद रखो—न कल टूटे थे, न आज टूटेंगे।''

गुरु जी विशाल जनसभा के आगे बिना माइक के अपनी दमदार आवाज में भाषण दे चुके तो —''हर जोर-जुल्म की टक्कर में संघर्ष हमारा नारा है'-जैसे नारों ने इलाके के कानों तक अपनी बात पहुँचा दी। एटक के अलावा दूसरे संगठनों के नेताओं ने भी छंटनी के इस निर्णय का पुरजोर विरोध किया। सब जान रहे थे लड़ाई आसान नहीं है। मजदूरों-यूनियन नेताओं-कार्यकर्त्ताओं की आवाज में छात्रों की आवाज भी शामिल थी। आज मजदूरों के मुददे पर उनके साथ होना, सड़क पर दूर तक फैले मजदूरों के बीच बैठना, कल के अखबारों के लिए खबर तैयार करनेवाले पत्रकारों-फोटोग्राफरों की मौजूदगी छात्रों को रुमानियत से भर रही थी। एक रोमांच भीतर करवट लेने लगा जैसे एक बड़ी ताकत से उन्होंने हाथ मिलाया हो। एक अनजान जीवन से मजबूत रिश्ता बन रहा हो। मीटिंग के बाद भी देर तक कितने समूहों में चिन्ताओं और आगामी कार्यवाहियों की चर्चाएं चलती रहीं। देर तक चली इस मीटिंग के बाद कॉमरेड प्रकाश के साथ फेडरेशन के स्टूडेण्ट घण्टाघर धर्मपुर लॉज की तरफ चले। गुरु जी, अमरसिंह, लक्ष्मणदास, मुरारीलाल भी साथ थे। रात घिर चुकी थी। दफ्तर पहुँचते ही गुरु जी ने सबके लिए खाने-पीने का इन्तजाम करवाया। गुरु जी की आय तो बेहद सीमित थी, स्वतन्त्रता सेनानियों को मिलनेवाली पेंशन भी उन्होंने विरोधस्वरूप पहले कभी नहीं स्वीकारी थी। गुरु जी भी अन्य स्वाभिमानी स्वतन्त्रता सेनानियों की तरह न सिर्फ पेंशन लेने का विरोध करते रहे बल्कि इसके लिए उन्होंने कभी भी आवेदन-पत्र नहीं भरा। बाद में सरकार की ओर से जब इसे सम्मान निधि घोषित किया गया तब साथियों के दबाव के चलते उन्होंने इसे स्वीकारा।

''भाई! लाओ नीचे से बच्चों के लिए कुछ खाना-वाना। भूखे होंगे सारे।'' उन्होंने मुरारीलाल से कहा। जब तक खाना आता उन्होंने अपने झोले में बंधी

एक पोटली निकाली और सबके आगे सरका दी। घी-रोटी का चूरमा जो पत्नी ने साथ बाँध दिया था सबके हिस्से थोड़ा-थोड़ा आ ही गया।

"तुम लोग जवान हो अब आगे बढ़ो और काम सँभालो। हमने बहुत काम किया अब तुम्हारी बारी है।" गुरु जी ने नौजवानों पर भरोसा जताते हुए उन्हें प्रेरित किया।

"हम तो अभी बच्चे हैं गुरु जी।" मीरा ने मुस्कराते हुए कहा तो नन्दन की निगाह उसके एक-एक शब्द में बिंधकर रह गयी।

"अरे! कहाँ? तैयार फसल हो तुम लोग। फिर खूब पढ़े-लिखे बच्चे हो। समझदार।" गुरु जी हँसकर बोले।

"आपकी पढ़ाई कहाँ तक हुई गुरु जी?" मीरा की जिज्ञासा ने सवाल आगे बढ़ाया तो गुरु जी, अमरसिंह को देखकर मुस्कराये।

"आजादी की लड़ाई में जो कूदे तो बिस्मिल, सुखदेव और भगतसिंह की राह पकड़ ली। अंग्रेजों के समय में अपने स्कूल पर तिरंगा फहराया और सजा के तौर पर सुधार स्कूल भेजे गये। उसके बाद स्कूल की पढ़ाई से बड़ी देश-दुनिया की पढ़ाई हो गयी।"

"पढ़ने की इच्छा जोर मारा करती तो मैंने खूब किताबें पढ़ीं। एक बार सोचा चलो इस बार दसवीं का इम्तिहान ही दे दूँ। पर्चा-वर्चा भर दिया। सेण्टर मेरे अपने वार्ड के स्कूल में पड़ गया। अब हुआ ये कि मैं परीक्षा के दिन तैयारी करके पहला पेपर देने समय से पहुँच गया। मन में पाठ दोहरा रहा था। स्कूल के गेट पर टीचर वगैरहा मुझे देखकर चौंक गये। उस समय पार्षद था भई! सब जानते ही थे। प्रिन्सिपल भागा आया कहीं स्कूल का इन्स्पेक्शन तो नहीं हो रहा। उसे लगा मैं औचक दौरे के लिए आया हूँ। वो भी घबराया और मैं भी घबरा रहा था पर मैंने ऊपर से कुछ न जताया, न कुछ बताया पहुँच गया क्लास में। अब क्लास में बैठे सारे बच्चे मेरे अपने लड़के समीर से भी कम उमर के रहे होंगे। सब हाथ जोड़कर खड़े हो गये। मुझे बड़ी घबराहट-सी होने लगी। क्लास में बैठा टीचर भी देखते ही दौड़ा आया। सबकी एक ही जिज्ञासा, सबके चेहरे पर एक ही सवाल-मैं यहाँ क्यों आया हूँ? आखिर टीचर ने कारण पूछ ही लिया और मैं हकबका गया, कहा-कुछ नहीं देखने आया था सब ठीक चल रहा है, बच्चों को कोई परेशानी तो नहीं।" गुरु जी अपना किस्सा सुनाकर हँसे तो कमरे में ठहाका गूँज गया।

धर्मपुर लॉज से लौटते समय अच्छी-खासी देर हो चुकी थी। मीरा को किसी साथ की जरूरत नहीं थी फिर भी उसे और दूसरे लोगों को बस स्टॉप तक

पहुँचाने के लिए नन्दन साथ चल दिया। उसका अपना स्वार्थ जो था। इस बहाने मीरा के साथ थोड़ा और समय उसे मिल जाता। संजय पहले ही चला गया था पर त्रिपाठी उसके साथ था। रास्ते में मीरा, त्रिपाठी से दुनिया-जहान की बातें करती रही। त्रिपाठी अपने अलमस्त अन्दाज में बतियाता रहा और नन्दन दोनों की बातों पर हौले-हौले मुस्कराता रहा। बस में चढ़ने से पहले मीरा ने दोनों को बाय किया। नन्दन बस के घूमने तक हाथ हिलाता रहा तो त्रिपाठी को अटपटा-सा महसूस हुआ।

हसरतें चाँद छूने को बेताब थीं।

## कुछ लोग अपनी बात का मोल चुकाते हैं,
## कुछ बहती बयार में बिक जाते हैं

पण्डित बृजेन्द्रनाथ त्रिपाठी और प्रेमा की मुलाकातों का सिलसिला चलते साल भर से ऊपर हो चला था। किसी-न-किसी बहाने पण्डित जी के कदमों का बार-बार प्रेमा की ओर उठना शोराकोठी और खारिया मोहल्ला दोनों ने सूंघ लिया पर पण्डित जी तो धर्म का काम कर रहे थे इसलिए किसी की परवाह नहीं की। हर बार प्रेमा से मिलते ही उन्हें लगने लगा था बात एकतरफा नहीं बल्कि प्रेमा की नजर, उसकी हँसी, उसकी बातें भी पण्डित जी की राहत का जवाब देने लगी हैं। इतना जरूर था कि पण्डित जी, प्रेमा के लिए वो सारे टोटके आजमा रहे थे जिससे उसे गर्भ ठहर जाये। पहले उन्होंने प्रेमा के पति संग एक तान्त्रिक पूजा करवायी फिर न केवल प्रेमा की कमर में एक अभिमन्त्रित धागा बँधवाया बल्कि खुद कुम्हार वाली गली जाकर एक कुम्हार के हाथ की मिट्टी में शहद मिलाकर प्रेमा को चटाया। घड़े को बनाने वाले कुम्हार की मिट्टी से स्त्री के गर्भ के घड़े को आकार देने का ये उनके पास अचूक टोटका था। टोटका बेकार नहीं गया। पण्डित जी के प्रयासों के सवा साल बाद प्रेमा गर्भवती हुई पर प्रेमा को खुश करने के चक्कर में पण्डित जी का आर्थिक नुकसान भी हो रहा था। जो समय पहले पैसा कमाने के लिए लगा करता वह अब प्रेम की बलि चढ़ने लगा फिर कम आय में पण्डित जी के बढ़ते ठाठ-बाट से परिवार को चलानेवाली नाव में छेद हो गया। पण्डित जी प्रेम के आकाश को मगन तक रहे थे और नाव पानी से भरती जा रही थी। नाव में पण्डित जी का घर डूबने लगा। इधर प्रेमा-पण्डित की कथाएँ उड़ती हुई पण्डित जी के घर पहुँचीं तो झंझावात आ गया। दिल्ली के कुछ इलाके चन्द साल पहले झंझावात के प्रकोप से उजड़े थे पर नहीं पता था इस बार उसका नया केंद्र शोराकोठी होगा।

"कुछ साल में बड़े बेटों की शादी लायक उमर हो जायेगी और तुम्हें आशिकमिजाजी फूट रही है। बुढ़ापे में शरम घोलकर पी ली है क्या? आन दो बेटों को सब करतूत न बतायी तो मेरा नाम गौरा नहीं।"

पण्डितानी ने आज खुली धमकी दे डाली। रोज-रोज पैसों की किल्लत तो किसी तरह संभाल लेती पर पण्डित जी की बेवफाई से बुरी तरह किलस गयी। बरसों से शान्त रहनेवाली औरत ने बोलना सीख लिया था।

"कैसी कतरनी की तरह चल रही है जबान? कहता हूँ सँभल जा वरना. ..तेरे शक का इलाज तो हकीम लुकमान के पास भी नहीं मिलेगा।" पण्डित जी ने बिना घबराये तड़ाक से जवाब जड़ दिया।

"आ गयी न सारी करतूत जबान पर। छी! बुढ़ापे का ये रोग जगहँसाई के अलावा कुछ न देगा तुमको, कहे देती हूँ बड़े बने हैं महापण्डित।" पण्डितानी ने धिक्कारा। झगड़ा बढ़ता ही चला जा रहा था। न पण्डितानी की जुबान थम रही थी न पण्डित जी का पैर पटकना। पत्नी की जली-कटी का सैलाब जब पण्डित जी के सर तक आ गया तब पण्डित जी ने पत्नी का हाथ मरोड़ते हुए भद्दी गाली बकी।

"ये न समझना अकेली हूँ। चार बेटों की माँ हूँ। सौतेले बेटों को अपना समझकर पाला है। फूल की डाल से भी उन्हें कभी नहीं छुआ । देख लें तुम्हारा चरित्तर तो थूकें तुम पर।"

शरीर और आत्मा पर पड़ी मार से कराहती पण्डितानी फूट-फूटकर रो दी। कटरे के कान तो झगड़े में खड़े ही थे कि पण्डित जी का जनम-जनम का बैरी तीसरा बेटा द्विजेन्द्रनाथ त्रिपाठी उसी समय घर में दाखिल हुआ। पण्डित जी नहीं जानते थे नियति उनसे बदला लेने तैयार बैठी है। माँ को कलाई पकड़कर रोता देख बेटा धीरज खो बैठा। अपनी दुनिया में व्यस्त द्विजेन्द्र त्रिपाठी को पिता-प्रेमा की कहानी कहाँ मालूम थी?

"काले! नयनमटक्का चल रहा है इनका जान ले तू भी...आज जरा सच कह दिया तो सह नहीं सके। कलाई मरोड़ दी बुरा-भला कहा सो अलग। अब मैं नहीं रुकनेवाली घर में।"

माँ की पीड़ा बेटे के मर्म को छू गयी।

"खबरदार जो मेरी माँ को हाथ भी लगाया।" दाँत पीसते हुए त्रिपाठी बोला।

"नहीं तो?" आज पण्डित जी को किसी का डर नहीं था। ये शायद प्रेमा के प्यार का ही असर था।

आवेश में बेटा आगे बढ़ा और तो पण्डित जी भी पीछे न रहे। खतरा सूँघकर गौरा दोनों के बीच आ गयी। इससे पहले कि नया कुछ घटता देर से नीचे त्रिपाठी की बाट जोहता नन्दन भी ऊपर चला आया। नजारा जो देखा तो भौंचक रह गया।

"मैं बाद में आता हूँ"-चेतना ने जैसे ही नन्दन के दिमाग में हथौड़ा मारा उसने दरवाजे की ओर मुड़ते हुए कहा।

"कहीं जाने की जरूरत नहीं तुझे। तू भी देख तमाशा। इश्क का भूत चढ़ा है पण्डित जी को।" त्रिपाठी को माँ की बात के लिए किसी भी सबूत की जरूरत ही कहाँ थी।

"सामान बाँध ले माँ। अब हम यहाँ नहीं रुकनेवाले।"

त्रिपाठी अपने छोटे भाई और माँ को लेकर सचमुच लखनऊ चला गया।

बात इन्हीं दिनों की है। मल्कागंज में पिछले काफी अर्से से सक्रिय क्रिमिनल ग्रूप सोनकर की वारदातें पहले से कहीं अधिक बढ़ गयीं। पुलिस की नाक के नीचे यह ग्रूप तमाम तरह के गलत धन्धों को अंजाम देता। पूरे मल्कागंज पर इसका दबदबा बढ़ता जा रहा था। पन्द्रह-बीस लोगों के इस गैंग का सरगना बज्जी सोनकर था। चोरी-गुण्डागर्दी-मारपीट-छेड़छाड़ से शुरू हुई गैंग की कहानी अब चौकीदारा टैक्स तक आ गयी। पहली बार इलाके में रंगदारी शुरू हुई। गैंग के लड़के गलियों में खुली दुकानों, छोटी-मोटी फैक्ट्रियों के मालिकों से सुरक्षा के नाम पर टैक्स वसूलते। जो टैक्स नहीं देता उसे खुद ही लूट लेते। एक तरह से भक्षक ही रक्षक का भेस धरकर घूम रहे थे। अभी लोग बज्जी गैंग से ही परेशान थे कि पुराने गोगी गैंग ने भी रफ्तार पकड़ ली। छोटी-मोटी चोरियों को अंजाम देनेवाला यह गैंग अब जेबतराशी में उस्ताद हो गया। यह गैंग मल्कागंज और रोशनआरा रोड में सक्रिय था। रोशनआरा मोहल्ले में तो इसका एकछत्र राज्य था पर मल्कागंज में अक्सर दोनों गैंग आपस में टकरा जाते। दोनों में 'बड़ा चौधरी कौन?' -की लड़ाई न जाने कब ठन गयी।

इधर बिड़ला मिल की गतिविधियां तेज होने लगीं। मिल के मालिक घनश्यामदास बिड़ला की मृत्यु के बाद अब सारा कारोबार उनके बेटे कृष्णकान्त बिड़ला के हाथ में आ चुका था। मजदूर यूनियन की माँगें न मानकर प्रबन्धन

अपनी बात पर अड़ा रहा। इस बार उसके न झुकने का कारण ठोस था। दरअसल मिल में पहले मजदूर भर्तियों में बहुत अधिक परेशानी नहीं आती थी। सभी को लगभग नियमित रूप से रख लिया जाता हालांकि प्रबन्धन इतना सीधा और मजदूर हितैषी कभी नहीं रहा। बिड़ला मिल प्रबन्धन द्वारा मजदूरों को रखने के बाद भी बड़ी चालाकी से उनके नियमित रिकार्ड नहीं रखे जाते। काम इतने से भी नहीं बना बाद में चलकर उसने ठेके पर मजदूरों को रखना शुरू कर दिया। इन्हें बदली मजदूर कहा जाता। इन मजदूरों को रखे जाने का मुख्य कारण यह था कि प्रबन्धन मजदूरों की आर्थिक जिम्मेदारी लेने से बचने लगा था। दूसरी तरफ कपड़ा यूनियन के गहरे जुड़ाव, धरने-प्रदर्शन, जुलूस, बैठकों के चलते मजदूर भी मालिक की नीयत और अपने अधिकारों के प्रति सचेत हो चुका था। एक राजनीतिक ट्रेनिंग ने उन्हें प्रबन्धन के फैसलों को तर्क से देखना, अन्याय के खिलाफ जूझना सिखा दिया था। वे हर गलत बात पर प्रबन्धन से उलझते और उसका सामूहिक जवाब देते। प्रबन्धन ने भी इसका तोड़ निकाल लिया। उसने मजदूरों को नियमित रखने की बजाय ठेके पर रखना शुरू किया। इससे मजदूर की गर्दन उनके हाथ में रहती और उनके सिर उठाते ही प्रबन्धन की उंगलियां उनकी गर्दन पर जकड़ जातीं। सेवाशर्तों और सभी दायित्वों से मुक्त रहने का प्रबन्धन का यही सटीक तरीका था। समय-समय पर इसमें भी वह नये-नये पेंच ले आते। कारण सदियों से साफ था-पूंजीपति और मजदूर के बीच कम लागत अधिक मुनाफा की टकराहट। हर बार प्रबन्धन की कोई न कोई नयी तजवीज़ सामने आती पर उसके मजदूर हितों के खिलाफ जाते ही यूनियनें लामबन्द हो जातीं।

इस बार भी हड़ताल लम्बी चली। काम नहीं पैसा नहीं के चलते रोज कुआँ खोदकर पानी पीने वाले मजदूरों के परिवार संकट में आ गये। गुरु जी की पार्टी की छात्र इकाई को उत्तरी दिल्ली के इस इलाके में सक्रिय किया गया। पुराने छात्र नेताओं के साथ वर्तमान नेतृत्व भी खड़ा हुआ और नये सदस्य भी। कॉमरेड प्रकाश ने नन्दन, संजय, मीरा, दुष्यन्त, सलीम, वन्दना जैसे कई और छात्रों को अपने साथ लिया। सभी मिलकर मजदूर बस्तियों-कटरों में जाने लगे। कॉमरेड प्रकाश ने यह इलाका अच्छी तरह देखा था पर नये लोगों में से कोई-न-कोई छात्र, मजदूरों के कटरों और जीवन को देखकर गश खा गया। ये हर बार होता ही था। सुविधासम्पन्न घरों के बच्चों ने इस दुनिया का सच देखा ही कहाँ था? उनके साफ-सुथरे घरों के आगे गन्दगी-बदबू के ढेर किसी-किसी को बर्दाश्त

नहीं होते थे या उनका मन कटरों की खस्ता हालत, शौचालयों की गन्दगी, बाहर बहती नालियों की सड़ाँध से घबराने लगता। किसी को घिन्न भी आती। नन्दन इन्हीं इलाकों में पला-बढ़ा था। बदबू-गन्दगी-घिन्न जैसे शब्द उसके शब्दकोश में थे ही कहाँ? उसने मजदूर का जीवन ही जिया था पर पढ़े-लिखे सम्भ्रान्त घरों के कई बच्चे सच्चाई का सामना नहीं कर पाते। कटरों में बाड़े जैसे घरों की जिन्दगी ने नन्दन को जिस तरह तैयार किया था उसके लिए मजदूरों के घरों में जाना उनसे बात करना बेहद आसान था। कटरों में जाकर उनके परिवारों से मिलने का काम छात्र इकाई को सौंपा गया। मीरा के साथ की वजह से नन्दन और भी खुश रहता। दोनों को इन दिनों कॉलेज के बाद मिल की मजदूर लाइन्स में आना होता था। सभी ने पाया इलाके के बाकी मजदूर घरों के मुकाबले इन घरों का रखरखाव बेहतर है। प्रबन्धन के क्षेत्र में आने के कारण ये लाइन्स और घरों की तुलना में अच्छी हालत में थी। विभिन्न कॉलेजों के ये विद्यार्थी साथ मिलकर जहाँ मजदूरों के घरों की औरतों को संघर्ष के मुद्दे समझाते वहाँ आनेवाले दिनों में बढ़ सकनेवाले आर्थिक संकट का सामना होने के प्रति सचेत भी करते। बाद में मजदूरों के घरों की महिलाओं को पूरी तरह जोड़ने का काम करने के लिए उनकी भी मीटिंग बुलायी जाने लगी। नन्दन देख रहा था मीरा इस काम में बढ़-चढ़कर हिस्सेदारी कर रही है। घर-घर जाकर जब वह औरतों से बिना हिचक बात करती तो नन्दन बड़े गौर से उसे देखता।

''नन्दन! पहले जब फेडरेशन के काम से नहीं जुड़ी थी तब बस कॉलेज से घर और घर से कॉलेज यही जिन्दगी थी पर अब जिन्दगी ने जब नयी करवट ली है तो मुझे बहुत अच्छा लगता है। कीर्ति नगर में मेरे पापा की फर्नीचर की दुकान है। जब हम गाँव में थे तो हमारे दादा बढ़ईगिरी किया करते थे। मम्मी बताती हैं कि मैं छोटी-सी थी तो दादा जी की बगल में रंदा लेकर बैठ जाती थी। जल्दी ही पापा हमें दिल्ली ले आये, बस तबसे करौलबाग ही रह रहे हैं। बचपन से मैंने ये जीवन देखा है। मजदूरों के घर, उनका जीवन मेरे लिए कुछ भी नया नहीं। ये मेरा अपना सच है। जाति और गरीबी के अपमान भी सहे हैं। किसी भगवान में नहीं अच्छे इन्सानों के बीच खुशियाँ ढूँढ़ती हूँ-जैसे तुम।'' मीरा हँसती तो उसका चेहरा नन्दन को और मोहक लगता पर मीरा के शब्दों को सुनकर उसके कान लाल हो जाते और हँसी किसी कोटर में दुबककर मुस्कान का रूप ले लेती।

नंदन से रोज होनेवाली मुलाकातों ने मीरा की सारी हिचक दूर कर दी। उसने नन्दन में एक ऐसा दोस्त देख लिया था जिसमें अपार धैर्य, समझदारी और विवेक था। चन्द मुलाकातों में मीरा, नन्दन से इस तरह खुल गयी कि वह अपने जीवन के मीठे-तीते किस्से उसे बताने लगी। नन्दन की दुनिया में मीरा की गन्ध घुलने लगी...नन्दन की दुनिया में मीरा घुलने लगी। वह मजदूरों के घरों में जितना बोलता मीरा के साथ अकेला होने पर खामोश रहता। मीरा को सुनना-जानना-महसूस करना ही उसके लिए सब-कुछ था। हालाँकि लखनऊ गये त्रिपाठी की याद भी आती थी और इधर मीटिंगों से अक्सर गायब रहनेवाले संजय की कमी तो खलती थी पर नन्दन ये भी सोचता शायद यह सही हुआ। मीरा की नजदीकी का इससे बेहतर मौका भला और कौन-सा होता?

हड़ताल लम्बी चलने के कारण अब छात्रों को मजदूर घरों की औरतों के जत्थे निकालने के लिए उन्हें एकजुट करना था। काफी गहमागहमी का दिन था। मिल के साथ सटी मजदूर लाइन्स से औरतें निकलना शुरू हुईं। मिल के गेट के आगे बैठकर वो इलाके के अलग-अलग हिस्सों में रहनेवाली दूसरी महिलाओं के आने का इन्तजार करने लगीं। नन्दन भी मीरा के साथ उनके बीच बैठा था। किसी महिला को संकट में भरोसा दिलाती-बतियाती मीरा ने अचानक कुर्ते से जरा नीचे सरक आये अपने दुपट्टे को हाथ से समेटकर हवा में उछालते हुए कन्धे पर रखा। दुपट्टे का किनारा साथ बैठे नन्दन की हथेली छू गया। नन्दन के सारे शरीर में एक सिहरन दौड़ गयी। उसे लगा जैसे मीरा ने उसकी हथेली छू ली हो। कुछ पल के लिए आसपास के सारे दृश्य उसके लिए थम गये फिर धीरे-धीरे एहसास हुआ कि तेज भाग रही दुनिया में मानो वह ही थम गया है। उसका पूरा जीवन जैसे दुपट्टे के सम्मोहन में मीरा के एकदम करीब खिंचता हुआ जाने लगा। उस पल के वहीं ठहर जाने की तमाम ख्वाहिशें नन्दन का दिल कर बैठा। कुछ वक्त बाद जब आसपास की दुनिया के बीच नन्दन को अपना धड़कना महसूस हुआ उसने दूसरे हाथ को बेहद संकोच के साथ दुपट्टे से छुआ दिया लेकिन छुआते ही हटाया। हाथ हटाने के बाद एक बार उसकी हथेली फिर दुपट्टे को छू गयी पर इस बार दुपट्टे को धीरे-धीरे सहलाने लगी। मीरा इस सबसे बेखबर थी। नन्दन की जिन्दगी में ये प्यार के पहले एहसास से भीगा लम्हा था। उसके बाद पूरा दिन, पूरी रात यह एहसास शबनम की ओस की तरह उसे नम बनाये रहा।

पिछले कई रोज से महिलाओं के सड़क पर उतरने के कारण पूरा इलाका मिल की नयी कारस्तानी जान गया। पार्टी, संगठन और यूनियन ने इस गतिविधि के बारे में यही सोचा भी था। मजदूरों की छँटनी का नया फरमान जो अब तक मिल की चौहद्दी के भीतर था अब इलाके के कोने-कोने में जा पहुँचा। पुलिस-प्रशासन के आँख-कान भी तेज हुए। छात्रों के जुड़ाव से जहाँ परिवारों को हमदर्दी मिली वहाँ ये हौसला भी मिला कि संघर्ष में वे अकेले नहीं हैं। माहौल भाँपकर कुछ दिन बाद प्रबन्धन ने फिलहाल छँटनी को ठण्डे बस्ते में डाल दिया। मजदूर एकता की जीत हुई और मजदूर काम पर लौट आये।

नन्दन की मीरा से रोज मुलाकातों का सिलसिला कुछ थम गया पर शबनमी ओस उसे हरदम मीरा के नजदीक रखती। मीरा को देखने की आस लगाये नन्दन दो बार छिपकर उसके कॉलेज के सामने वाले बसस्टॉप पर बैठ गया। एक बार सफल हुआ तो ऐसा लगा जैसे मीरा बस एक हाथ की दूरी पर है। उस रात नन्दन ने न जाने कितने शेर गुनगुना डाले। इस साल होनेवाले चुनावों में मीरा से होनेवाली मुलाकातों का अनुमान लगाकर नन्दन के मन की धरती पर ओस जगह-जगह बिखर गयी। जल्दी ही एरिया कमेटी की मीटिंग में नन्दन का मीरा से मिलना हुआ। अशोक विहार का लक्ष्मीबाई कॉलेज उत्तरी दिल्ली में होने के कारण नार्थ कैम्पस में ही गिना जाता था और इसी के चलते नार्थ जोन की एरिया कमेटी में यह कॉलेज भी शामिल था। मीटिंग के बाद हर बार की तरह नन्दन मीरा को बसस्टॉप तक छोड़ने के लिए साथ आया। यही कुछ पल दोनों के एकान्त के थे। बात मीरा ने शुरू की-

"नन्दन! आजकल तुम्हारे दोनों दोस्त नहीं दिखायी देते...कहाँ हैं?"

"संजय तो मन का मालिक है हां डी.एन. माँ के साथ अपनी ननिहाल लखनऊ गया है।"

"ऐसे ही ? अचानक? कब तक लौटेगा डी.एन.?" मीरा ने एक साँस में कई सवाल पूछ डाले। इस बार उसके सवालों में कुछ ऐसा था कि नन्दन ने उसे जानने के लिए मीरा का चेहरा गौर से पढ़ा। मीरा शायद जान गयी नन्दन की जिज्ञासा कहाँ अटक रही है।

"नन्दन! एक बात कई दिन से कहना चाह रही थी...न जाने क्यों डी. एन. मुझे बहुत अच्छा लगता है। उसका बोलना, मस्त रहना सब-कुछ। पहले दिन से ही...इन दिनों उसके बिना एकदम खाली लगता है। मेरी कविताएँ भी उसके बगैर अधूरी हैं।" मीरा ने गहरी सांस लेकर कहा तो नन्दन को अपने

कानों पर यकीन नहीं हुआ। एक ही क्षण में उसकी दुनिया से दिन का उजाला गायब हो गया। रात के तारे न जाने कहाँ ओझल हो गये। सारी नदियों से पानी सूख चला। कानों से सुनना और आँखों से देख पाना मुश्किल हो गया। कदम थे कि आगे उठ ही नहीं रहे थे पर न जाने कैसे साँस अभी तक चल रही थी। मीरा चलते हुए कुछ कदम आगे बढ़ गयी तो उसने देखा नन्दन साथ नहीं है। पीछे पलटी और आँखों ने -क्या हुआ? का सवाल किया तो नन्दन का बेजान शरीर हरकत में आया। इस समय उसे दुनिया का सबसे मुश्किल काम करना था सारी नदियों का पानी लौटाना, दिन का उजाला ढूँढना और रात के खोए तारों को खोज लाना। बड़ी मुश्किल से मुस्कराते हुए वह शरीर को ठेलता मीरा के पास आया।

"तुमने तो कभी...कि तुम...डी.एन. को..." टूटे हुए शब्दों से नन्दन ने मुस्कराते हुए पूरी बात कह डाली, मीरा अपने ख्यालों में खोयी थी उसे राई बराबर एहसास न हुआ नन्दन की हालत का। वैसे भी उसने न कभी नन्दन के बारे में कुछ सोचा था न ही नन्दन ने उसे ऐसा कुछ जतलाया था।

"उसे कुछ मत बताना नन्दन। मैं ही कहूँगी उससे। पता नहीं मेरे बारे में वो क्या सोचता है?"

"डी.एन. अच्छा लड़का है।" नन्दन ने मीरा की बात का शान्त पर ठोस जवाब दिया।

"मेरे और उसके बीच का फासला बहुत बड़ा है नन्दन...पता नहीं हम दोनों..." मीरा की आवाज में जुम्बिश थी।

"उसके घर के बारे में कुछ नहीं कह सकता पर डी.एन. की दुनिया फासलों से परे है।"

"पता नहीं उसकी क्या मर्जी है? पर मैं कहूँगी जरूर...वो आये तो...।" मीरा की बेचैनी, उसकी प्रतीक्षा पर उसका साहस भारी था। नन्दन को अकेला छोड़कर मीरा घर लौट गयी।

कुछ समय पहले तक नन्दन की जिस दुनिया में अमलतास के ढेर सारे औंधे लटके पीले गुच्छे साथ खड़े मुलायम गुलमोहर के सुरमई रंग से मिलकर एक नया जादू रचनेवाले थे वह जादू टूटकर बिखर गया। मटमैली-सख्त सड़क पर नन्दन के पैर शरीर का बोझ ढोने लगे। उसकी मजबूरियों ने सिर उठाकर आसमान को देखा तो आसमान उसकी पहुँच से काफी दूर था। लौटकर दुकान आया पर वहाँ भी मन नहीं लगा। बिस्तर पर लेटकर आँखें बन्द की तो मीरा का चेहरा उसके आंसुओं की झील में तैरने लगा। आज नन्दन को कान्ता बहुत

याद आयी। कमरे के आले में अखबार के नीचे रखे कागज के टुकड़े से कान्ता के पड़ोसी का नम्बर हथेली पर उतारकर नन्दन पैलेस सिनेमा के पीछे एक गली में अक्सर खाली पड़े रहनेवाले टेलीफोन बूथ की तरफ गया। जेब से सिक्का निकाला। जब तक कान्ता फोन पर नहीं आयी उसे चैन नहीं आया। अचानक नन्दन का फोन आने से कान्ता चौंक गयी थी। जब पता चला सब ठीक है तो शान्त होकर बात करने लगी। उसके घर-परिवार की बातें पूछकर नन्दन ने औपचारिकता पूरी की।

"कान्ता! तुझे अब भी संजय की याद आती है?"

जिसके बारे में आज तलक दोनों के बीच कभी बात नहीं हुई थी उसका जिक्र इतने दिनों बाद उठा तो कान्ता हैरान रह गयी।

"बता न कान्ता?" कान्ता की चुप्पी को तोड़ता नन्दन फिर बोला।

"जो बीत गया अब जाने दे भैया। न मैंने उसका मन टटोला न उसने ही कुछ कहा। वो तो जानता भी नहीं था मैं ही...आज भी..."

कान्ता ने नन्दन को जवाब नहीं दिया पर नन्दन जान गया आज भी कान्ता उचककर यादों के आसमान को छू लेती है। फोन रखने के बाद उस अकेली सुनसान जगह पर नन्दन खूब रोया। रात बिस्तर पर करवट लेते हुए जब सुबह, रात का सीना फाड़कर निकली तो फैज़ का शेर उसे सहला रहा था-

*"ग़र बाज़ी इश्क की बाज़ी है जो चाहो लगा दो डर कैसा*
*ग़र जीत गये तो क्या कहना हारे भी तो बाज़ी मात नहीं"*

## बुलाने लगा अपना घर अपनी गलियाँ

एक रात सोनकर ग्रूप के लड़के चौकीदाराना टैक्स की वसूली इकट्ठी करने के बाद अपने बज्जी भाई के अड्डे की ओर निकलने ही वाले थे कि गोगी गैंग के लड़कों ने अचानक आकर चाकू की नोंक पर उनसे माल छीन लिया। अब तक दोनों गैंग एक ही इलाका होने के चलते एक-दूसरे के विरोधी तो थे पर दुश्मनी की शुरुआत यहाँ से हुई।

"हरामी-साले! मेरा माल उड़ाया, वो भी दिन-दहाड़े। बता बे पप्पे शक्ल याद है न उसकी तेरे को?" बज्जी दहाड़ा।

"भाई! वो गोगी का दाहिना हाथ है कैसे भूल सकता हूँ उसको? सामने पड़ जाये एक बार, छत्तीस टुकड़े न कर दूं उसके। साले सब दुबक के बैठ गये हैं बिल में।" पप्पे ने जवाब दिया।

"कितने दिन दुबकेंगे? जिस दिन बाहर आये उसी दिन दाब देंगे बस तू निगरानी चौकस रख। एक बात ध्यान दे, धन्धे में एक बार नाम खोटी हुआ नहीं कि अब तक का सब किया-धरा चौपट फिर कर लेना रंगदारी? बच्चा भी न डरेगा हमसे।" बज्जी के चेहरे पर बौखलाहट, रंजिश बनकर उसकी खून की प्यासी आँखों और बार-बार मसली जानेवाली हथेलियों से साफ जाहिर हो रही थी।

समय गुजरने के बाद गोगी गैंग, सोनकर ग्रूप की तरफ से कोई हरकत न पाकर अपने पुराने अन्दाज में लौटने लगा। गोगी गैंग के तीन लड़के पिछले दिन नयी वारदात के बाद रात को जश्न मनाकर अगली सुबह मल्कागंज बस स्टाप से सटे चौरसिया पान भण्डार पर जमे थे। अचानक बज्जी के एक लड़के ने तीनों को देख लिया और खबर करने सरपट दौड़ा। हिन्दूराव की पहाड़ी के नीचे डबल स्टोरी के पासवाले पार्क में उसने खास तरह से सीटी बजायी तो चार लड़के आ गये। पप्पे उनमें शामिल था।

"पप्पे! गोगी के तीन लड़के जमे हैं पनवाड़ी के। माल निकालो बे! देर नहीं करो।" लड़के की खबर से चारों तुरन्त छिपाये हुए हथियार निकाल चल पड़े। पप्पे सबसे आगे भाग रहा था। बाकी चारों उससे जरा पीछे थे। गोगी के लड़के बेफिक्री के आलम में अलमस्त थे। वे पनवाड़ी की दुकान पर कश फूँक रहे थे। बस स्टॉप पर कुछ और लोग भी बैठे थे। संजय की पहली क्लास थी तो वो भी बस की राह देख रहा था। तभी अचानक पप्पे तेजी से भागता आया और उसने लड़कों से मार-पीट शुरू कर दी। वो बज्जी भाई का बदला लेने पर उतारू था। एक के बाल खींचते हुए उसने दूसरे को आँखें दिखाते हुए कहा—"बहन के! जितना माल हमसे बटोरा है आज उससे दुगुना देके जायेगा तू।" कहते हुए पप्पे ने उसके गले की चेन खींच ली। पप्पे ने लड़के को बुरी तरह दबोच लिया। लड़के ने कसमसाकर कोहनी खींचकर पप्पे की पसली में दे मारी। दर्द से पप्पे की पकड़ ढीली पड़ गयी। अचानक हमले से पहले तीनों लड़के घबराये पर पप्पे को काबू करने के लिए पनवाड़ी की दुकान के नीचे पड़ी कैम्पा और सोडे की बोतलें उठा लीं। एक ने बोतल पप्पे के सिर पर दे मारी। पप्पे का सिर फट गया। खून चेहरे पर टपकने लगा।

"मार दिया साले ने, पकड़ इसने, जाने न पाये।" पप्पे अपना सिर पकड़कर वहीं फुटपाथ पर बैठ गया। पीछे से दौड़ते आ रहे उसके चारों साथी सब देखकर चीखने लगे। गोगी के तीनों लड़के उन्हें रोकने के लिए बाकी

बोतलों पर टूट पड़े। थोड़ी ही देर में सड़क पर काँच-ही-काँच बिखर गया। सोनकर ग्रुप के लड़कों ने हार नहीं मानी और तीनों लड़कों को दबोच लिया। संजय बस स्टॉप के साथ पड़े मलबे के ढेर के पीछे दुबक गया। भागने का रास्ता सामने था जहाँ लड़ाई बढ़ती जा रही थी। इस समय सड़क पर ट्रैफिक मामूली था पर गलियाँ होश में थीं। गाली-गलौज के साथ लात-मुक्के-घूँसे चलने लगे। गोगी के लड़के सँभलने भी न पाये थे कि उन पर उस्तरे से गहरे वार किये गये। इस बीच किसी ने हंसराज कॉलेज की पुलिस बीट को इत्तला कर दी। मल्कागंज में दिनदहाड़े खूनी रंजिश का खेल खेला जा चुका था। पुलिस के आने से भगदड़ मच गयी। पुलिस के हाथ जो पड़ता जा रहा था उसे थप्पड़-घूँसे मारकर सिपाही जिप्सी में ठूँसने लगे। संजय भी उनके हत्थे चढ़ गया। उसे भी जिप्सी में डालकर थाने ले गये।

थाने ले जाकर दोनों गैंग के लड़कों से पूछताछ होने लगी। संजय, एस. एच.ओ राठी के हत्थे चढ़ गया।

"बता बे! नाम क्या है तेरा?"

"संजय।"

"संजय ? आगे क्या? अबे! बोलता है या दूँ डण्डा?"

"संजय सोनकर..."

"तो तू नया रंगरूट है बज्जी का?"

"जी! क्या ?" संजय को अब जाकर समझ आया कि पुलिसवाले उसे किस गफलत में ले आये हैं। इससे पहले कि वो बात साफ करता राठी ने कुर्सी से उठकर उसे एक थप्पड़ रसीद किया और बोला—

"समझाऊँ अभी मतलब तेरे को?...राठी नाम है मेरा, लाठी कर दूँगा तो पता चलेगा। नजर नीची धर ले। बड़ा जोश आ रहा है न तेरे को सारे मल्कागंज को नरक बनाकर रख दिया। निकालता हूँ तेरा जोश। क्या नाम है तेरे बाप का?"

संजय अपमान से भरी बात सुनकर सकते में आ गया उसके मुँह से कोई शब्द न निकला।

"है कोई बाप तेरा? कमीने ऐसा केस ठोकूँगा कि मोहल्ले का बीसी बनाकर छोड़ूँगा। बता बाप का नाम?"

"सुभाष सोनकर।"

"कहाँ का है, मुकीमपुरे का?"

"कबीर बस्ती।"

"सोनबीर इस लौंडे के बाप को लेकर अइयो जरा।" राठी का आदेश और कड़क हुआ।

संजय को अब जाकर थोड़ी उम्मीद बँधी। उसकी आँख में आंसू थे और दर्द की तीखी लहर बार-बार घुटने से उठ रही थी। थाने की खिड़की के पीछे से आ रही पेशाब की दुर्गंध से उसका जी मचला गया।

सुभाष को लग रहा था लड़का समय से कॉलेज पहुँच गया होगा पर कटरे में पुलिस के सिपाही ने जब उसे पुकारा तो घर में हड़कम्प मच गया। सुभाष जिस हाल में बैठा था उसी हाल में दौड़कर सोनकर धर्मशाला में प्रधान से मदद माँगने पहुँचा। थाना-पुलिस की बात सुनकर प्रधान ने टालमटोल-सी की। निराशा में वह थाने भागा। थाने में चोट खाये बैठे लड़के को देख सुभाष का दिल धक् करके रह गया। एस.एच.ओ को लड़के का आईकार्ड दिखाया तो भी उसकी भौंहें तनी रहीं।

मीरा के संजय के बारे में पूछने पर उस दिन नन्दन शाम को मल्कागंज पहुँचा तो उसे सारा मामला समझ में आया। नन्दन को देखकर सुभाष का हौसला बढ़ा। थाने में नन्दन बेंच पर बैठे संजय के पास गया और उसका हाथ थामा।

"नहीं भाई! मैं नहीं था पर न जाने क्यों ये लोग..." रुलाई भरे स्वर में संजय पूरी बात भी नहीं कह पाया। उसने अपने दाँतों को भींचा और सिर झुका लिया। नन्दन, संजय के मुचड़े हुए कपड़े, खिंचा हुआ कॉलर, बिखरे हुए बाल देख रहा था। कुछ क्षण की चुप्पी के बाद नन्दन सचेत हुआ-

"मैं जानता हूँ भाई! तू भरोसा रख। मैं बात करता हूँ। मेरी बात नहीं समझ आयेगी तो गुरु जी को लायेंगे।" कहते हुए नन्दन आगे एस.एच.ओ. की टेबिल की ओर बढ़ा।

"आप ऐसे कैसे संजय को यहाँ रख सकते हैं? बिना जुर्म के।" नन्दन ने संजय की पैरवी की।

"तू! इसका वकील है? ये पकड़ा गया है वारदात के समय।" राठी ने मजाक उड़ाया।

"इसमें वकील की क्या बात है? और वहाँ बैठा हर आदमी तो बज्जी गैंग का नहीं हो सकता?" नन्दन ने कहा।

"अबे! ये सोनकर है।" राठी इत्मीनान से चाय पीता हुआ बोला।

"तो क्या जितने सोनकर हैं वे सब क्रिमिनल हैं? देखिए! ये सत्यवती कॉलेज के फाइनल ईयर का स्टूडेण्ट है और गुरु जी की पार्टी के साथ काम करता है। आप कहें तो मैं इसके कॉलेज के टीचर को ला सकता हूँ या फिर गुरु जी से आपकी बात कराता हूँ।" नन्दन ने राठी के खौफ के घेरे को तोड़ते हुए कहा। राठी कुछ देर नन्दन को देखता रहा फिर सुभाष से कुछ बात की तब कहीं जाकर सुबह का भूखा-प्यासा, अपमानित संजय थाने से छूटा। लँगड़ाते हुए कदमों से संजय थाने से निकला तो नन्दन ने उसे कन्धे का सहारा दिया।

संजय तो घर लौट आया पर त्रिपाठी को गये कई दिन बीत गये। लखनऊ में मामाओं और मौसियों से भरे ननिहाल में द्विजेन्द्र त्रिपाठी उर्फ काले को कुछ दिन राहत से भरे महसूस हुए। मेरठ वाली उसकी लाड़ लुटानेवाली मौसी भी घर आयी हुई थीं। जवान जिन्दगी की अपनी भाग-दौड़ में त्रिपाठी का ननिहाल आना लगभग छूट चुका था। पिछले कुछ सालों से माँ भी कहाँ जाती थी अपने घर? उसके सारे तीर्थ तो शोराकोठी में थे। त्रिपाठी के नाना का घर इन्दिरा नगर में था। बचपन में माँ के साथ दो महीने की छुट्टियों में एक बार उसका यहाँ आना हो ही जाता था। वो शायद रात का कोई समय रहा होगा जब उसने पहली बार चारबाग स्टेशन देखा था। जगमगाते स्टेशन में लाल और पीले रंग की बिल्डिंग और उस पर अनगिनत गुम्बद उसे बहुत अच्छे लगे थे। इस बार भी स्टेशन से बाहर आकर उसने निगाह भरकर इमारत को देखा। वो आज भी उतनी ही सुन्दर लगी। हालाँकि दिल्ली का स्टेशन भी ऐसे ही रंगों से इलाके में अलग पहचाना जाता था पर उसमें इस जैसी बात नहीं थी।

त्रिपाठी और उसके छोटे भाई राजू को नाना के घर की सारी बातें बहुत अच्छी लगती थीं पर समय का सख्त अनुशासन बड़ा ही खलता। कहाँ समय से परे शोराकोठी का ठलुआ जीवन और कहाँ यहाँ हर आदमी समय का गुलाम। छुट्टी है तो भी क्या? नियम के आगे छुट्टी की भी छुट्टी हो जाती। बांदी की तरह हर हुकुम बजाती, अपनी किस्मत पर तरस खाती छुट्टी निढाल होकर दम तोड़ देती। नवाबों की नगरी में इत्मीनान नहीं काम ही काम त्रिपाठी को बड़ा खलता। वह सोचा करता जन्नत में बैठे नवाब कितना सुकून पाते होंगे कि

उसके नाना नवाबों के नाना नहीं हुए। अक्सर सुबह नाना के कहने पर जल्दी उठने, सैर को जाने, अखबार पढ़कर नाश्ता निबटाने के बाद वो नाना के अनुशासन से जान छुड़ाकर भाई के संग घूमने निकल जाता। दो बजे तक का समय उनका अपना था क्योंकि तब तक नानी नहा-धोकर, पूजा करके खाना पकातीं। घर में रहनेवाले हर आदमी को उस समय साथ रहकर खाना जरूरी था। मामा लोग नौकरी पर जाकर कितने सुखी रहते होंगे—त्रिपाठी सोचा करता। यों नाना के घर सब सुविधाएँ मुँह खोलने से पहले मौजूद थीं। त्रिपाठी की माँ गौरा को ये सुख बचपन में कहाँ नसीब था? अभाव की जमीन पर भाइयों की कमाई ने अब महल खड़ा कर दिया था।

त्रिपाठी और राजू ने जल्दी ही पूरा लखनऊ घूम डाला। पहले ही दिन बड़ा इमामबाड़ा में भरपूर समय लगाया। बचपन से ही बड़ा इमामबाड़ा त्रिपाठी को बहुत पसन्द था। अन्दर गेट से ही रौनकें शुरू हो जातीं। लोगों की भीड़ जैसे टूटी पड़ रही हो। शहर के अपने लोगों के साथ, देश और विदेश से आये लोग भी यहाँ भरे रहते। बुर्केवाली अनेक औरतें यहाँ थीं। ये जगह न दिल्ली की जामा मस्जिद की तरह मस्जिद थी न आगरे के ताज की तरह मकबरा पर सुकून और राहत यहाँ भी कम न था। सामने ही अनेक झरोखेवाले मेन दरवाजे से होकर भूलभुलैया के घुमावदार रास्ते, भुतहा बाबड़ी की अनेक मंजिलें, पर्शियन हॉल की खोखली दीवारें और उसकी छत के बीचोंबीच कलाकारी के नमूने अपनी ओर खींचते। नीचे इमामबाड़े की मुख्य बिल्डिंग में मोहर्रम के समय निकलने वाले जुलूस में काबा-कर्बला, मक्का के ताजिये के अनेक मॉडल अपनी सुन्दरता की मिसाल बने यहाँ रखे थे। बहुत देर तक भूल-भुलैया में मजे मारने के बाद दोनों भाई छत पर आराम से बैठ गये जैसे दुनिया में अब कोई काम बाकी न हो। यहाँ से सामने घण्टाघर, रूमी दरवाजा, छोटा इमामबाड़ा, गोमती नदी सब दिखायी दे रहे थे। हवा का ये आलम था कि चारों तरफ से बहती हुई यहीं का ठिकाना खोज रही थी।

अगले दिन रेजिडेण्सी के खँडहरों और वीरानों की टोह लेने के बाद त्रिपाठी भाई को लेकर अमीनाबाद चला आया। यहाँ बड़े देग और पतीलों में पकती बिरयानी, रोगनजोश, तरह-तरह के कबाब उसे न जाने कब से बुला रहे थे।

"भैया! नाना को पता चला तो सौ टुकड़े कर देंगे तुम्हारे।" राजू ने उसे डराते हुए कहा।

"अबे! उन्हें बतायेगा कौन? तू?" त्रिपाठी ने भाई की आँखों को खा जानेवाली नजर से देखा।

अमीनाबाद की तंग गलियों में खुशबू के पकवानों का अड्डा था। खाने वालों की भी कोई कमी नहीं मानो पूरा लखनऊ भूख से मरा जा रहा हो और यहाँ आकर ही उसे जीवन मिलता हो। त्रिपाठी को लगा कि दुनिया में कहीं जन्नत है तो उसका रास्ता अमीनाबाद की इन देगों से होकर निकलता है।

"अरे! खा न। दुनिया में आया है तो दुनिया के स्वाद चख। दुनिया क्या पागल है जो यहाँ आती है या तू ही एक सयाना बाकी है?"

कहते हुए त्रिपाठी ने बिरयानी का एक कौर राजू के मुँह में ठूँस दिया। आज उसे संजय की बहुत याद आयी जो यहाँ होता तो कितने शौक से खाता। राजू ने भी पहले बुरा-सा मुँह बनाया पर स्वाद उसे बुरा नहीं लगा तो आराम से खा गया। हजरतगंज का लम्बा चक्कर काटकर आज दोनों जो लौटे तो नाना का मुँह फूला हुआ मिला। घर में घुसते ही उन्हें देखकर लड़कों के प्राण सूख गये। बोले कुछ नहीं पर नजर घड़ी को घूरकर उन्हें समझाने लगी कि आज खाने में देर हो गयी है पर खाना किसे खाना था? राजू को रोगनजोश से पहली बार का इश्क हो गया था इतनी जल्दी मोहब्बत कैसे रुसवा होती? और त्रिपाठी ने तो आत्मा की तृप्ति कर ली थी। दोनों अब जमकर सोना चाहते थे। नाना के घर एक घण्टे के आराम का समय निश्चित था। नाना की चढ़ी भौहें जरा नीचे आयीं तो नानी तुरन्त खाना लगा लायीं। दोनों लड़कों की जान मुश्किल में पड़ गयी पर सामने बैठे नाना की सूरत ने जबरन हलक से दो रोटी उतरवा कर ही दम लिया।

सप्ताह भर में सारी रौनकें जो अपनी ओर खींच रही थीं कहीं दुबक गयीं। त्रिपाठी को दोस्तों की याद सताने लगी। मीरा भी यादों के उस घर में दाखिल हो गयी। दिन भर में त्रिपाठी की आँखों के आगे मीरा कितनी ही दफा झलक दिखाकर गायब हो जाती। कुछ दिन बाद करने को कुछ बचा नहीं सिवाय नाना की सख्त निगाहों और निगाहों में बसी टिकटिक करती रही घड़ी के। नानी के लाड़, मामाओं के दुलार और छोटी मौसियों की छेड़छाड़ के बावजूद इस पराये घर में दोनों भाइयों का मन न लगा। माँ से कुछ कहना बेकार था उनके लिए तो इन दिनों नानी का घर कोपभवन था। कोपमुक्ति के बाद ही यहाँ से जाना सम्भव था। त्रिपाठी को नन्दन और संजय की याद सताने लगी फिर कॉलेज में परीक्षाएं भी करीब थीं। साल भर कुछ खास पढ़ा भी नहीं था। तैयारी नहीं

होती तो तीसरे साल में कम नम्बर आने का पूरा खतरा था और उसका असर एम.ए. के दाखिला पर पड़ना तय था। छोटे भाई राजू के स्कूल न जाने से नाम कटने का डर भी था सो उसे लेकर त्रिपाठी ने जल्दी लौटने का मन पक्का कर लिया। गौरा ने ठान लिया जब तक पण्डित जी खुद आकर उसके कदमों में नाक नहीं रगड़ेंगे वह नहीं लौटेगी।

लौटना क्या वाकई लौट आना होता है? कभी रास्ते भटककर छूट जाते हैं तो कभी मन्जिल रास्ता बदल लेती है। कभी लौटने पर पनाह के दरवाजे बन्द हो जाते हैं तो कभी लौटने की राह में दहलीज पर बाहर न निकलने की चेतावनी जड़ दी जाती है। कान्ता जनम की दुखियारी तो थी ही अब ससुराल जाकर उसकी तकदीर और रूठ गयी। सोचा था ब्याह के बाद पति के प्यार में दुःख का धागा कट जायेगा पर सुख का एक कतरा भी उसकी झोली में न गिरा। हर तरह से समझौता किया उसने पर सुख कहाँ मिला? पिता के घर उसने दो बातें जिन्दगी के सबक के तौर पर सीख लीं थीं—दुःख में भी सदा मुस्कराते रहना और चुप रहना। जब बाहर निकलने का कोई रास्ता नहीं था तो उसने सब सहना और खुश दिखने को ही जरूरी मान लिया। यहाँ से वापस लौटकर जाती भी तो कहाँ? कान्ता को दुःखी देखते ही उसका पति सूर्यप्रकाश एकदम भड़क जाता। शादी के बाद नये घर को अपना समझते हुए कान्ता ने अपने दुःखों की पोटली की गाँठ पर हाथ रखा ही था कि जीवनसाथी भड़क गया। पति ने उसी दिन साफ-साफ कह दिया था कि मेरे सामने न रोना-धोना।

कान्ता की जचगी के समय जैसे ही सूर्यप्रकाश को मालूम पड़ा कि उसके बेटी हुई है, उसने मुँह फुला लिया। अस्पताल में कान्ता बच्ची को लिए अकेली पड़ी रही। सूर्यप्रकाश चला गया। अस्पताल में नर्स चिल्लाती रही कि कान्ता के घर से जो भी हो बच्चे के कपड़े और पेशेण्ट के लिए खाने-पीने का सामान लेकर वार्ड में पहुँचे। कान्ता, बच्ची की आगे की जिन्दगी की कल्पना करके फूट-फूटकर रो दी।

"कच्ची आँखों से न रो बेटी! ठीक नहीं होता। बच्चे के जनम के साथ औरत का भी दूसरा जनम होता है। सारा शरीर कमजोर हो जाता है। आँख पर असर पड़ेगा।"

साथ के बिस्तर पर बैठी सास की प्यार भरी सलाह सुनकर कान्ता की आँखें और उमड़ आयीं। वह तड़पकर रह गयी। उसे इस दूसरे जनम में भी

किसी सुख की उम्मीद नहीं थी। कान्ता, बेटी के साथ अनाथों की तरह पड़ी रही जब तलक भाई जी, नन्दन को लिए नहीं पहुँचे। उस दिन पहली बार भाई जी को अपने दामाद पर गुस्सा आया। बेटी का मुँह जरा-सा निकल आया था।

"कमबखत! भाग गया दोनों को छोड़कर। घर आयी लक्ष्मी का मुँह देखे बिना कैसे चला गया? देखना लक्ष्मी उल्टे पांव भाग जायेगी। भिखारी बनकर रोयेगा किस्मत को फिर भी पलटकर नहीं आयेगी।" तैश में भाई जी बोले तो यह भी भूल बैठे कि जिसे शाप दे रहे हैं वो उनकी बेटी का ही घर है। आज पहली बार कान्ता को इस शाप में भी सुख महसूस हो रहा था। उसे लगा पिता ने उसकी उपेक्षा को स्वीकार तो किया। जीवन भर पिता की उपेक्षा सहती कान्ता खुश थी कि उसकी बेटी को भाई जी ने प्यार से गोद में लिया, दोनों हथेलियों में उस नन्हीं-सी जान को ऊँचा उठाया और उसका माथा चूम लिया। कान्ता के पास अपने बचपन की ऐसी कोई याद नहीं थी। आज अपनी बेटी में अपना बचपन देखकर उसे लगा ये माथा उसी का है। तीन दिन बाद कान्ता और अपनी नातिन को भाई जी कटरे में ले आये। पास-पड़ोस की औरतों ने बेटी समझकर नातिन की छठी पूजी। हलवा-पूरी बनाकर सबको खिलाया। तीनों मामा बच्ची को लिए-लिए फिरते। भाई जी के घर और कटरे की पूरी दुनिया ही बदल गयी। नन्दन की दुनिया में एक जादू टूट गया था पर कान्ता की नन्हीं ने एक और जादू रच दिया। वह सीने से बच्ची को चिपकाये रहता। उठते-बैठते उसकी हर हरकत पर नजर रखता। बच्ची का सोते में एकदम हँसने लगना और हँसते-हँसते रोने लगना सब उसे हैरान करता।

त्रिपाठी लौटकर आया तो खबर मिलते ही सबसे पहले कान्ता की बेटी को देखने आया। आज भी प्यार से कान्ता की चोटी खींची। उसी दिन कान्ता की बेटी का नाम त्रिपाठी और नन्दन ने मिलकर रखा-सपना। कई दिनों बाद तीनों दोस्त फिर से एक हुए। त्रिपाठी को देखकर नन्दन को मीरा याद आयी। कुछ दुःखों की परछाइयाँ धूप के बिना भी संग लगी रहती हैं। नन्दन इसी परछाई के साथ था। समय ने उसके दुःख की टीस कम तो की थी पर खत्म हो पाने के लिए फिलहाल ये जिन्दगी उसे छोटी लग रही थी। संजय थाने वाली घटना के बहुत दिनों बाद आज दोस्तों से मिला। नन्दन उस घटना के बाद कई दिन खुद ही संजय के पास जाता रहा था। संजय ने अपनी सफाई पेश की-

"भाई! बुरा न मानियो। मीटिंगों में आ नहीं पाया। कॉलेज के बाद टाइपिंग और शॉर्ट हैण्ड की क्लास भी होती है, समय ही नहीं मिलता। नाटक-फाटक भी छूट गया है।"

"छोड़ना तो सबसे आसान है मेरे भाई! समय होता नहीं है उसे निकालना पड़ता है। परिवार और पेट के अलावा भी तो कई गम हैं जमाने में। फिर बात चाहे मजदूरों की छँटनी की हो या कॉलेजों में फीसमाफी से लेकर बढ़ती गुण्डागर्दी का विरोध—क्या हमारी उसमें कोई जिम्मेदारी नहीं? न्याय और बराबरी के सवाल बेकार हैं? औरों की बात नहीं जानता पर हम इन मजदूरों के बीच बढ़े हुए हैं, क्या हम मुँह फेर सकते हैं इनसे? हमारे लिए तो ये जिन्दगी के सबसे बड़े सवाल हैं। गुरु जी को देख, सारा जीवन लगा दिया उन्होंने हम सबके लिए। रोज नहीं तो क्या एक दिन भी नहीं आ सकता था? गुरु जी कितनी उम्मीद से देखते हैं हमें।" नन्दन की बात सीधी और खरी थी जिसने दिल पर सीधा असर किया और संजय को कटघरे में खड़ा कर दिया।

"भाई! गलती हो गयी माफ कर दे। तू तो सब जानता है। घरवाले अब डरते हैं मेरे बाहर निकलने पर फिर तीन साल बीतनेवाले हैं और मुझे एस.एस. सी. के लिए तैयारी भी तो करनी है। क्लैरिकल जॉब तो लेनी ही है।" संजय ने रुआँसा होकर कहा।

"हां भई! तू क्लर्क नहीं बना तो दुनिया तबाह हो जायेगी, जलजला आ जायेगा।"

त्रिपाठी ने माहौल की तल्खी को छाँटने की कोशिश की। नन्दन और संजय के बीच कुछ देर बाद सामान्य बातचीत शुरू भी हुई पर बात पहले जैसी नहीं थी। मोहल्ले के किस्सों-कहानियों के बीच नन्दन सोचता रहा ये वही संजय है जिसने कबीर बस्ती में टीकाराम को वोट देने के बाद गहरा अफसोस जाहिर किया था?

कभी-कभी तल्खियाँ समय लेकर लेकर मिट जाती हैं तो कई बार कभी न भरनेवाली खाईयाँ बन जाती हैं।

### हर आहट तेरे आने की आमद

सालाना परीक्षाओं से ठीक पहले स्टूडेण्ट फेडरेशन की मीटिंग बुलायी गयी। परीक्षा के बाद कई छात्र दिल्ली से दूर अपने गाँव-कस्बों-शहरों की ओर निकल जाते थे इसीलिए यह बड़ी मीटिंग आर्ट्स फैकल्टी में रखी गयी। लड़के-लड़कियों के साथ कुछ शिक्षक भी हमेशा की तरह मौजूद थे। मीरा हर आहट पर पीछे पलटकर दरवाजे की तरफ देखती रही जब तक नन्दन के साथ

डी.एन. नहीं आ गया। मीटिंग में सबसे चुनावी मुद्दों पर राय माँगी गयी। जो अच्छे उम्मीदवार हो सकते थे उनकी एक लिस्ट बनायी गयी हालांकि ये फाइनल लिस्ट नहीं थी। कैम्पेन कैसे चलाया जायेगा—इस पर भी बात हुई। कॉलेज-टू-कॉलेज होनेवाली डिबेट के लिए संगठन के मुद्दों की जानकारी अनुभवी छात्रों ने दी। आज की मीटिंग में नन्दन ने भी अपनी बात रखी- "साथियो! छात्रों की राजनीतिक उदासीनता के बारे में सोचना जरूरी है। हममें से ही कई हैं जो पहले हमारे कार्यक्रमों में शामिल रहते हैं पर धीरे-धीरे किनारा करने लगे हैं। क्या कारण है कि उन्हें मजदूर संगठन से जुड़ने में आनाकानी होती है? क्या कारण है इन छात्रों के भटक जाने का? मुझे लगता है चुनाव के साथ इन कारणों पर बात होनी चाहिए।"

"मैं नन्दन की बातों को सीरिअसली लेने का अनुरोध करती हूँ। मेरा मानना है कि कुछ छात्रों की निजी जिन्दगियों की समस्याएँ हो सकती हैं मसलन पढ़ाई के साथ उन्हें रोजगार की जिम्मेदारी भी उठानी पड़ती है। ऐसे में हम पूरी तौर पर उनका समय न माँगकर सप्ताहवार एक निश्चित समय की माँग कर सकते हैं। दूसरे, इस समस्या का एक सिरा मुझे वह मध्यवर्गीय मानसिकता भी लगती है जहाँ बच्चों को राजनीति से दूर रहने और कैरिअर ओरियण्टिड बनाने पर जोर दिया जाता है। इनसे तो बड़े पैमाने पर जूझना होगा।" कॉमरेड प्रकाश ने कहा।

"इतना निराश होने की बात भी नहीं है संगठन में हमारे छात्रों की संख्या देश भर में पहले से बढ़ी है और दूसरे इस मुद्दे को हम अपने राष्ट्रीय सम्मेलन में भी जरूर जगह देंगे।" हर बार की तरह डॉ. हुसैन ने सकारात्मक टिप्पणी की। नन्दन और डी.एन. सहित उनके अनेक छात्र इस चिरपरिचित अन्दाज पर मुस्करा दिये। अनेक सवालों पर गौर करती ये मीटिंग देर से खत्म हुई। डी.एन. और मीरा के साथ चलते हुए फैकल्टी के गेट पर आकर नन्दन एक जरूरी काम का बहाना बनाते हुए पटेल चेस्ट की ओर मुड़ गया। डी.एन. उसकी इस हरकत पर पहले अचकचाया फिर मीरा के साथ हो लिया। मीरा हमेशा से उसे अच्छी लगती थी पर इस बार वह नहीं जानता था शहर उसके लौटने की राह तक रहा है।

मीरा को मौरिस नगर से घर की बस पकड़नी थी। दोनों बतियाते चल रहे थे। मीरा हमेशा से अलग आज बोलने की बजाय सुनना पसन्द कर रही थी। उनके बीच चुप्पियां पहले इतनी कभी नहीं थीं। त्रिपाठी के साथ आज ये सड़क

मीरा को बिल्कुल वीरान लगने लगी। कुछ समय पहले एक पूरी दुनिया के संग दोनों शामिल थे और इस वक्त डी.एन. ही उसकी दुनिया हो गया। डी.एन. को दिल का आईना दिखाए या नहीं—यही मीरा की दुविधा थी। हालाँकि नन्दन से तो उसने बड़े साहस से कह दिया था कि सारी बात खुद कहेगी पर आज मौके पर संकोच से भर उठी। कुछ पल साहस बटोरने में जरूर लगे पर फिर बोली—

"डी.एन. क्या तुम्हें कभी लगता है कि हम कहीं जाने को निकलें और इन्तज़ार अच्छा लगने लगे।"

"हाँ कभी-कभी। पर क्यों ?" डी.एन. ने पूछा।

"आज एक बात पूछूँ तुमसे?"

"हाँ, क्यों नहीं।"

डी.एन. ने कहा तो मुस्कराकर मीरा ने सड़क की दूसरी तरफ देखा। अपने बैग की जिप खोली म जाने क्या ढूँढ़ा और फिर बन्द कर दी।

"बोलो न मीरा..." इस बार डी. एन. की अधीरता बोली। मीरा फिर भी खामोश रही।

"मैं कुछ कहूँ?" डी. एन. ने कहा।

"हां" कहते हुए मीरा की आँखों में एक नदी उमड़ आयी।

"मीरा ऐसा लग रहा है दूर , बहुत दूर कहीं पानी बरस रहा है और यहाँ मैं भीग रहा हूँ।"

मीरा पूरी नजर उठाकर डी.एन. को देखती रह गयी।

"क्या तुम्हारे साथ भी कभी ऐसा होता है?" डी. एन. ने पूछा।

"हां, पिछले कुछ समय से ऐसा ही हो रहा है मेरे साथ पर मुझे हैरानी नहीं हो रही है।"

"वो क्यों?" डी. एन. ने सवाल किया।

"वो इसलिए कि वो बादल शायद यहीं से आकर घिरते-बरसते हैं।" डी. एन. की आँखें मीरा को सुनते हुए उसके चेहरे पर स्थिर हो गयीं।

"डी.एन! तुम पता नहीं क्या सोचोगे कि एक अच्छी-भली, धाकड़-सी लड़की को पता नहीं आज क्या हो गया है?"

"मैं शायद जानता हूँ मीरा!"

"नहीं तुम शायद पूरी तरह से नहीं जानते। अच्छा कविता में नहीं सीधे-सीधे पूछती हूँ..." मीरा कुछ कहने को ही थी कि सामने से आती बस

का हार्न बजा। गहरी साँस लेकर मीरा उठने को हुई कि डी.एन. ने उसका हाथ थामकर कहा–"बसें इसके बाद भी कई आयेंगी ।" और मीरा उठते-उठते फिर बैठ गयी।

"मीरा! क्या तुम मुझे अपने साथ...इसी तरह हमेशा रहने की इजाज़त दोगी?" मीरा ने डी. एन. के चेहरे को गौर से देखा उस पर धूप खिली थी। उसने अपने होठों को भींचा और कुछ सेकेण्ड थामकर छोड़ दिया। मीरा की आँखों की नदी में डी. एन. पर खिली धूप चमक उठी। लेकिन कहीं से फिर एक बादल छा गया।

"पर क्या तुम मेरे बारे में पूरी तरह जानते हो? आयी मीन ठीक से?" मीरा की जिज्ञासा बाहर आयी।

"हां बहुत अच्छी तरह और सबसे अच्छी तरह से ये बात कि इस लड़की को पता भी नहीं कि मैं उसे जानता हूँ। मीरा! एक बात बहुत शिद्‌दत से कहना चाहता हूँ कि जब तुम साथ होती हो तो मैं खुश...बहुत खुश होता हूँ।" कहते हुए डी.एन. ने यूं ही अपना हाथ मीरा की तरफ बढ़ा दिया जिसे मीरा ने थाम लिया।

आज नदी में धूप उतर आयी थी मौसम इतना शायराना पहले कभी न था।

## मुसीबतें पता पूछतीं आ धमकती हैं

भाई जी ने दामाद को बुलाकर समझाया-बुझाया और कान्ता को उसके घर भेज दिया। कान्ता के जीवन के ये चन्द दिन उसकी जिन्दगी की अनमोल सौगात थे। एक तरफ ममता के सुख ने उसे नया जीवन दिया तो दूसरी तरफ उसके भीतर की लड़की को लाड़ मिला। पिता के भीतर पहली बार उसे थोड़ी-सी माँ नजर आयी ।

कुछ समय पहले भाई जी ने अपनी बरसों की कमायी लगाकर आजादपुर के साथ सटे केवल पार्क में दो सौ गज का प्लॉट खरीद लिया। भाई जी के जीवन का सबसे बड़ा सपना पूरा हुआ। आर्यपुरा के कटरे से निकलकर एक अच्छे घर में रहने का सपना। जल्दी ही भाई जी ने उसे बनवाना शुरू किया और नींव खुदाई से लेकर नीचे की मंजिल छह महीनों मे तैयार हो गयी। ठेकेदार, भाई जी की पहचान का था। भाई जी को मकान बनवाने की चिन्ता थी और दुकान-घर को नन्दन, मनसुख और चरण मिल-जुलकर देख लेते। तीन

कमरों का मकान ढेर सारे खुलेपन के साथ जब तैयार हुआ तो भाई जी सहित घर भर दंग रह गया। कहाँ कटरे में सिमटा-सा जीवन और कहाँ पूरे पैर फैलाने की जगह। इतनी जगह में तो एक छोटा कटरा बस जाता। मकान के साथ-साथ भाई जी ने दोनों लड़कों की शादी तय कर दी। मनसुख और चरण के लिए एक ही घर की दोनों बहनों के लिए रिश्ता तय हो गया। भाई जी के बिना औरत के भूत के डेरे में अब एकसाथ दो औरतों आकर घर को घर बनानेवाली थीं। शादी केवल पार्कवाले नये मकान से ही होनी थी। कान्ता-नन्दन की माँ सहित, टिल्लू , प्रेमी सभी लोग तीन दिन नये वाले घर में ही रहे। वहीं से बारात बस में बैठकर शहादरा गयी। बड़े धूमधाम से भाई जी ने बेटे ब्याहे पर शादी के बाद बहुओं के साथ नये घर में नहीं रहे। कारण था दो-दो बहुओं के साथ नयी जगह पर जाना अभी उन्हें खटक रहा था फिर दुकान कटरे में थी। निठल्ले बेटों से शादी के बाद कटरे तक आकर दुकान संभालने की उम्मीद भी कम ही थी सो भाई जी ने अगले साल तक आर्यपुरा में ही रुकने की बात सोचकर केवल पार्क में एक किरायेदार रख लिया। इससे पैसा भी बना और घर की चौकीदारी का काम भी हिल्ले लग गया। दोनों बहुएं कटरे में रम गयीं।

"अरे! टिल्लू किरायेदार से किराया ले आया?" भाई जी ने सवाल किया।

"भाई जी ! किरायेदार ने साफ मना कर दी किराया देने की।" टिल्लू ने भाई जी को बताया।

"अरे! उसके तो अच्छे-अच्छे भी अण्टी ढीली करेंगे। कितना शरीफ बन रहा था लेती बारी। अब नाटक कर रहा है। लात मारकर निकाल बाहर कर उस ससुरे को।" भाई जी के गुस्से ने आदेश दिया।

"ठाकुर जी! मामला इतना सीधा नहीं है। तुम क्या समझते हो हमने कुछ कहा-सुना न होगा। मिल की शिफ्ट से मैं टिल्लू के साथ वहाँ गया था।" इस बार प्रेमी ने कहा।

दो-तीन महीने बाद ही किरायेदार पैसा देने में लेतलाली करने लगा। भाई जी ने इस बार टिल्लू और प्रेमी को दबाव डालकर पैसा लाने को भेजा था, दोनों असफल होकर वापस आये। किरायेदार रखते समय भी दोनों उनके संग थे।

"उसका तो बाप भी देगा किराया...।"

भाई जी की बात सुनकर टिल्लू और प्रेमी दोनों को भरोसा हो चला। वे जानते थे भाई जी साँड़ तक दुह लें ये किरायेदार क्या बला है पर इस बार

भाई जी की हण्टरवाली जुबान भी बेकार गयी। किरायेदार की मोटी चमड़ी पर उसका असर न होना था, न हुआ। उसने न किराया दिया, न मकान खाली किया। 'कर लो जो मन आये'-की धमकी देकर किरायेदार ने भाई जी का अहं चकनाचूर कर दिया। उन दिनों भाई जी को उदासी ने घेर लिया पर जो टूट जाये वो चन्दरभान कहाँ? एक रात भाई जी अपने तीनों लड़कों, प्रेमी और टिल्लू के संग किरायेदार की खबर लेने पहुँच गये। किरायेदार इतना ढीठ था कि भाई जी के मकान में उनकी ही धज्जियाँ उड़ा दीं। मनसुख ने भी जी भरकर भडास निकाली। नन्दन ने किरायेदार को हर तरह से समझाया पर सब बेकार। भाई जी को समझ आ गया कि ये लातों का भूत है बातों की बीन बजाना इसके आगे बेकार है। नन्दन के मना करने के बावजूद भाई जी उससे गुत्थमगुत्था हो गये। उनकी देखा-देखी दोनों बेटे भी जूझने लगे। किरायेदार का बूढ़ा बाप अचानक झगड़ा बढ़ता देख और अपने बेटे को घिरा हुआ पाकर लड़ाई में कूद पड़ा। बौखलाए चरण ने उसे एक तेज धक्का दिया। बूढ़ा बाप धक्के से झटका खाकर गिरा। अचानक पड़े दिल के दौरे से उसका शरीर पसीने से लथपथ हो गया। बूढ़े बाप को अचेत और घायल देखकर किरायेदार चिल्लाने लगा। कुछ समय के लिए सब सन्न रह गये फिर भाई जी ने न जाने क्या सोचकर सबको बाहर निकाला और घर ले आये।

"अगर बूढ़ा न बचा ?" मनसुख ने सवाल किया तो सब चौंक गये। कटरे में भाई जी के घर सब एक साथ थे। सबके चेहरे पर हवाइयां उड़ रही थीं।

"मैंने पहले ही कहा था झगड़ा-फसाद न करो पर नहीं इन्हें तो खुद ही थाना-पुलिस बनने का शौक चर्राया था।" नन्दन गुस्से में था।

"अब क्या होगा?" दोनों बहुएं घूंघट की आड़ से अपनी चिन्ता जताने लगीं।

"हरामी चुप तो नहीं बैठेगा, सोच लो ठाकुर जी।"

टिल्लू ने अपने मन की बात सारी आशंकाओं के साथ कह डाली। चारों तरफ से घिर गये भाई जी ने सबसे पहले लड़कों को बहुओं के ससुराल भेज दिया और नन्दन को उसकी माँ के पास। रात-भर टिल्लू और प्रेमी उनके साथ रहे। सुबह दुकान खोली ही थी कि आजादपुर थाने से पुलिस के दो सिपाही भाई जी को ढूंढते आ पहुँचे। किरायेदार का बाप रात में ही गुजर गया था। उसने

भाई जी और उनके बेटे चरण के खिलाफ एफ.आई.आर.करा दी। चरण को लौटकर थाने आना ही पड़ा। थाना-पुलिस और किरायेदार को सेट करने में भाई जी ने रुपया पानी की तरह बहाया। चरण पर मर्डर का चार्ज लगा था और भाई जी पर उसे उकसाने और साथ देने का। टिल्लू और प्रेमी इस मामले में बच गये थे फिर भी दोनों भाई जी के साथ रहे। सारे घर में एक बवंडर खड़ा हो गया। रुपये ने इस बार भाई जी और चरण को जेल जाने से बचा लिया। किरायेदार और पुलिस वालों ने जमकर लूटा। सपनों की नींव पर बना मकान औने-पौने दाम में भाई जी को बेचना पड़ा। मकान और सपने दोनों चकनाचूर हो गये। यों तो अब तक भाई जी के कितने धन्धे जमे-उजड़े थे पर इस बार के उजड़ने की भरपाई नामुमकिन थी। जीवन का एक बड़ा सदमा लिए भाई जी कई दिन बिस्तर पर पड़े रहे। अलीगढ़ से वापस लौट आये नन्दन ने भाई जी की खूब तीमारदारी की तब कहीं जाकर भाई जी ठीक हो पाये। जिन्दगी में पहली बार भाई जी को अहसास हुआ अपने छोटे भाई के साथ उन्होंने जीते जी कितना बुरा व्यवहार किया पर उसी का लड़का उनकी देखभाल में रात-दिन एक किये हुए है।

नन्दन, संजय और डी.एन. की तीसरे वर्ष की परीक्षाएँ बीत चुकी थीं। बेटे की परीक्षा का वास्ता देकर पण्डित जी भी अपनी पत्नी को घर लौटा लाये थे। परीक्षा के बाद ही संजय अपने क्लर्क बनने के सपने को पूरा करने में जुट गया। पिछली बार एस.एस.सी. का एण्ट्रेन्स उसने दिया था। पास होने की उम्मीद तो थी फिर भी फेल होने की आशंका से उसने पढ़ाई शुरू कर दी। डी.एन. अभी कमाने की चिन्ताओं से परे था। पण्डित जी उसकी माँ को मनाकर घर ले आये थे और घर खर्च देने लगे थे। उसके बड़े भाइयों का कामधन्धा भी अब कुछ जमना शुरू हो गया था। उस पर जल्दी कमाने का अभी कोई दबाव नहीं था। बचा नन्दन तो उसके मामा ने आगे की पढ़ाई का खर्चा उठाने की हामी भर दी पर उसका नाता भाई जी से था। भाई जी मकान के सदमे से नहीं निकले थे पर भारती ड्राइक्लीनर्स की उनकी दुकान जीवन के सारे थपेड़ों-हताशाओं में उनके साथ थी। भाई जी ने नन्दन को पूरा भरोसा दिया।

"तू चैन से लिख-पढ़ और कायदे की नौकरी करना। ये दुकान-फुकान तेरे लायक काम नहीं है।" भाई जी ने नन्दन को जैसे मुक्त कर दिया। इन तीन सालों को भी नन्दन ने खूब सँवारा था। कॉलेज में भी उसकी ठीक पहचान

बनी थी और संगठन के काम में भी। धर्मपुर लॉज की गतिविधियों से जुड़कर गुरु जी के विचार को उसने आगे बढ़ाने का काम किया। उसने गुरु जी से साम्यवाद की ट्रेनिंग और गाँधीवाद की लय से जुड़ी कार्यशैली को सीखने-समझने की कोशिश की। गुरु जी ने साम्यवादी विचारधारा को इस तरह ढाल लिया था कि यह लोगों को बहुत अपनी-सी बात लगती। साथ ही आतंकवाद, साम्प्रदायिकता, जातिवाद और आर्थिक असमानता के विरोध में छेड़े गये युद्ध में गुरु जी ने लोगों को अपने साथ खड़ा कर लिया था। नन्दन भी इसी पंक्ति में शामिल था। संगठन और कॉलेज में अंग्रेजी भाषा की कमी से उपजी हीनता को भी उसने अपनी लगन से दूर कर लिया। हुसैन मैडम और कॉमरेड प्रकाश ने इस काम में उसका सहयोग किया और धीरे-धीरे स्थितियाँ बदल गयीं। सामाजिक-आर्थिक मुद्दों पर उसके लिखे पत्र कभी-कभी अखबारों में छपने लगे तो उसे और बल मिला।

रिजल्ट आने से पहले ही संजय का एस.एस.सी. का परिणाम आ गया। संजय चुन लिया गया था। आज कबीर बस्ती के सुभाष सोनकर की खुशी आसमान तक पहुँचकर ढोल पीट रही थी। उसे अब जाकर यकीन हुआ कि मुसीबतों से भरी जिन्दगी में राहत की बारिश भी बरसती है। संजय खानदान का पहला बच्चा था जो सरकारी नौकरी में आया। पीढ़ियों बाद आज उनकी एक नयी पहचान बनी। सोनकर समाज ने संजय और उसके पिता का सम्मान कराया। तीनों दोस्तों ने एक पूरा दिन अपने जीवन के संघर्षों से यहाँ तक की यात्रा की याद में बिताया।

"बहुत किस्मतवाला है रे तू ,एक जीवन में जो सोचा वो तुझे मिला।"

त्रिपाठी ने खुश होकर संजय की पीठ ठोकी तो नन्दन तुरन्त बोला—"किस्मतवाला नहीं मेहनत वाला है संजय।"

"यार! तूने कब सोचा कि तुझे क्लर्क बनना है? उस महान् दिन, महान् घड़ी को मेरा शत-शत नमन।" त्रिपाठी ने संजय की टाँग खींची पर संजय आज एक मकाम पाने के बाद बेहद सन्तुष्ट था।

"यार घड़ी को पीछे लौटा ले जा और फिर से सोच, कोई बड़ी चीज माँग. ..जैसे तुझे प्रधानमन्त्री बनना है। अबे! भागा होता इस सपने के पीछे तो आज हम भी तेरे कैबिनेट में मिनिस्टर-फिनिस्टर लगे होते पर तुझे तो न जाने कब से क्लर्की का भूत सवार था।" तीनों ने जीत का जश्न मनाया। रात का खाना भी संजय के घर ही था। आज संजय की खुशी में

उसके घर मीट बना था। बचपन का स्वाद आज भी नन्दन की जबान पर ताजा था।

एक जीवन, एक सपना और बहुत सारी खुशियों से भरा आसमान।

## अन्याय और संघर्ष से तपे दिन-रात

बिड़लामिल का मुरारीलाल शर्मा परेशानियों में बुरी तरह घिर गया था। निराश मन जब किसी रास्ते संभल न पाया तो उसने थके कदम गुरु जी के घर की ओर बढ़ाये। सोहनगंज से मुकीमपुरा तक का रास्ता तय करने में आज उसके पैर लड़खड़ा रहे थे।

''आओ भैया! अन्दर आओ। बैठो। ये आ ही रहे होंगे, यहीं गये हैं अमरसिंह के घर। मैं चाय बनाती हूँ।'' सुनीता भाभी के कहने पर मुरारीलाल बैठ गया। चाय बनाती हुई सुनीता भाभी घर के बारे में कुछ पूछती रहीं और अपने बेटे समीर के बारे में कुछ बताती रहीं, मुरारीलाल सिर हिलाकर जवाब देता रहा। उसका दिमाग अपनी उधेड़बुन में लगा था। घर में पैसा चाहिए था और कहीं से भी मदद नहीं मिल रही थी। अचानक उसके मन ने कहा क्यों न गुरु जी से ही कुछ पैसा ले लूं? चाय बनाती सुनीता भाभी के साथ एक नजर घर पर डाली तो जल्द समझ आ गया गुरु जी के पास कहाँ होंगे पैसे? इस घर में बरसों से कुछ भी तो नहीं बदला। वैसा ही है और अब तो गुरु जी पार्षद भी नहीं रहे। वह जानता था उन्हें पार्टी से गुजारे लायक पैसा ही मिलता है।

''घर में सब कैसे हैं? रवीन्दर कैसा है?'' सुनीता ने पूछा।

''क्या कहूँ भाभी! जबसे पैदा हुआ कमजोर ही रहा। फेफड़ों में पानी की तकलीफ से न उसकी हालत सुधरती है न घर से दवाई-गोली निकलने का नाम लेती है। बारहवीं के बाद कहाँ कर पाया कुछ? एक फेकल्टी में जाना भी शुरू किया पर दूसरे ही दिन तबीयत ने साथ छोड़ दिया। बड़ा लड़का वजीराबाद की एक फैक्ट्री में काम करता है पर उसका अपना परिवार और खर्चे हैं। कितनी ही कोशिश कर लूँ पर...जरा उठता हूँ तो लाचारी पैर खींच लेती है। दो महीने हो गये लड़का सूखकर काँटा हुआ जा रहा है। अब तो देखा नहीं जाता।'' कहते हुए मुरारीलाल रो दिया।

''चिन्ता मत करो भैया! सब ठीक हो जायेगा। तुम चाय पियो, ठण्डी हो रही है। ये अभी आते ही होंगे। तुम हिम्मत नहीं रखोगे तो बच्चों और भाभी

को क्या ढाढ़स बँधाओगे?...अरे! आ गये तुम, भैया को समझाओ बड़े परेशान हैं।" गुरु जी के कमरे में आने पर पत्नी ने कहा।

"गुरु जी! बेटा बहुत दिन से बीमार है। तबीयत दिनोंदिन गिर रही है। इलाज का पैसा कहाँ से लाऊँ? ऊपर से मजदूरी है कि बढ़ती ही नहीं? कुछ करो गुरु जी। कैसे नैया पार होगी?" कहते हुए मुरारीलाल ने साथ बैठे हौसला दे रहे गुरु जी के कन्धे पर सिर टिका दिया। गुरु जी देर तक उसे समझाते और हौसला देते रहे। मुरारीलाल के जाने के बाद कुछ मिनट का सन्नाटा घर में छाया रहा। एक गहरी साँस लेकर गुरु जी ने चुप्पी तोड़ी–

"बहुत बुरे हाल हैं सुनीता! तुमसे भी क्या छिपा है? मिल के कितने मजदूर हैं जिनकी हालत बहुत खराब है। मजदूरी बढ़ाने की बात कभी आसानी से नहीं मानी जायेगी। हड़ताल का फैसला ले तो लें पर मुझे चिन्ता उन दिहाड़ी मजदूरों की भी है...कैसे होगा ये सब?" गुरु जी ने दोनों हाथ कुर्सी के हत्थे पर टिकाकर सिर को ऊपर उठाकर कहा।

"ऐसे घबराते तो तुम्हें कभी नहीं देखा, हमेशा से हिम्मती रहे हो...कह तो ठीक रहे हो जब भी हड़तालें हुई हैं दिहाड़ी मजदूरों की हालत ही सबसे खराब रही। उनके घर की औरतों का हाल मैंने खुद जाकर देखा है। उस पर अगर मजदूर हड़ताल तोड़ें तो अपने भाइयों का गला काटते दिखते हैं और हड़ताल पर चले जायें तो परिवार का पेट कटता है।" पत्नी आयी तो गुरु जी को समझाने थी पर खुद भी निराश हो गयी।

"सुनीता! मैनेजमेण्ट लगातार बाहर से मजदूर बुलवा लेता है। बेरोजगारों की कमी कहाँ है? हजारों किसानों के बच्चे शहरों में कमाने आते हैं। एक हटता है तो दो उसकी जगह लेने को तैयार बैठे हैं। फिर भी यहाँ की पाँचों मिलों के मजदूर एक साथ हो जायें तो बात बन सकती है।"

गुरु जी कुछ सोचते रहे और अचानक उठकर लक्ष्मणदास के घर जाने की बात कहकर निकल गये। शाम सात-साढ़े सात का समय था। मन्दिरवाली गली में खेलते बच्चे गुरु जी-गुरु जी कहकर चिल्लाने लगे। गुरु जी मुस्कराए और लक्ष्मणदास के घर की ओर बढ़ गये। वे कुछ देर पहले ही तो अमरसिंह के घर से आये थे।

लक्ष्मणदास अब मिल का मजदूर नहीं रहा था उसने टेलरिंग की छोटी-सी दुकान मुकीमपुरा में डाल ली थी। बीमारी के चलते मिल में उसका काम करना मुश्किल था। गुरु जी दुकान पर पहुँचे तो उसका बेटा कपड़ों-कतरनों के बीच

मशीन पर बैठा था। गुरु जी को देखते ही उसने पैर से कतरनें सकेरकर स्टूल आगे किया।

''आप बैठो, मैं बाऊ जी को बुलाकर लाता हूँ।''

कहकर सतीश दौड़ गया। कुछ देर बाद लक्ष्मणदास आया। गुरु जी के दोबारा आने की बात सुनकर अमरसिंह भी हाल-चाल लेने चला आया।

''चलकर लाइब्रेरी में बैठते हैं।'' गुरु जी ने सबको साथ लिया। पार्टी का जवान कार्यकर्त्ता कैलाश भी आ गया। गुरु जी ने मुरारीलाल के साथ-साथ सभी मजदूरों की परेशानियाँ गिनायी। मुकीमपुरा तो खुद गवाह बना खड़ा था। मजदूरों की जिन्दगी यहाँ घर-घर में खुली-बिखरी थी।

''कहो भई! क्या कहते हो?'' गुरु जी ने सबसे पूछा।

''कल शाम को बिड़ला लाइन्स के मजदूरों की मीटिंग बुला लो गुरु जी! हम सब साथ होंगे।'' अमरसिंह ने कहा।

''पहले मजदूर का मन टटोलकर देखो वो क्या चाह रहा है? ऐसा करो अमरसिंह तुम अभी चले जाओ, लाइन्स के मजदूरों को कल शाम इकट्ठा होने को कहो।'' गुरु जी विचार करके बोले।

''मैं अभी चला जाता हूँ गुरु जी।'' कहते हुए कैलाश आगे बढ़ा।

''ठीक है कैलाश निकल जा साइकिल पर और कल की खबर कर दे।'' गुरु जी ने सिर हिलाकर कहा।

बिड़ला मिल के ठीक सामनेवाली सड़क के भीतर कमला नगर का अन्तिम छोर न्यू बिड़ला लाइन्स का हिस्सा था। छोटे-छोटे दो कमरों के घरों में यहाँ मिल के मजदूर बरसों से अपने परिवारों के साथ रहते आये थे। बिड़ला लाइन्स की पहचान बरगद का एक बड़ा-सा पेड़ थी। उसी के पीछे मजदूर-मोहल्ला धड़कता। आज यहाँ गुरु जी के साथ मजदूरों की मीटिंग होनेवाली थी। बिड़ला मिल से सटी एक और मजदूर लाइन्स के मजदूर और मुकीमपुरा के मजदूर भी यहाँ आ जुटे। गुरु जी के साथ मुकीमपुरा से पार्टी के लक्ष्मणदास और मिल मजदूर नारायण, आरिफ, भरत और गोविन्द भी आ गये। शोराकोठी का सुन्दरपाल, आर्यपुरे का प्रेमी और सोहनगंज का मुरारीलाल भी आया। कॉमरेड प्रकाश ने नन्दन को मजदूर मीटिंगों की रिपोर्टिंग करने का काम सौंपा। उसी के चलते नन्दन को भी मीटिंग की खबर मिल गयी। वो भी समय पर पहुँच गया। अप्रैल का महीना था उमस के मारे बुरा हाल था। बरगद के आसपास ही सब फुटपाथ पर घेरा-सा बनाकर बैठ गये। अलग-अलग जाति-धर्म के सभी

मजदूरों की समस्याएँ एक ही जैसी थीं। नाम चाहे गोविन्द हो या आरिफ सभी गले तक मँहगाई की बाढ़ में डूब रहे थे।

"क्या करें गुरु जी! काम कम नहीं करता फिर भी न बच्चों की पढ़ाई-लिखाई सम्भल रही है न किराया-भाड़ा और न दवाई-गोली का खर्च। मँहगाई सुरसा-सी बढ़ती है और मजदूरी छटांक भर। घर कैसे चलेगा गुरु जी?" मीटिंग से पहले गुरु जी से मिल का ऑयलर आरिफ ने अपना दर्द कह सुनाया।

"पहले मुट्ठी भर पैसा लेकर जाता था और थैला भर के सब्जी-राशन लाता था अब थैला भर के पैसा भी ले जाओ तो भी मुट्ठी भर खाना न आये...कुछ करो गुरु जी! कि जिन्दगी की गाड़ी पटरी पर आये।" लाइन्स में रहनेवाला मिल के डाई डिपार्टमेण्ट का मदन भी रुआंसा होकर गुरु जी को अपना दुःख सुनाने लगा।

"घर में पैसा भेजते भी अब शर्म आती है।" प्रेमी ने कहा।

"हिम्मत रखो। बात बिड़ला मिल की नहीं है। अयोध्या मिल, स्वतन्त्र भारत, डी.सी.एम. की दोनों मिलों के मजदूरों की ओर से भी यही माँग उठायी जा रही है। इसी के चलते कल डी.सी.एम. पर एक गेट मीटिंग रखी है। मैं भी वहाँ रहूँगा और स्वतन्त्र भारत मिल की यूनियन के लीडर भी वहाँ पहुँचेंगे। देखें क्या बात बनती है?"

दोनों को समझाते हुए गुरु जी सभी लोगों की तरफ मुखातिब हुए—"भाइयो! ये रीत चली आ रही है पैसा बनानेवाला सिर्फ पैसा बनाना जानता है जिसकी वजह से पैसा बनता है उसे दबाकर रखता है। जरा सिर उठाओ तो बाहर का दरवाजा दिखा देता है। उसे क्या चिन्ता कौन-सा मजदूर सड़क पर आया? पर भाइयों हमारी ताकत एका में है। अपने हक के लिए इकट्ठे खड़े होंगे तो ही हमारी आवाज सुनी जायेगी। एक बात गांठ बाँध लो ये रास्ता लम्बा है। पहले भी हड़तालें हुई हैं हमने मुसीबतों का सामना किया है। ये भी याद रहे कि हमारे बीच कुछ लोग मालिक के आँख-कान-नाक बनकर भी रहते हैं। हमें उनके झांसे में नहीं आना है। सावधान रहना है। हम सब जानते हैं मजदूर ने आज तक अपने हक से ज्यादा कुछ नहीं माँगा और मालिक ने हमेशा हक से ज्यादा छीना है। ये लड़ाई आज की नहीं आनेवाले कल की है। ध्यान रखना साथियो! तुम कन्धे से कन्धा मिलाकर उठते हो तो बड़ी-से-बड़ी ताकत झुकती है। डी. सी.एम. स्वतन्त्र भारत, अयोध्या मिल के सारे मजदूर भी परेशान हैं। इन सारी

कपड़ा मिलों के मजदूर तंगहाल हैं। आग सुलग रही है साथियो! हिम्मत रखो। मजदूर को कोई महल नहीं बनाना है, कोई मिल नहीं खोलनी है। मजदूर की माँग बस इतनी है कि उसका बच्चा भूखा न सोये, पढ़-लिख जाये। सर पर छत हो और बीमारी में सही इलाज हो सके। कल-परसों में एक गेट मीटिंग करके जल्दी ही कदम आगे बढ़ाते हैं।''

''मजदूर एकता जिन्दाबाद, हमारी माँगे जिन्दाबाद'' के नारों से मीटिंग खत्म हुई। गुरु जी के भाषण से मुरझाए चेहरों पर थोड़ी-सी राहत दिखने लगी। गुरु जी ने हौसला बंधाया कि जल्दी ही और लोगों से इस पर बात करके आम राय बनायेंगे। सुबह की उमस के बाद बादल घिरकर गरजने लगे। बारिश अब हुई कि तब हुई वाली स्थिति बन गयी। बूँदाबाँदी से परे आसमान जब मूसलाधार बरसना शुरू हुआ तब जाकर मीटिंग खत्म हुई। नन्दन को अगले दिन डी.सी.एम. पर और साथियों को लेकर पहुँचने की बात कहते हुए गुरु जी ने लक्ष्मणदास के साथ विदा ली।

अगले दिन मुरारीलाल और दूसरे मजदूर मिल की पारी के साथ कल की मीटिंग की बातें करने लगे।

''गुरु जी की बातों से लग तो रहा है हड़ताल होकर रहेगी।'' मुरारीलाल ने वीविंग डिपार्टमेण्ट के दूसरे साथी मजदूरों से कहा।

''मुरारी! आसार तो ऐसे ही लग रहे हैं।'' फोरमैन दिलीप ने अपने हेल्पर मुरारीलाल की बात का समर्थन किया।

''हालत तो बड़े दिन से खराब हैं भैया! पहले मैं तेईस मशीनों पर काम करता था अब अड़तालीस पर कर रहा हूँ। एक आना फालतू नहीं मिलता कमायी में।'' ऑयलमैन आरिफ ने गुस्से में कहा।

''गुरु जी तो और कपड़ा मिलों की बात भी कह रहे थे?'' प्रेमी ने कुछ सोचकर अपनी बात रखी।

''भइया! उनकी और हमारी हालत अलग है क्या? सब एक ही चक्की में तो पिस रहे हैं।'' आरिफ दुःख से बोला।

पूरे दिन यही चर्चा चलती रही। हर शिफ्ट में आनेवाले मजदूर मिल के गेट में दाखिल होने के साथ ही कल की बातें करते। बिड़ला लाइन्स और कमला नगर लाइन्स से अलग रहनेवाले जो मजदूर कल की मीटिंग में नहीं आ सके थे उन्हें भी पूरी बात खोलकर बतायी जाने लगी। शिफ्ट शुरू होने पर वीविंग यूनिट में मशीनों का शोर गूँजने लगा। मिल की पहली मंजिल पर बड़े-से

हॉल में दाईं और बाईं दोनों तरफ लगी मशीनों पर मुरारीलाल, गोविन्द, राधे, प्रेमी, भरत और नारायण के साथ कितने ही मजदूर काम कर रहे थे। मशीनों की शूं-शूं खट्ट-खट्ट की आवाजों के साथ लूम पर कपड़ा बन रहा था। शोर को परे धकेलते हुए मजदूर एक-दूसरे से बतियाने की कोशिश में थे पर शोर आड़े आ रहा था। मशीनों की सही गति, धागे, शटल सबका ध्यान रखते अपने-अपने काम में सब व्यस्त थे पर सबके दिमाग में मशीन की धुन के साथ कल की बातों की धुन संगत कर रही थी। आरिफ बारी-बारी से मशीनों का ऑयल चेक कर रहा था। शटल का धागा मशीन से उतरकर कपड़े की शक्ल लेने को बेचैन था। पूरी यूनिट में धागे-कपड़े के महीन रोएँ मशीनों के पुर्जों पर परत बनाये चिपके थे। जमीन से सटी मशीनों की मोटरें उन रोयों से पूरी तरह ढक गयीं। हवा में बिखरा रेशा साँस के रास्ते मजदूर के शरीर के भीतर भी जा रहा था। मजदूर बीच-बीच में धागा तोड़ती मशीन के चलते अधिक परेशान थे। मशीन के शोर में कुछ भी आराम-से कह-सुन पाना कहाँ सम्भव था? लंच में ही सबको चैन से बतियाने का मौका मिला तो सबने गुरु जी के हर निर्णय के साथ जाने में अपनी रजामन्दी दी।

दिन गहमागहमी से भरा था। डी.सी.एम. की मजदूर लाइन्स के घर-घर में गुरु जी के मजदूर संगठन एटक और सी.पी.एम. के दल सीटू के कार्यकर्त्ताओं ने लोगों से बातचीत का अभियान शुरू किया। अयोध्या मिल और स्वतन्त्र भारत मिल की यूनियनों के साथ हुई बातचीत के बाद एक सामूहिक निर्णय पर पहुँचा गया कि मजदूरों की समस्याओं और माँगों को लेकर मालिकों को नोटिस भेजा जाये। महँगाई, आवास, यातायात भत्ते में बढ़ोतरी की माँगों को लेकर जल्दी ही सभी मिलों के मालिकों को नोटिस सौंप दिया गया। नियत तारीख पर भी जब मालिकों की नींद नहीं टूटी तो 28 मई, 1986 को दिल्ली की पांच मिलों ने मजदूरी बढ़ाने की अपनी माँग को लेकर एक सामूहिक हड़ताल का ऐलान कर दिया। उत्तरी दिल्ली की चार और पश्चिमी दिल्ली की स्वतन्त्र भारत मिल सहित सभी पांच मिलों के बीस हजार कपड़ा मजदूरों ने अपनी माँगों के पूरी होने तक काम पर न जाने का निर्णय लिया। पाँच में चार मिलें सूती कपड़ा बनाने वाली मिलें थीं इकलौती मिल जो डी.सी.एम. की ही दूसरी यूनिट थी उसमें सिन्थेटिक धागा और कपड़ा बनता था। "हर जोर जुल्म की टक्कर में हड़ताल हमारा नारा है हमारी माँगें पूरी करो'-के नारों ने सभी मिल मालिकों को सचेत कर दिया। पोस्टर-बैनर लिए मजदूर सड़क जुलूस में

शामिल हो गये। आजादपुर से डी. सी. एम. तक के इलाके में हड़ताली मजदूर ही दिखायी देते। उनकी सीधी माँग थी कि श्रम कानूनों का ढंग से पालन हो और उनका वेतन हर हाल में बढ़ाया जाये। हड़ताल इस बार भी जल्दी खत्म होती नहीं लग रही थी। दिहाड़ी मजदूरों के घरों की हालत खस्ता थी। असहाय मजदूर परिवारों का हौसला बढ़ाने के लिए गुरु जी के नेतृत्व में पार्टी की छात्र-इकाई फिर से मुस्तैद होकर घर-घर जाने लगी।

इधर हमारी माँगें पूरी करो- जैसे नारे सुनकर मिल-मालिकों के कानों पर जूं भी नहीं रेंगी। हर हड़ताल से बचने का एक ही अचूक बाण उनके पास था-उत्पादन बढ़ाओ तो वेतन बढ़ेगा। गुरु जी जानते थे इससे पहले भी देश में जब कपड़ा मजदूरों ने वेतन बढ़ाने की माँग उठायी है उन्हें इसी तरह का जवाब मिला है। बम्बई और कोयम्बटूर हाल ही में इसी तरह के झाँसों को झेल चुके थे। दिल्ली की पाँच मिलों के कपड़ा मजदूरों की माँग साफ थी। वे एकजुट होकर नब्बे के स्थान पर सौ प्रतिशत महँगाई भत्ते की माँग कर रहे थे। इसके अतिरिक्त दो सौ रुपये महीना आवास भत्ता और डेढ़ सौ रुपये यातायात का भत्ता बढ़ाये जाने की माँग पर अड़ गये। माँग, पहले छँटनी किये मजदूरों को दोबारा काम पर रखने की भी थी। हड़ताल और उससे सम्बन्धित माँग-पत्र उद्योग मन्त्री के विचार करने के लिए भी भिजवा दिया गया । श्रम विभाग और अधिकारियों की साँठ-गाँठ के चलते कोई भी फैसला मजदूरों के पक्ष में नहीं जा रहा था। दिल्ली में मजदूर ही सबसे अधिक उपेक्षित थे। वंचितों की यह लड़ाई लम्बी खिंचनेवाली थी। हर बार प्रबन्धन और यूनियनों की मीटिंगें किसी फैसलाकुन मकाम पर नहीं पहुँच पा रही थीं। एक पक्ष अन्याय पर अड़ा था तो दूसरा न्याय की लड़ाई से डिगना नहीं चाहता था।

इस बीच नन्दन ने फेडरेशन के अन्य लोगों के साथ मिलकर कई आँकड़े इकट्ठे कर लिए। आँकड़े हैरत में डालनेवाले थे। बात न सिर्फ मजदूरी की थी बल्कि मशीनों की, देश के अन्य हिस्सों के मुकाबले उत्पादन और मजदूरों के हालात की भी थी। नन्दन मजदूरों के संघर्षों में शामिल अपनी आवाज को घर-घर पहुँचाने के लिए कॉमरेड प्रकाश के कहने पर अखबारों में लगातार पत्र और छिटपुट लेख लिख रहा था। इसी बीच मिलों के प्रबन्धन के साथ मजदूर यूनियनों की एक और जरूरी बैठक तय की गयी। इसमें मिल मैनेजमेण्ट के कई बड़े अधिकारियों के शामिल होने की खबर थी। बैठक के लिए गुरु जी के पास नन्दन के जुटाए आँकड़े भी साथ थे। मजदूरों के बिलखते परिवारों और

उनकी जायज माँगों से बेपरवाह प्रबन्धन अपनी ही धुन में था पर ये मीटिंग उनके लिए कोई खेल नहीं थी। बिड़ला मिल प्रबन्धन से आज की मीटिंग में आर-पार की लड़ाई होनी तय थी।

"आइये-आइये गुरु जी! मुरारीलाल जी आप भी बैठिये!" जनरल मैनेजर गुप्ता ने मीटिंग के माहौल को नरम बनाने की कोशिश की।

"देखिए! गुरु जी! आप तो यूनियन के पुराने नेता हैं, आप तो जानते हैं कि हड़ताल कोई हल नही है। इससे मिल का कितना नुकसान होता है और मज़दूर की हालत तो और भी ज्यादा खराब हो जाती है...आप ही सोचें कि जब इससे दोनों का ही नुकसान है तो हड़ताल क्यों हो? हैं जी! मैं तो एक बात जानता हूँ जैसे ही प्रोडक्शन बढ़ेगा वैसे ही मुनाफा बढ़ेगा और मुनाफा होगा तो मज़दूर को उसका हिस्सा देने में हमें कोई हिचक नहीं होगी...आप तो जी, लो पहले चाय...अरे भाई! चाय तो संर्व करो...हाँ तो मैं कह रहा था कि आप तो जी मज़दूरों को कहो कि प्रोडक्शन बढ़ायें...हे हे हे।"

गुप्ता की काँइयाँ हँसी से गुरु जी खीज गये।

"आप एक ही रट लगायें हुए हैं उत्पादन बढ़ाओ-उत्पादन बढ़ाओ... उत्पादन बढ़ाने में मजदूर के परीने के साथ संगत करनेवाली अच्छी मशीनों का होना जरूरी नहीं है क्या? बताइये आपने कितने सालों से नयी मशीनें नहीं लगायीं? 1889 में बनी डी. सी. एम. का भी यही हाल है वहाँ भी 1950 के बाद मशीनों पर कोई खर्चा नहीं किया गया। पुरानी मशीनों के दम पर आप उत्पादन की बढ़ोतरी की माँग कैसे कर सकते हैं?" गुरु जी ने प्रबन्धन पर सीधा सवाल दाग दिया।

जनरल मैनेजर गुप्ता ने हँसी समेट ली और तुनककर कहा—"मजदूरों की बेध्यानी से हमारा काफी माल खराब हुआ है उसकी भरपाई कौन करेगा?"

"क्या बात कर रहे हैं गुप्ता जी? माल मजदूरों की लापरवाही के चलते नहीं आपकी लापरवाही के चलते खराब हुआ है। हमें पता है दिल्ली के कपड़ा उद्योगों में अब तक पुरानी मशीनरी लगी है। दिल्ली भर में पुराना सिमको लूम लगा है, जानते हैं न आप? जबकि देश के अन्य हिस्सों में सुल्जर लूम का इस्तेमाल हो रहा है जिससे बेहतर परिणाम मिले हैं। तमिलनाडु का उदाहरण उठाकर भी देख लीजिये वहाँ सुल्जर से कितना लाभ हुआ है? हमारा मजदूर उनसे अधिक क्षमता लगाता है पर हमारा परिणाम देख लीजिए? और..."

"पर हमारे कपड़े की क्वालिटी पहले से खराब हुई है? कहाँ किया है मजदूरों ने अपनी कैपेसिटी के मुताबिक काम? वेतन किस बात का बढ़ाया जाये?" मैनेजर सुब्रमण्यम बीच में ही बोल पड़ा।

"बहुत अच्छे जनाब! इसमें भी गलती क्या मजदूर की है? कभी मजदूर की शिकायत पर आपने गौर भी किया है? मजदूर तो पहले की तरह ही काम कर रहा है पर मिलों की पुरानी मशीनें लगातार धागा तोड़ रही हैं। ऐसे में कपड़े की क्वालिटी तो गिरेगी ही। साहेबान! अपने गिरेबान में झाँक कर देखिये पहले तो आप मशीन पर एक रुपया खर्च नहीं करते और दूसरी तरफ मजदूर की वाजिब माँग को ठण्डे बस्ते में डाले दे रहे हैं। कहाँ रख छोड़ा है आपने दोहरा मुनाफा?" गुरु जी का चेहरा आवेश में लाल हो गया । उनके सभी साथियों ने मैनेजमेण्ट को एक बात कायदे से समझा दी थी कि उनके किये गये सारे खेलों का पर्दाफाश हो चुका है और ये मजदूर अब अपनी माँगों से हटने वाले नहीं। दूसरी मिलों की मीटिंगों में भी लगभग यही हाल था। लड़ाई लम्बी खिंचने के आसार साफ थे। मीटिंग के बाद और लोगों के साथ जब गुरु जी बाहर निकले तो गेट पर बैठे कॉमरेड मजदूरों का गीत गा रहे थे।

"हाथ हथौड़ा रे! ओ भाई हाथ हथौड़ा रे! तेरी छाती से बढ़कर न परबत चौड़ा रे।" ढफली बज रही थी और गीत हवा में गूंज रहा था। मजदूरों के संग बाहर बैठे नन्दन को बुलाकर गुरु जी ने उससे कॉमरेड अमरजीत कौर को टेलीफोन करके कल यहाँ पहुँचने की बात कही। आजकल नन्दन कई और लोगों के साथ रात को धर्मपुर लॉज में ही रुक जाया करता। पोस्टर, बैनर बनाने के साथ आनेवाले कल की तैयारी में उसने पार्टी ऑफिस में रुकना ही ठीक समझा।

"नन्दन! कॉलेज से जुड़े हो यहाँ मजदूरों की समस्या पर कोई नाटक-वाटक भी करवाओ। लोग जुटेंगे तो प्रेशर बनेगा। हर मिल के दरवाजे पर गुहार लगानी होगी।" गुरु जी मीटिंग में प्रबन्धन की हठधर्मी देखकर मजदूरों की ताकत बढ़ाने के बारे में सोचने लगे।

दिल्ली की पाँचों कपड़ा मिलों में नोटिस दिये जाने के बावजूद मिल-प्रबन्धनों ने तवज्जो नहीं दी। मामला बीस हजार मजदूरों का नहीं उनके परिवारों का भी था। इसीलिए मजदूरों की माँगों के साथ कई संगठन और संस्थाएँ भी जुड़ने लगीं। उनकी हिम्मत बाँधने के लिए कई मण्डलियाँ क्रान्तिकारी गीत और नाटक खेलने भी आयीं। नन्दन ने भी अपना काम कर दिया। डी.सी.एम. के

साथ बिड़ला मिल, अयोध्या मिल और स्वतन्त्र भारत मिल के गेट पर नाटक खेले गये। दिल्ली की जन नाट्य मंच संस्था के सफदर हाशमी ने मजदूरों की माँगों पर आधारित अपना नाटक 'मशीन' खेला। दिन-रात जिन मशीनों पर मजदूर काम किया करते थे उन मशीनों की आवाज और काम को नाटक के अभिनेताओं ने पूरी तरह रच दिया। दृश्य में मशीन रच देना और एक मजदूर का इन्सान से मशीन बनते जाना जनसभा में अपना असर छोड़ गया।

फैसले के अभाव में लम्बी हड़तालें अक्सर भीतर से कमजोर किया करती हैं। ये कमजोरी परेशानी, चिन्ताओं का सबब बनते-बनते अक्सर तोड़ भी देती हैं। इस बार की हड़ताल में प्रबन्धन ने कई खेल खेले। हड़ताली मजदूरों के बीच मैनेजमेण्ट के तैयार किये अपने मजदूर भी थे। प्रबन्धन को फैसले पर लाने की कोशिशों के बीच आये दिन गेट मीटिंग हो रही थीं। डी.सी.एम. की एक गेट मीटिंग में यूनियन नेता अपनी माँगों और प्रबन्धन के टालू रवैये की चर्चा अपने भाषण में करने लगे। मजदूर सड़क पर बैठे प्रबन्धन की चालाकियों से भरी कारगुजारियों को जान रहे थे कि अचानक मजदूरों की भीड़ में कुछ लोगों के लड़ने-भिड़ने की आवाजें तेज हो गयीं। भरी मीटिंग में धक्का-मुक्की होने लगी। गाली-गलौज के साथ गर्दन पकड़कर जो खींचातानी हुई तो कितने ही लोगों ने रोकने की कोशिश की पर लड़ाई बढ़ती गयी।

"लोग भूखे मर रहे हैं और नेताओं को यूनियनबाजी से फुर्सत नहीं। ये साले हमारी पीठ पर अपनी रोटियां सेंक रहे हैं। साला आदमी मर जाये पर इनकी नौटंकी चलती रहे।"

हड़ताल के विरोध में प्रबन्धन की ओर से फुसलाया मजदूरों का एक धड़ा प्रबन्धन की चाल चलने लगा। गुरु जी को इस खतरे का पहले ही अन्देशा था। सुरक्षा की सारी रोकथाम के बावजूद मजदूरों के सिर फूटे, हाथ-पैर में चोटें आगीं पर इन सबसे बड़ी चोट मजदूरों के बीच पड़ी फूट थी। उसके घाव रिस रहे थे और जख्म खुला पड़ा था।

उस दिन मजदूरों को अस्पताल पहुँचाकर उनकी मरहम-पट्टी करवाकर गुरु जी दो-तीन साथियों के साथ पैदल ही पुलबंगश से बर्फखाना चौक होते हुए अपने घर की ओर चले। मन कितनी ही चिन्ताओं से घिरा था। आज की घटना से उनके मन में एक डर जरूर उपजा कि अगर मजदूरों में ये फूट बढ़ गयी तो इसका सीधा असर हड़ताल पर पड़ेगा और हड़ताल टूट जायेगी। गुरु जी को अपने मजबूत कन्धे आज भारी लगने लगे।

"अब क्या होगा गुरु जी?" अमरसिंह अपने सवाल को रोक नहीं पाया।

"देख रहा हूँ अमरसिंह! लम्बी हड़ताल के चलते परेशानी बढ़ रही है पर अभी ये तनाव-झंझट, झगड़ा-मारपीट और भी बढ़ेगा तुम देख लेना।" आगे का अनुमान लगाकर गुरु जी ने जवाब दिया।

अगले कुछ दिनों आन्दोलन और तेज़ हुआ। मजदूरों की तनी मुट्ठियां आकाश की तरफ उठती अपनी माँगों को नारों की शक्ल में दोहराने लगीं। मिलों पर लगातार पिकेटिंग चल रही थी। सभी मिलों के लोगों की हर रोज मीटिंग हो रही थी। मजदूर वर्ग में जितनी एका थी मालिकों का वर्ग भी एकजुट हो गया। प्रबन्धन की ओर से हड़ताल रोकने की अनेक काशिशें की गयीं पर हड़ताल किसी कीमत पर नहीं रुकी। आये दिन मिल ओनर्स एसोसिएशन की मीटिंग चल रही थीं। इधर हड़ताल के दौरान गुरु जी का एक पाँव बिड़ला मिल में रहता तो एक अयोध्या मिल में। जब अयोध्या मिल में होते तब तक कोई न कोई डी.सी.एम. पहुँचने का बुलावा लिए दौड़ा चला आता। सभी मिलों की मजदूर लाइन्स में हड़ताल के दौरान निराशा और उम्मीद करवटें ले रही थीं। इस बार गुरु जी को निराशा के बीच जीवन की कितनी जेल यात्राएँ याद हो आयीं। उन्हें आजादी के तुरन्त बाद हुई दिल्ली के कपड़ा मजदूरों की चौबीस दिन लम्बी चली हड़ताल याद आयी। मालिकों की स्वार्थी फितरत और यूनियनों का संगठित जज्बा, दिमाग में कौंध गया। मजदूर हितों के लिए गुरु जी ने उस समय आमरण अनशन किया था। बीते दिनों की मजबूत यादों ने वर्तमान को राहत दी। उनका आज कल की शक्ल लेकर उभरा जरूर पर इसकी शक्ल पुरानी से मिलने के बावजूद कुछ अलग थी।

आखिरकार मैनेजमेण्ट इस बात पर सहमत हो गया कि मजदूरों को इण्डस्ट्रियल ट्रॉयबुनल के अनुसार काम के घण्टों के मुताबिक वेतन दिया जायेगा। इस आधार पर मजदूरों का वेतन बढ़ना तय था। पाँचों मिलों के यूनियन नेताओं ने प्रबन्धन के फैसले पर मिलकर बैठक की। अयोध्या मिल और बिड़ला मिल की यूनियनों ने इस प्रस्ताव को मान लिया जबकि डी.सी.एम. की दोनों मिलें और कर्मपुरा की स्वतन्त्र भारत मिल अपनी पुरानी माँगों पर अड़े रहे। बहुत दिनों बाद बिड़ला मिल के मजदूर काम पर लौट आये।

इधर हड़ताल खत्म होने के बाद नन्दन, त्रिपाठी और संजय का बी.ए. का रिजल्ट आया। तीनों ने बी.ए. पास कर लिया। संजय को नौकरी मिल ही गयी

थी। नन्दन और डी.एन. ने एम.ए. में दाखिला ले लिया। नन्दन को तो राजनीति विज्ञान ही पढ़ना था डी.एन. ने भी इस बार वही विषय चुना। मीरा और डी.एन. के दिन फूलों की महक से भरे थे। यूनिवर्सिटी का चप्पा-चप्पा उनकी मुलाकातों का गवाह था। मीरा का बी.ए. में ये तीसरा साल था। अगस्त में छात्रसंघ-चुनावों का समय पास आते देख यूनिवर्सिटी भर में छात्र इकाइयाँ सक्रिय हो गयीं। जल्द ही उम्मीदवारों के नामों का चयन होने से सभी संगठन मुस्तैद हो गये। डूसू के अतिरिक्त विभिन्न कॉलेजों में भी उम्मीदवारों के नाम तय होने लगे। डूसू में पिछली कई बार से वामपन्थी संगठनों के छात्र, चुनाव में न सिर्फ खड़े हो रहे थे बल्कि कुछ महत्त्वपूर्ण पदों पर जीत भी रहे थे। इस बार नन्दन का नाम कॉलेज प्रेसिडेण्ट पद के लिए सर्वसम्मति से पास हुआ। अक्सर रात को यूनिवर्सिटी की दीवारों को प्रचार के लिए रंगा जाने लगा। टिन के स्टेंसिल पर काले रंग की स्याही से पार्टी और उम्मीदवार का नाम लिखा जाता। ये काम रात में होता था। स्याही बुरी तरह कपड़ों पर फैलने के चलते अधिकांश लड़के कच्छे या निक्कर पहनकर ही इसे अंजाम देते। सुबह की सूरत अलग होती। कई कॉलेजों और क्लासों में जाकर संगठन का लिखित घोषणा-पत्र बाँटने से ज्यादा बड़ी जिम्मेदारी सार्वजनिक रूप से छात्रों के बीच मुद्दों पर बात करने की थी। मसला चाहे शिक्षा और रोजगार का हो, रक्षा बजट के मुकाबले शिक्षा बजट के कम होना का हो, गरीब विद्यार्थियों की फीस माफी, राजनीति में बढ़ती गुण्डागर्दी और छात्राओं के लिए लेडीज स्पेशल बसों को चलाने का हो—सभी पर खुलकर बात रखी जाने लगी।

इसी गहमागहमी में एक दिन मीटिंग के बाद डी.एन. और मीरा जब चले गये तो नन्दन और उसका एक साथी सलीम अगले दिन की योजनाएँ बनाते हुए अपने कॉलेज से निकल रहे थे। शाम का समय था। रामजस से आर्ट्स फैकल्टी तक जानेवाली सड़क शान्त थी। ट्रैफिक भी मामूली था। लॉ फैकल्टी के बाहर नन्दन ने चाय पीने की इच्छा जाहिर की। चाय के गिलास थामे दोनों बातों में मशगूल थे कि अचानक एक मोटरसाइकिल सामने रुकी। तीन तगड़े से लड़कों में एक उतरा और नन्दन के सामने आकर उसके कन्धे को पूरे वजन से दबाते हुए बोला—"अबे तू ही है नन्दन? किस चौड़ में है तू? कॉलेज के इलेक्शन में खड़ा मत हो जाइयो। साले! यहीं जमीन में खोदकर गाड़ दूँगा तेरे को।" चेहरे पर पूरी क्रूरता के संग बड़े-बड़े दाँतों से धमकाते हुए जब तक उसने अपनी बात खत्म की तो उसके साथी दोनों लड़के भी संग आ खड़े हुए।

पहले लड़के ने चाय का गिलास नन्दन से लेकर उस पर चाय फेंक दी। नन्दन ने खतरे देखे थे पर सीधी टकराहट पहली थी।

"ये क्या बद्तमीजी है? चुनाव लड़कर जीता जाता है या सड़कों पर धमकाकर? यूँ गुण्डागर्दी से नहीं लड़कर जीतो।"

नन्दन की आवाज ने बद्तमीजी का माकूल जवाब दिया ही था कि तीनों उस पर टूट पड़े। नन्दन और सलीम ने हमले से बचाव की कोशिश की पर तीनों हाथ-पैर चलाने लगे। हमलावरों के तेवर देखकर नन्दन और सलीम भी गुत्थमगुत्था हो गये पर वो तीनों अधिक तगड़े थे। घूंसे और लात नन्दन के पेट-सीना-कन्धे-मुँह सब पर पड़ने लगे। सलीम को भी बुरी तरह पीटा गया। नन्दन के मुँह से खून बहने लगा। पसलियों में भयानक दर्द उठा। उसने आसपास मदद के लिए देखा। कुछ लोग अन्याय देख रहे थे पर कोई उन्हें बचाने नहीं आया।

"दिखा बैग में क्या लिए फिर रहा है तू? तमंचा या दारू की बोतल?" कहते हुए नन्दन के कन्धे का झोला एक लड़के ने खींचकर टटोला। उसमें जरूरी कागजों के अलावा नन्दन की एक किताब भी थी। लड़के ने सारे कागज हवा में उछाले और किताब बीच से चीरकर फाड़ डाली।

"कान खोलकर सुन ले अपना भाई खड़ा हो रहा है, गलती से भी खड़ा न हो जाइयो। साले घर में घुसकर मारेंगे तने। आरती न उतरवा लियो अपनी। सीधे से नॉमिनेशन वापस ले और शान्ति से रह।" घायल नन्दन की गर्दन को दबोचते हुए तीनों में से एक ने कहा। मोटरसाइकिल स्टार्ट हुई और तीनों चले गये। नन्दन को सलीम ने सहारा देकर उठाया। धन और बाहुबल की राजनीति के क्रूर अट्टहास के आगे नन्दन हिम्मत बाँधकर खड़ा हो गया।

साहस मन की धरोहर है वह हर बेहोश ताकत को जरूर झकझोरती है।

## रामलीला बन गयी रावणलीला

ससुर और सालों की तगड़ी डाँट से घबराये पण्डित जी पत्नी को घर वापस ले आने के बाद भी बदले नहीं इसीलिए पण्डित जी को अपने बेटे द्विजेन्द्र का डर बना ही रहता। प्रेमा से मिलना बेहद कम हो गया था पर बन्द नहीं। चोर हेराफेरी से चला जाये-भला कैसे मुमकिन था? प्रेमा प्रसंग के चलते इलाके में उनकी खासी छीछालेदर हो चुकी थी। इस छीछालेदर पर मिट्टी डालने का मौका जल्द ही उन्हें मिल गया। कुनकुनी सर्दियों के साथ रामलीला की गहमागहमी

शुरू हो गयी। पण्डित जी में ऐब भले बहुत हों पर बरसों से रामलीला में चौपाई और भजन गाने में दूर-दूर तक उनका कोई सानी नहीं था। बासी रोटी पर महकते-तैरते घी-सा गुण लिए पण्डित जी खूब इतराते। सुरीला गला और साफ उच्चारण। सधी आवाज में जब कोई पद उठाते सभा झूम उठती। इसी बात पर रीझकर तो उनके ससुर ने दुहाजू को अपनी लड़की सौंप दी थी। इलाके की भव्य रामलीला में जितना सम्मान कलाकारों का होता पण्डित जी का भी उनके बराबर रहता।

पुरानी दिल्ली की सबसे भव्य लीला, रामलीला मैदान में होती जो लोग वहाँ न जा पाते उनके लिए दिल्ली क्लॉथ मिल के बड़े से मैदान में मिल के द्वारा कराई रामलीला भी कम भव्य नहीं थी। दिल्ली में अनूठी रामलीलाओं की परम्परा बहुत पुरानी थी। अन्तिम बादशाह बहादुर शाह जफर के समय से लाल किले में दशहरा बड़ी शानो-शौकत से मनाया जाता था। इतिहास को किस्सों में पिरोने वाले किस्सागो इतिहासकारों के वशंज आज भी ठसके से पीढ़ियों से सुनाये जा रहे इस मंजर को ठसके से आँखों के सामने ला खड़ा करते मानो वे खुद वहाँ मौजूद थे—"जनाब! पीढ़ियों पुराना असली किस्सा है। बादशाह जफर के समय दशहरे के दिन सोने-चाँदी की काठीवाले घोड़े यमुना किनारे की रेत पर लालकिले के पास दौड़ाये जाते थे। क्या समाँ बँधता था? ये बड़े-बड़े पुतले जनाब! गर्दन को खींचकर जितनी मर्जी पीछे सरकाइये पुतलों की ऊँचाई आँखों में न समाये, इत्ते बड़े। कितने ही साल बीते रामलीला आज भी यहाँ होती है। दूर-दूर से देखने आते हैं लोग।" दादा-पड़दादा-लक्कड़दादा के जमाने से चले आ रहे किस्सों की हकीकत आज की रामलीला से भी बयाँ हो जाती। रामलीला मैदान और गली-मोहल्ले-नुक्कड़ पर होनेवाली छोटी-मोटी रामलीलाओं से अलग डी.सी. एम. की रामलीला की बात ही कुछ और थी। बिड़ला मिल का अधिकांश इलाका रामलीला के दिनों में दिल्ली क्लॉथ मिल के मैदान की शरण लेता। बस पण्डित बृजेन्द्रनाथ त्रिपाठी इसी रामलीला की गीत-संगीत मण्डली के शिरोमणि रहते। इसी मंच से उपजी उनकी लोकप्रियता के चलते उनकी कमाई और राजनीतिक महत्त्वाकांक्षाएँ खूब फलती-फूलतीं।

रामलीला के पूरे नौ दिन और बाद में दशहरे पर जनता यहाँ टूटी पड़ती। तिल धरने की जगह न होती। रामलीला का पूरा नजारा किसी के लिए भी कभी न भूलनेवाला अनुभव रहता। बड़े से गोलाकार मैदान में सीढ़ियों के अनेक घेरों

पर सैकड़ों की संख्या में बच्चे-बूढ़े-औरतें-जवान-अधेड़ सबका रेला, मेला लगाये रहता। मैदान के बीचोंबीच जमीन से ऊपर उठा बड़ा गोलचक्कर-सा स्टेज धीरे-धीरे घूमता रहता तो स्टेज पर घटित होनेवाले सारे सीन गोलाकार समूह में बैठी जनता को दिखायी देते। स्टेज के चारों तरफ ऊपर जाने की सीढ़ियाँ रहतीं। इस घुमावदार स्टेज के साथ सबसे अधिक मजा आता स्टेज के ऊपर से लोहे के मजबूत रस्सों पर जनता के सर पर से गुजरते गदाधारी हनुमान का लंकादहन और संजीवनी बूटी लाने का सीन आने पर। रात के अँधेरे में रस्से दिखते नहीं और हनुमान चमत्कार सरीखे नजर आते। ऊपर से गुजरते हनुमान गदा हिलाते और साथ-साथ पैरों को हवा में तैरने के अन्दाज में चलाते तो नीचे बैठी जनता खुशी और अचरज के मारे तालियाँ बजाती। सीटियों से आसमान के कान फट जाते। नन्दन, संजय और त्रिपाठी बचपन से इस रामलीला को देखकर बड़े हुए। पण्डित जी के कारण उन्हें जगह भी अच्छी मिल जाती। गीत-संगीत सँभालते पण्डित जी स्टेज के नीचे मण्डली के साथ बैठते। मोहल्ले की छोटी-मोटी रामलीलाएँ भला क्या खाकर इसका मुकाबला करतीं?

*"भए प्रगट कृपाल दीनदयाला कौसल्या हितकारी*
*हरषित महतारी मुनि मन हारी अद्‌भुत रूप बिचारी*
*लोचन अभिरामा तनु घनस्यामा निज आयुध भुजचारी*
*भूषन बनमाला नयन बिसाला सोभासिन्धु खरारी"*

रामलीला में जब राक्षसों का दमन करनेवाले सुन्दर और जनप्रिय राम का रूप पण्डित जी बखानते तो दर्शक-श्रोता सब मगन झूमने लगते। इन दिनों पण्डित जी की आत्मा की प्रसन्नता सीधे स्वर्गधाम से जुड़ी रहती। कमाल की बात तो ये थी कि इस बार रामलीला में गर्भवती प्रेमा भी अपने पति के संग आयी थी और मीरा-डी.एन. भी। प्रेमा के गर्भ में पल रहा बच्चा कलेजा छोड़ चुका था और पेट के निचले हिस्से की तरफ सरक आया था। कोई भी देखकर बता सकता था कि अब किसी भी दिन प्रेमा माँ बन सकती है। मीरा ने डी. एन. से रामलीला के तकनीकी जलवों की चर्चा खूब सुनी थी पर देखने का मौका भी जल्दी ही मिलेगा ये कहाँ सोचा था। डी.एन. एक अनुभवी गाइड की तरह मीरा को रामलीला का अतीत और वर्तमान बताने लगा। सबसे बाद में उसने पण्डित जी की तरफ इशारा करके उनसे अपना रिश्ता बताया। मीरा की एक क्षण की खुशी हजार चिन्ताओं में डूब गयी। बार-बार एक ही सवाल सामने

था-ये मुझे कैसे स्वीकार करेंगे? उधर पण्डित जी ने छन्द गाते हुए स्वर सप्तम पर लगाया।

प्रेमा की लगन के चलते पण्डित जी ने घर-बाहर खूब ताने सुने। छींटाकशी और फब्तियों ने उनका दामन तार-तार कर दिया। लम्बे समय के बाद प्रेमा जबसे गर्भवती हुई तो पण्डित जी चन्द आशंकाओं के बावजूद मोहल्ले का विश्वसनीय नाम बन गये। मोहल्ले ने उन पर कसी फब्तियों के तार-तार दामन पर प्रशंसा का नया चमचमाता दुशाला उढ़ा दिया। अब प्रशंसाओं के आकाश पर बैठने से पण्डित जी कुछ कदमों की दूरी पर थे। इधर प्रेमा पहली सन्तान को जन्म देती उधर पण्डित जी की तान्त्रिक विद्या की धूम मचनी तय थी। एक-एक दिन गुजरता और प्रार्थना बुदबुदाते पण्डित जी के होंठ कँपकँपाते। समय बीता और पण्डित बृजेन्द्रनाथ त्रिपाठी की मनोकामना पूरी हुई। प्रेमा के बेटा होने की खबर मिलने पर खाना खा रहे पण्डित जी का मन किया अभी भोजन की थाली पलट दें और चमचे से उसे मोहल्ले भर में बजाते फिरें पर पण्डितानी का मुँह देखकर सहम गये। अगले दिन प्रेमा के बेटे के लिए चांदी के दो नजरिये खरीदकर उसके घर जाने की तैयारी की। रास्ता सुखद कल्पनाओं से भरा था। खारिया मोहल्ले के बाहर ही प्रेमा का पति स्कूटर पर सामने से आता दिख गया। उससे पहले भी पण्डित जी की संक्षिप्त मुलाकातें होती थीं पर वह अक्सर काम के सिलसिले में घर से बाहर रहता था। पण्डित जी ने गर्व से मुस्कान को और चौड़ा कर लिया।

''बधाई हो, बेटा हुआ है। मिठाई खिलाओ।'' पंडित जी खुद को रोक नहीं पाये।

''हरामी! सारी पण्डिताई झाड़ दूँगा तेरी, जो अब कभी घर के आसपास भी फटका।''

पण्डित जी ने समझा उनके और प्रेमा की मुलाकातों पर उसका पति भड़क रहा है।

''आप तो यों ही उखड़ रहे हैं। इतने मन्त्र-पूजा से बेटा घर आया है पण्डित का मान भी नहीं रखोगे?'' झोले में नजरिये टटोलकर मन की तसल्ली करनेवाले पण्डित जी के हाथ जड़ हो गये।

''मान? ले अभी उतारता हूँ तेरी आरती।''

कहते हुए प्रेमा के पति ने स्कूटर साइड में लगाया और पण्डित जी का गिरेबान पकड़ लिया। खारिया मोहल्ला दम साधे देखता रहा। दोनों के बीच

कोई नहीं पड़ा। गालियों की पीक को पण्डित जी के कानों के उगालदान में थूकने के बाद प्रेमा के पति ने पण्डित जी की कुटाई की। हतप्रभ पण्डित जी ने कान में पड़ी पीक से जाना कि खारिया मोहल्ले ने प्रेमा के बेटे की शक्ल पण्डित जी से मिला दी है। प्रेमा का पति बेवजह मार-पीट नहीं कर रहा था। पण्डित जी ने उसकी सीता का हरण कर लिया था।

अभी दशहरा खत्म होकर चुका था कि भाई जी बेचैन हो उठे। इलाका रामलीला के बाद दीवाली की रौनक में शामिल हो रहा था। इधर भाई जी को केवल पार्क की जमीन का दुःख जरा चैन न लेने देता। बहुएँ भी बनी-बनायी जायदाद के लुटने और पैसा मिट्टी में मिलने से घर में कदम रखते ही मुँहजोर हो गयीं। उनके कामचोर और ऐबी पतियों ने भी उन्हें मुँहजोर बनाने में कसर नहीं छोड़ी। दोनों बिना नागा पीते और आमदनी बढ़ाने के बारे में कुछ न सोचते। घाटा देखकर भाई जी पैसा दाँतों से पकड़ने लगे। मकान के हादसे के बाद भाई जी अपनी गिरती साख के प्रति चिन्तित हो गये। उन्हें लगा अगर ऐसे ही चला तो गली-मोहल्ले में बरसों-बरस मेहनत से बनायी उनकी इज़्ज़त मिट्टी में मिल जायेगी। जो लोग पीठ पीछे हँसी-ठठ्ठा कर रहे हैं वे सामने भी लिहाज नहीं करेंगे। यही सब सोचकर भाई जी अपने रौब-दाब को लौटाने-बनाने की कवायद में लग गये।

"प्रेमी! क्या कहता है दीवाली के टाइम पर आर्यपुरा में कमेटी शुरू करें क्या?" एक दिन भाई जी ने टिल्लू और प्रेमी के बीच चर्चा छेड़ दी।

"शुभ काम में देरी कैसी ठाकुर जी! इसमें भी कोई पूछने की बात है? गरीब-गुरबा लोग हैं, रोज-डेली पैसे की जरूरत रहती है। मिल के मजदूरों को तो इससे बड़ी राहत रहेगी। तुम सोचो ही मत। दीवाली से अच्छा मौका और क्या होगा?" जवाब टिल्लू की तरफ से आया।

"बाइचान्स कुछ ऊपर-नीचे हुआ भी तो नुकसान आपको होना नहीं।" प्रेमी ने हौसला बढ़ाया।

फिर क्या था भाई जी ने कई लोग जोड़ने शुरू किये। मोहल्ला धन की दृष्टि से पिछड़ा ही था फिर सौ-दो सौ रुपये मासिक की कमेटी पर लोगों की आस बँध गयी। इसके चलते उनके बहुत से काम संवर जाने और आड़े वक्त में मदद की उम्मीद बढ़ी।

छोटी दीवाली का दिन था। स्कूल बन्द थे और बच्चे पटाखों की होड़ में अन्धे हो रहे थे। शोराकोठी के जगदम्बा स्टोर का दुकानदार चाँदी काट रहा था।

पण्डित जी के छोटे बेटे राजू ने बड़े भाइयों से पैसे लेकर बम-पटाखे खरीद लिए। पास रहनेवाले अपने दोस्त के घर गया और उसकी छत पर पटाखे चलाने में मस्त हो गया। भाइयों के लाड़ ने आज ही दीपावली समझकर अपना दिल खोल दिया । पटाखों को जलाने और दोस्त के साथ हुल्लड़ मचाते राजू को देखकर कुछ और बच्चे भी छत पर आ गये। हँसते-खेलते बच्चों में अचानक पटाखों को लेकर धक्का-मुक्की हुई और बिना मुँडेर की छत से राजू नीचे गिर गया। शोराकोठी में एक पल के मौन के बाद शोर का सैलाब उठा। दोपहर में घड़ी भर को लेटी पण्डितानी खबर सुनते ही छाती कूटती गली में आयीं। गली में अचेत पड़े राजू को माँ की हिचकियाँ सुनायी नहीं पड़ रही थीं। बच्चे के सिर से खून के बहते फव्वारे को पण्डितानी ने अपनी धोती से दबाया पर खून धोती से रिसकर बाहर आ गया। कुछ देर में गली के लोग राजू को अस्पताल लेकर चले। पण्डितानी घर खुला छोड़ खून से तरबतर साड़ी में उसके पीछे भागी। आँसू थम नहीं रहे थे। उसकी दुनिया आगे बेहाल जा रही थी। कुछ ही पल में पण्डित जी और राजू के भाई भी हिन्दूराव पहुँच गये। वहाँ डॉक्टर के इलाज शुरू करने से पहले ही राजू ने दम तोड़ दिया। सच को झुठलाती पण्डितानी राजू के शरीर को झकझोरकर उसे वापस लौटा लाने की हर सम्भव कोशिश करने लगी। दूसरों की भलाई की कथा कराने वाले पण्डित जी का घर लुट गया। राजयोगवाले राजू को हमेशा चिरंजीवी कहने-बतानेवाले पण्डित जी की गणना गलत सिद्ध हुई।

तन्त्र-मन्त्र धरे के धरे रह गये।

## क्षितिज के पार

पूरी मेहनत के बाद भी चुनाव हार जाने से यों तो नन्दन कुछ महीनों बाद उबर गया पर इन दिनों उसे माँ बहुत याद आती। उसने संगठन के कामों और पढ़ाई में खुद को व्यस्त कर लिया पर अकेलापन फिर भी नहीं दूर हुआ। संजय नौकरी में व्यस्त था और छोटे भाई की मौत से दुःखी रहनेवाले डी.एन. के साथ मीरा अक्सर रहती। अपने दुःख और हार के क्षणों को अकेले सहना नन्दन को जिन्दगी ने सिखा दिया था पर हर बार सीख काम ही आये ये जरूरी तो नहीं। जब कभी अकेलेपन से अधिक घिर जाता और आगे की राह नहीं सूझती तो माँ की सूरत रह-रहकर सामने आती। माँ को चिट्ठी तो वो लिखता था पर बहुत समय से माँ से नहीं मिला था। माँ ने अच्छी तरह पढ़-लिख जाने की आस में

ही दिल पर पत्थर रखकर नन्दन को अकेला छोड़ा था। कई बार माँ के अकेलेपन की सोचकर नन्दन सिहर उठता।

उदासी जीवन में अस्थिर होती है शायद यहीं से जीवन ताकत पाता है। अगले साल कॉलेज की नयी स्टूडेण्ट यूनियन की वही पुरानी छात्र राजनीति के विरोध में नन्दन ने संगठन के कुछ और छात्रों के साथ मिलकर कॉलेज स्तर पर बढ़ती गुण्डागर्दी को रोकने और छात्रों के बीच नयी गतिविधियों को शुरू कराने का बीड़ा उठाया। नन्दन ने बी.ए. के स्तर पर कई छात्रों को इस गतिविधि से जोड़ा और कॉलेज के सालाना उत्सव में इस बार बेकार के हुड़दंग और नाच-गाने की जगह एक स्वस्थ सांस्कृतिक सन्ध्या का आयोजन करवाया। कॉलेज में ऐसा पहली बार हुआ था कि शाम को लड़कियाँ भी इसमें शामिल हो सकीं हालाँकि गेट और कॉलेज में सुरक्षा के खास इन्तजाम जरूर करने पड़े। कार्यक्रम को चौपट करने की तमाम कार्यवाहियों के बावजूद प्रिन्सिपल का सहयोग नन्दन के समूह को मिला। डी.एन. ने भी इसमें नन्दन का भरपूर साथ दिया।

डी.एन. के घर में दुःख आकर ठहर गया। उसकी माँ पूरी तरह गुमसुम हो गयी । बिस्तर से उठने की ताकत भी शरीर में बाकी न थी। सदमा पण्डित जी को भी कम न लगा पर जल्द ही वह अपने काम-धन्धों की दुनिया में लौट गये। माँ रातों में अक्सर राजू से बतियाती-बड़बड़ाती। दुःख की छायाएँ घर पर अपना स्थायी डेरा जमा चुकी थीं। ऐसे में एक दिन मीरा ने डी.एन. को बताया कि उसने अपनी बहन को उसके बारे में सब-कुछ खुलकर कह दिया। बहन ने ब्राह्मण लड़के की बात सुनते ही सर पीट लिया और मीरा को खरी-खरी सुनायी। धमकी भी दी कि यदि उसने इस चक्करबाजी को खत्म नहीं किया तो घर में सबको बता देगी। मीरा ने बी.ए. पास कर लिया था और अब जल्दी पैरों पर खड़ा होना चाहती थी। मीरा-डी.एन. दोनों की जिन्दगी की परेशानियाँ थमने का नाम नहीं ले रही थी।

"मेरे घर में तो तुम्हें कोई शायद ही अपनाये तुम्हारे घर में भी लोग मुझे कैसे स्वीकारेंगे?" एक मुलाकात में मीरा ने डी.एन. से सवाल किया।

"मीरा! तुम्हारी शादी मुझसे होगी। मेरे परिवार से नहीं।" डी.एन. ने दृढ़ता से कहा।

"लेकिन नातों का वास्ता सबसे पहले प्रेम को निगल जाता है। कितनी दफा उदार परिवार भी सीधे नहीं पर नातों की दुहाई में जाति-धर्म घोलकर पिला देते हैं। कहीं तुम..." मीरा के शब्द गले में अटक गये।

"मीरा! इस दुनिया के आखिरी कोने तक भी मैं तुम्हारा हाथ न छोड़ूँगा।"

डी.एन. ने मीरा की आँखों में अपना भरोसा उतार दिया। उसका हाथ पकड़कर धीरे से उसे अपने पास लाकर मीरा का माथा चूम लिया। मीरा के दोनों हाथ डी.एन. के सीने से जा लगे और अपने ही हाथों पर अपना चेहरा रखे मीरा, गौरैया में तब्दील हो गयी। एक गौरैया जिसे समाज के घने अँधेरे के पार एक छतनार पेड़ दिख गया था।

एक गौरैया जो पेड़ पर अपना घोंसला रचने का ख्वाब बुन रही थी।

चार महीने बाद एम.ए.फाइनल की परीक्षाएँ होनेवाली थीं। नन्दन ने सोच लिया कि वह अपनी अच्छी भाषा , तथ्यात्मक अभिव्यक्ति के चलते पत्रकारिता में ही नाम बनायेगा। यों भी हिन्दी अखबारों में उसके कुछ लेख छपने से उसका उत्साह बढ़ गया था। डी.एन. आगे एम.फिल. करना चाहता था। रिसर्च का रास्ता लम्बा था और उसे जल्द पैरों पर खड़ा होना था। अचानक जनवरी की एक सर्द रात मीरा ने डी.एन. के घर आकर सबको चौंका दिया। मीरा के घर में उसका प्रेम प्रसंग सबके सामने खुल गया। डाँट-धमकी के बावजूद मीरा टस-से-मस न हुई तो पिटाई से काम लिया गया। जब पिटाई भी बेअसर रही तो मीरा मौका पाकर घर से भाग निकली। बदहवास मीरा ने रात को डी.एन. के घर का दरवाजा खटखटाया। आज हर दरवाजा नाउम्मीदी की दास्तान था। दोनों के प्रेम की दुनिया इतनी बड़ी थी कि जाति की संकीर्ण दुनिया में उसका समा पाना असंभव था। डी.एन. ने पिता का रुख जानते हुए भी सब सच कह सुनाया। अब छिपा पाना वैसे भी सम्भव कहाँ था? राजू की मौत के बाद घर में छाया सन्नाटा चीख-पुकार में बदल गया। खूब झगड़ा हुआ और पण्डित जी के लिए राजू के बाद काले ने भी आज दम तोड़ दिया।

सर्दी की रात में मीरा डी.एन. कोई और सहारा न पाकर नन्दन के घर चले आये। आज हवाएं उनके खिलाफ थीं। भाई जी को उनका घर आना नहीं सुहाया। दो लोगों के लिए आज इस दुनिया में कोई सहारा नहीं था। तीनों संजय के घर पहुँचे। एक लड़की का इस तरह रात को आना संजय के घर वालों को भी परेशान कर रहा था पर तीनों लड़कों पर संजय के पिता को भरोसा था। अगले दिन ही डी.एन. ने अपने मेरठ वाले मौसा को फोन किया। वे खबर सुनते ही चले आये। मौसा चाहते थे लड़का भी उनकी तरह आर्मी ज्वाइन करे। दोस्तों और मौसा की मौजूदगी में दोनों की शादी आर्यसमाजी तरीके से हुई और जल्द ही पश्चिमपुरी के इलाके में दोनों के लिए किराए का मकान ढूंढ़ लिया

गया। शोराकोठी के आसपास रहना ठीक नहीं था। मौसा ने अपने खर्चे से छोटा-सा रिसेप्शन भी दे डाला पर उनके खुले विचार किसी भी तरह डी.एन. के परिवार को न मना सके। ब्राह्मण होकर दलित लड़की से शादी की बात खुल जाने पर पण्डित जी के जानने वाले ब्राह्मणों और कई रिश्तेदारों ने उन्हें खूब खरी-खोटी सुनायी। मीरा पर अच्छा लड़का फांसने का आरोप भी लगा और भद्दी गालियाँ भी दी गयीं। इधर मीरा के घरवालों ने भी मीरा से नाता तोड़ लिया। दोनों की शादी जातिवादी समाज के मुँह पर तमाचा थी और दोनों अपने निर्णय पर अटल-अडिग और बहुत खुश थे। रास्ता आसान नहीं था पर पार्टी के कॉमरेड और दोस्तों ने आकर उनका हौसला बढ़ा दिया। वे सभी आनेवाले खतरों के लिए भी मुस्तैद थे। डी.एन. और मीरा का निर्णय विजयी हुआ। दोनों के विवाह के साक्षी नन्दन को विवाह के दिन तक कुछ भी सोचने की फुर्सत नहीं मिली। सब ठीक-ठाक होने के बाद उसने देखा मीरा, डी.एन. के साथ बहुत खुश थी। मीरा से जुड़ी सारी यादें शायद आखिरी बार एक क्षण को नन्दन के लिए फिर से ताजा हुईं लेकिन मीरा की हँसी ने उन्हें अतीत के दरवाजे में धकेल दिया। न जाने कब से ठहरा हुआ एक लम्हा काँपकर मुस्कान में ढल गया। आँख में नमी का एक कतरा लिए नन्दन, दोनों की खुशी में शामिल था।

जात के बन्धन बनानेवाला भी आदमी और तोड़ने वाला भी आदमी।

## पुराने मोहल्ले में नया चलन

सब्जी मण्डी-घण्टाघर का पूरा इलाका कब से एक ही तरह का रहा। पुरानी चाल-ढाल और वैसी ही धड़कन। उन्नीस से बीस हुआ तो कभी बीस से उन्नीस लेकिन इक्कीस का रंग उस पर कभी चढ़ा ही नहीं। बदलने की गुंजाइश ही कहाँ थी? कहीं कुछ टूटता तो उसके बनने में एक लम्बा इन्तजार बदा होता। कहीं नया कुछ बनाने की फ्रिक हो तो एक इंच खिसकाना या समेटेने में जिन्दगियाँ सिमट जातीं। पुरानी दिल्ली कोई लुटियन जोन तो थी नहीं यहाँ हवा बहती है पर बदलने का ठिकाना नहीं जानती। दुकानें, मकान और लोग यहाँ पलक झपकते नहीं बदलते। यहाँ का मौसम आदमी और उसकी बातों से गुलजार रहता आया था। जेब में पैसा हो-न-हो बातों के खजाने हरदम भरे रहते। पेट में आँत कुलबुला रही हो पर जबान की ठसक में राई-रत्ती फर्क कोई पकड़कर दिखाये?

इलाके में नयी चाल-ढाल-माल पर जान छिड़कने वाले बहुत ही कम थे।

उनके घर, गलियां, रहन-सहन, बरतने की चीजें जब तक दम तोड़कर धरती पर लमलेट न हो जातीं लोग उन्हें बरतते रहते। दादा खरीदे पोता बरतेवाली धुन पर मोहल्ला थिरककर शान मारता। रोजमर्रा की टूटी-फूटी चप्पलें, प्लास्टिक के टब-बाल्टी, खाट के पाये-निवाड़, छाते की टूटी तनियाँ, बर्तनों के टूटे-मूटे हैण्डल, रजाई-कम्बल के बड़े-बड़े ट्रंक ऐसा क्या नहीं था जो जुड़कर टनाटन न हो सकता हो। मोहल्लों में जगह-जगह इन्हें सुधारनेवाले, मरम्मत करनेवाले कभी खाली बैठे नहीं दीखते। मन्दिर में एक भगवान, दुकान में पुराना दरबान और चौक का नामी पहलवान सब बरसों से यहाँ टिके खड़े थे। भाई जी ने भी चाहे छोटे-मोटे कितने धन्धे शुरू किये पर ड्राइक्लीनिंग का धन्धा कभी न छोड़ा। वो जानते थे उनके सब सुख इसी दुकान के चलते हैं। जो रुपया-जोड़ा और जो भी गंवाया वह सब बरसों पुरानी इसी दुकान की कमायी से।

कटरे में एक दोपहर भाई जी की दोनों बहुएँ सो रही थीं। भयानक लू के मारे आसपास सोता-सा पड़ा था। आदमी अपने काम पर थे और बच्चे लाख डपटने पर भी शैतानियों से बाज नहीं आ रहे थे। अचानक कटरे में कुछ आवाजें सुनकर औरतों की नींद टूटने लगी।

"माताओ-बहनो! आपके खरीदे बर्तन, जेवर दुकान से आने के बाद काले पड़ जाते हैं। पैर में पड़ी चांदी की पाजेब और गले में पड़ी चांदी की चेन से ज्यादा तो नकली गिलट लाइट मारती है। आओ बहनजी! चमकवा लो अपने जेवर-बर्तन। हम बाबाजी का सिद्ध भभूत लाए हैं न चमके तो पैसा वापस।" कटरे में दाखिल हुए दो अधेड़ आदमी, औरतों को बुलाने लगे। थोड़ी ही देर में कुछ औरतें बाहर आ गयीं। भाई जी की बहुएं भी तमाशा देखने लगीं।

"जमाना खराब है तेरा कैसे भरोसा कर लें?" पोपले मुंह वाली एक बुढ़िया ने हाथ चलाकर कहा।

"कैसी बात कर रही हो अम्माजी! हम बाबाजी के चेले हैं कोई चोर-उच्चके न हैं।" एक बोला।

"विश्वास न हो तो अपनी आँखों से अभी देख लो।" कहते हुए दूसरे ने झोले से एक डिबिया, एक लोटा और एक चेन निकालकर जमीन पर अखबार बिछाकर सजा ली। हाथ में चेन लेकर उसने सबको दिखाते हुए कहा—"ये चांदी की चेन दस मिनट में चमककर नयी जैसी हो जायेगी। केवल दस मिनट में। बस बाबा जी की भसम, तुम्हारे भरोसे और हमारे कमाल से काम होगा आप सबके सामने। न कोई शंका न कोई डर।"

दस मिनट में लोटे से निकली पुरानी चेन नयी जैसी हो गयी। औरतें आँखें फाड़े देख रही थीं। सबके घरों में कोई-न-कोई जेवर चमक को तरसता पड़ा था पर घर में अजनबियों को कैसे घुसायें?-यह सवाल परेशान कर रहा था। दूसरे, घर का जेवर बाहर लाना भी खतरे से खाली नहीं था। पड़ोस की औरतें को घर की सच्चाई पता लगते ही "हाय! हाय! कितना सुन्दर" कहती हुईं वे नजर लगा देतीं और न जाने कितने दिनों तक अचरज से टोक लगाती फिरतीं—'उसका तो भैया! घर भर रहा है जेवर से।" भाई जी की बहुओं ने बहुत सोच-विचार कर उन दोनों को अन्दर बुला लिया।

"पहले ये बिछुये साफ करके दिखाओ।"

कहते हुए बड़ी ने एक बदरंग से पर्स से दो जोड़ी चाँदी के बिछुये निकाले।

"लाओ बहन जी! अब अपना पानी से भरा लोटा भी ले आओ। सब-कुछ आपके सामने, आपके बर्तन में होगा। बेफिकर रहो।"

कहकर दस मिनट से भी कम में उसने चमचमाते बिछुए बड़ी के हाथ में सौंप दिये। पूरा भरोसा करने के बाद अब बहुओं ने सोने की कुछ चीजें निकालीं। वही विधि अपनाकर दोनों ने उनके लोटे में जेवर डाले, उन्हें दिखाकर तसल्ली करायी और ऊपर से भभूत लोटे में घोल दी।

"दस मिनट बाद निकाल लेना अपनी चीजें, जब तक हम अगले घर हो आयें। पैसा चीज चमकने पर ही देना।" कहकर दोनों अगले घर की ओर चले गये।

बड़ी बहू ने कुछ देर के बाद जेवरों को जाँचने के लिए लोटे में हाथ डाला तो भभूत और पानी जेवर लील चुके थे। दोनों चीखती हुई पड़ोस में दौड़ीं , हर घर टटोला और निराश होकर कटरे से बाहर सड़क पर आ गयीं पर लुटेरे क्या उनके लिए वहाँ खड़े रहते? दोनों के लुटने का ये किस्सा घर-घर घूम गया। औरतें सामने हमदर्दी जतातीं और पीछे से हँसी उड़ातीं। पुराना व्यवहार और सामान बरतनेवाले मोहल्ले में चोरी का नया पैंतरा अपना दाँव चल चुका था। कुछ दिन भाई जी के घर में बहुओं का रोना-पिट्‌ना मचा रहा। चोरों की माँ-बहन एक करने के बाद भाई जी ने बहुओं के लिए कुछ जेवर गढ़वा दिये पर उसके बाद घर पर एक धेला न छोड़ने की कसम खा ली।

हर बार नये ढंग सिखाती है जिन्दगी—हर बार नयी शक्ल में आती है जिन्दगी।

## प्यार की छत तले उम्मीदों का आशियाना

शादी के बाद मीरा-डी.एन. की जिन्दगी ऐसे शुरू हुई कि जैसे उन्होंने अचानक दुनिया के किसी निर्जन, सुविधाहीन कोने में पहुँचकर घर बनाने का फैसला झट से ले लिया हो। भला चाहनेवाले अपनो ने शुरुआती इन्तजाम तो कर दिया पर अब इस घर को घर बनाने की जिम्मेदारी अब दोनों की थी। देर लगी पर सब्र ने हिम्मत बाँधे रखी। डी.एन. ने पेनजॉन कम्पनी में सेल्स मैनेजर की नौकरी कर ली हालाँकि एम.ए. की पढ़ाई और रिसर्च का उसका सपना अधूरा रह गया पर उस जैसे लोगों को जीवन के अनेक सपनों में से एकाध सपना देखने-जीने की ही इजाजत थी। अपना सबसे प्यारा सपना चुनकर डी.एन. आगे बढ़ गया। इधर मीरा को कॉमरेड प्रकाश की मदद से पंजाबी बाग के इलाके में दो अच्छी ट्यूशन मिल गयीं। जीने को भरपूर प्यार के साथ ये थोड़ा-सा पैसा उनके लिए काफी था। एक की कमायी में घर का किराया और कई जरूरतें पूरी हो जातीं एक की कमायी से रसोई गुलजार रहती।

छोटे-से घर में न कोई फर्नीचर था, न साजो-सामान। कमरे में बैठने-लेटने के लिए एक गद्दा था। बाद में दो मूढ़े और आ गये। दीवार में बने बड़े-बड़े आलों पर पर्दा डालकर अल्मारी का काम निकल आया। कुछ जरूरी बर्तनों से रसोई जुटी पर वहाँ कोई बर्तन खटकता नहीं था।

"मीरा! इसे तेरी कोई परवाह नहीं। कह रहा था वापस चला जाऊंगा शोराकोठी अपने बाप के घर। कहता है पता नहीं ये मीरा कहाँ से मुसीबत बनकर मेरे गले पड़ गयी।"

मीरा से चुहल करता संजय अक्सर उनके घर आकर मीरा को भड़काने की नयी-नयी सूरतें खोज निकालता।

"ऐसा करो संजय! जाते समय अपने दोस्त को संग लेते जाना और हिफाजत से घर भी छोड़ आना।" मीरा हर छेड़ से बेपरवाह हँसते हुए जवाब देती।

"बाबू संजयलाल! तुम चाहे जितनी कोशिशें कर लो ये दोनों अलग नहीं होनेवाले।"

गद्दे पर मस्ताता नन्दन भी संजय को उसकी औकात बताता और चारों हँस पड़ते। मीरा हँसी के साथ एक हथेली आगे करती और डी.एन. अपनी हथेली से उस पर ताली देता। उनकी गृहस्थी के सुखों की चाबी थी। इस घर

में खिड़की से आती हवा और खुला दरवाजा हर आनेवाले को मुक्त रखते। नफरत की दुनिया के बरक्स प्यार का ये छोटा-सा आशियाना लोगों से बहुत कुछ कहता।

हर आशियाने की तकदीर एक-सी कहाँ होती है? किसी की छत तले सन्तोष की नदी बहती है तो कोई सन्तोष से भी ऊबने लगता है। भाई जी का कमेटी का धन्धा अच्छा चल रहा था। कटरे से लेकर आर्यपुरा तक भाई जी बड़ी शान से घूमते। महीने के जिस दिन कमेटी खुलती मोहल्ले में किसी त्योहार का-सां माहौल होता। प्रेमी, बच्चों पर रौब गाँठता, उन्हें साफ-सफाई और कुर्सी लगाने, दरी बिछाने के इन्तज़ाम में लगा देता। टेबिल सजाने की जिम्मेदारी टिल्लू की रहती। चाय-पानी का इन्तज़ाम नालायक लड़कों का होता जो उस पैसे में से भी अपना हिस्सा मार लेते। लगे हाथ भाई जी कमेटी के लाभ गिनाते हुए एक भाषण भी लोगों को पिला देते। वे सोच-समझकर भाषण देने का समय तय करते। कमेटी निकलने से पहले का समय उनके अनुसार एकदम सही था। कमेटी खुलने के लालच में कोई कहीं भागता नहीं था और मर्जी-न-मर्जी उसे भाषण सुनना ही पड़ता। कमेटी के काम से भाई जी ने कुछ महीनों में ही बड़ी इज्ज़त कमायी और सदस्यों की संख्या का आँकड़ा पचास से ऊपर पहुँचा दिया। इधर बहुओं के मुँह भी सिल गये। घर पोते-पोती से भर गया तो भाई जी का मन सन्तुष्ट रहता। दुकान की देख-रेख के लिए उन्होंने एक नौकर भी रख लिया। कमेटी के दिन प्रेमी और टिल्लू का खूब साथ मिलता पर दुकान का खाली कोना अब भी अक्सर मुँह चिढ़ाया करता। वैसे भी काफी समय सब-कुछ एक ढर्रे पर चलने से भाई जी के जीवन में उकताहट भर रही थी। वो फिर से कुछ नया करने की फिराक में थे। भाई जी के नित नये प्लान बनाने के चलते फिर से टिल्लू पर खतरा मँडराने लगा। हो भी क्यों न, खतरे उठाने की उम्र ढल रही थी। उम्र तो भाई जी की उससे अधिक थी पर उनमें जोश नौजवानों का-सा था। इस बार सोचा कि दुकान के कोने में दाल की पिट्ठी का काम शुरू किया जाये। घण्टाघर चौक पर बरसों से दाल-पिट्ठी की दो दुकानों ने पूरे सब्जी मण्डी इलाके में खासी शोहरत और दौलत कमाकर खुद को नम्बर एक बना लिया था। बस भाई जी को इस बार नम्बर एक होने की धुन सवार हुई। इस बार छोटी बहू ने मुँह बिचकाया। उसे डर था कि धन्धा मंदा न पड़ जाये। दोनों भाइयों की पत्नियों संग सलाह हुई कि भाई जी को रोका जाये पर उनकी दबंगई के आगे

मुँह कौन खोलता? तमाम मुसीबतों को पार करके भाई जी ने फिर टिल्लू को मना लिया–"देखियो टिल्लू हमारी पिट्ठी-चटनी की दुकान खूब चलेगी। शादी-ब्याह में सबको दाल की पिट्ठी चाहिए ही। मूंग हल्वे की, दही-वड़े की, पकौड़ों की पिट्ठी की माँग कभी खत्म न होगी। हल्वाइयों से प्रेमी बात कर रहा है। बुढ़ापे का सहारा हो जायेगा। सब छोड़-छाड़कर राज करेंगे, राज।"

दुकान का अभिशप्त कोना फिर आबाद हो गया। दाल की पिट्ठी बनाने की बड़ी-सी मशीन लोहे के पुराने स्टैण्ड पर धर दी गयी। ननकू जैसे कई लोग ताक में थे कि इस बार फिर से अर्से तक चटखारे लेकर सुनानेवाला किस्सा हाथ लगनेवाला है। दिल तो टिल्लू का रात ही से बैठ गया था जब वो सुबह पीसी जानेवाली दालें भिगो रहा था। जाने क्या बड़बड़ा रहा था। लगता था कोई मनौती माँग रहा है। बात दरअसल ये थी कि मन के किसी कोने में टिल्लू की दबी आस भी उसे एक सफल जिन्दगी के लिए उकसाती थी। भाई जी के सहारे वह जिन्दगी को ये मौके देता रहा था पर भाई जी जितना दिलेर नहीं था। इसीलिए हर नये काम में उसके डर उसे परेशान किया करते। अगली सुबह दाल पिसी और कमाल की बात ये रही इस बार कोई गड़बड़ नहीं हुई। तमाशबीनों का दिन खाक हुआ क्योंकि दाल कुछ देर भगौनों में प्रतीक्षा करने के बाद ग्राहकों के घर भी पहुँच गयी। भाई जी को काफी देर तक इस पर यकीन नहीं आया और जब आया तो उनकी हँसी बाढ़-सी बह चली। कमायी और मुनाफे का गणित पहले दिन कुछ ज्यादा न बैठा था पर सन्तोष और आत्मविश्वास का समीकरण हल होता दिखने लगा। इस बार भाई जी की तिकड़ी हर दिन जोश पकड़ने लगी। प्रेमी भी इस बार मन लगा रहा था। मिल से आने के बाद दो-तीन घण्टा यहीं बैठता। कई बार पिट्ठी में कोई कमी आ भी जाती तो टिल्लू अपने जीवन का पूरा अनुभव निचोड़कर उसे सुधार देता। ग्राहकों को पटाने का जिम्मा प्रेमी का था ही। बस भाई जी की हँसी फिर गूंज उठी। भाई जी खाने की नित नयी चीजें बनाने-बेचने की प्लानिंग करने लगे। कभी मटके पर रोटी सेंकने के निराले काम के बारे में सोचते तो कभी मटन-पुलाव बनाने के बारे में। गजब का आत्मविश्वास उन्हें दृढ़ता देता कि वो जो भी बनायेंगे अव्वल दर्जे का होगा। उनकी अनन्त इच्छाएँ मुक्त आकाश में विचर ही रही थीं कि एक दिन पिट्ठी पीसते हुए मशीन धोखा दे गयी। आवाज पूरी हो रही थी पर मशीन की बेल्ट ने घूमना बन्द कर दिया। भाई जी ने फुर्ती दिखाने के चक्कर में

रुकी हुई बेल्ट को अपनी उँगली से ठीक करना चाहा कि अचानक बेल्ट तेजी के साथ उनकी उँगली घसीटती ले गयी और खट्ट से उँगली का ऊपरी हिस्सा मशीन में कट गया। भाई जी का हाथ खून में लथपथ हो गया।

"जाने इनको कब चैन पड़ेगा? जब देखो कोई-न-कोई खुराफात। धन्धा जमा-जमाया है पर नहीं जी नया धन्धा तो जरूर करेंगे।" इस बार भाई जी का बेटा मनसुख चुप न रहा।

"बुढ़ापा आ गया पर इनकी जवानी ढलने का नाम न ले रही। जब देखो नये-नये लटके-झटके। देखता हूँ इस शटर को अब कौन खोलता है?" मनसुख की राह पर चरण भी चुप न रहा और दुकान का तीसरा शटर गिरा दिया। इस बार भाई जी मन मसोसकर रह गये। उसके बाद दुकान का वो हिस्सा फिर से बन्द हो गया।

भाई जी की नातिन सपना लगभग ढाई साल की हो गयी। अच्छी कमायी होने के बावजूद बेटी और कान्ता के लिए सूर्यप्रकाश के पास पैसा नहीं था। पैसे को दाँत से पकड़नेवाला सूर्यप्रकाश हर दिन पच्चीस रुपये ही कान्ता को देता और शाम को पायी-पायी का हिसाब माँगता। जरा भी गड़बड़ होने से कान्ता की ठुकाई पक्की थी।

"सपना को किसी अच्छे-से स्कूल में डाल दो?"

आखिर एक दिन झिझकते हुए कान्ता ने अपने जी की बात कह ही डाली।

"अच्छे-से क्या मतलब?" टी.वी. में आँखें गड़ाये सूर्यप्रकाश ने आँखें तरेरीं।

"बेबी नर्सरीवाला एक अच्छा स्कूल खुला है, ढाई-तीन बरस के बच्चों को नयी-नयी चीजें सिखाते हैं...यहाँ के कितने छोटे बच्चे जाते हैं...अभी से जायेगी तो..." कान्ता ने संकोच से पूरी बात कह डाली।

"बड़ी आयी बेबी नर्सरीवाली, दिमाग ठिकाने है कि मैं लगाऊँ?" सामने पड़ी चप्पल उसने खींचकर कान्ता के सिर पर दे मारी। कान्ता को इस सबकी आदत पड़ चुकी थी।

"लड़की पढ़ लेगी तो तुम्हारी ही बड़ाई होगी।" कान्ता आज चुप न रही।

"बड़ी आयी बड़ाईवाली। अपने बाप के आगे खोलती ये ढाई मन की जुबान जिसने तुझे न पढ़ाया। गँवार कहीं की।" सूर्यप्रकाश के दिमाग की गन्दगी उसकी जबान पर उतर आयी। कान्ता के साथ उसने अपनी बेटी सपना को भी जी भरके कोसा। कान्ता ने अपना दुःख केवल नन्दन से बाँटा।

इस साल नन्दन ने एम.ए. पास कर लिया। खबर सुनते ही भाई जी नशे में झूम गये।

"पूरे कटरे में है किसी का बेटा जिसने एम.ए. किया हो? तूने जी खुश कर दिया रे नन्दन।"

छाती ठोककर भाई जी बोले तो खुशी के मारे उनकी आवाज काँपने लगी। उन्होंने नन्दन का माथा चूमकर उसे गले लगाया। चरण और मनसुख भी कम खुश न थे। उनकी पत्नियाँ और बच्चे कटरे के लोगों के संग इस खुशी के गवाह थे।

"गधों! एक भी न पढ़ सका तुममें से। कर सके है कोई बराबरी इस नन्दन की?"

आज की ये बेइज्जती भी दोनों भाइयों को महसूस नहीं हुई। एक तो खुशी का मौका था दूसरे उन्हें बचपन से इसकी आदत जो थी। चरण दौड़कर लड्डू ले आया जो पूरे कटरे में बाँटे गये। आज कई दिन बाद भाई जी, नन्दन के साथ गुरु जी से मिलने धर्मपुर लॉज गये। उनके चेहरे से खुशी टपक रही थी। आँखों में चमक और दाँत दिखाते होंठों की हँसी आज सब पर भारी थी।

"नन्दन को देखकर छाती चौड़ी हो जाती है। लगन वाला मेहनती बच्चा है। बस बेटा इसी मेहनत से बढ़ते जाना, जीत बचकर कहाँ जायेगी। ईमान और पान बस फेरते रहो, जिन्दगी में स्वाद सदा बना रहेगा। मिठाई खिलाओ चन्दरभान! लड़के ने मैदान मार लिया।" हाथ का काम समेटकर गुरु जी कुर्सी से उठे और नन्दन के सिर पर हाथ रखा।

"अबे! पैर छू गुरु जी के। कितना ही पढ़ जायेगा पर इनके पाँव की धूल बराबर न हो सकेगा।" कहते हुए भाई जी ने नन्दन को आगे ठेल दिया। आज नन्दन को बी.ए. के विवेक सिंह वाला वाकया याद हो आया। यदि उरा रागय न सँभलता तो ये दिन उसके जीवन में कभी न आता। आज एक गहरी साँस उसने भीतर खींची और हवा में घुली भीनी गन्ध को महसूस किया। इतनी खुशियों के बीच नन्दन के मन का एक खाली कोना माँ से मिलने को तड़प उठा।

धुन्ध को चीरकर रोशनी आगे बढ़ जाती है।

## सूरज के काँधे पर चाँद का इन्तजार

तीनों दोस्तों की राहें जुदा हो गयी थीं। संजय कबीर बस्ती छोड़कर आदर्श नगर चला गया पर उसके पिता ने दुकान से अपना नाता नहीं तोड़ा । सुभाष

रोज आदर्श नगर से कबीर बस्ती आता। घर उसने मय सामान बन्द कर दिया था। नये घर में नया सामान पहुँच गया। अब घर संजय की दुल्हन की बाट जोहने लगा। जल्दी रिश्ता तय भी हो गया। शादी अगली सर्दी में होनी थी। नन्दन ने अखबारों के लिए लिखना शुरू कर दिया और आगे इसी दिशा में कदम बढ़ाये।

नन्दन के बड़ा सरकारी अफसर बनने के सपनों के आगे पहले अखबारों में फ्रीलांसिंग से होनेवाली मामूली आमदनी और फिर अखबार की छोटी-सी नौकरी भाई जी के लिए बड़े अफसोस का कारण बनी। उन्हें पहले भी ये मुगालता था कि क्या पता पार्टी की तरफ से नन्दन भी गुरु जी के बेटे समीर की तरह विदेश पढ़ने चला जायेगा। भाई जी की महत्त्वाकांक्षाओं के आगे इन्सानी दुनिया बहुत बौनी थी। नन्दन का एम.ए. करना अब उन्हें व्यर्थ लगता। कभी-कभी तो वह मन में सोचते कि उनके बेटों और नन्दन में कोई फर्क ही कहाँ है? इन सबसे परे अर्से बाद तीनों दोस्तों ने नन्दन की नौकरी और संजय का रिश्ता पक्का होने का जश्न साथ मिलकर मनाया।

पेनजॉन कम्पनी में सेल्स मैनेजर होने के बाद फील्ड के ही अपने एक साथी के कहने पर आजकल डी.एन. कुछ नया करने की सोचने लगा। यों भी मीरा और उसका प्रेम अब नया रूप धरकर घर आनेवाला था। बढ़ती जिम्मेदारियों के एहसास और नये जोखिम के बीच उसे मीरा की छवि अपार सुकून देती। माँ बनने वाली मीरा पहले से कहीं ज्यादा सुन्दर लगने लगी। उसके फूले हुए गालों पर उभरती नीली नसें ऐसी महसूस होतीं कि जैसे कांच की एक परत के नीचे पानी में तैरता आसमानी अक्स। मीरा के शरीर में उभर आयी एक और आकृति डी.एन. को बेतरह अपनी ओर खींचती। वजन के बढ़ने और एक नन्हीं आकृति के उभर आने से जब मीरा कमर पर हाथ रखकर एक पाँव पर वजन डालकर चलती तो डी.एन. को वह दुनिया की सबसे खूबसूरत औरत दिखायी देती।

इन दिनों नये काम को डी.एन. ने अपने मौसा की मदद से अंजाम दिया। दिल्ली भर में ऑफिसों को सप्लाई करने के लिए गिफ्ट आइटम-नाम छपी डायरी, कीरिंग, पेन, कोस्टर्स, कैलेण्डर आदि का ये काम ऑर्डर की राह तकने लगा। जोखिम जरूर था पर मीरा लगातार हिम्मत बँधाती रही और काम ठीक गति से बढ़ने लगा। जीवन इन दिनों मीरा का नया रूप और डी.एन. की नयी उम्मीद को देख रहा था।

“अइइईई छोड़ो न मीरा, ये क्या बचपना है?” आजकल मीरा जब-तब डी.एन. के गालों को नोंचती या उसका कान उमेठ देती। एक शैतान लड़की मीरा के मन में बस गयी थी।

“पापा बनना इतना आसान नहीं है। प्रैक्टिस करा रही हूँ। बच्चा तो अनजाने में न जाने क्या-क्या करेगा। उस पर भी क्या ऐसे ही चीखोगे? खबरदार जो उसे जरा भी डांटा।”

मीरा झूठ-मूठ का गुस्सा दिखाकर डी.एन. को धमकाती। डी.एन. प्यार से मीरा को सीने से लगा लेता और हौले-हौले उसका सिर सहलाता। मीरा को अकेला छोड़कर काम पर जाते हुए डी.एन. को सौ चिन्ताएँ लगी रहतीं कि पीछे से अचानक कोई जरूरत न आन पड़े। खुशियाँ एक साथ कई दरवाजे खटखटाती है। एक दिन मीरा की बहन घर चली आयी और उसके बाद घर में उसके होनेवाले बच्चे के नाना-नानी, मामा-मौसी की आवाजें नयी न रहीं। सब मिलकर आनेवाले मेहमान की राह तकने लगे। मीरा ने जीवन से बहुत कुछ नहीं माँगा था बस एक ख्वाहिश दिन-रात पीछा करती थी कि डी.एन. का परिवार भी अपने बेटे-बहू को अपना ले पर वहाँ से उम्मीद की कोई राह मीरा के घर तक नहीं कभी नहीं पहुँची। रिश्तों का भी अजीब-सा खेल है कभी उनके मुँह पर मजबूत ताले जड़े रहते हैं तो कभी ठूँठ में भी अँखुआ फूट पड़ता है। मीरा के पिता जी उसे डिलीवरी तक करोल बाग के अपने घर ले आये। डिलीवरी वहीं जीवनमाला हॉस्पिटल में हुई। बच्चे के जन्म के समय मीरा को साँस लेने में काफी तकलीफ हुई पर उसने एक स्वस्थ बच्ची को जन्म दिया। मीरा-डी.एन. का बचपन लौट आया। बच्ची दोनों को आकाश का ध्रुवतारा लग रही थी। अनाड़ी हाथों और सातवें आसमान पर पहुँची उमंग के साथ बच्ची को उठाकर डी.एन. ने उसे करीब से देखा और उसे गले लगा लिया। उसकी कृतज्ञ आँखें मीरा को जीवन का अनमोल तोहफा देने का शुक्रिया अदा कर रही थीं। नन्दन उसी शाम संजय के साथ बच्ची से मिलने दौड़ा आया। प्रसव पीड़ा से थकी मीरा का पीला चेहरा माँ बनने की खुशी से भरा था। नन्दन ने तसल्ली से उस पूरे समय को जिया। उन तीनों के संसार में खुशियों से सजे टिमटिमाते तारों को देखकर नन्दन ने महसूस किया सुख शायद इसी पूरेपन को कहते हैं। सबके परिवारों को पूरा होते देख नन्दन को अपने परिवार के पूरा न होने का अहसास हुआ।

नन्दन को कई बार महसूस होता कि उसकी महीने की कमायी इतनी नहीं है कि वो माँ को दिल्ली लाकर अलग रह सके। एक तो कम तनख्वाह में

किराया और तमाम खर्चे उठाना मुश्किल था दूसरे अखबार की अस्थायी-सी नौकरी, आज है कल नहीं की तलवार पर झूलती रहती। भाई जी को भी चाहते हुए हर महीने कहाँ कुछ दे पाता था। नन्दन जानता था संघर्ष की राह लम्बी है पर करता क्या? अब उसने पत्रकारिता में ही बने रहने का मन जो बना लिया था। इसके चलते माँ को साथ रखने की नन्दन की ख्वाहिशें अधूरी ही रहीं। माँ से मिलता तो वह समझाती—

"काहे को इतनी चिन्ता करता है रे! अब तक सब-कुछ अच्छा हुआ है तो आगे भी होगा। तू जम जा फिर हमेशा तेरे संग रहूँगी और मैं कौन-सी सड़क पर पड़ी हूँ। बेचारी-बेसहारा नहीं हूँ तेरे मामा ने कभी कोई कमी नहीं होने दी। तेरे मामा का मन करता है तू भी अब उनके पास आकर रहे पर बेटा जानती हूँ तेरा मन यहाँ न लग पायेगा।"

नया साल नन्दन के लिए बेहद बुरी खबर के साथ शुरू हुआ। चुनावी साल होने की वजह से पूरे साल गहमागहमी रहनेवाली थी पर अपनी शुरुआत से ही साल चर्चा में आ गया। दो जनवरी को गाजियाबाद में जन नाट्य मंच के नुक्कड़ नाटक 'हल्ला बोल' की प्रस्तुति के दौरान पूरी मण्डली पर हमला किया गया और मण्डली के सफदर हाशमी की मृत्यु हुई। अखबार की तरफ से नन्दन ही रिपोर्टिंग के लिए भेजा गया। तीन साल पहले ही तो उसने सफदर को कपड़ा उद्योगों की हड़ताल के दौरान देखा था। पतला-दुबला-सा एक नौजवान ट्रेड यूनियन की ताकत बना मिलों के गेट पर 'मशीन' नाटक लेकर आया था। सफदर के साथ रामबहादुर की भी मौत हुई। ये मौत कांग्रेस के उम्मीदवार मुकेश शर्मा की ओर से रचा हत्याकाण्ड थी। सफदर की मण्डली उसके प्रतिपक्षी माकपा के रामानन्द झा का प्रचार कर रही थी। नाटक के जरिये जनता के दुःख-तकलीफों को खुलकर रखने और सत्ता से सवाल करने की बात पर मुकेश शर्मा उखड़ गया। उसने नाटक के बीच में अँड़गा अटकाया, कलाकारों को धमकाया। सफदर के अपनी बात कहने पर अड़ जाने से उसने हत्याकाण्ड को अंजाम दिया। नन्दन देख रहा था कि विरोध की आवाज को पसन्द न करनेवाले आँख-कान कैसे इन्सानी खून से होली खेल सकते हैं।

नन्दन ने अपनी रिपोर्ट में आजादी के बाद एक और आपातकाल की ओर लोगों का ध्यान दिलाया। सफदर की हत्या के बाद उसकी शहादत में एक बड़ा जुलूस निकला। यह दिल्ली के लिए एक ऐतिहासिक घटना थी जब

एक कलाकार की मौत पर शिक्षक-छात्र, रंगकर्मी-कलाकार-लेखक-मजदूर-नेता सब एक बड़े जुलूस का हिस्सा बनकर रामलीला मैदान तक गये। गुरु जी, पार्टी के कितने कॉमरेड और मजदूर इस रैली में शामिल थे। इसी साल नन्दन को एक और खबर मिली कि 1980 के आदेश के बावजूद दिल्ली की तमाम मिलों-फैक्ट्रियों के खिलाफ कोई कार्यवाही न करने के बाद अब शहर के रिहायशी इलाकों से प्रदूषण फैलाने वाली इन फैक्ट्रियों को जल्दी ही बाहर निकाला जायेगा। दिल्ली के नये मास्टर प्लान में इसका साफ संकेत था। अखबार में छपी छोटी-सी ये खबर नन्दन को भीतर तक हिला गयी। उसे बीस हजार मजदूरों की लम्बी हड़ताल फिर से याद हो आयी पर अब मसला बीस हजार नहीं लाखों मजदूरों से जुड़नेवाला था। राजनीति और उद्योग जगत की हलचलों के बीच साम्प्रदायिकता की आग देश में फिर से भड़कने लगी। नेशनल फ्रण्ट की जीत और नौंवी लोकसभा के प्रधानमन्त्री वी.पी. सिंह के पद सँभालने के तुरन्त बाद 'रामलला हम आयेंगे मन्दिर वहीं बनायेंगे'—के नारे देश में गूँजने लगे। चुनाव से पहले ही भाजपा ने यह फैसला ले लिया था। अयोध्या और बाबरी मस्जिद विवाद ने नयी करवट लेकर अब रंग दिखाना शुरू कर दिया। ये रंग बताने लगा —'ये तो सिर्फ झाँकी है मथुरा-काशी बाकी है' । गली-मोहल्लों से लेकर देश के कितने ही इलाकों में राम का नाम इतना भयानक पहले कभी नहीं था। इन दिनों नन्दन कई बार इन मसलों पर सोचा करता कि दुनिया का सबसे बड़ा लोकतान्त्रिक देश अपनी जड़ताओं में भी बहुत बड़ा है।

धर्म और सम्प्रदाय के मसले क्या इन्सान से भी बड़े हैं?

## सीधी-सरल रेखाएँ तिर्यक रेखाओं से मात खा जाती हैं

डी.एन. और मीरा की बच्ची डेढ़ साल की हो गयी थी। उसकी तुतलाती बोली घर भर में गूँजती लेकिन घर खुशियों से भरा होने के बावजूद मीरा की तबीयत सँभल नहीं पा रही थी। उसकी गर्दन , बाहों, हाथ-पैर में दर्द के साथ सीने में बेचैनी हमेशा बनी रहती। डॉक्टर की दवाई से आराम पड़ता पर फिर कुछ दिनों बाद अच्छी-भली मीरा बिस्तर पर पड़ जाती। कई दिनों तक शरीर में बननेवाली भयानक गैस का इलाज चलता रहा। उसे लेकर डी.एन. ने कितने ही डॉक्टरों के चक्कर काटे मर्ज कुछ समय बाद ठीक हो जाता तो लगता अब सब ठीक है पर शरीर फिर मरीज हो जाता। बच्ची, नये काम और मीरा सबकी

जिम्मेदारी उठाने में कोई कसर न छोड़ पाने वाला डी.एन. मीरा के माता-पिता, अपने पड़ोसियों और कभी नन्दन के भरोसे सब कामों के बीच संतुलन साधने की कोशिशों में लगा रहता। मीरा की साँस अक्सर फूलने लगी थी। जरा-सा चलने में ही मीरा बुरी तरह हाँफ जाती। बी.पी. हमेशा बढ़ा रहता। पहले कभी-कभार बीमार पड़ती थी अब अक्सर बीमार रहने लगी। दिन-दिन मीरा की गिरती हालत डी.एन. को तो भीतर से तोड़ ही रही थी पर सबसे ज्यादा परेशान मीरा खुद रहती। बच्ची के आने से परिवार पूरा हुआ था पर सबके हिस्से की खुशियां अधूरी थीं।

"मैं ठीक तो हो जाऊँगी न?"

मीरा का ये सवाल डी.एन. को बुरी तरह कचोटता। जीवन की उमंगों से भरी मीरा आज बीमारी के चलते कितनी हताश थी। इलाज के साथ डी.एन. उसे खुश रखने की भरपूर कोशिश करता पर निर्दयी जिन्दगी जाने क्यों उसके इम्तिहान लेने से बाज नहीं आ रही थी। मुसीबत में एक अकेला नन्दन ही था जिससे वह अपनी चिन्ताएँ बाँटता। जीवन से खुशियों के लिए लड़ती-जूझती मीरा एक दिन इस लड़ाई में हार गयी। दिल के भयानक दौरे ने उसे जिन्दगी से मुक्त कर दिया। जीवन की हरी शाख से बिन मौसम सारी पत्तियाँ झर गयीं। एक पल पहले जीवन भविष्य के अनेक सपने संजोता है तो अगले पल मृत्यु उसकी राह बदल देती है। किसने सोचा था मीरा की सुखी जिन्दगी का असमय अन्त होगा? डी.एन. की दुनिया वीरान हो गयी। मीरा की अन्तिम क्रिया से पहले वो मीरा का हाथ थामे ही बैठा रहा। सीने में घुटकर रह गये उसके आँसू मीरा के जी उठने के चमत्कार की आस में ठहरे-ठिठके काफी देर इन्तजार करते रहे। जब मीरा का हाथ उससे छुड़ाकर मीरा को ले जाया जाने लगा तब डी.एन. की सारी आस टूट गयी। मीरा को ले जाने से रोकते हुए वह फफक-फफककर रोने लगा।

मीरा की विदाई के समय उस पर सफेद चादर डालते हुए नन्दन को याद आया जब उसने मीरा के दुपट्टे को सबकी नजर बचाकर सहलाया था। इस याद को उसने बरसों से दिल में सात ताले जड़कर कैद कर दिया था न जाने आज कैसे वो सारे ताले तोड़ बाहर आयी। जीवन की निस्सारता अपनी क्रूरता में नन्दन के आगे खड़ी थी। उसकी आँखें लगातार बह रही थीं।

जीवन में निषेध भी गहरी आसक्ति से भरे होते हैं।

**नज़र उठाकर जो देखा मैंने**
**धूप के रंग मेरे चेहरे पर दिखे**

नाकारा बेटों की खुलती ज़ुबान और स्यानेपन में धोखा खायी बहुओं से भविष्य में होनेवाली अपनी दुर्गत के बारे में सोचकर भाई जी समय रहते सावधान हो गये। खतरों को सूँघ लेनेवाली नाक के साथ दूर तक देखनेवाली आँख उनके पास थी। नन्दन की नौकरी की चिन्ता भी उन्हें कम न थी। उनका मन था नन्दन अच्छा कमा-खायेगा पर उसकी नौकरी में उसका अकेले का गुज़ारा चलाना मुश्किल था। एक दिन मन की बात खोलकर उन्होंने नन्दन से कह ही डाली–

"नन्दन! आखिर कब तक ये दो कौड़ी की नौकरी करेगा? तेरी माँ क्या सारी जिन्दगी भाई के आसरे रहेगी? तू आगे बढ़कर सहारा नहीं देगा?"

"पर मेरी कमायी..." नन्दन को भाई जी की बात से दुःख पहुँचा पर सच्ची बात उसने कह डाली।

"भाड़ में जाये ये कमायी। तूने क्या जिन्दगी भर अखबार की नौकरी का पट्टा लिखा लिया है? मैं तो सोचता था कि बड़ी इज्ज़त है इस नौकरी में। इतनी पढ़ाई की तूने इस नौकरी के लिए? अभी भी देर नहीं हुई है, कहीं और लग जा। तुझसे कम पढ़ा संजय सरकारी नौकरी में अच्छा कमाकर अपना परिवार चला रहा है। त्रिपाठी तो ठनठनगोपाल था फिर भी उसने अपना बिजनिस शुरू कर लिया। जाने कब तू शादी-ब्याह करेगा? बाल-बच्चे कब होंगे?...आराम से सोच-विचार कर। ढंग की नौकरी ढूढ़ और सरोज का सहारा बन। अब तक एड़ी घिस रहा है...भैया! इससे तो दुकान पर ही बैठ जा। सबको अच्छे से खिला ही देगी।"

जहर बुझी भाई जी की बात नन्दन के कलेजे को छलनी कर गयी। भाई जी जब जली-कटी सुनाने पर आते तो अपने-पराये सबको बराबर नजर से देखते और कड़वी जबान कोड़े ही फटकारती। उस दिन नन्दन हत्थे चढ़ गया। अपमान का चाकू उसे घायल कर गया। उस दिन पहली बार चिन्ता के बादलों में जिम्मेदारी की बिजली कौंध गयी। नौकरी उसने नहीं छोड़ी पर बिना समय गँवाए साल भर के पब्लिक रिलेशन के डिप्लोमा कोर्स में दाखिला ले लिया। उसकी तनख्वाह जरूर कम थी पर नन्दन काम में अपनी तरफ से कोई कोर-कसर न छोड़ता। इधर मण्डल कमीशन में पिछड़ों को आरक्षण दिये जाने के कारण देश भर में भूचाल आ गया। पहली बार पिछड़ों के अधिकार की बात

पूरे जोर-शोर से उठने के कारण ब्राह्मणवादी दुनिया त्राहि-त्राहि कर उठी। दिल्ली यूनिवर्सिटी के एक छात्र नेता राजीव गोस्वामी ने सरकार के इस फैसले के विरोध में आत्मदाह कर लिया। नन्दन को इस बार यूनिवर्सिटी कवर करनी थी। इस दौरान नन्दन की जाति से बेखबर लड़के-लड़कियाँ अपने बयानों में दलितों को खूब गरियाते। उनके लिए दलित-पिछड़ा-अनुसूचित जाति का आदमी हर योग्यता से महरूम होने के बावजूद सामान्य जाति का हक मारने के लिए ऊँचा उठा दिया गया था। नन्दन एन.एस.यू.आई. और ए.बी.वी.पी. की छात्र इकाइयों के साथ वामपन्थी छात्र दलों और दलित छात्रों की आवाज को भी सामने लाने की कोशिश करता। एक धड़ा दलितों को ये नया अवसर मिलने पर आक्रोश से भरा था तो दूसरा उस ऐतिहासिक-सांस्कृतिक अन्याय के बरक्स नयी बयार का हिमायती था।

सदियों से सताये गये लोगों के लिए कहाँ था सहानुभूति का रेशा?

---

## एक इन्सान को टटोलो पूरी बस्ती से मुलाकात होती है

कान्ता की दुखियारी जिन्दगी का अंत होता नजर नहीं आ रहा था। सपना के पैदा होने के चार-पाँच साल के भीतर कान्ता के पति की उसकी कोख से उम्मीद दम तोड़ती नजर आने लगी । सारे उपायों के बावजूद कान्ता दोबारा माँ नहीं बन पा रही थी जिसके चलते पति की बेटे का पिता बनने की बेसब्र आस दिन-दिन फीकी पड़ने लगी। नीम-हकीम से लेकर उसने हर टोटका अपनाया पर सब बेकार गया। बड़ी होती उसकी बेटी पिता के गुस्से और खीज का शिकार बनकर अपनी माँ के साथ बात-बेबात पिटती। घर में सूर्यप्रकाश के दबदबे के चलते उसके माँ-बाप कुछ नहीं कह पाते थे। कान्ता चुप रहकर सब सहती। अब पिता के घर लौटने की सोचना भी उसके लिए गुनाह था क्योंकि पिछली बार बेटी के पैदा होने पर बाप के साथ मायके चले जाने की सजा वो आज तलक पा रही थी। सूर्यप्रकाश ने कांता के लिए हर रास्ता बन्द कर दिया। अब बेटे के जन्म में ही उसकी मुक्ति की थोड़ी बहुत उम्मीद बाकी थी इसीलिए पति के बताये सारे टोने-टोटकों को वह बिना नकारे मानती। जिस बाबा-पीर-फकीर के कहता, चल देती। इतना ही नहीं बेटे की इच्छा में जो हकीम झूठी-सच्ची दवा देते वह भी खा-पी डालती। कई बार भाई जी और तीनों भाई घर भी आते पर उसने हमेशा घर की सच्चाई पर चादर डालकर रखी। एक बार सूर्यप्रकाश, कान्ता को डॉक्टर के पास भी लेकर गया पर वहाँ एक लेडी

डॉक्टर ने कान्ता के साथ उसे भी कुछ टैस्ट कराने के लिए कहा। इस बात को सुनते ही सूर्यप्रकाश उखड़ गया। उसकी मर्दानगी को ठेस पहुँची। उसके बाद कान्ता को लेकर वह कभी किसी डॉक्टर के पास नहीं गया।

"अरी! जिन्दा है कि मर गयी?"

सूर्यप्रकाश ने पूरी घृणा के साथ कहा। रात में किसी हकीम का कोई आसव लाकर उसने कान्ता को पिलाया था। पूरी रात उल्टियाँ करती कान्ता बिस्तर पर बेदम पड़ी थी। चेहरा एकदम पीला पड़ गया और पेट में मरोड़ उठने के साथ माथा ठण्डा हो चला। उठने की हिम्मत नहीं थी फिर भी पति नहीं माना। बिना रुके उसकी गालियाँ कान्ता पर गरज रही थीं। कान्ता ने हाथ जोड़कर उससे शान्त रहने की भीख माँगी और दर्द को थामकर जैसे-तैसे उठने की कोशिश की। उसकी साँसें धौंकनी-सी चल रही थीं। हाथ-पैर काँप रहे थे। दीवार का सहारा लिया पर हाथ में दम न होने से हाथ फिसल गया और लड़खड़ाती कान्ता नीचे गिर पड़ी।

"साली! मुझे तो न दिखा ये तिरियाचरित्तर।"

कान्ता को उठाकर घर के काम करवाने की जिद किये बैठे सूर्यप्रकाश ने एक तेज लात उसके पेट में मारी जैसे उसकी कोख को शापमुक्त कर रहा हो। सपना ये सब देखकर चीखने लगी। कान्ता का शरीर जमीन पर अचेत पड़ा था।

रात घर लौटने पर नन्दन को पता चला भाई जी और मनसुख भैया हॉस्पिटल गये हैं। कान्ता आई.सी.यू में भर्ती है। कान्ता की खबर सुनकर नन्दन उल्टे पाँव हॉस्पिटल भागा। वहाँ जब सूर्यप्रकाश की करतूत का पता चला तो नन्दन ने उसी वक्त गुस्से में भरकर किसी की परवाह किये बगैर सूर्यप्रकाश का गला पकड़ लिया।

"कान्ता को कुछ हुआ न तो तुझे जिन्दा नहीं छोड़ूँगा, उसे अकेली न समझना।"

नन्दन ने सूर्यप्रकाश को खबरदार किया। सूर्यप्रकाश उसकी गिरफ्त से छूटने की कोशिश करने लगा पर नन्दन ने उसे न छोड़ा।

"तू क्यों पड़ता है मियाँ-बीवी के चक्कर में?" भाई जी ने नन्दन की पकड़ से सूर्यप्रकाश को छुड़ाते हुए कहा।

"आपके इसी रवैये ने कान्ता को ये दिन दिखाया है। हर बार आपने पीछे रोका और ये साला शेर बन गया।" नन्दन ने सूर्यप्रकाश को एक तेज धक्का देते हुए कहा।

"इतना दर्द हो रहा है तो ले क्यों नहीं जाता बहन को अपने साथ? बड़ा आया बहनवाला।" सूर्यप्रकाश अपनी मुसीबत से पीछा छुड़ाते हुए नन्दन के जख्मों पर नमक छिड़कते हुए बोला। सूर्यप्रकाश के माँ-बाप डर के मारे उसे ठेलकर अस्पताल लाये थे पर नन्दन से झड़प होने के बाद वो कान्ता को अकेली छोड़कर चला गया। नन्दन, भाई जी के विरुद्ध अड़कर अपनी जिम्मेदारी पर कान्ता और सपना को घर ले आया।

नन्दन थ्रू आउट फर्स्ट क्लास रहा था और अब उसने साल भर में पी.आर.ओ का डिप्लोमा भी पूरा कर लिया। कुछ वर्षों की पत्रकारिता का अनुभव भी उसके पास था। पी.आर.ओ. की पोस्ट के लिए भर्तियां निकलती रहती थीं। नन्दन ने भी फॉर्म भर दिया। इधर अखबार की नौकरी भी जारी रही और भाई जी की सख्त निगाहें और कोड़े फटकारती जुबान के ताने भी।

समय के दबाव जीवन की प्राथमिकताएँ जरूर तय करते हैं पर उनसे जीवन के सच्चे रिश्ते कभी धूमिल नहीं पड़ते। सच्चे रिश्तों में दूरियाँ सन्दर्भ बदलने से ही आकार लेती हैं समय के अन्तराल से नहीं। साल अपनी समाप्ति की ओर था। नन्दन बड़े दिनों बाद आज धर्मपुर लॉज गया। वहाँ गुरु जी पार्टी की स्टेट काउन्सिल में जाने की तैयारी कर रहे थे। उससे लम्बी बात करने का समय उनके पास नहीं था सो नन्दन को भी उन्होंने अपने संग ले लिया। चाहते भी थे कि नन्दन एक पत्रकार की हैसियत से पार्टी की इस बड़ी बैठक को नजदीक से देख ले। वहाँ जो नजारा देखा तो नन्दन हैरान रह गया। बाहर की दुनिया में सामान्य आदमी के लिए लड़नेवाले गुरु जी एक मुद्दे पर अपनी पार्टी लीडरशिप से भी भिड़ गये।

"गुरु जी सरकार की आर्थिक नीतियों के खिलाफ प्रदर्शन तो पाँच नवम्बर को ही होगा। आप अपनी कपड़ा यूनियन को तैयार करो।" पार्टी के एक शीर्ष नेता ने अपनी बात रखते हुए गुरु जी से कहा।

"नहीं उस दिन तो ठीक नहीं रहेगा अगले दिन दीपावली का त्योहार है। मजदूर कैसे निकलेंगे?" गुरु जी ने अपनी बात रखी पर पार्टी पाँच तारीख का मन बना चुकी थी। उन्होंने गुरु जी की बात पर कोई तवज्जो नहीं दी। बाकी सब लोगों को भी कोई खास दिक्कत नहीं थी। गुरु जी ने जब देखा कि उनकी बात को बिना सोचे-समझे हल्के में उड़ा दिया गया है तो उन्होंने तंज कसते हुए कहा—

"भई ठीक है हम कम्युनिस्ट हैं, तुम कम्युनिस्ट हो पर आम जनता तो तीज-त्यौहार मनाती है न ? उनके होली-ईद तो याद रखने होंगे कि नहीं ? जरा उस जनता को भी देख लिया करो जिन्हें संगठित करने चले हो।"

गुरु जी पार्टी की लाइन से अलग जनता के आदमी की तरह बोले।

"अच्छा! तो तुम्हें बहुत जानकारी है त्योहारों की?" दूसरी तरफ से सवाल आया।

"बिल्कुल पता है क्योंकि मैं हर वक्त पब्लिक के बीच रहता हूँ। वो कौन से त्योहार की तैयारी कर रहे हैं?-मैं जानता हूँ। ये भी जानता हूँ कुछ लोगों को दीपावली तो फिर भी याद रह जाती है ईद याद नहीं आती। भई! ये तो ध्यान दो कि आपकी जनता कहाँ खड़ी हुई है?"

गुरु जी की दलीलों के चलते आखिरकार प्रदर्शन की तारीख बदलनी ही पड़ी। जनता का आदमी जनता की लड़ाई लड़ता सबसे सुन्दर लगता है। उसके सम्मोहन से बाहर आ पाना आसान नहीं होता। नन्दन बरसों से इसी सम्मोहन में गिरफ्त था।

लगभग तीन साल अखबार की नौकरी करने के बाद आखिरकार राजस्थान के सरकारी दफ्तर में पी.आर.ओ. की पोस्ट के लिए नन्दन का चयन हो गया। बरसों लोगों के बीच उठने-बैठने-बोलने-लिखने के जमीनी अनुभव के सामने नौकरी में माँगा गया अनुभव कम ही था। नन्दन की पोस्टिंग उदयपुर में हुई। आज सबसे ज्यादा खुश भाई जी थे।

"देख ले भाई! घर के बूढ़े-बुजुर्गों की लताड़ में भी वरदान छिपा होता है। न मैं तुझे फटकारता न आज ये दिन नसीब होता। दूर की आँख है मेरी। अब तो मान गया?"

कहते हुए भाई जी ने नन्दन को गले लगा लिया। सपना, भाइयों-भाभियों और कान्ता सहित घर भर चहक उठा। खुशी से उछलती सपना के सर पर हाथ रखते हुए नन्दन ने ठान लिया अब सपना की सारी जिम्मेदारी वह उठायेगा। उसकी ज्वाइनिंग को अभी कुछ दिन बाकी थे। नन्दन ,मामा के घर गया। बरसों बाद अब नन्दन की माँ की दूसरी विदाई अपने भाई के घर से हुई। इस विदा का इन्तजार सरोज ने बरसों एक-एक पल धीरज धरकर किया था। आज उसके चेहरे पर सन्तोष का नूर था। नन्दन और सरोज दिल्ली आये। नन्दन ने सपना और कान्ता को भी साथ लिया और सब उदयपुर के लिए निकल पड़े। नन्दन

के लिए सब्जी मण्डी का इलाका, धर्मपुर लॉज, गुरु जी और भाई जी को छोड़ पाना आसान नहीं था।

नये सफर की नयी मंजिल।

## सपना जिन्दगी का सरमाया है

एक बड़ी दुनिया को बेहतर और सुन्दर बनाने के सपने देखना आसान नहीं होता। उसकी बेहतरी के लिए सपनों की इमारत में एक-एक ईंट की चिनाई में असंख्य लोगों का खून-पसीना लगता है। एक-एक मंजिल पूरी होते-न-होते न जाने कितने लोग अपना सपना दूसरों को सौंपकर दुनिया से चले जाते हैं। सपना एक से दूसरी जिन्दगी में दाखिल होकर पलता चलता है। पालने वाले उसे सँजोते हैं, सीने से लगाकर रहते हैं और उसे हर हाल में जिन्दा रखने की कीमत चुकाते हैं। सपना जिन्दगियों से बड़ा हो जाता है। आशा के एक बीज को सर्दी-गर्मी-ओला-तूफान से बचाने के लिए कितने जोड़ी हथेलियां जान जोखिम में डालकर सुरक्षा की ओट बना लेती हैं। बीज एक लहलहाती फसल का सपना होते हैं।

प्रतिकूल हवाएँ इन सपनों को ढहाने के लिए जब कमर कसती हैं तो सपनों को बचाने का संघर्ष और जज्बा अधिक मजबूती से खड़ा होता है। धूल सनी आँधी आँखों से सपने की शक्लोसूरत तबाह करने पर आमादा रहती है, सपने के पैरों को उखाड़ने की हर चाल चलती है और आँधी से लड़ने आ रहे सपने पर क्रूर अट्टहास करती है। कानों में पिघला सीसा उँडेलता ये अट्टहास कई बार सपने को उसकी कब्र तक ले जाता है। कुछ कब्रें सपनों की लाश लिए आखिरी सिल उसके सीने पर धरकर उसे खामोश कर देती हैं और कुछ कब्रों के बाहर जिन्दगी, मौत का दस्तावेज न बनने पर अड़ी रहती है।

सब्जी मण्डी में एक बार फिर इन्सानियत की लड़ाई धर्म की संकीर्णता से चल रही थी। चौरासी का दंगा देख चुका इलाका फिर से एक और साम्प्रदायिकता को अपनी आँखों देखने के लिए मचल उठा। पहले से बड़ी, पहले से विकराल इस आँधी में वो लोग भी शामिल हो गये जो कभी खुद दंगाग्रस्त थे और आतंक से जूझे थे। आँधी, अँधड़ बनी और अँधड़, चक्रवात। बाबरी मस्जिद-रामजन्मभूमि विवाद लगातार गहराता जा रहा था। सब्जी मण्डी के पूरे इलाके में लोगों ने पहली बार छह इंच के लकड़ी के मूंठ लगे त्रिशूल बँटते देखे। अँधड़ ने अपने

पहले उठान में—'गर्व से कहो हम हिन्दू हैं' का नारा बुलन्द किया। कारसेवकों की छिड़ी मुहिम बाबरी ढांचे को तोड़ने के लिए घर-घर एक ईंट-एक रुपया माँगने लगी। एक बड़ी ऐतिहासिक पीड़ा झेलने के बाद कोई देश कैसे इन्सानियत को समूचे नकारकर बर्बरता का ताण्डव फिर से रचने पर आमादा हो जाता है?

देश में उदारीकरण का दौर शुरू हो गया। सरकार ने लाइसेंस राज को खत्म कर दिया और सार्वजनिक क्षेत्र की कम्पनियों के निजीकरण को मंजूरी दी जाने लगी। देश की अर्थव्यस्था को विदेशी निवेश के लिए खोल दिया गया।

सपनों से लड़नेवाली इन हिंसक आंधियों के बीच एक और बड़े झंझावात ने सिर उठाया। दुनिया के नक्शे पर समाजवादी रूस का सपना सोवियत संघ के विघटन के रूप में ढह गया। यह कोई एक दिन की कार्यवाही नहीं थी इसके पीछे भी बाबरी मस्जिद जैसी ही तैयारी चल रही थी। अन्तर यह था कि बाबरी का ढाँचा अभी तमाम कार्यवाहियों के बीच बचा था पर सोवियत रूस का पुराना ढाँचा बच न सका। 'अब आगे क्या होगा?'—सवाल से जूझते लोगों की खामोशियाँ सर धुन रही थीं। नन्दन को उदयपुर गये अभी कुछ समय ही बीता था। इस सवाल से जूझते हुए जब उसे बराबरी के लिए लड़ने के एकमात्र प्रेरक सपने का अन्त दिखा तो उसने हताशा में धर्मपुर लॉज फोन लगाया। इत्तेफाक से गुरु जी ने ही फोन उठाया। उनकी तबीयत कुछ ठीक नहीं थी पर स्वर निराश न था।

"गुरु जी! अब तो हम कहाँ देखें? सब खत्म हो गया।" नन्दन ने कातर स्वर में कहा।

"ऐसे कैसे खत्म हो गया नन्दन? अभी से हिम्मत मत हारो।" गुरु जी का स्वर गम्भीर पर अड़िग था।

"अब आगे क्या?...इस विचारधारा का क्या होगा?" नन्दन के सवाल खत्म नहीं हो रहे थे।

"नन्दन! हमारा अपना कम्युनिज़्म है। हम अपनी राह चलते हैं। हमारे कम्युनिज्म का मतलब हमारे मजदूर हैं। पूँजीवाद की पहले भी कोशिश रही कि वर्गीय चेतना को मिटाया जाये और हमारी पूरी लड़ाई इसी मिटाये जाने के खिलाफ रही। हम पहले भी लड़ते थे आज भी लड़ेंगे।"

"पर गुरु जी..."

"जानता हूँ कुछ लोग सोच रहे होंगे कि सब खत्म हो गया पर देखो जब तक ताकत और पैसा चन्द लोगों के कब्जे में है, जब तक लाखों-करोड़ों लोग

भूखे, बेरोजगार और दमन के शिकार हैं तब तक दुनिया में किसी-न-किसी विचार की जरूरत रहेगी ही। मेरा समाजवाद तो यहीं से दिशा पाता है। जिस दिन दुनिया से हर गैरबराबरी खत्म होगी इस विचार की जरूरत भी खत्म हो जायेगी।''

सपने का हरा रंग अभी सूखकर धूसर नहीं हुआ था।

देश के साथ सब्जी मण्डी के पूरे इलाके में हिंसक सैलाब आकर थम गया। आखिर हिंसा की आँधी ने बाबरी मस्जिद ढांचा गिराकर ही दम लिया। जयश्री राम के नारों के साथ आसमान भर गया। हिन्दू के राम जश्न मना रहे थे और मुसलमान के राम आँसू बहा रहे थे। चक्रवात बना बेहोश अन्धड़ लम्बे समय बाद थमा पर अब भी नशे में झूम रहा था। इन्सानियत का सपना फिर स्याह घेरों से घिर गया। शान्ति और और सुरक्षा की बैठकें धर्मपुर लॉज से आकार लेती भीड़ के बीच से जिन्दा इन्सान निकाल लाने की मुहिम में जुट गयीं। चक्रवात का हमला इन्सानियत के सपने पर बढ़ रहा था और वो उसे जिन्दा निगलने को आमादा था।

कुछ सपने आज चीख रहे थे-नफरत के पहाड़ को छीलो-छांटो, एक झरना बरस जायेगा।

## सुन्दरता की नयी मिसाल

हमेशा की तरह शाम को हीरालाल पनवाड़ी की दुकान पर महफिल सजी थी। भाई जी, प्रेमी, टिल्लू, अमरसिंह और सुन्दरपाल दुकान के बाहर जमे थे। वे सब गुरु जी के हाल-चाल लेकर लौट रहे थे। 'गुरु जी को तीन दिन पहले ही अस्पताल से छुट्टी मिली थी। सीने में दर्द, अस्थमा की शिकायत, बुखार और देह में कँपकँपी के चलते गुरु जी को अस्पताल ले जाना पड़ा था।

हीरालाल की छोटी-सी दुकान में बर्फ के टुकड़े पर लाल रंग के कपड़े के ऊपर पान के कुछ पत्ते रखे थे। साथ रखे पीतल के बर्तन में, पानी में कुछ पत्ते तैर रहे थे। चूने-कत्थे के लोटे के संग अनेक डिबियाएँ आगे सजी रखी थीं। छोटी-सी इस दुकान में लकड़ी के खाँचों में सिगरेट के अलग-अलग ब्राण्ड रखे थे और उनके बीच बची जरा-सी जगह में हीरालाल ठाठ से बैठा ग्राहकों के हुक्म बजा रहा था। रेडियो पर गाने चल रहे थे।

''एक सादी पत्ती बना भाई! गीली सुपारी और किमाम डालकर और हां चूना ज्यादा न लगा दियो।'' भाई जी ने कहा।

"मुझे बाईस नम्बर बीड़ी दे।" प्रेमी ने फरमाइश की तो सुन्दरपाल ने तुरन्त उससे कहा–"आज तो सिगरेट पिला।"

"क्यों बे! बारात में आया है क्या?" प्रेमी ने अपने खिलंदड़े अन्दाज में कहा।

"और चन्द्रभान! उदयपुर की यात्रा कैसी रही?" अमरसिंह ने पूछा।

"क्या बताऊं लड़के ने ठाठ करा दिये। किला, झीलें, बाड़ी कितनी जगह सैर-सपाटा कराया और खातिरदारी तो ऐसी कि जुबान बाद में खुले चीज पहले हाजिर। मैं जानता था नन्दन जरूर नाम कमायेगा। देख लो भई! तीन साल गुजर गये नन्दन को उदयपुर गये, लड़के ने नौकरी और परिवार की सारी जिम्मेदारियां बढ़िया तरीके से उठा लीं। एक कान्ता की चिन्ता जरूर रहती है मुझे...पर चलो जैसी उसकी किस्मत। लेकिन नन्दन उसका और सपना का खूब ध्यान रखता है। ऐसा तो सगे भाई भी न रख सकेंगे। मेरी तो सारी चिन्ताएं दूर हुईं समझो।" भाई जी ने विस्तार से जवाब दिया।

"नमस्कार...ये आकाशवाणी का दिल्ली केंद्र है। आज की खबरें...आज सुप्रीम कोर्ट ने दिल्ली में प्रदूषण फैलाने वाले उद्योगों को लेकर एक बड़ा फैसला लिया है..."

अचानक दुकान के काउण्टर के पीछे लटके ट्रान्जिस्टर पर चल रही खबर ने सबका ध्यान खींचा।

"अबे चुप हो, जरा सुनने दे।" अमरसिंह ने भाई जी को टोका।

"अब खबरें विस्तार से...आज सुप्रीम कोर्ट ने दिल्ली में प्रदूषण फैला रहे उद्योगों को बन्द करने के लिए कई आदेश जारी किये। सुप्रीम कोर्ट में एम. सी. मेहता की अर्जी पर सुनवायी करते हुए सेण्ट्रल पॉल्यूशन कण्ट्रोल बोर्ड और दिल्ली सरकार को नोटिस जारी करते हुए दिल्ली में बड़े-छोटे उद्योगों पर कार्यवाही करने का आदेश दिया। साथ ही ये भी कहा गया कि प्रदूषित पायी जानेवाली फैक्ट्रियों का लाइसेन्स रद्द किया जायेगा।"

खबर चौंकाने वाली थी। एक पल के सन्नाटे को तोड़ते हुए प्रेमी ने भाई जी से कहा-

"ठाकुर जी! क्या सारी की सारी मिल-फैक्ट्रियाँ बन्द हो जायेंगी?"

"ये तो बड़ी खतरनाक खबर है। गुरु जी को तुरन्त बतानी होगी।" चिन्तित अमरसिंह ने अपनी साइकिल उठायी और मुकीमपुरा जा पहुँचा। वहाँ पता चला कि गुरु जी आराम करने की बजाय धर्मपुर लॉज चले गये। वहाँ से

धर्मपुर लॉज पहुँचा तो कमजोरी की हालत में गुरु जी, लक्ष्मणदास के साथ बैठे थे। अमरसिंह ने खबर बतायी।

''खबर बिल्कुल सच्ची है।'' लक्ष्मणदास ने कहा।

''अब क्या होगा गुरु जी?'' अमरसिंह की घबराहट बढ़ती जा रही थी। चिन्ता के मारे प्रेमी भी यहाँ पहुँच गया।

''अमरसिंह इन हालात में दो सवाल खड़े होते हैं एक अगर मिलें बन्द होती हैं तो मजदूर कहाँ जायेंगे? और दूसरा यदि मिलों को किसी दूसरी जगह शिफ्ट किया गया तो मजदूर अपना घर परिवार छोड़कर कैसे जायेंगे और कितनों को वहाँ रखा जायेगा ये भी नहीं पता?'' गुरु जी ने जवाब दिया।

''ऐसे में बदली मजदूरों का क्या होगा? उन्हें तो ठेकेदार दिहाड़ी के हिसाब से लगा देते हैं। वो तो पक्के भी नहीं हैं। वो कहाँ जायेंगे?'' लक्ष्मणदास की चिन्ता ने सिर उठाया।

''जल्दी-से-जल्दी मजदूरों की बैठक बुलानी होगी।'' गुरु जी चिन्तित स्वर में बोले।

अगले दिन धर्मपुर लॉज से चली खबर से पूरे इलाके में सन्नाटा पसर गया। बिड़ला मिल के मजदूरों के घरों में डर के साए साफ दिखायी दे रहे थे। दूसरी तरफ मिल मैनेजमेण्ट भी मुस्तैद हुआ। उसके जनरल मैनेजर ने सीनियर मैनेजर के साथ कुछ अधिकारियों की अर्जेंट मीटिंग बुलाई।

''फ्रेण्ड्स! सिचुएशन इज़ वेरी क्रिटिकल...बट वी शुड टेक दिस चैलेंज एस एन ऑपरचुनिटी ऑलसो। जिस तरह से कोर्ट सख्त हुआ है उसके हिसाब से तय है कि मिल बन्द होगी ही और मिल बन्द हुई तो हमें मजदूरों को मुआवजा भी देना पड़ेगा। इस समय अलग-अलग शिफ्टों में कितने लोग काम कर रहे हैं?'' गुप्ता ने सुब्रमण्यम से पूछा।

''ब्रॉड एस्टीमेट आठ हजार का है। जिसमें तमाम तरह का वर्कर शामिल है। इन सबके मुआवजे का एस्टिमेट लगायें तो आप सोच सकते हैं कि मैनेजमेण्ट को काफी पैसा देने से कितना बड़ा नुकसान उठाना पड़ेगा।'' सुब्रमण्यम ने पैन को टेबिल पर ठोकते हुए कहा।

''हैड क्वार्टर ने कहा है कि मामला मैक्सिमम बेनिफिट एण्ड मिनिमम डेमेज का रहे।'' गुप्ता ने सुब्रमण्यम की आँखों-में-आँखें डालकर कहा।

''सर! डू यू हैव ए प्लान?'' मीटिंग में एक सवाल गुप्ता की ओर आया।

"ऑफकोर्स, मिस्टर निगम, वी हैव। देखिये! वीविंग यूनिट से हमें कुछ खास मिल नहीं रहा फिर उसमें खर्चा भी ज्यादा है तो बेसिक यूनिट को करते हैं बन्द, स्पिनिंग यूनिट अभी चालू रखेंगे। कपड़ा बनाना बन्द करें और सिर्फ धागा बनाने वाले मजदूरों को रखा जाये। परमानेण्ट मजदूरों को निकालने का ये सॉलिड रीज़न होगा। नुकसान सबसे ज्यादा इन्हीं लोगों से है। पहले इन्हीं को कम करना है। इन्हीं की लायबिलिटी हम पर ज्यादा है। बदली वर्कर को तो हम कभी भी हटा सकते हैं लेकिन ये सब होगा फेज़्ड मैनर में। बी अलर्ट, मिस्टर निगम! एकदम से सब-कुछ बन्द करने पर यूनियन की तरफ से परेशानी खड़ी हो सकती है। फिलहाल स्पिनिंग यूनिट में एक मशीन पर चार मजदूर लगाये जायें। धीरे-धीरे उन्हें छाँट देंगे।" गुप्ता ने आदेश दिया।

"सर! हमें बड़ा लॉस होगा।" निगम ने फिर सवाल उठाया।

"क्या बच्चों जैसी बात कर रहे हो निगम? मान लो ये मिल बन्द भी हो जाये तो इसकी जमीन से कितना मुनाफा होगा। कितने मौके की जगह पर है ये जमीन। ये तो मौका है कमाने का।" गुप्ता असली बात पर आया।

जल्दी ही बिड़ला मिल मजदूर यूनियन की ओर से मजदूरों की गेट मीटिंग बुलाई गयी। चिन्ताओं के साथ आनेवाले भयावह कल की रेखाएँ मजदूरों के चेहरे पर चस्पां थीं। वे नहीं जानते थे कि आगे का रास्ता क्या होगा?

"साथियो! 1980 में पहले पहल रिहाइशी इलाकों में फैक्ट्रियों के प्रदूषण से होनेवाले खतरे की बात उठी थी पर कोई ऐक्शन नहीं हुआ। तब से अब चौदह साल बाद जो आदेश आया वह सख्त आदेश है। मिलबन्दी से क्या हालात होनेवाले हैं अभी कहना मुश्किल है। मुसीबत के समय में साथ मिलकर लड़ना होगा। अब जोश में होश खोने का समय नहीं है।" आज गुरु जी का अन्दाज पुराना था पर उनकी आवाज की खराश बीमारी के कारण बढ़कर पहले-सा असर खो बैठी थी। पिछले कई दिनों से भाषण देते समय उनके गले की नसें जल्दी खिंच जाती थीं और गला दूर तक साथ नहीं देता था।

24 मार्च 1995 की तारीख बिड़ला मिल के इतिहास में सब-कुछ बहा ले जानेवाले सैलाब की तरह आयी। कोर्ट की ओर से दिल्ली की छोटी-बड़ी सब मिल-फैक्ट्रियाँ मिलाकर आठ हजार तीन सौ अठतीस फैक्ट्रियाँ बन्द करने का आदेश आ गया। एम.सी.डी. को भी आदेश जारी हुआ कि प्रदूषण फैलानेवाली फैक्ट्रियों का लाइसेन्स अब रिन्यू नहीं होगा।

गुरु जी की तबीयत फिर बिगड़ गयी थी। उन्हें अस्पताल ले जाना पड़ा। अपनी साधारण आय में गुरु जी साधारण इलाज ही करवा रहे थे पर हालत बिगड़ती देखकर और लोगों द्वारा लगातार दबाव के चलते पार्टी के वरिष्ठ नेता और सांसद इन्द्रजीत गुप्त और दिल्ली के मुख्यमन्त्री मदनलाल खुराना ने उनके इलाज के बेहतर इन्तजामात करवाये। इधर बिड़ला मिल मैनेजमेण्ट ने कोर्ट के आदेश और मिल की पूर्ण बन्दी से पहले ही काम कर रहे उन मजदूरों को जो औद्योगिक कानून के तहत वर्कमैन की परिभाषा में नहीं आते थे उन्हें मिल से बाहर कर दिया। इससे मिल के मजदूर चौथाई रह गये और मैनेजमेण्ट की आर्थिक जवाबदेही बहुत कम रह गयी। अपनी तय नीति मैक्सिमम प्रॉफिट मिनिमन डेमेज को व्यवहार में लाने का काम मैनेजमेण्ट ने शुरू कर दिया और हेडक्वार्टर को इसकी खबर भेज दी।

इन सभी खबरों के बीच मजदूरों के हालात ठीक नहीं थे। मुरारीलाल के छोटे बेटे रवीन्दर के इलाज के बावजूद उसकी हालत में कोई सुधार नहीं आया। बरसों से भागदौड़ करता मुरारीलाल कभी-कभी हिम्मत भी हार जाता पर फिर लड़के का मुँह देखकर सोई हुई उम्मीद को जगाता। मिल में उसकी नौकरी और बड़े बेटे की वजीराबाद वाली निकल पॉलिश की फैक्ट्री की कमायी से ही पूरा घर चल रहा था। उम्मीदों के बित्ते भर के अंकुरों को किस पल कड़ी धूप जला दे कौन जानता है? जीवन की जंग में मुरारीलाल शर्मा ने जो कभी नहीं सोचा था वह आज घट गया। मिल की पहली छँटनी में कई लोगों के संग उनका नाम भी शामिल था। वीविंग डिपार्टमेण्ट के अनेक लोगों की नौकरियाँ चली गयीं। मैनेजमेण्ट ने बड़ी चालाकी के साथ कुछेक को ही स्पिनिंग डिपार्टमेंट में शिफ्ट किया।

"अमरसिंह अब मैं क्या करूँगा? मेरा तो आखिरी सहारा भी छिन गया।"

मिल के बाहर अपने साथ निकाले गये साथियों द्वारा विरोध प्रदर्शन के बाद कुछ मजदूर धर्मपुर लॉज आ गये। वहाँ पार्टी का अमरसिंह भी मौजूद था जो गुरु जी की बीमारी के बाद दफ्तर का सब काम-धाम देखने लगा था।

"धीरज रख मुरारी! पहले भी लड़ाइयाँ लड़ी हैं तूने।" अमरसिंह के शब्द बड़ी कठिनाई से धीरज की बात कह पाये। वह जानता था ऐसे में कोई कैसे धीरज रख सकता था?

"बड़ा अन्तर है अमरसिंह! पहले की लड़ाई के बाद नौकरी का आसरा तो था अब वो भी हाथ से निकल गया। मैनेजमेण्ट की नीयत सबको साफ समझ आ रही है। कितने फोरमैन भी निकाल दिये गये फिर मैं तो हेल्पर ठहरा। तू ही बता क्या करूँ?"

दफ्तर का कमरा जो कभी आँधियों से लड़ने का जज्बा लिए रहता था उसमें आज हवा बहना भूल गयी थी। लाचार कदमों से मुरारीलाल आस की झूठी रेखा चेहरे पर लिए घर लौटा तो वहाँ एक और मातम पसरा हुआ था। बड़े बेटे की निकल पॉलिश की फैक्ट्री का लाइसेन्स रद्द होने की वजह से फैक्ट्री बन्द हुई और सारे मजदूरों की छुट्टी हो गयी। घर को दाना दे सकने वाली आखिरी डाल भी टूट गयी।

"पापा! घर कैसे चलेगा?" मुरारीलाल के बड़े बेटे ने हताश होकर सवाल किया। उसकी पत्नी दरवाजे की ओट में खोई-सी खड़ी थी। सवाल वही था जो कुछ देर पहले मुरारीलाल ने अमरसिंह से पूछा था। मुरारीलाल ने निराशा में कुछ कहने को मुँह खोला ही था कि उसकी नजर खाट पर लेटे रवीन्दर की पर पड़ी। बीमार रवीन्दर कुछ न कर पाने की लाचारी में आज बहुत मायूस दिखायी दिया। बिस्तर पर लेटे हुए भी उसकी नजरें घर की लगातार गिरती हालत को देख रही थीं।

"होगा बेटा! कुछ जरूर होगा। कुछ पैसा तो जुड़ा रखा है बाकी...जिसने पेट दिया है वो हाथों को काम भी देगा।" मुरारीलाल ने झूठ बोलने का भरसक उपक्रम किया तो पत्नी आँखें फाड़े उसे देखती रह गयी। बरसों से घर पैसा जोड़ना भूल चुका था। घर में पैसा बाद में आता था खर्चे हर क्षण हाथ फैलाए रहते। पत्नी से जब झूठ सहन नहीं हुआ तो वो रोती हुई बाहर चली गयी। रवीन्दर बच्चा नहीं था। सब समझता था। उस रात किसी की हलक से निवाला नहीं उतरा। सब शायद अपने हिस्से के निवाले अगले दिन के लिए बचाकर रखने की कोशिश में थे। गाड़ी पटरी से उतर चुकी थी। कुछ दिन बाद रवीन्दर की तबीयत ढीली हुई। मुरारीलाल हमेशा की तरह उसे हिन्दूराव ले जाने लगा तो रवीन्दर ने निराशा से भरकर कहा–

"पापा! मुझे अस्पताल जाना बिल्कुल अच्छा नहीं लगता।"

"नहीं बेटा! ठीक रहना है तो जाना ही पड़ेगा।"

"नहीं पापा! बार-बार जाकर भी इतने साल में कुछ नहीं बदला तो अब क्या होगा? मैं अस्पताल नहीं जाऊँगा। मुझे वहाँ बैठे-बैठे बड़ा खालीपन लगता है। लगता है सारी दुनिया जैसे बीमार पड़ी हो। मैं अस्पताल नहीं जाऊँगा। अब कोई फायदा नहीं होनेवाला।"

ऐसा कहकर रवीन्दर ने अपना चेहरा दीवार की ओर कर लिया। मुरारीलाल उठा, उसने रवीन्दर के बालों में उँगलियाँ फिराते हुए कुछ देर अपना हाथ बेटे के माथे पर रखा फिर गहरी साँस लेकर हल्का-सा हँसते हुए कहा–"नहीं बेटा! ऐसे नहीं कहते। तू देखना, एक दिन सब ठीक हो जायेगा।"

मुरारीलाल उठकर बाहर चला आया।

रवीन्दर बरसों से अपने शरीर का बोझ ढो रहा था। बाप और भाई दिन-रात आस बंधाते थे कि जब तलक दोनों हैं रवीन्दर को सोचने की जरूरत नहीं पर दोनों की नौकरी जाने के साथ बाप और भाई भी मिट से चले थे। लिफाफा-गद्दी बनाकर रवीन्दर का इलाज दूर की बात घर चलना भी मुश्किल था। ऐसे में मुरारीलाल का बड़ा बेटा अपनी पत्नी और बच्चों को छोड़ने चाचा के पास अपने गाँव चला गया। इरादा यही था कि वहाँ कोई काम मिल गया तो वापस दिल्ली नहीं लौटेगा। मुरारीलाल को अक्सर विरोध प्रदर्शन में मिल जाना ही पड़ता था। एक दिन घर में अकेला रह गया रवीन्दर दुनिया भर में अकेला हो गया। बरसों से बीमारी ने उसे लगभग तोड़ ही रखा था। साथ के सारे लड़कों को काम-धन्धे और जीवन जीते देख उसे अपनी जिन्दगी से उकताहट हो चली थी फिर घर के हालात में बीमारी का खर्च उसे पहाड़ लग रहा था। ये पहाड़ पूरे घर को दिख रहा था, सब इसके तले दबे थे। घर भर में कराहें गूंज रही थीं। रवीन्दर के कानों में एक तेज शोर उठा। कानों को तेजी से बन्द करने के बावजूद उसकी हर कोशिश बेकार गयी। कानों से अपनी हथेलियां हटाने के बाद कुछ देर रवीन्दर ने शोर की आवाजाही से हर पहरा हटा दिया। शोर उसकी नस-नस में तड़कने लगा। दर्द बर्दाश्त के बाहर था। आज बीमार रवीन्दर के भीतर एक दुस्साहस जन्म लेने लगा और उसने इस शोर से हमेशा के लिए मुक्त हो जाना ही सही समझा।

मुरारीलाल की दुनिया के कई चिराग एक साथ बुझ गये। नौकरी का शाप सब लील गया। माँ-बाप की उदास जिन्दगी में अब इस शाप की मुक्ति नहीं थी। कमरे के रोशनदान से रवीन्दर की लाश उतार ली गयी पर नीचे खड़े सभी लोग उस फंदे में झूल रहे थे कभी मुक्त न होने के लिए।

लगातार चल रही छँटनी से बिड़ला मिल के मजदूर सकते में आ गये। पहले भी बदली वर्कर पर संकट आते ही रहे थे पर इस बार राहत की कोई सूरत नजर नहीं आ रही थी। दिल्ली भर के मिल-फैक्ट्री मजदूरों के बीच हाहाकार मच गया। मुकीमपुरा, आर्यपुरा, शोराकोठी, आजादपुर, बादली, मल्कागंज, जहाँगीर पुरी, आदर्श नगर जैसी कितनी ही जगहों में बदली के मजदूरों सहित पक्के मजदूरों की हालत खराब हो गयी। कहर बिड़ला मिल के साथ लगी हिन्दुस्तान वेजिटेबिल ऑयल मिल के मजदूरों पर भी टूटा। दिल्ली की पाँचों टेक्सटाइल मिलों पर चिन्ता के बादल तेजी से मँडराने लगे पर इस बार नौ साल पहलेवाली स्थिति नहीं थी। इस बात को मजदूर भी

जान गये। अन्य फैक्ट्रियों में हड़कम्प के साथ मजदूर बस्तियों में भूख और मौत का सन्नाटा पसर गया।

मुकीमपुरा की उदासी कहीं भी राहत का ठौर नहीं पा रही थी। छँटनी किये मजदूरों के साथ कई और मजदूरों के सिर पर भी तलवार लटक रही थी। अगली बारी किसकी होगी?-यही सवाल सबके दिलो-दिमाग पर छाया रहता। सब अपनी चिन्ताओं के साथ मई दिवस पर तिलक चौक पर इकट्ठा हुए। यह वही तिलक चौक था जिस पर हर साल इस दिन मजदूर लाल झण्डा फहराते आये थे। यहाँ हर बार गुरु जी का भाषण उनमें जोश भरता था पर आज ये चौक किसी मरघट जैसा लग रहा था। गुरु जी बीमारी के चलते आज यहाँ आ नहीं सके थे। अस्पताल से ही उन्होंने अपना पैगाम भिजवाया। तिलक चौक पर छाई उदासी एक ही सवाल पूछ रही थी–'अब हम कहाँ जायेंगे?' कुछ देर बाद मजदूरों ने अपने दुःख और आँसुओं को एक-दूजे के कन्धे का सहारा दिया।

"यार! इतनी मुश्किल से उधार लेकर दो हाथ जगह इस मजदूरी के दम पर बनायी थी। छोटा-सा घर है आठ लोग खानेवाले। कैसे रहते हैं किसी से ये बात छिपी नहीं है।" नारायण के रूप में बदली मजदूर की पीड़ा सामने आयी।

"भाई! अगर दिल्ली से बाहर कहीं काम मिल भी गया तो घरवालों को दिल्ली से ले जाकर वहाँ रखूँगा कहाँ? बड़ा वाला दसवीं में आया है उसके बोर्ड के पेपर हैं। ऐसे में क्या करूँगा?" आनेवाले दिनों की कल्पना करके भरत ने एक स्थायी मजदूर की अपनी वाजिब चिन्ता जाहिर की।

"तुझे तो पता है पिता जी बीमार रहते हैं, रात-बिरात में तकलीफ होती है तो ये सोचकर निश्चिन्त रहता हूँ कि हिन्दूराव बगल में है। भाई-रिश्तेदार गाँव से आते हैं तो फौरन पहुँच जाता हूँ सब्जी मण्डी स्टेशन। काम के साथ सारी सुविधाएँ एकसाथ खत्म हो जायेंगी भाई!" आरिफ की तकलीफ का सिरा सभी के साथ जुड़ा था। सब मजदूर सिर जोड़े बैठे थे कि अचानक एक आवाज ने सबका ध्यान खींच लिया। बदहवास हाल में एक बदली मजदूर जिसके बाल बिखरे थे, हाथ-पैर शिथिल हुए जा रहे थे वह बौखलाहट में तेजी से चीखने लगा–"जालिमो! दे दिया फैसला...अरे! तुम्हारे बाप की दिल्ली है क्या? गरीब आदमी का कोई भगवान है या सब उन लालाओं के सगे हैं? कहते हैं दिल्ली की आबोहवा खराब है। अबे! हमने कर रखी है आबोहवा खराब? सारा दोष हमारे मत्थे मड़ दिया। साले सब नेता भी चोर हैं। बड़े आये दिल्ली का नया मास्टर पिलान लागू करनेवाले। गरीब आदमी की कोई

एक न सुने, जब इलेक्शन आये तो खड़े हो जायें दरवज्जे पर भीख माँगने। देख लूँगा सब सालों को...आग लगा लूंगा यहीं सबके सामने। यहीं मनेगा मेरा मई दिवस।''

मजदूर की चीखें मन पर सीधा असर कर रही थीं। वह लगातार चीखते हुए रोने लगा। लोग चुप कराने के लिए सँभालने आये पर हठीला-सा मजदूर किसी के काबू में नहीं आया। उसे देखकर लग रहा था कि वो कई दिन से सोया नहीं था। उसके मुँह से शराब का तेज भभका उठ रहा था।

''क्या सोच रहे हो तुम सब? मैं नशे में बके जा रहा हूँ...भैया! कैसे दिन-रात पेट काटकर परिवार पाल रहा हूँ। कमीने-हरामखोर कहते हैं अब मेरी नौकरी खत्म। क्या करूँ भैया, तकदीर रूठ गयी मेरी। अब दूसरी कौन-सी फैक्ट्री तलाशूँ? सबका एक ही हाल है। सारा परिवार भूखों मर जायेगा भैया!'' कहते हुए लगभग कांपता हुआ, बदहवास-सा वह मजदूर जोर-जोर से रोने लगा। उसके साथ मुकीमपुरा ही नहीं दिल्ली के हर मजदूर की आँखें रो रही थीं। हर मजदूर का घर रो रहा था।

उपेक्षित दिल्ली रो रही थी।

**अन्याय के खिलाफ वही खड़ा होता है जो अपने भीतर अनके पहचानों की दीवार गिराकर इन्सान को ढूँढ निकाले...**

''प्रेमी! धर्मपुर लॉज गुरु जी के बिना अधूरा लगता है। बरसों से गुरु जी को देखने की आदत है यहाँ...बड़ा खाली-सा लगता है।''

''भाई जी! क्या कहूँ कुछ भी समझ नहीं आता। हमें तो जिन्दगी छन भर चैन न लेने दे रही। बिड़ला मिल की लड़ाई और गुरु जी की बीमारी दोनों का अंत होता नहीं दिखता।''

''धीरज रख प्रेमी! पहले भी गुरु जी बीमारी को पछाड़कर लौटे हैं, मेरा मन कहता है इस बार भी लौटेंगे।'' बहुत देर से भाई जी और प्रेमी की बात सुनकर अमरसिंह बोला। हर घर, हर गली, हर मोहल्ला गुरु जी के लिए प्रार्थना कर रहा था।

नन्दन अपनी नयी जिन्दगी और काम में पूरी तरह रमता जा रहा था। पीछे छूटता अतीत उसे अक्सर खींचता पर नया जीवन अब उसे लौटने की इजाजत न देता। मिल की खबरों पर उसकी बराबर नजर रहती। कई बार धर्मपुर लॉज फोन भी करता तो मन कहता इस बार गुरु

जी ही फोन उठायेंगे पर उनसे बात नहीं हो पाती तो नन्दन असन्तोष और निराशा से भर उठता।

लम्बे अर्से से गुरु जी बीमार ही चल रहे थे। पहले कुछ समय बाद ठीक होकर अपने काम और लोगों के बीच लौट आते थे पर इस बार हालात ऐसे बिगड़े कि कई तकलीफों ने उन्हें बुरी तरह जकड़ लिया। एक लम्बी अनथक जिन्दगी और एक बीमार देह। अतीत था कि वर्तमान पर भरोसा न दिलाता और वर्तमान हर पल तकलीफदेह होने लगा। अपने लिए कभी कोई सेवा न माँगने वाले गुरु जी की हालत जब बर्दाश्त के बाहर हुई तब ही लक्ष्मणदास, अमरसिंह, कैलाश आदि ने नेताओं और मन्त्रियों से मदद की गुहार लगायी। पार्टी के महासचिव और ट्रेड यूनियन के आन्दोलन को आगे बढ़ाने वाले नेता इन्द्रजीत गुप्त ने गुरु जी के इलाज की सभी व्यवस्थाओं का बीड़ा उठाया। भाकपा के इन दोनों नेताओं में जनता के कामों को लेकर एक जबरदस्त प्रतिबद्धता और ईमानदारी के बीज थे। उनकी बोई हुई फसल का ही नतीजा था कि एक ने ग्यारह साल लोकसभा में जीत हासिल की तो दूसरे ने बाईस साल म्युनिसिपैल्टी को दिये।

सारे प्रयासों के बाद भी गुरु जी की हालत नहीं सुधरी। उनका बसाया एक बड़ा परिवार गुरु जी के पहले जैसा हो जाने की दुआयें माँग रहा था। अभी लोगों का भरोसा चुका नहीं था। उनकी आँखों को उम्मीद थी कि गुरु जी पहले की तरह अपनी साईकिल पर मुकीमपुरा की गलियों में दिखायी देंगे। उनके कानों को भरोसा था कि मिल के बाहर भाषणों में उनकी वही पहले जैसी पुख्ता आवाज सुनायी देगी। उनकी हँसी की उजास, हर निराशा को पस्त करनेवाली गर्मजोशी से भरी बातें, उनकी तेजतर्रार आवाज वापस लौट आयेगी। मिल से जुड़ी परेशानियों से जूझते कई संगठन और दल अपने प्रयासों में जुटे थे पर गुरु जी का कोई विकल्प इलाके की जनता के लिए हो नहीं सकता था।

1996 के चिल्ला जाड़ों की दस जनवरी की सुबह कहर बनकर मुकीमपुरा पर टूटी और खबर बनकर कटरों से होती हुई सब्जी मण्डी के इलाकों में पहुँचकर दिल्ली भर में फैल गयी। इकहत्तर बरस के अपने बेहद सक्रिय जीवन के बाद आज गुरु जी नीरव शान्ति में डूब गये। मजदूरों का सच्चा हितैषी, सब्जी मण्डी वार्ड का ईमानदार कॉर्पोरेटर लोगों के रुदन, चीत्कार, उनकी निःश्वासों को आज शान्त चेहरे से देख रहा था। पहली बार गुरु जी ने उठकर उनके आँसू नहीं पोंछे। उन्हें दुर्दिन दूर होने का भरोसा नहीं दिलाया।

मुकीमपुरा का हर घर मन्दिरवाली गली में खड़ा था। नूर बिल्डिंग से लेकर तिलक चौक तक भीड़ ही भीड़ दिख रही थी। जिसने सुना उसे अपने कानों पर विश्वास नहीं हुआ। उसकी आँखें जीवित गुरु जी की तलाश में दौड़ती चली आयीं। लोग बिलख रहे थे। दीवारों से सटे, आँखों में आंसू लिए कितने लोग बेजान, बेहरकत खड़े थे। हर कन्धा गुरु जी की एक थपथपाहट को तरस रहा था। चन्दरभान आर्यपुरा से, शोराकोठी से सुन्दरपाल, सोहनगंज से मुरारीलाल, जयपुरिया मिल से प्रेमी कितने ही और लोगों के संग दौड़े आये। गुरु जी के सभी साथियों की आँखें भीगी थीं कि अब उनकी निराशाओं को कौन-सा ठौर मिलेगा? गुरु जी का शव निगम बोध घाट पर पहुँचने से पहले धर्मपुर लॉज लाया गया। आज लाल झण्डा यूनियन के कार्यकर्त्ता, पार्टी के लोग, दफ्तर और गुरु जी की कुर्सी सब फटी निगाहों और भारी मन से उन्हें देख रहे थे। निगम बोध घाट पर शव के पहुँचने से पहले भीड़ आ जुटी। हर व्यक्ति गुरु जी को अपनी श्रद्धांजलि देने आया था। त्रिपाठी और संजय भी दौड़े आये। संजय ने नन्दन को खबर कर दी। पहली बार नन्दन को समझ नहीं आया इस बात के एवज में वो क्या कहे? उसकी सारी चेतना जड़ हो गयी।

नन्दन जब दिल्ली पहुँचा तो गुरु जी का पार्थिव शरीर अन्तिम विदा के बाद हवाओं में बिखर चुका था। नन्दन ने उस हवा को भीतर भरा जहाँ के हर जर्रे में गुरु जी बसे थे। धर्मपुर लॉज में लगायी गयी गुरु जी की तस्वीर के सामने उनसे जुड़ी सारी बातें, सारे किस्से, आन्दोलनों से जुड़े वाकये एक-एक करके नन्दन की निगाह में उभरने लगे। नन्दन, त्रिपाठी और संजय-तीन दोस्त अर्से बाद मिलकर भी एकदम खामोश थे।

कुछ दिन बाद सोलह जनवरी को घण्टाघर चौक पर गुरु जी की शोक सभा रखी गयी। घण्टाघर पर भारी भीड़ थी। गुरु जी की पत्नी सुनीता और उनका बेटा समीर भी यहाँ थे। मिल के मजदूरों से लेकर कार्यकर्त्ता, छात्र-शिक्षक, नेता-अभिनेता, पत्रकार कितने लोग आज यहाँ गुरु जी को याद करते आये थे। गुरु जी के साथ के सबके निजी अनुभव पर कुछ कह पा रहे थे कइयों की जबान ने साथ नहीं दिया। उनकी रुलाई ही उनका कथन थी। जीवन के छह दशक देश और राजनीति को देनेवाले गुरु जी मौत के बाद भी जीवित थे। इन्द्रजीत गुप्त, अरुणा आसफ अली, एम. फारूखी, हरचरण सिंह जोश, मदनलाल खुराना, प्रेमसागर गुप्ता, जगदीश टाइटलर, दीपचन्द बन्धु, पत्रकार प्रभाष जोशी, अभिनेता दारा सिंह जैसे बड़े नामों के साथ हजारों गुमनाम वो लोग भी यहाँ थे जो गुरु जी के जीवन और काम को जानते थे। जिनकी जिन्दगियों

को गुरु जी ने छुआ था। जिनके सपनों को शक्ल देने की कोशिश गुरु जी ने की थी। जिनके संघर्षों में गुरु जी ने अपना खून-पसीना लगाया था।

इस शोकसभा में चाहे वो विपक्ष का कोई नेता हो या सरकार का मन्त्री सभी ने एक स्वर में यही कहा कि गुरु जी ने जाति और धर्म के आधार पर होनेवाले भेदभाव का जीवन भर विरोध किया और समाज में वंचितों को उठाने के लिए भरसक कार्य किये। वे कम्युनिस्ट आन्दोलन, समाज सेवा और सांगठनिक क्षमताओं के लिए कभी भुलाये न जा सकेंगे। गुरु जी अपने व्यवहार में गाँधीवादी और विचारों में सच्चे कम्युनिस्ट थे। वे जनता के बीच जनता के आदमी और ईमानदारी के आदर्श थे। किसी से कोई मनभेद नहीं रखते थे चाहे लाख मतभेद हों। न उनका अपना घर, न जोड़ा हुआ धन, सादा जीवन और जनता के प्रति सच्ची निष्ठा के रास्ते पर वे सिदा आगे बढ़े और लोगों का काफिला तैयार किया।

गुरु जी की शोकसभा में घण्टाघर चौक का नाम गुरु राधाकृष्ण चौक किये जाने की बात भी कही गयी। सारे मजदूरों ने इसके लिए एक स्वर में हामी भरी। नन्दन की आँखें बरबस ही धर्मपुर लॉज के दफ्तर की ओर गयीं। एक पल को उसे ऐसा लगा कि गुरु जी खिड़की पर खड़े इस समूची घटना को देख रहे हैं। एक तेज झटका नन्दन को लगा। एक ऐतिहासिक दौर खत्म हो रहा था। संगठन का मजबूत स्तम्भ, मजदूरों का वर्कर उन्हें छोड़कर चला गया था।

मौत, जिन्दगी के कोमलतम रेशों को मजबूती से संभाले रखने का अलार्म है।

## मरने से पहले जिन्दगी की लड़ाई

बिड़ला मिल के मजदूरों की छँटनी की कवायदें लगातार तेजी से अपने अगले चरण में पहुँचने लगीं। चतुर मैनेजमेण्ट हर तरह से अपनी जवाबदेही से मुँह चुराता नित नये चोर दरवाजे तलाश रहा था। हवा में उसकी क्रूरताओं का अट्टहास था तो धरती भी उसके अत्याचारों के खिलाफ अपनी कार्यवाही कर रही थी। मजदूर मौत से पहले जिन्दगी की हर लड़ाई को लड़ने के लिए अपना मन बना चुके थे पर ये काम आसान कहाँ था? हर पल मौत का खौफनाक साया मजदूर बस्तियों पर छाने लगा और उनके लिए धूप का एक टुकड़ा भी आसमान में न था। मौत दबे पाँव इन घरों को दबोचने के खेल खेल रही थी।

गुरु जी की मौत के छह महीने बाद जुलाई, 1996 में आखिरकार पिछले कुछ समय से संघर्ष में जीत जाने की धुन्धली रेखा भी मिट गयी। कोर्ट का

आदेश आ गया कि अगले पांच महीने में सारी फैक्ट्रियाँ और मिलें पूरी तरह बन्द होंगी। मिल मालिक जमीन के बेचने से होनेवाले मुनाफे को देख रहे थे तो मजदूर खाली जेब और खाली पेट को। बिड़ला मिल के गेट पर सुप्रीम कोर्ट के आदेश के अनुसार मिल की पूर्ण बन्दी का नोटिस लगा दिया गया। साथ ही एक नयी सूचना भी कि कमला नगर की यह बरसों पुरानी बिड़ला मिल अब हिमाचल प्रदेश के सोलन जिले की बद्दी नामक जगह में स्थानान्तरित की जा रही है। साथ ही यह सूचना भी कि बिड़ला मिल की जमीन का बत्तीस प्रतिशत मालिकों के पास रहेगा और अड़सठ फीसद सरकार का। कर्मचारियों और मजदूरों को मिल की नयी साइट पर रिपोर्ट करने की सूचना दे दी गयी। नोटिस में साफ लिखा था कि जो मजदूर अपनी मर्जी से काम छोड़ेंगे उन्हें मैनेजमेण्ट की ओर से कोई मुआवजा नहीं दिया जायेगा। मजदूरों की आहों का आकाश थम गया। उन्हें जीते-जी दीवार में चिनवा दिया गया। एक ऐसी दीवार जिसमें उनकी सारी उम्मीदें, सारे सपने साँस भी न ले सकें। पूरी दिल्ली में ये दीवार पैर पसारे बढ़ती ही जा रही थी और मजदूरों की आहों पर लगाम कस दी गयी।

जनवादी अधिकार मंच और कई और संगठनों की ओर से सारे मजदूरों को लेकर सुप्रीम कोर्ट पर घरना दिया गया। सवाल उठाया गया कि कोर्ट के पहले फैसले में तो ये कहा था कि एक साल की मजदूरी देने के बाद कामगारों से नौकरी छीनी जा सकती थी। इस सवाल का कोई जवाब क्यों नहीं दिया गया कि मजदूर छंटनी के बाद क्या काम करेंगे? कहाँ जायेंगे? मायापुरी, आजादपुर, बादली, नांगलोई, ओखला, कीर्तिनगर जहाँ-जहाँ दिल्ली की मिलों में काम करनेवाले मजदूर थे वे इलाके मौत की आहट पर कान लगाये थे। इन सबको संघर्ष से जोड़े रखने के लिए चालीस हजार हैण्डबिल बाँटे गये। बिड़ला मिल की मजदूर लाइन्स खाली करवाने का आदेश भी आ गया। बरसों से सिर छिपाने की एक छत छीनी तो जा रही थी पर नयी छत होगी भी या नहीं कोई नहीं जानता था। न्यू बिड़ला लाइन्स, ओल्ड बिड़ला लाइन्स, शिवाजी लाइन्स, मुकीमपुरा, रोशनारा बिल्डिंग, खिलौना वाला बाग- मजदूरों और मिल कर्मचारियों के एक-एक घर के दरवाजे आज बेगाने हो रहे थे।

दिल्ली के अनेक औद्योगिक इलाकों में धरने-प्रदर्शन और बन्द की कार्यवाहियां बढ़ने लगीं। 30 नवम्बर 1996 को आखिरकार बिड़ला मिल बन्द हो गयी। क्या इतेफाक था कि इसी साल के पहले महीने गुरु जी की मृत्यु हुई और आखिरी महीने में बिड़ला मिल भी दिल्ली से जा रही

थी। पीली दीवार पर जड़ा लोहे का काला गेट अब जैसे मजदूरों को पहचानने से इन्कार करने लगा। कल तक यही दरवाजा अन्दर दाखिल होनेवाले मजदूरों की जिन्दगियों की अनेक कहानियों से गुलजार था आज उन्हें इसमें जाने की मनाही थी। मिल बन्द होने से पहले अनेक कामगारों के मकान खाली करा लिए गये। मिल के मजदूर दिल्ली की पुरानी झुग्गी-बस्तियों की ओर अपनी इच्छाओं की गठरियों पर गाँठ बाँधे सर की छत का इन्तजाम करने निकल गये। मिल जरूर बन्द हुई थी पर पेट ने खाना माँगना और जरूरतों ने हाथ फैलाना बन्द नहीं किया था। मजदूरों को जहाँ काम और सर छिपाने की जगह मिली वह वहाँ पहुँच गये। नयी जगहों पर जाकर भी उनकी पुरानी लड़ाई चलती रही। मजदूरों के धरने- प्रदर्शन और माँगों के दबाब के चलते चार दिसम्बर को एडिशनल सॉलीसिटर जनरल अल्ताफ अहमद ने सुप्रीम कोर्ट को अपने आदेश पर पुनर्विचार करते हुए और मजदूरों के हक को देखते हुए उन्हें छह साल का मुआवजा और पुनर्स्थापन की स्थिति में एक साल के वेतन के बराबर बोनस देने का नया आदेश पारित किया। लम्बे संघर्ष और मजदूर एकता के चलते ये दिन आया तो मजदूरों के कुम्हलाये चेहरे पर जाने कितने समय बाद मुस्कुराहट की एक रेखा दिखायी दी पर लड़ाई अभी खत्म नहीं हुई थी। अभी तक जो लड़ाई नौकरी को बचाने की थी वो अब मुआवजा बचाने और बढ़ाने की हो गयी।

कितने संघर्षों में साझे रूप से शामिल रही दिल्ली की पाँचों मिलों का नया ठिकाना अब उन्हें यहाँ से किसी दूसरी जगह ले जाने को तैयार था। स्वतन्त्र भारत मिल राजस्थान के टोंक में स्थानान्तरित होने को थी तो डी.सी.एम. हिसार में, बिड़ला गिल हिमाचल में। सिर्फ अयोध्या मिल जो पूरी तरह सरकार के नियंत्रण में थी उसे बन्द कर दिये जाने की घोषणा हुई। एकमात्र अयोध्या मिल के मजदूरों को ही कोर्ट के आदेशानुसार छह साल का वेतन मिला।

बिड़ला मिल के बद्दी जानेवाले मजदूरों की संख्या बेहद कम थी। मिल मैनेजमेण्ट ने जिन मजदूरों को बेरहमी से छाँट दिया, जिनके मुआवजे, भविष्य निधि का पैसा डकार गया उन मजदूरों की गेट मीटिंगे अभी भी जारी थीं। मजदूरों की यूनियन के साथ, दिल्ली जनवादी अधिकार मंच की कार्यवाहियाँ भी तेज होती गयीं। इस मंच में ए.आई.एफ.टी.यू. ,हिंद मजदूर सभा, राष्ट्रीय मजदूर-किसान एकता, दिल्ली जनरल फ्रण्ट, छात्र संगठन, शिक्षक संगठन भी शामिल थे।

"1990 का नया मास्टर प्लान लाद दिया गया है मजदूरों पर। मास्टर प्लान न हुआ कोई धार्मिक किताब हो गयी जिसे बदला ही न जा सके। उद्योग के लिए सब सोचा पर उसे चलाने वाले मजदूर के बारे में कुछ भी नहीं सोच सके। आखिर क्यों?"

अनेक बैठकों में इस सवाल पर लगातार चर्चाएँ जारी थीं पर अब हालात बदल चुके थे। कभी बिड़ला लाइन्स, मुकीम पुरा और आसपास रहनेवाले मजदूरों के लिए समय की कोई बन्दिश नहीं थी पर अब उनके हालात उन्हें सिकुड़ रहे समय का पल-पल आभास कराने लगे -

"भाई! आप लोग आधे घण्टे में मीटिंग खत्म कर लो। हमें लोनी बार्डर पहुँचना है और फिर अगले दिन दिहाड़ी पर भी निकलना है।"

अक्सर इन मीटिंगों में अब यही आलम रहने लगा। दिन जहाँ खत्म होता वहाँ पेट की लड़ाई लड़ता मजदूर हक की लड़ाई लड़ने पहुँच जाता। मजदूरों की यह लड़ाई लम्बी चलनी थी पर जिन मजदूरों को नयी जगहों पर भेजा जा रहा था उनकी लड़ाई भी कहाँ खत्म हुई थी? पूरे दमनचक्र में एकमात्र सरकारी अयोध्या मिल के कपड़ा मजदूरों को राहत मिली जिन्हें कानूनन पूरा मुआवजा मिला पर निजी उद्योगों के मजदूर हर तरह से जड़ों से उखड़ गये थे।

मौत से बदतर हालात में पीड़ा—आक्रोश-संघर्ष जिन्दा इन्सान की निशानियाँ हैं।

## कुछ इम्तिहानों के नतीजे कभी नहीं निकलते

नन्दन अपनी नौकरी और जिन्दगी में व्यस्त था। उसने अपना सारा ध्यान अपने परिवार की सुरक्षा में लगा दिया। माँ, कान्ता और सपना उसके परिवार की धुरी थे। बारह साल की सपना में उसने अपने जीवन के अनेक स्वप्न रोप दिये। पुराने दिनों की परछाईयाँ भी धुँधली पड़ने लगीं। गुरु जी की मृत्यु को दो साल गुजर चुके थे। उसके बाद से उसका दिल्ली आना और भाई जी से भी उसका मिलना कहाँ हो पाया था? पिछले साल भाई जी बहुत बीमार पड़े। तीरथराम अस्पताल में भर्ती थे जब टिल्लू ने नन्दन की उनसे बात करायी। फोन हाथ में लेते ही बोले—"चिन्ता न कर नन्दन! अभी तेरे बच्चों की शादी देखे बिना न मरूँगा।" भाई जी बूढ़े हुए थे पर ठसक वही थी। जिन्दगी से हर समय उनकी बढ़ी हुई माँगों ने उन्हें कभी बूढ़ा नहीं होने दिया । संजय और त्रिपाठी से कभी-कभार नन्दन की फोन पर बातचीत हो जाती थी। बहुत पहले एक बार संजय परिवार को लेकर उदयपुर आया तो नन्दन के पास ही ठहरा। त्रिपाठी

आज भी मीरा के प्यार के साथ रहता था। अपनी बेटी को अपने दम पर पालते त्रिपाठी का अपने पिता पण्डित बृजेन्द्रनाथ त्रिपाठी से बरसों से कोई नेह-नाता नहीं था। नन्दन के लिए गुरु जी की मौत के बाद एक युग अपने अंत को पहुँच चुका था। अतीत के एक बड़े वृत्त पर नन्दन अपने वर्तमान का घेरा रच रहा था पर छूटना, सब खत्म होना कहाँ होता है?

बिड़ला मिल से मिली हर खबर पर नन्दन की नजर बनी रहती। जैसे-जैसे मिल, हिमाचल की तरफ जा रही थी नन्दन का दिल एक अज्ञात आशंका से काँपने लगा। मजदूरों के साथ आज भी कितने लोग अपने घर-बार की फिक्र छोड़कर मजदूरों के हक की लड़ाई लड़ रहे थे। नन्दन को ऐसी कितनी ही लड़ाइयाँ याद आने लगतीं जिनमें वो खुद मजदूरों के साथ रहता था। दिल्ली जनवादी अधिकार मंच और बन्दी कारखाना संयुक्त संघर्ष समिति की कितने ही रिपोर्ट उसके आगे सारी सच्चाई ले आतीं। नन्दन सीधे तौर पर इन सबसे दूर था। इन दिनों नन्दन की नींद कम होने लगी। कभी आँख झपकती तो लगता आज भी बिड़ला मिल की गेट मीटिंग में बैठा है। कभी खुद को नयी और पुरानी बिड़ला लाइन्स में मजदूरों के परिवारों के बीच पाता। झटके से नींद टूटती और नन्दन का सिर पसीने से तर होता। मन पर एक शिकंजा कसता चला जा रहा था। जब दबाब बहुत गहरा हुआ तो उससे रहा नहीं गया।

अगले दिन नन्दन ने धर्मपुर लॉज ऑफिस में फोन लगाया। अपना नाम बताया तो दूसरी तरफ से अमरसिंह की परिचित आवाज सुनायी दी।

"बेटा! दो साल हो गये लड़ते हुए, न जाने मुसीबतें कहाँ जाकर थमेंगी?"

अमरसिंह की आवाज़ में निराश जीवन आशा के लिए तड़प रहा था। उम्मीद की रोशनी के अभाव में कोई भी सवाल बेमानी था। उसकी चुप्पी को तोड़ता अमरसिंह बोला—"कल बद्दी के लिए और मजदूर निकल रहे हैं। वहाँ ज्वाइन करने पर ही मुआवजा मिलेगा। दो साल हो गये कोर्ट और सड़क पर धक्के खाते। सत्ताइस सौ मजदूरों को दिल्ली के अलग-अलग हिस्सों से वहाँ पहुँचना है। कुछ पहले से पहुँच गये हैं। देखें किस्मत कहाँ ले जाकर मारती है?" फोन रखने के बाद नन्दन काफी देर तक खामोश बैठा रहा। आत्मा ने जब बुरी तरह कचोटना शुरू किया तो उसने खुद से सवाल किया- पिछला सब भूलकर क्या अपने आज को सुकून से भरते रहने का नाम ही जिन्दगी है?

"माँ! ऑफिस के एक काम से कल सुबह हिमाचल निकलना है।"

नन्दन की अंतरात्मा पर कई दिन से बोझ था कि इतनी बड़ी त्रासदी घटित हो गयी और वो कुछ नहीं कर पाया। नन्दन चाहता था कि न्याय जीते और

नन्दन उस पल का साक्षी रहे। एक निर्णय के साथ शाम को घर लौटकर नन्दन के अपराधी को जैसे मुक्ति का एक रास्ता मिला।

बद्दी पहुँचने पर नन्दन को लगा यहाँ न आता तो पूरा सच उसके सामने कहाँ आ पाता? हिमाचल के सोलन डिस्ट्रिक्ट में बद्दी के जिस कारखाने का नाम सुनकर एक पूरी फैक्ट्री आकार लेती थी उसके नाम पर एक जरा-सा ढाँचा मैदान में खड़ा था। गेट पर सिक्योरिटी तैनात थी। पुलिस-प्रशासन भी उनके साथ था। दो दिन पहले दिल्ली से चला एक रेला अन्दर घुसने की कोशिश में था पर उसे सख्ती से बाहर ही इन्तजार करने के लिए कह दिया गया। सुबह से अब दोपहर हो चली, भूखे-प्यासे मजदूर खाने की तलाश में इधर-उधर भटकने लगे। सब्र का बाँध जब टूटा तो मजदूरों के एक ग्रूप ने गेट पर हल्ला मचा दिया। सिक्योरिटी और पुलिस ने मजबूती से उनका रास्ता रोका। वे अन्दर जाने दो की बात पर अड़े थे और सिक्योरिटी उन्हें बाहर धकेलने पर तुली थी। धक्कामुक्की बढ़ने लगी। मजदूरों के रेले पर रेले चले आ रहे थे पर किसी की भी ज्वाइनिंग नहीं हो रही थी। नन्दन ने पूछताछ की तो उसे भी माकूल जवाब नहीं मिला। सब्जी मण्डी इलाके के परिचित मजदूरों में उसकी भेंट आरिफ, भरत, गोविन्द, नारायण, सुन्दरपाल जैसे कई मजदूरों से हुई। नन्दन को वहाँ देखकर सभी चौंके जरूर पर दुःख के दिनों के साथी को यहाँ देखकर उन्हें अच्छा लगा। वहाँ बैठे समूहों में कितनी ही तरह की बातें चल रही थीं। आरिफ हाथ मसलते हुए कहने लगा—

"अच्छी मनमानी है ये तो। तानाशाही चल रही है। जहाँ जमे थे वहाँ से खदेड़ दिया। अब उजड़कर यहाँ आये तो अन्दर नहीं जाने दे रहे। हम दस्तख्त नहीं करेंगे तो कल को कह देंगे ये तो हमारा मजदूर है ही नहीं। सारा मुआवजा मिट्टी में मिल जायेगा।"

"मुझे तो ये इनकी चाल लगती है। हमें यहाँ से भी कुछ न मिलेगा, देख लेना। भर्ती कर भी लेंगे तो मजदूरी यहाँ के हिसाब से मिलेगी दिल्ली के हिसाब से नहीं। साफ कह दी है इन्होंने। घर पर इतने दिन लोगों से उधार ले-लेकर काम चलाया था। सोचा था मुआवजा मिलेगा तो उधार चुका दूँगा।" भरत की चिन्ता, निराशा बढ़ती ही जा रही थी। नन्दन ने उसके कन्धे पर हाथ रखते हुए कहा—

"कुछ-न-कुछ जरूर अच्छा होगा। लोगों ने लेबर कमिश्नर से बात की है वो कल खुद आकर ज्वाइन करायेंगे सबको।"

"तुम कौन-सी यूनिट में थे भाई?" पास बैठे एक मजदूर ने नन्दन से पूछा।

"मैं तो गुरु जी की यूनिट में था। गुरु जी के साथ काम करता था अब सरकारी नौकर हूँ।" कुछ सेकेण्ड के बाद नन्दन ने जवाब दिया

"मिल में नहीं होने के बाद भी? पर तुम भले आये भाई! आज को गुरु जी होते तो..." कुछ कहते-कहते मजदूर चुप हो गया। पिछले कितने बरसों में चुप्पियों को चीखने की आदत पड़ चुकी थी।

रात में मजदूरों को टेण्ट में सुलाया गया। उन्होंने देख लिया यदि यहाँ भर्ती हो जाती है तो उनके रहने के लिए पक्के घर नहीं हैं। रहना इन्हीं टेण्टों में पड़ेगा। सुबह से परेशान भरत की तबीयत रात में अचानक बिगड़ गयी। किसी को पता नहीं चल रहा था उसे क्या तकलीफ है पर उसकी कराहों को किसी करवट चैन नहीं था। परेशान मजदूर भरत को लेकर भी कहाँ जाते? आसपास कोई अस्पताल नहीं था। भरत को हौसला देते सब सुबह की राह तकने लगे। नन्दन गार्ड्स से मदद माँगने भी गया पर निराश लौटा। सुबह हुई पर भरत रात में ही चल बसा। बौखलाए मजदूरों का जत्था गेट की तरफ दौड़ा। जमकर नारेबाजी होने लगी। मौके की गम्भीरता भाँपकर मैनेजमेण्ट के कुछ लोगों ने मजदूरों से बात की। सब भरत के लिए हर्जाना माँगने लगे जिस पर मैनेजमेण्ट की ओर से कोई आश्वासन भी नहीं मिला। गुस्सा जब पत्थरों को पिघला न सका तो मजदूरों ने देर करना मुनासिब नहीं समझा। मिल-जुलकर चन्दा किया और एम्ब्युलेन्स मँगवाई। आरिफ ने मुकीमपुरा में भरत के घर पर कैलाश को फोन करके खबर भिजवा दी। साथी के दुःख में बिलखते गोविन्द के साथ नन्दन सारी भागदौड़ कर रहा था। जिस समय एम्ब्युलेन्स चलने को हुई ठीक उसी समय दिल्ली से लेबर कमिश्नर के पहुँचने पर मजदूरों की ज्वाइनिंग शुरू हो सकी। भरत बिना ज्वाइन किये नन्दन के साथ घर लौट रहा था।

बिड़ला मिल के मजदूरों की संघर्ष गाथा को किसी रिपोर्ट में लिख पाना असंभव था। हर मजदूर की जिन्दगी की दास्तान का एक-एक हर्फ खून में भीगा था। हर मजदूर की हत्या की जा चुकी थी वो बस अपनी जिन्दा लाश ठेल रहा था। भरत की मौत जिन्दगी के गाल पर झन्नाटेदार तमाचा थी पर ये मौत आखिरी सच नहीं थी। इस मौत ने सिर्फ भरत को रिहा किया था पर नन्दन जान रहा था पूरे फसाने में उन लोगों की मौत का जिक्र कभी न होगा जिन्हें रिहाई न मिली। वो मजबूर छोड़ दिये गये अपनी किस्मत के भरोसे। मगरूर आकाश को इस मजबूर धरती से भला क्या वास्ता? मौत ने भरत को रिहा किया था पर बाकियों की रिहाई का क्या?

रास्ते में भरे मन से नन्दन ने एक रिपोर्ट तैयार की। उसे याद आ रहा था जब पार्टी के कॉमरेड उससे समय रहते रिपोर्ट तैयार करने के लिए कहा करते थे। भरत की मौत के समय प्रबन्धन की क्रूर चालों का पर्दाफाश करना नन्दन को जरूरी लगा। नन्दन ने अपने तईं एक इतिहास दर्ज करने की कोशिश की। उसे आज ये चिन्ता नहीं थी कि ये रिपोर्ट किस अखबार में छपेगी पर धर्मपुर लॉज के पार्टी दफ्तर को वह आँखों देखा हाल बताना चाहता था। भरत की मौत का जीवित दस्तावेज बनी उसकी रिपोर्ट--

**मजदूरों की लड़ाई का मसीहा गुरुराधाकृष्ण अपनी जिन्दगी की लड़ाई हार गया पर सबको लड़ने का रास्ता जरूर दिखा गया। ये लड़ाई गुरु जी के मरने के बाद भी जारी रही और मैनेजमेण्ट के अन्याय की लम्बी फेहरिस्त के साथ मजदूर की जिन्दगी के कितने ही भयानक सच लोगों के सामने नहीं आ पाये। इस दर्दनाक खेल में सबसे पहले रिहाइशी इलाकों में बढ़ते प्रदूषण के चलते उद्योगों को दिल्ली से बाहर ले जाने के सरकारी आदेश की आहट मिलते ही कम्पनी ने अपने आठ हजार मजदूरों में से केवल सत्ताइसौ मजदूरों को कंपनी मजदूर बताकर पाँच हजार से अधिक मजदूरों की छंटनी कर दी। इससे मैनेजमेण्ट की मजदूरों के प्रति आर्थिक जिम्मेदारी घट गयी। नब्बे प्रतिशत वर्कर को बदली वर्कर दिखाया गया। केवल आठ सौ मजदूरों को स्थायी मजदूर दिखाया गया। दस-दस साल से काम कर रहे स्थायी वर्कर को बड़ी चालाकी से बदली वर्कर बना दिया गया और कितनों की सामाजिक सुरक्षा निधि के नाम पर जमा पूँजी भी उन्हें नहीं मिली।**

**फैक्ट्री हिमाचल के सोलन जिले में बद्दी नाम की जगह स्थानान्तरित कर दी गयी। मजदूर वहाँ पहुँचे तो वहाँ फैक्ट्री के नाम पर एक नाममात्र का ढाँचा खड़ा था। दिल्ली से केवल चौबीस मशीनें वहाँ पहुँची थीं जिनपर बामुश्किल तीस मजदूर ही काम कर सकते थे। सत्ताईस महीने से बेरोजगार मिल मजदूर अपने हक की लड़ाई अदालत और उसके बाहर लड़ रहे थे। ये लड़ाई आगे भी जारी रहेगी। सुप्रीम कोर्ट के फैसले के बावजूद मैनेजमेण्ट ने कामगारों को एक धेला नहीं दिया। मजदूर फिर से कोर्ट गये। सुप्रीम कोर्ट के आदेश के मुताबिक 1998 में बद्दी पहुँचे 2700 मजदूरों को मिल के अहाते में घुसने नहीं दिया। भूख-प्यास और अपने टूटे सपनों को लेकर बद्दी पहुँचे मजदूर पर्यावरण कानून और मैनेजमेण्ट की तानाशाही के बीच फँस गये। अनेक मजदूरों की हालत खराब थी। दिल्ली से आये लेबर कमिश्नर ने सबकी नियुक्ति मिल के बाहर करवायी। भीतर मिल में मजदूरों के लिए कोई काम नहीं था। मजदूरों के लिए रहने**

**की जगह के नाम पर कुछ टेण्ट थे। मजदूर हारकर अपने परिवार को यहाँ ले भी आते तो न यहाँ उनके रहने की जगह है न कोई स्कूल न ही अस्पताल। यहाँ आये मजदूरों में से भरत नाम के एक मजदूर की मृत्यु बुनियादी सुविधाओं के अभाव में हो गयी। उसकी असमय मौत से भड़के मजदूरों ने प्रबन्धन से उसके परिवार के लिए मौत का हर्जाना और उसके पार्थिव शरीर को दिल्ली भेजने के किराये की माँग की जिसे प्रबन्धन ने पूरी बेदर्दी के साथ ठुकरा दिया। जिन्दगी से मात खा रहे मजदूरों ने समय की नजाकत देखते हुए सौ-सौ रुपये चन्दा इकट्ठा किया और भरत के शरीर को दिल्ली पहुँचाया। भरत मरकर अपने घर लौट आया पर बाकी बचे मजदूरों की गिनती न जीवितों में है, न मृतकों में।**

नन्दन जानता था मजदूरों का हक मारने की महागाथाएं रचने वालों के लिए इस रिपोर्ट के कोई मायने नहीं होंगे। वो इसे रद्दी की टोकरी के सुपुर्द कर देंगे। भरत के शव को लिए नन्दन सोच रहा था दिल्ली शहर को साफ हवा देनेवाले सुनहरी वायदों ने शहर के भीतर बसे गाँवों का गला बेदर्दी से घोंट दिया है।

एम्ब्युलेन्स मुकीमपुरा में आकर रुकी। भरत के शव की प्रतीक्षा में लोग पहले से ही भरत के कटरे में दरी पर बैठे थे। भरत के बच्चों, उसकी माँ और पत्नी के लिए ये कैसा कठिन इन्तजार था जिसमें उन्हें विदा से पहले मृत भरत को देखना लिखा था। ये भरत बद्दी जानेवाला भरत नहीं था। नन्दन और बाकी लोग शव को कटरा नम्बर बहत्तर में ले आये। अहाते में पड़ी हुई चारपाईयों को सरकाकर दरी पर भरत को लिटाया गया। उसे इतने हौले से रखा मानो सोया हुआ भरत आँख खोल देता। एम्ब्युलेन्स के रुकने के साथ ही हवा में पसरा दमघोंटू सन्नाटा चीखकर बिखरने लगा। भरत की पत्नी, माँ और बच्चों के साथ कितने ही लोग बद्दी पहुँचे भरत और दूसरे मजदूरों के हालात पर रो दिये। सारी चीखों के बीच नन्दन का दिमाग सुन्न हुआ जा रहा था। भरत के शरीर के संग एम्ब्युलेन्स तक दिल्ली आया नन्दन रास्ते भर चुप रहा लेकिन यहाँ कटरे में पहुँचकर बच्चों, माँ और उसकी पत्नी की चीखों से बेखबर भरत को देखकर रो पड़ा। मिल की सलीब पर आज एक और मजदूर टाँग दिया गया था। अभी भरत के साथ अन्तिम विदाई के लिए कुछ और दूर तक लोगों को साथ चलना था। नन्दन ने उसके बच्चों के सर पर हाथ रखा और भरत को उठाए कारवां के साथ आगे बढ़ गया। कटरे में भरत का घर अब उम्मीद से खाली था।

भरत की अन्तिम क्रिया के बाद लोगों के साथ वापस लौटकर नन्दन को मिल की लिखी अपनी आखिरी रिपोर्ट धर्मपुर लॉज में देते हुए भाई जी

के पास जाना था। गुरु जी से पहली बार मिले हुए उसे सत्रह साल पूरे हो चले थे। गुरु राधाकृष्ण और बिड़ला मिल के जीवन का हिस्सा रहने के बाद आज नन्दन एक बार फिर मुकीमपुरा में खड़ा था पर अब न वो मिल रही, न गुरु जी और न वो मुकीमपुरा। मुकीमपुरा के कटरे वहीं मौजूद थे पर उन्हें बसानेवाले कई लोग नदारद थे। वही मुकीमपुरा था लेकिन सूरत कितनी बदल गयी थी। कितने घर उजड़ गये। धोखाधड़ी से की गयी लूट पर सोग मनाते रहकर जिन्दगी की गाड़ी आखिर कब तक खिंचती ? लुटे जीवन को आबाद करने वे उजड़कर कहीं और बसने न मालूम दिल्ली के किन मोहल्लों में गुम हो गये थे। जो लोग यहाँ बचे रह गये वे जान रहे थे भरत अकेला नहीं लौटा है जिन्दगी की सच्चाई उसकी लाश बनकर लौटी है। दुःख और गुस्से की चीख के बीच नन्दन को यादों के समन्दर की तेज उठती लहरों में सब-कुछ डूबता-उतराता दिखने लगा। कई चेहरे आज गड्डमड्ड शक्लों में तेजी से आँखों के आगे भाग रहे थे। एक शोर था जो मिल के सायरन में डूब रहा था। कुछ हाथों की छुअन के साथ अनेक बँधी मुट्ठियाँ आकाश की ओर तनी थीं। जिन्दगी के तीखे-तीते अनुभवों का स्वाद गाढ़े पसीने से भरी गंध से भीगा देह में उतरता जा रहा था। पैरों में मन भर भारी पत्थर का बोझ लिए नन्दन सब याद करता मुकीमपुरा से गुजर रहा था। वो जान रहा था जिन्दगी से खाली हो जानेवाली इन गलियों से उसका वास्ता फिर शायद कभी नहीं पड़ेगा। सालों बाद यहाँ सिर्फ किस्से रह जायेंगे जिन पर धीरे-धीरे वक्त की धूल जमती जायेगी।

गली से गुजरते हुए गुरु जी के घर के बाहर नन्दन कुछ देर यों ही खड़ा रहा। कुछ पल बाद अपने आज में लौटकर आगे बढ़ा तो सामने म्युनिसिपल कार्पोरेशन के मजूदर बारिश से पहले नयी सड़क तैयार करने के लिए पुरानी सड़क पर अपने वजनी हथौड़े चला रहे थे। एक शराबी वहीं खड़ा-खड़ा औल-फौल बके जा रहा था। हथौड़े का प्रहार झेलने के बाद भी सड़क चटक नहीं सकी। हथौड़ा भी रुके बिना वार किये जा रहा था। चन्द कदमों का फासला पार करके नन्दन ज्यों ही उन मजदूरों से आगे निकला शराबी के शब्द उसके सीने से टकराए–

''साले! जित्ता मर्जी हथौड़ा चला ले, इत्ती आसानी से न टूटनेवाली। गुरु जी की बनवायी सड़क है, ईमानदारी की।''

●●●